Zum Buch:

Als Gabriel Allon während eines Urlaubs in Venedig gebeten wird, schnellstmöglich nach Rom zu reisen, ist ihm noch nicht ganz klar, was auf ihn zukommt: Der Heilige Vater wurde am Vorabend tot aufgefunden. Allons Freund Luigi Donati, seines Zeichens Privatsekretär des Verstorbenen, ist überzeugt, dass es sich nicht um einen Herzinfarkt handelt. Und was stand in dem Brief, den der Verstorbene angeblich an Allon adressiert hatte? Die Spur führt den Agenten durch ganz Europa, denn es scheint ein lang geheim gehaltenes Evangelium zu existieren, das die Richtigkeit der Darstellung eines der bedeutendsten Ereignisse in der Geschichte der Menschheit im Neuen Testament infrage stellt. Die Zeit drängt, denn ein neuer Papst muss gewählt werden – und ein mysteriöser Orden hat eigene Pläne dafür, wer diese Position in Zukunft bekleiden soll. Die Folgen könnten für die ganze Welt katastrophal sein …

Über den Autor:

Daniel Silva ist der preisgekrönte SPIEGEL-Bestsellerautor von 21 Romanen, darunter Die Attentäterin und Der Drahtzieher. Seine Bücher sind weltweit von Kritikern gelobte Bestseller und erscheinen in über 30 Sprachen. Er lebt mit seiner Frau, der TV-Journalistin Jamie Gangel, und ihren beiden Zwillingen Lily und Nicholas in Florida.

Daniel Silva

Der Geheimbund

Spionagethriller

Aus dem amerikanischen Englisch von
Wulf Bergner

HarperCollins

Die Originalausgabe erschien 2020 unter dem Titel
The Order bei Harper, New York.

2. Auflage 2022
© 2020 by Daniel Silva
Ungekürzte Ausgabe im HarperCollins Taschenbuch
© 2021 für die deutschsprachige Ausgabe
by HarperCollins in der
Verlagsgruppe HarperCollins Deutschland GmbH, Hamburg
Published by arrangement
with Harper, an imprint of HarperCollins Publishers, New York
Umschlaggestaltung von Büro Süd GmbH,
Bianca Gelbach / PPP Pre Print Partner GmbH & Co. KG
Umschlagabbildung von Buena Vista Images / Getty Images,
www.buerosued.de unter Verwendung von: Shutterstock / kesipun
Gesetzt aus der Stempel Garamond
von GGP Media GmbH, Pößneck
Druck und Bindung von CPI
Printed in Germany
ISBN 978-3-365-00107-3
harpercollins.de

Wie immer für meine Frau Jamie
und meine Kinder Lily und Nicholas

Da aber Pilatus sah, dass er nichts ausrichtete, sondern vielmehr ein Getümmel entstand, nahm er Wasser und wusch die Hände vor dem Volk und sprach: »Ich bin unschuldig an seinem Blut, sehet ihr zu!« Da antwortete das ganze Volk und sprach: »Sein Blut komme über uns und unsere Kinder!«
Matthäus 27, 24–25

Jedes Unglück, das die Juden später befiel – von der Zerstörung Jerusalems bis Auschwitz –, trug ein Echo dieses erfundenen Blutpakts aus dem Prozess in sich.
Ann Wroe, *Pontius Pilatus*

Man muss die Vergangenheit wissentlich ignorieren, um nicht zu erkennen, wohin dies alles führt.
Paul Krugman, *New York Times*

VATIKANSTADT

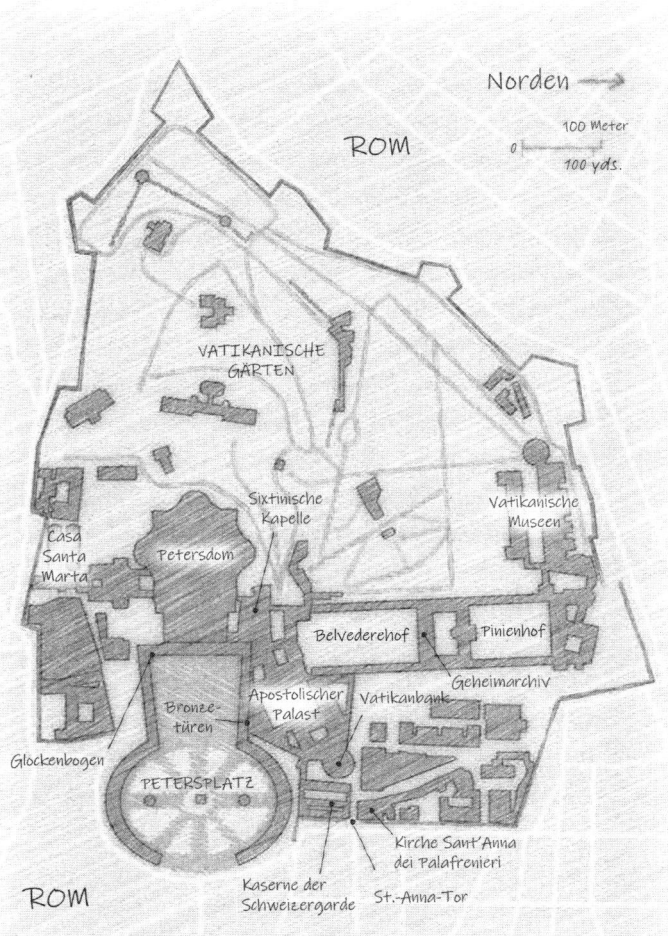

VORWORT

Seine Heiligkeit Papst Paul VII. trat erstmals in *Die Loge* auf, dem dritten Band der Gabriel-Allon-Reihe. Weitere Auftritte hatte er in *Das Terrornetz* und *Das Attentat*. Der als Pietro Lucchesi geborene ehemalige Patriarch von Venedig ist der direkte Nachfolger von Papst Johannes Paul II. In meiner fiktiven Version des Vatikans hat es die Pontifikate von Joseph Ratzinger und Jorge Mario Bergoglio, der Päpste Benedikt XVI. und Franziskus, nicht gegeben.

TEIL EINS

SEDISVAKANZ

1

ROM

Der Anruf kam um 23.41 Uhr. Luigi Donati zögerte, bevor er sich meldete. Die Rufnummer, die auf seinem *Telefonino* angezeigt wurde, gehörte Albanese. Es gab nur einen Grund, weshalb er zu so später Stunde anrufen würde.

»Wo sind Sie, Exzellenz?«

»Außerhalb der Mauern.«

»Ah, richtig. Heute ist Donnerstag, nicht wahr?«

»Gibt es ein Problem?«

»Ich will am Telefon lieber nicht zu viel sagen. Man weiß nie, wer mithört.«

Die Nacht, in die Donati hinaustrat, war feucht und kalt. Er trug einen schwarzen Anzug mit Priesterkragen, nicht die Soutane mit violettem Besatz und Schulterkragen, die er im Amt trug, wie Geistliche seines Ranges den Apostolischen Palast nannten. Als Erzbischof diente Donati Seiner Heiligkeit Papst Paul VII. als Privatsekretär. Er war hochgewachsen und schlank, mit vollem dunklen Haar und den Zügen eines Filmstars, und hatte vor Kurzem seinen dreiundsechzigsten Geburtstag gefeiert. Auch im Alter sah er weiterhin blendend aus. Die Zeitschrift *Vanity Fair* hatte ihn vor Kurzem als »leckeren Luigi« bezeichnet. In der stets zum Lästern bereiten Welt der Kurie hatte dieser Artikel ihn in große Verlegenheit gestürzt. Weil Donati jedoch zu Recht als rücksichtslos bekannt war, hatte sich niemand getraut, ihn darauf anzusprechen. Mit Ausnahme des Heiligen Vaters, der ihn unbarmherzig aufgezogen hatte.

Ich will am Telefon lieber nicht zu viel sagen.

Donati hatte sich seit einem Jahr oder noch länger auf diesen Augenblick vorbereitet – seit dem ersten leichten Herzanfall des Papstes, den er vor dem Rest der Welt und sogar großen Teilen der Kurie geheim gehalten hatte. Aber wieso ausgerechnet heute Nacht?

Auf der Straße war es eigenartig still. Totenstill, dachte Donati plötzlich. Sie war eine von Palazzi gesäumte Seitenstraße der Via Veneto, in der Geistliche selten unterwegs waren – vor allem kein Priester aus der Gesellschaft Jesu, des intellektuell rigorosen und manchmal rebellischen Ordens, dem Donati angehörte. Sein vatikanischer Dienstwagen mit dem SCV-Kennzeichen wartete am Randstein. Der Fahrer kam aus dem Corpo della Gendarmeria, der hundertdreißig Mann starken Polizei des Vatikans. Er fuhr durch Rom nach Westen, ohne sich sonderlich zu beeilen.

Er weiß nichts ...

Mit seinem Smartphone rief Donato die Webseiten der führenden italienischen Zeitungen auf. Sie wussten von nichts. Auch ihre Kollegen in London und New York schienen ahnungslos zu sein.

»Schalten Sie das Radio ein, Gianni.«

»Musik, Exzellenz?«

»Nachrichten, bitte.«

Wieder Gefasel von Saviano, der ständig geiferte, arabische und afrikanische Immigranten zerstörten das Land, als seien die Italiener nicht sehr gut imstande, es selbst zugrunde zu richten. Saviano bedrängte den Vatikan seit Monaten wegen einer Privataudienz beim Heiligen Vater. Donati, dem das nicht wenig Vergnügen bereitete, hatte sie ihm jedoch stets abgeschlagen.

»Danke, das reicht, Gianni.«

Das Radio verstummte barmherzigerweise. Donati spähte aus dem Seitenfenster seiner deutschen Luxuslimousine. So sollte ein Soldat Christi sich nicht fortbewegen. Dies war vermutlich seine letzte Fahrt durch Rom in einer Limousine mit Chauffeur. Fast zwei Jahrzehnte lang hatte er als eine Art Stabschef der römisch-katholischen Kirche gedient. Das waren unruhige Jahre gewesen – der Terroranschlag auf den Petersdom, der Skandal wegen Antiquitäten aus den Vatikanischen Museen, die Geißel sexueller Verfehlungen von Priestern –, aber Donati hatte jede Minute seiner Amtszeit genossen. Nun war mit einem Wimpernschlag alles vorbei. Er war wieder ein gewöhnlicher Priester. Er hatte sich nie einsamer gefühlt.

Die Limousine fuhr über den Tiber und bog auf die Via della Conciliazione ab, den breiten Boulevard, den Mussolini durch die Slums von Rom hatte schlagen lassen. In der Ferne ragte die zu altem Glanz restaurierte Kuppel der Basilika im Scheinwerferlicht auf. Sie folgten der Kurve von Berninis Kolonnaden zum St.-Anna-Tor, wo ein Schweizergardist sie aufs Gebiet des Stadtstaats durchwinkte. Der Mann trug seine Nachtuniform: ein taschenloses blaues Wams mit weißem Umlegekragen und bauschigen Oberärmeln, dazu ein nachtblaues Barett, einen schmalen braunen Gürtel, blaue Kniestrümpfe und schwarze, über die Knöchel reichende Schnürschuhe. Seine Augen waren trocken, seine Miene unbesorgt.

Er weiß nichts.

Der Wagen fuhr langsam die Via Sant'Anna entlang – vorbei an der Kaserne der Schweizergarde, der Kirche Sant'Anna dei Palafrenieri, der Vatikandruckerei und der Vatikanbank –, bevor er an dem Torbogen hielt, der zum Damasus-Hof führte. Donati überquerte den gepflasterten Innenhof zu Fuß, betrat den wichtigsten Aufzug der Christenheit und fuhr in den zweiten Stock des Apostolischen Palasts hinauf. Er hastete die Loggia zwischen einer Glaswand und einem Fresko entlang und bog einmal links ab, um die päpstlichen Gemächer zu erreichen.

Ein weiterer Schweizergardist, dieser in bunter Galauniform, hielt stocksteif neben der Tür Wache. Donati ging wortlos an ihm vorbei. Donnerstag, dachte er. Wieso musste es ein Donnerstag sein?

Achtzehn Jahre, sagte Donati sich, als er sich im Arbeitszimmer des Heiligen Vaters umsah, und nichts hat sich verändert. Nur das Telefon. Er hatte es endlich geschafft, den Heiligen Vater dazu zu überreden, Wojtylas Uralttelefon mit Wählscheibe durch ein modernes Tastentelefon zu ersetzen. Ansonsten war der Raum genau so, wie der Pole ihn verlassen hatte. Derselbe schlichte Schreibtisch aus Holz. Derselbe beige Sessel. Derselbe abgetretene Orientteppich. Dieselbe goldene Uhr, dasselbe Kruzifix. Sogar die Schreibgarnitur hatte Wojtyla dem Großen gehört. Trotz seiner verheißungsvoll begonnenen Amtszeit – mit dem Versprechen einer barmherzigeren, weniger repressiven Kirche – war es Pietro Lucchesi nicht vollends gelungen, aus dem langen Schatten seines Vorgängers zu treten.

Aus einem Instinkt heraus warf Donati einen Blick auf seine Armbanduhr. Es war sieben Minuten nach Mitternacht. An diesem Abend hatte der Heilige Vater sich um 20.30 Uhr in sein Arbeitszimmer zurückgezogen, um eineinhalb Stunden lang zu lesen und zu schreiben. Normalerweise blieb Donati an der Seite seines Herrn oder in seinem Büro auf demselben

Korridor. Aber weil dies ein Donnerstag war – der einzige Abend der Woche, der ihm gehörte –, war er nur bis 21 Uhr geblieben.

Tun Sie mir einen Gefallen, bevor Sie gehen, Luigi ...

Lucchesi hatte ihn gebeten, die schweren Vorhänge am Fenster seines Arbeitszimmers aufzuziehen. Dies war das Fenster, an dem Seine Heiligkeit an jedem Sonntagmittag den Angelus betete. Donati hatte den Wunsch seines Herrn erfüllt. Er hatte sogar die Fensterläden geöffnet, damit der Heilige Vater auf den Petersplatz hinabblicken konnte, während er Akten bearbeitete. Jetzt waren die Vorhänge fest geschlossen. Donati zog sie auf. Auch die Fensterläden waren geschlossen.

Der Schreibtisch war aufgeräumt, was sonst nicht Lucchesis Art war. Donati sah eine halb ausgetrunkene Tasse Tee mit einem Löffel auf der Untertasse, die bei seinem Weggehen nicht dagestanden hatte. Unter der altmodischen Schreibtischlampe waren mehrere Mappen mit Schriftstücken ordentlich gestapelt. Ein Bericht der Erzdiözese Philadelphia über die finanziellen Folgen des Missbrauchsskandals. Anmerkungen für die nächste Generalaudienz am Mittwoch. Der erste Entwurf einer Predigt während der bevorstehenden Brasilienreise. Notizen für eine Enzyklika zur Immigration, die Saviano und seine Mitläufer von der äußersten italienischen Rechten erzürnen würde.

Etwas fehlte jedoch.

Sie sorgen dafür, dass er ihn bekommt, nicht wahr, Luigi?

Donati sah in den Papierkorb. Der Korb war leer. Nicht das kleinste Stückchen Papier.

»Suchen Sie etwas, Exzellenz?«

Donati blickte auf und sah Kardinal Domenico Albanese, der ihn von der Tür aus beobachtete. Albanese war Kalabrier von Geburt und beruflich ein Geschöpf der Kurie. Er hatte am Heiligen Stuhl mehrere wichtige Positionen bekleidet, darunter die des Präsidenten des Päpstlichen Rats für den Interreligiösen Dialog und Archivar und Bibliothekar der Heiligen Römischen Kirche. Nichts davon rechtfertigte jedoch seine Anwesenheit in den päpstlichen Gemächern kurz nach Mitternacht. Domenico Albanese war der Camerlengo, der Kardinalkämmerer. Als solcher war er dafür verantwortlich, offiziell zu erklären, der Stuhl Petri sei vakant.

»Wo ist er?«, fragte Donati.

»Im himmlischen Königreich«, antwortete der Kardinal.

»Und der Leichnam?«

Wäre der stämmige Albanese nicht dem Ruf der Kirche gefolgt, hätte er Marmor abbauen oder in einem kalabrischen Schlachthof arbeiten können. Donati folgte ihm über den kurzen Gang ins Schlafzimmer, in dessen Halbdunkel drei weitere Kardinäle warteten: Marcel Gaubert, José Maria Navarro und Angelo Francona. Als Kardinalstaatssekretär war Gaubert der Ministerpräsident und Chefdiplomat des kleinsten Staats der Welt. Navarro war Präfekt der Kongregation für die Glaubenslehre, deren Aufgabe es war, die Glaubens- und Sittenlehre in der ganzen katholischen Kirche zu fördern und vor Häresien zu schützen. Francona, der älteste der drei, würde als Kardinaldekan – Vorsitzender des Kardinalskollegiums – das nächste Konklave leiten.

Es war Navarro, ein Spanier aus adliger Familie, der Donati als Erster ansprach. Obwohl er seit einem Vierteljahrhundert in Rom lebte und arbeitete, sprach er Italienisch noch immer mit starkem Akzent. »Luigi, ich weiß, wie schmerzlich dies für Sie sein muss. Wir waren alle seine treuen Diener, aber Sie hat er am meisten geliebt.«

Kardinal Gaubert, ein hagerer Pariser mit Fuchsgesicht, bekräftigte diese Beruhigungspille des Spaniers nachdrücklich nickend. Das taten auch die drei Laien, die sich bescheiden im Hintergrund hielten: Dr. Octavio Gallo, der Leibarzt des Heiligen Vaters. Lorenzo Vitale, Chef des Corpo della Gendarmeria, und Oberst Alois Metzler, Kommandeur der Päpstlichen Schweizergarde. Donati schien als Letzter eingetroffen zu sein. Dabei hätte er als Privatsekretär die wichtigsten Kirchenfürsten ans Totenbett des Papstes rufen sollen. Nicht der Camerlengo. Er empfand plötzlich Gewissensbisse.

Als Donati auf die auf dem Bett liegende Gestalt hinabsah, wichen seine Schuldgefühle überwältigender Trauer – Lucchesi trug weiter seine weiße Soutane, obwohl man ihm die Slipper ausgezogen hatte und sein Scheitelkäppchen nirgends zu sehen war. Irgendjemand hatte ihm die Hände auf die Brust gelegt. Sie umklammerten seinen Rosenkranz. Seine Augen waren geschlossen, aber sein Gesichtsausdruck war friedlich, als habe er nicht leiden müssen. Tatsächlich wäre Donati nicht erstaunt gewesen, wenn Seine Heiligkeit plötzlich erwacht wäre und sich erkundigt hätte, wie er den Abend verbracht hatte.

Er trägt weiter seine weiße Soutane ...

Donati hatte den Tagesplan des Heiligen Vaters vom ersten Tag an geführt. Von der abendlichen Routine wurde nur selten abgewichen. Das Abendessen fand von 19 bis 20.30 Uhr statt. Danach saß der Papst bis 22 Uhr in seinem Arbeitszimmer, bevor er sich für eine Viertelstunde zum Gebet in seine Privatkapelle zurückzog. Typischerweise war er gegen 22.30 Uhr im Bett, meistens mit einem der englischen Kriminalromane, die sein unschuldiges Vergnügen waren. *Devices and Desires* von P.D. James lag neben seiner Lesebrille auf dem Nachttisch. Donati schlug die angemerkte Stelle auf.

Eine Dreiviertelstunde später traf Rickards wieder am Tatort des Mordes ein ...

Donati klappte den Roman zu. Seiner Schätzung nach war der Pontifex Maximus seit zwei Stunden tot, vielleicht schon länger. Ruhig fragte er: »Wer hat ihn aufgefunden? Keine der Haushaltsnonnen, hoffe ich.«

»Das war ich«, antwortete Kardinal Albanese.

»Wo war er?«

»Seine Heiligkeit hat unsere Welt in der Kapelle verlassen. Ich habe ihn dort kurz nach 22 Uhr aufgefunden. Was den Todeszeitpunkt betrifft …« Der Kardinal zuckte mit seinen breiten Schultern. »Dazu kann ich nichts sagen, Exzellenz.«

»Wieso bin ich nicht sofort benachrichtigt worden?«

»Ich habe Sie überall gesucht.«

»Sie hätten mich auf dem Handy anrufen sollen.«

»Das habe ich getan. Sogar mehrmals. Leider hat sich niemand gemeldet.«

Der Camerlengo sagte nicht die Wahrheit, vermutete Donati. »Und was hat Sie in die Kapelle geführt, Eminenz?«

»Dies beginnt an ein Verhör zu erinnern.« Albanese sah kurz zu Kardinal Navarro hinüber, bevor er sich wieder Donati zuwandte. »Seine Heiligkeit hat mich eingeladen, mit ihm zu beten. Ich habe seine Einladung angenommen.«

»Er hat Sie selbst angerufen?«

»In meiner Wohnung«, sagte der Camerlengo nickend.

»Um wie viel Uhr?«

Albanese sah theatralisch zur Decke auf, als habe er Mühe, sich an ein so triviales Detail zu erinnern. »Viertel nach neun. Vielleicht auch zwanzig nach. Er hat mich gebeten, kurz nach zehn Uhr zu kommen. Bei meinem Eintreffen …«

Donati betrachtete wieder den leblos auf seinem Bett Liegenden. »Und wie ist *er* hergekommen?«

»Ich habe ihn getragen.«

»Allein?«

»Seine Heiligkeit hat die Last der Kirche auf seinen Schultern getragen«, sagte Albanese, »aber im Tod war er leicht wie eine Feder. Als ich Sie nicht erreichen konnte, habe ich den Staatssekretär angerufen, der seinerseits die Kardinäle Navarro und Francona verständigt hat. Dann habe ich Dottore Gallo gerufen, der den Tod des Heiligen Vaters festgestellt hat. Tod durch Herzinfarkt. Sein zweiter, nicht wahr? Oder schon der dritte?«

Donati wandte sich an den päpstlichen Leibarzt. »Wann haben Sie den Tod festgestellt, Dottore Gallo?«

»Um dreiundzwanzig Uhr zehn, Exzellenz.«

Kardinal Albanese räusperte sich leise. »In meiner offiziellen Ankündigung habe ich den Zeitpunkt leicht angepasst. Wenn Sie's wünschen, Luigi, kann ich sagen, dass Sie ihn aufgefunden haben.«

»Das wird nicht nötig sein.«

Donati sank neben dem Bett auf die Knie. Als Lebender war der Heilige Vater eine Elfengestalt gewesen. Im Tod wirkte er noch zierlicher. Donati erinnerte sich an den Tag, an dem das Konklave unerwartet Lucchesi, den Patriarchen von Venedig, zum 265. Oberhaupt der römisch-katholischen Kirche gewählt hatte. Im Zimmer der Tränen hatte er die kleinste der drei bereitgehaltenen Soutanen gewählt. Trotzdem hatte er darin ausgesehen wie ein kleiner Junge, der ein Hemd seines Vaters trägt. Als er auf den Balkon des Petersdoms getreten war, war sein Kopf kaum über der Balustrade zu sehen gewesen. Die *Vaticanisti* hatten ihn Pietro den Unwahrscheinlichen genannt. Die Hardliner der Kurie hatten ihn als Papst Zufällig verspottet.

Im nächsten Augenblick spürte Donati eine Hand auf seiner Schulter. Sie war bleischwer, also musste sie Albanese gehören.

»Den Ring, Exzellenz.«

Einst war es Aufgabe des Kämmerers gewesen, den Fischerring des verstorbenen Papstes in Anwesenheit des Kardinalskollegiums zu zerstören. Aber dieses Ritual war wie die drei Schläge mit einem silbernen Hammer auf die Stirn des Toten abgeschafft worden. Lucchesis Ring, den er selten getragen hatte, würde nur durch zwei tiefe Rillen quer über das Kreuz entwertet werden. Andere Traditionen wie die sofortige Versiegelung der päpstlichen Gemächer hatten sich jedoch erhalten. Selbst Donati, Lucchesis Privatsekretär, würde sie nach dem Abtransport der Leiche nicht mehr betreten können.

Weiter auf den Knien zog Donati die Nachttischschublade auf und griff nach dem schweren Goldring. Er übergab ihn Kardinal Albanese, der ihn in einen kleinen Samtbeutel fallen ließ. Ernst erklärte er dabei: »*Sede vacante.*«

Der Stuhl Petri war nun vakant. Die Apostolische Konstitution bestimmte, dass Kardinal Albanese während des Interregnums, das mit der Wahl des neuen Papstes endete, die Geschäfte der Heiligen Römischen Kirche führte. Als bloßer Titularbischof würde Donati dabei nichts zu sagen haben. Seit dem Tod seines Herrn war er ohne Aufgabe oder Befugnisse, nur dem Camerlengo unterstellt.

»Wann soll die Bekanntmachung erfolgen?«

»Ich habe nur auf Ihre Ankunft gewartet.«

»Dürfte ich sie rasch durchlesen?«

»Die Zeit drängt. Warten wir noch viel länger ...«

»Gewiss, Eminenz.« Donati legte eine Hand auf Lucchesis Rechte. Sie war bereits kalt. »Ich wäre gern eine Minute mit ihm allein.«

»Aber nur eine Minute«, sagte der Kämmerer.

Der Raum leerte sich langsam. Kardinal Albanese verließ ihn als Letzter.

»Noch eine Frage, Eminenz.«

Der Camerlengo blieb an der Tür stehen. »Ja?«

»Wer hat die Vorhänge im Arbeitszimmer zugezogen?«

»Die Vorhänge?«

»Sie waren offen, als ich gegangen bin. Die Fensterlädchen ebenfalls.«

»Ich habe sie geschlossen, Exzellenz. Ich wollte nicht, dass jemand vom Petersplatz aus sieht, dass hier so spät nachts noch Licht brennt.«

»Ja, natürlich. Eine kluge Maßnahme, Eminenz.«

Der Camerlengo ging hinaus, ließ die Tür hinter sich offen. Donati kämpfte gegen Tränen an, als er mit seinem Herrn allein war. Trauern konnte er später. Er brachte seine Lippen dicht an Lucchesis Ohr und drückte die kalte Hand. »Sprich zu mir, alter Freund«, flüsterte er. »Erzähl mir, was heute Nacht wirklich passiert ist.«

2

JERUSALEM – VENEDIG

Es war Chiara, die dem Ministerpräsidenten im Vertrauen mitteilte, ihr Mann brauche dringend einen Erholungsurlaub. Seit Gabriel am King Saul Boulevard widerstrebend die Suite des Direktors bezogen hatte, hatte er sich kaum mal einen freien Nachmittag gegönnt und nach dem Pariser Bombenanschlag, bei dem er sich zwei Rückenwirbel angebrochen hatte, seine Reha im Büro verbracht. Trotzdem war ein Urlaub für ihn schwierig zu organisieren. Gabriel brauchte sichere Nachrichtenverbindungen und – noch wichtiger – effektiven Personenschutz. Den brauchten auch Chiara und die Zwillinge. Irene und Raphael würden bald ihren vierten Geburtstag feiern. Die Familie Allon war so gefährdet, dass sie Israel bisher noch nie verlassen hatte.

Aber wohin sollten sie reisen? Irgendein exotisches Ziel kam nicht infrage. Sie würden irgendwo in der Nähe Israels Urlaub machen müssen, damit Gabriel in dem leider wahrscheinlichen Fall einer nationalen Krise binnen Stunden zum King Saul Boulevard zurückkehren konnte. Für sie würde es keine Safari in Südafrika, keine Reise nach Australien oder auf die Galapagosinseln geben. Außerdem wollte Chiara unbedingt vermeiden, Gabriel durch einen weiteren Langstreckenflug zu ermüden. Als Direktor des Diensts musste er ohnehin häufig nach Washington fliegen, um sich mit seinen amerikanischen Partnern in Langley abzustimmen. Was er jetzt vor allem brauchte, war Ruhe.

Andererseits fiel es ihm nicht leicht, sich zu entspannen. Gabriel war ein ungeheuer begabter Mann, der kaum Hobbys hatte. Er war weder Skifahrer noch Taucher, hatte niemals Tennis oder Golf gespielt. Strände langweilten ihn, außer sie waren kalt und windig. Er segelte gern, vor allem in den schwierigen Gewässern westlich von England, oder wanderte mit dem Rucksack über wilde Hochmoore. Selbst Chiara, eine ehemalige Agentin des Diensts, konnte nicht lange mit ihm Schritt halten. Für die Kinder wäre das ganz unmöglich gewesen.

Der Trick würde daraus bestehen, für Gabriel eine Beschäftigung zu finden, die ihn morgens ein paar Stunden ablenkte, bis die Kinder angezogen waren und gefrühstückt hatten. Und was wäre, wenn es dieses Projekt in einer Stadt gäbe, die ihm längst vertraut war? Die Stadt, in der er sein Handwerk als Restaurator gelernt hatte? Die Stadt, in der Chiara und er sich kennen- und lieben gelernt hatten? Chiara war dort geboren, und ihr Vater war Oberrabbiner der dahinschwindenden jüdischen Gemeinde der Stadt. Außerdem setzte ihre Mutter ihr seit Langem zu, einmal mit den Kindern auf Besuch zu kommen. Perfekt, dachte sie. Die sprichwörtlichen zwei Fliegen mit einer Klappe.

Aber wann? Der August kam nicht infrage. Er war viel zu heiß und zu feucht, und Venedig würde voller Pauschalreisender sein, die in Selfies knipsenden Horden ihren Fremdenführern folgten, um nach ein bis zwei Stunden im Caffè Florian einen überteuerten Cappuccino zu trinken, bevor sie auf ihre Kreuzfahrtschiffe zurückkehrten. Aber wenn sie bis November warteten, würde das Wetter kühl und klar sein, und sie würden den ganzen Bezirk für sich haben. Dann konnten sie über ihre Zukunft nachdenken, ohne durch den Dienst oder den israelischen Alltag abgelenkt zu sein. Gabriel hatte dem Ministerpräsidenten erklärt, er stehe nur für eine Amtszeit zur Verfügung. Es war nicht zu früh, sich Gedanken darüber zu machen, wo sie den Rest ihres Lebens verbringen und ihre Kinder aufziehen wollten. Schließlich wurden sie beide nicht jünger, vor allem bei Gabriel fiel ihr dies auf.

Sie erzählte ihm nichts von ihrem Plan, weil er das als Aufforderung begriffen hätte, ihr eingehend zu erläutern, weshalb der Staat Israel zusammenbrechen würde, wenn er auch nur einen einzigen Tag Urlaub machte. Stattdessen legte sie mit Uzi Navot, dem stellvertretenden Direktor, heimlich die Termine fest. Die für sichere Wohnungen zuständige Hausverwaltung des Diensts besorgte ein Apartment. Die dortigen Geheimdienst- und Polizeidienststellen, mit denen Gabriel eng zusammenarbeitete, übernahmen es, für seine Sicherheit zu sorgen.

Nun brauchte sie noch ein Projekt, mit dem Gabriel ausgelastet sein würde. Ende Oktober telefonierte Chiara mit Francesco Tiepolo, dem prominentesten Restaurierungsbetrieb Venedigs.

»Ich habe genau das Richtige für ihn. Ich maile dir ein paar Fotos.«

Als Gabriel drei Wochen später nach einer besonders anstrengenden Sitzung des streitsüchtigen israelischen Kabinetts heimkam, waren die Koffer der Familie Allon gepackt.

»Du verlässt mich?«

»Nein«, sagte Chiara. »Wir machen Urlaub. Gemeinsam.«

»Ich kann unmöglich ...«

»Alles ist arrangiert, Darling.«

»Weiß Uzi davon?«

Chiara nickte. »Und der Ministerpräsident.«

»Wohin reisen wir? Und wie lange?«
Sie antwortete knapp.
»Was soll ich zwei Wochen lang mit mir selbst anfangen?«
Chiara legte ihm die Fotos hin.
»Damit werde ich unmöglich fertig.«
»Du tust einfach, was du kannst.«
»Ich soll jemand anderen daran weiterarbeiten lassen?«
»Davon geht die Welt nicht unter.«
»Das weiß man nie, Chiara. Vielleicht tut sie's doch.«

Die Wohnung befand sich im *Piano nobile* eines verfallenden Palazzos in Cannaregio, dem nördlichsten der sechs Stadtbezirke Venedigs. Sie bestand aus einem großen Salon, einer modern eingerichteten Küche und einer Terrasse mit Blick auf den Rio della Misericordia. In einem der drei Schlafzimmer hatten Techniker des Diensts eine sichere Verbindung zum King Saul Boulevard eingerichtet – mit einer abhörsicheren Kabine, in der Gabriel telefonieren konnte, ohne Mithörer fürchten zu müssen. Draußen auf den Fondamenta dei Ormesini hielten Carabinieri in Zivil Wache. Mit ihrer Erlaubnis trug Gabriel eine Pistole, eine 9-mm-Beretta. Das tat auch Chiara, die weit besser schoss als er.

Nach wenigen Schritten den Kai entlang erreichte man eine Stahlbrücke – die einzige in ganz Venedig –, die über den Kanal zu einem weiten Platz führte, der Campo di Ghetto Nuovo hieß. Dort gab es ein Museum, eine Buchhandlung und das Büro der jüdischen Gemeinde. Die Casa Israelitica di Riposo, ein jüdisches Altenheim, stand an der Nordseite des Platzes. Gleich daneben erinnerte ein schlichtes Basrelief an die Juden Venedigs, die im Dezember 1943 zusammengetrieben, in Konzentrationslager gebracht und später in Auschwitz ermordet worden waren. Zwei schwer bewaffnete Carabinieri bewachten das Mahnmal von einem Wachhäuschen aus. Von der Viertelmillion Menschen, die noch in der versinkenden Stadt ausharrten, brauchten nur die Juden Tag und Nacht Polizeischutz.

Die Wohngebäude, die den Platz säumten, waren die höchsten Venedigs, denn im Mittelalter hatte die Kirche ihren Bewohnern verboten, anderswo in der Stadt zu leben. In den obersten Stockwerken einiger Gebäude gab es kleine Synagogen für die Aschkenasim und die sephardischen Juden, die dort einst gelebt hatten. Die beiden funktionierenden Synagogen des Ghettos standen knapp südlich des Platzes. Beide waren getarnt, sodass nichts an ihren Zweck als jüdische Gotteshäuser erinnerte. Die Spanische Synagoge hatten Chiaras Vorfahren im Jahr 1580 gegründet. Sie war ungeheizt und wurde vom Passahfest bis zu den Hochfesten Rosch ha-Schana und Jom Kippur genutzt. Die durch einen winzigen Platz von ihr getrennte Levantinische Synagoge diente der Gemeinde im Winter.

Rabbi Jacob Zolli und seine Frau Alessia wohnten unweit der Levantinischen Synagoge in einem schmalen Häuschen, zu dem ein verschwiegener kleiner Innenhof gehörte. Wenige Stunden nach ihrer Ankunft in Venedig war die Familie Allon dort zum Abendessen eingeladen. Gabriel schaffte es, beim Essen nur viermal auf sein Smartphone zu sehen.

»Hoffentlich gibt's kein Problem«, sagte Rabbi Zolli.

»Das Übliche«, murmelte Gabriel.

»Dann bin ich erleichtert.«

»Lieber nicht.«

Der Rabbi lachte leise. Er sah sich beifällig am Tisch um, musterte seine beiden Enkel, seine Frau und zuletzt seine Tochter. Kerzenlicht glänzte in ihren Augen. Sie waren karamellfarben mit goldenen Einsprengseln.

»Chiara hat nie strahlender ausgesehen. Du machst sie offenbar sehr glücklich.«

»Tue ich das?«

»Natürlich gibt es immer mal wieder Krisen.« Die Stimme des Rabbis klang mahnend. »Aber ich versichere dir, dass sie sich für den glücklichsten Menschen der Welt hält.«

»Nein, der bin ich.«

»Wie man hört, soll sie diese Reise hinter deinem Rücken organisiert haben.«

Gabriel runzelte die Stirn. »In der Tora steht bestimmt ein Verbot solcher Tricks.«

»Mir fällt keines ein.«

»Vermutlich war das die beste Lösung«, gestand Gabriel ein. »Sonst hätte ich wohl nie zugestimmt.«

»Wir freuen uns, dass ihr endlich mit den Kindern nach Venedig kommen konntet. Aber ihr kommt in schwierigen Zeiten.«

Rabbi Zolli senkte die Stimme. »Saviano und seine Freunde von der äußersten Rechten haben in Europa dunkle Mächte zum Leben erweckt.«

Giuseppe Saviano war der neue italienische Ministerpräsident. Er war intolerant und fremdenfeindlich, misstraute der freien Presse und hatte wenig Geduld mit Petitessen wie parlamentarischer Demokratie oder Gesetzestreue. Das galt auch für seinen engen Freund Jörg Kaufmann, den aufstrebenden Neofaschisten, der jetzt österreichischer Bundeskanzler war. In Frankreich galt es als ausgemacht, dass Cécile Leclerc, die Vorsitzende der Front Populaire, als Nächste den Élyséepalast beziehen würde. Und die deutschen Nationaldemokraten unter Führung des Neonazis und ehemaligen Skinheads Axel Brünner würden bei den vorgezogenen Bundestagswahlen im Januar voraussichtlich zweitstärkste

Kraft werden. Die extreme Rechte schien überall auf dem Vormarsch zu sein.

Befördert worden war ihr Aufstieg in Westeuropa durch die Globalisierung, wirtschaftliche Unsicherheit und die sich rasch ändernden demografischen Verhältnisse. Moslems machten jetzt fünf Prozent der europäischen Bevölkerung aus. Immer mehr Europäer betrachteten den Islam als Gefahr für ihre religiöse und kulturelle Identität. Ihr Zorn und ihre Ressentiments, die bisher unterdrückt worden waren, kreisten nun wie ein Virus durchs Internet. Tätliche Angriffe auf Moslems hatten stark zugenommen. Das galt auch für Gewalt und Vandalismus, die sich gegen Juden richteten. Tatsächlich war Antisemitismus in Europa so stark verbreitet wie seit dem Ende des Zweiten Weltkriegs nicht mehr.

»Unser Friedhof auf dem Lido ist letzte Woche wieder einmal verwüstet worden«, sagte Rabbi Zolli. »Umgestürzte Grabsteine, Hakenkreuze ... das Übliche. Meine Gemeinde ist verängstigt. Ich versuche die Menschen zu beruhigen, aber ich habe auch Angst. Migrationsfeindliche Politiker wie Saviano haben die Flasche geschüttelt und den Korken herausgezogen. Ihre Anhänger klagen über Flüchtlinge aus dem Maghreb und aus Afrika, aber uns hassen sie am meisten. Dieser Hass hat die längste Tradition. Hier in Italien ist es salonfähig geworden, Antisemit zu sein. Man kann seine Verachtung für uns ganz öffentlich zeigen. Und die Ergebnisse fallen genau wie erwartet aus.«

»Auch dieser Sturm geht vorüber«, sagte Gabriel, ohne wirklich überzeugt zu klingen.

»Das haben deine Großeltern vermutlich auch gesagt. Genau wie die Juden von Venedig. Deine Mutter hat Auschwitz überlebt. Die hiesigen Juden hatten weniger Glück.« Der Rabbi schüttelte den Kopf. »Ich habe diesen Film schon mal gesehen, Gabriel. Ich weiß, wie er endet. Vergiss nie, dass das Undenkbare geschehen kann. Aber wir wollen uns den Abend nicht mit unersprießlichen Themen verderben. Ich möchte die Gesellschaft meiner Enkel genießen.«

Am folgenden Morgen stand Gabriel früh auf und verbrachte zwei Stunden in der abhörsicheren Kabine, um mit seinen engsten Mitarbeitern am King Saul Boulevard zu telefonieren. Danach charterte er ein Motorboot, um mit Chiara und den Kindern durch die Stadt und zu den Inseln in der Lagune zu fahren. Zum Baden war es viel zu kalt, aber die Kinder zogen auf dem Lido die Schuhe aus und liefen am Strand hinter Möwen und Seeschwalben her. Auf der Rückfahrt nach Cannaregio machten sie in der Kirche San Sebastiano in Dorsoduro halt, um Veroneses *Muttergottes in der Glorie mit dem Hl. Sebastian und anderen Heiligen* zu besichtigen, das Gabriel während Chiaras Schwangerschaft restauriert hatte. Später saßen Gabriel und Chiara auf einer Holzbank vor dem Altenheim Casa Israelitica di Riposo in der milden Herbstsonne, während die Kinder lärmend Fangen spielten.

»Dies ist meine liebste Bank, glaube ich«, sagte Chiara. »Hier haben wir gesessen, als du zur Vernunft gekommen bist und mich gebeten hast, dich zurückzunehmen. Erinnerst du dich, Gabriel? Das war nach dem Anschlag auf den Vatikan.«

»Ich weiß nicht, was schlimmer war. Die Panzerfäuste und Selbstmordattentäter oder die Art und Weise, wie du mich behandelt hast.«

»Das hattest du verdient, du Tölpel. Ich hätte dich nie zurücknehmen sollen.«

»Und jetzt spielen unsere Kinder hier auf dem Platz«, sagte Gabriel.

Chiara sah zum Wachhäuschen der Carabinieri hinüber. »Von bewaffneten Männern bewacht.«

Am folgenden Tag, Mittwoch, verließ Gabriel das Apartment nach seinem Telefonmarathon mit einem lackierten Holzkasten unter dem Arm und ging zur Kirche Madonna dell'Orto. Das Kirchenschiff lag im Halbdunkel, und ein Gerüst verdeckte die doppelt eingefassten Rundbögen der Seitenschiffe. Die Kirche hatte kein Querschiff, aber rückseitig eine fünfeckige Apsis mit dem Grab Jaccpo Robustis, besser bekannt als Tintoretto. Dort traf Gabriel mit Francesco Tiepolo zusammen. Der Venezianer war ein Bär von einem Mann mit grau meliertem schwarzen Vollbart. Wie gewöhnlich trug er zu seiner bequemen weißen Leinenjacke einen elegant geschlungenen Kaschmirschal.

Er umarmte Gabriel strahlend. »Ich wusste, dass du zurückkommen würdest!«

»Ich bin auf Urlaub hier, Francesco. Bleiben wir also auf dem Teppich.«

Tiepolo wischte seinen Einwand mit großer Geste zur Seite. »Heute bist du auf Urlaub, aber eines Tages wirst du in Venedig sterben.« Er betrachtete das Grab. »In einer Kirche können wir dich wohl nicht beisetzen, was?«

Von 1552 bis 1569 hatte Tintoretto zehn Gemälde für diese Kirche geschaffen, darunter *Mariä Tempelgang*, das rechts im Kirchenschiff hing. Dieses mit 480 mal 429 Zentimetern riesige Gemälde gehörte zu seinen Meisterwerken. Die erste Phase der Restaurierung, das Abnehmen des verfärbten Firnisses, war beendet. Nun ging es darum, einzelne Partien zu ergänzen, die durch Alter und Umwelteinflüsse verloren gegangen waren. Gabriel schätzte, dass ein Restaurator für diese Monumentalaufgabe mindestens ein Jahr brauchen würde.

»Welcher arme Teufel hat den Firnis abgenommen? Hoffentlich Antonio Politi?«

»Paulina Giglio, unsere Neue. Sie hat gehofft, dir bei der Arbeit zusehen zu dürfen.«

»Du hast ihr gesagt, dass das nicht infrage kommt?«

»Laut und deutlich. Sie lässt dir ausrichten, dass du jede Figur haben kannst – nur die Maria nicht.«

Gabriel betrachtete das obere Drittel des riesigen Gemäldes. Maria, die dreijährige Tochter von Anna und Joachim, Juden aus Nazareth, stieg zögernd die fünfzehn Stufen des Jerusalemer Tempels zu dem Hohepriester hinauf. Einige Stufen darunter ruhte eine Frau in einem braunen Seidengewand. Ihren linken Arm hatte sie um ein Kind gelegt, das ein Junge oder ein Mädchen sein konnte.

»Sie«, sagte Gabriel. »Und das Kind.«

»Wirklich? Die beiden brauchen viel Arbeit.«

Gabriel lächelte traurig, ohne die Leinwand aus den Augen zu lassen. »Das ist das Mindeste, was ich für sie tun kann.«

Er blieb bis 14 Uhr in der Kirche, viel länger als ursprünglich vorgesehen. An diesem Abend ließen Chiara und er die Kinder in der Obhut ihrer Großeltern zurück, um in einem Restaurant in San Polo südwestlich des Canal Grande zu Abend zu essen. Am folgenden Tag, Donnerstag, nahm er die Kinder zu einer Gondelfahrt mit, bevor er von Mittag bis 17 Uhr an dem Tintoretto arbeitete, bevor Tiepolo die Kirche für die Nacht absperrte.

Chiara beschloss, an diesem Abend selbst zu kochen. Nach dem Essen beobachtete Gabriel das Baden genannte allabendliche Drama, bevor er sich in die abgeschirmte Kabine zurückzog, um eine kleinere Krise daheim zu bewältigen. Es war kurz vor eins, als er ins Bett kroch. Chiara las ein Buch, ohne den stumm gestellten Fernseher zu beachten. Auf dem Bildschirm war eine Live-Aufnahme des Petersdoms zu sehen. Gabriel drehte den Ton lauter und erfuhr, dass ein alter Freund gestorben war.

3

CANNAREGIO, VENEDIG

Später an diesem Morgen wurde der Leichnam Seiner Heiligkeit Papst Paul VII. in die Sala Clementina im ersten Stock des Apostolischen Palasts gebracht. Dort blieb er bis zum frühen Nachmittag, als er in feierlicher Prozession in den Petersdom überführt wurde, um zwei Tage lang öffentlich aufgebahrt zu bleiben. Vier mit Hellebarden bewaffnete Schweizergardisten hielten die Totenwache. Das vatikanische Pressekorps berichtete ausführlich darüber, dass Erzbischof Luigi Donati, der engste Mitarbeiter und Vertraute des Papstes, praktisch nicht von seiner Seite wich.

Nach kirchlicher Tradition hatten Totenmesse und Beisetzung vier bis sechs Tage nach seinem Tod stattzufinden. Kardinalkämmerer Domenico Albanese gab bekannt, die Beerdigung finde am kommenden Dienstag statt und das Konklave werde zehn Tage später beginnen. Die *Vaticanisti* sagten große Differenzen und schwere Auseinandersetzungen zwischen Konservativen und Reformern voraus. Eingeweihte setzten auf Kardinal José Maria Navarro, der seine Position als Präfekt der Kongregation für die Glaubenslehre dazu genutzt hatte, sich im Kardinalskollegium eine Hausmacht zu schaffen, die kaum geringer als die des verstorbenen Papstes war.

In Venedig, wo Pietro Lucchesi als Patriarch gewirkt hatte, ordnete der Oberbürgermeister drei Tage Trauer an. Die Kirchenglocken der Stadt schwiegen, und im Markusdom fand ein mäßig besuchter Gedenkgottesdienst statt. Ansonsten ging das Leben wie gewohnt weiter. Ein kleines Hochwasser überflutete Teile von Santa Croce; ein riesiges Kreuzfahrtschiff rammte einen Kai am Canale della Giudecca. In den Bars, in denen die Einheimischen einen Espresso oder eine Grappa gegen die Herbstkühle tranken, war der Name des toten Papstes selten zu hören. Von den von Natur aus zynischen Venezianern besuchten nur wenige regelmäßig die Messe, und noch weniger lebten nach den Vorschriften der Männer im Vatikan. Die Kirchen Venedigs, die schönsten der Christenheit, waren Orte, an denen Touristen Renaissancekunst bewunderten.

Gabriel verfolgte die Ereignisse in Rom jedoch mit mehr als nur flüchtigem Interesse. Am Morgen der Beisetzung des Papstes war er schon früh in der Kirche und arbeitete bis 12.15 Uhr, als er hallende Schritte im Kirchenschiff hörte. Er klappte seine Lupenbrille hoch und spähte vorsichtig durch einen Spalt zwischen den Planen, mit denen sein Arbeitsgerüst verhängt war. General Cesare Ferrari, Kommandeur des Carabinieri-Dezernats für die Verteidigung des Kulturerbes, besser als Kunstdezernat bekannt, erwiderte seinen Blick ausdruckslos.

Der General trat ohne Aufforderung hinter die Sichtschutzplane und betrachtete die riesige Leinwand, die von zwei Halogenscheinwerfern gleißend hell beleuchtet wurde. »Eines seiner besseren Bilder, finden Sie nicht auch?«

»Er stand unter gewaltigem Druck, sich zu beweisen. Veronese war öffentlich als Nachfolger Tizians und der beste Maler Venedigs anerkannt. Der arme Tintoretto bekam weniger Aufträge als früher.«

»Dies war seine Pfarrkirche.«

»Was Sie nicht sagen!«

»Er hat gleich um die Ecke auf den Fondamenta dei Mori gewohnt.« Der General schob die Plane zur Seite, trat ins Kirchenschiff hinaus. »Hier hat früher auch ein Bellini – *Madonna mit Kind* – gehangen. Es wurde im Jahr 1993 gestohlen. Das Kunstdezernat sucht es seit damals.« Er sah sich nach Gabriel um. »Sie haben es nicht zufällig irgendwo gesehen?«

Gabriel lächelte. Kurz vor seiner Ernennung zum Direktor des Diensts hatte er das meistgesuchte gestohlene Gemälde der Welt aufgespürt: Caravaggios *Christi Geburt mit den Heiligen Laurentius und Franziskus*. Er hatte dafür gesorgt, dass das Kunstdezernat als alleiniger Entdecker dastand. Auch aus diesem Grund hatte General Ferrari sich bereit erklärt, Gabriel und seine Familie während ihres Urlaubs in Venedig Tag und Nacht bewachen zu lassen.

»Sie sollten sich hier erholen«, sagte der General.

Gabriel nahm seine Lupenbrille ab. »Das tue ich.«

»Irgendwelche Probleme?«

»Aus unerklärlichen Gründen fällt es mir schwer, den Farbton des Gewandes der Frau richtig zu treffen.«

»Ich meinte Ihre Sicherheit.«

»Meine Rückkehr nach Venedig scheint unbemerkt geblieben zu sein.«

»Nicht ganz.« Der General sah auf seine Armbanduhr. »Ich kann Sie wohl nicht dazu überreden, eine Mittagspause zu machen?«

»Ich esse nie zu Mittag, wenn ich arbeite.«

»Ja, ich weiß.« Der General schaltete die Halogenscheinwerfer aus. »Ich erinnere mich.«

Tiepolo hatte Gabriel einen Schlüssel zur Kirche gegeben. Unter dem Blick des Kommandeurs des Kunstdezernats stellte er die Alarmanlage scharf und sperrte das Portal ab. Dann gingen sie zu einer Bar ganz in der Nähe von Tintorettos altem Wohnhaus. Auf dem Fernseher über der Theke lief die Übertragung der päpstlichen Beisetzung.

»Zu Ihrer Information«, sagte der General. »Erzbischof Donati wollte Sie auf die Gästeliste setzen.«

»Wieso bin ich dann nicht eingeladen worden?«

»Der Camerlengo wollte nichts davon hören.«

»Albanese?«

Der General nickte. »Ihre Freundschaft mit Donati scheint ihm immer missfallen zu haben. Übrigens auch Ihr gutes Verhältnis zu dem Heiligen Vater.«

»Dann ist's vermutlich besser, dass ich nicht dort bin. Ich hätte nur gestört.«

Der General runzelte die Stirn. »Sie hätten einen Ehrenplatz bekommen müssen. Ohne Sie wäre der Heilige Vater damals bei dem Terroranschlag auf den Vatikan umgekommen.«

Der Barista, ein hagerer Jüngling in Jeans und einem schwarzen T-Shirt, servierte Kaffee. Ferrari trank seinen mit reichlich Zucker. An der Hand, die den Kaffee umrührte, fehlten zwei Finger. Die hatte er als Kommandeur der Carabinieri in Neapel durch eine Briefbombe der Camorra verloren. Dieser Anschlag hatte ihn auch das rechte Auge gekostet. Sein Glasauge mit der unveränderlichen Pupille verlieh dem General einen kalten, starren Blick. Selbst Gabriel tendierte dazu, ihm auszuweichen, weil er das Gefühl hatte, ins Auge eines alles sehenden Gottes zu blicken.

Jetzt konzentrierte Ferrari sich auf den Fernseher, während die Kamera langsam über eine Verbrechergalerie aus Politikern, Monarchen und weltberühmten Prominenten hinwegglitt. Zuletzt zeigte sie Giuseppe Saviano.

»Wenigstens trägt er sein Armband nicht«, murmelte der General.

»Sie sind kein Bewunderer?«

»Saviano ist ein leidenschaftlicher Verteidiger des Budgets des Kunstdezernats. Deshalb kommen wir recht gut miteinander aus.«

»Faschisten lieben das nationale Kulturerbe.«

»Er sieht sich als Populist, nicht als Faschist.«

»Das ist erleichternd.«

Ferraris knappes Lächeln erreichte sein Glasauge nicht. »Der Aufstieg eines Mannes wie Saviano war unvermeidbar. Unser Volk hat die Geduld mit fantastischen Begriffen wie liberale Demokratie, der Europäischen Union und der westlichen Wertegemeinschaft verloren. Und warum auch nicht? Globalisierung und Automatisierung hindern die meisten jungen Italiener daran, einen guten Beruf zu ergreifen. Wollen sie anständig verdienen, gehen sie nach Großbritannien. Und bleiben sie hier …« Der General sah zu dem Jüngling hinter der Bar hinüber. »… servieren sie Touristen Kaffee.« Er senkte die Stimme. »Oder israelischen Geheimdienstlern.«

»Daran wird Saviano nicht viel ändern können.«

»Vermutlich nicht. Aber vorerst wirkt er stark und selbstbewusst.«

»Wie wär's mit kompetent?«

»Solange er keine Migranten ins Land lässt, ist's seinen Anhängern egal, ob er zwei und zwei zusammenzählen kann.«

»Was ist, wenn's eine Krise gibt? Eine echte Krise. Keine, die irgendeine rechtsradikale Webseite erfunden hat.«

»Zum Beispiel?«

»Ich denke an eine weitere Finanzkrise, die das Bankensystem endgültig ruiniert.« Gabriel machte eine Pause. »Oder an etwas weit Schlimmeres.«

»Was wäre schlimmer, als erleben zu müssen, wie die Ersparnisse meines Lebens in Rauch aufgehen?«

»Wie wär's mit einer globalen Pandemie? Mit einem neuartigen Grippevirus, dem wir Menschen hilflos ausgeliefert sind?«

»Eine Plage?«

»Lachen Sie nicht, Cesare. Das ist nur eine Frage der Zeit.«

»Und woher soll Ihre Plage kommen?«

»Sie wird an einem Ort mit schlechten hygienischen Bedingungen von Tieren auf Menschen überspringen. Zum Beispiel auf einem chinesischen Wildtiermarkt. Sie wird mit zunächst nur lokalen Erkrankungen langsam beginnen. Aber weil wir alle so vernetzt sind, wird sie sich wie ein Lauffeuer ausbreiten. Chinesische Touristen werden sie in Westeuropa einschleppen, noch bevor das Virus identifiziert ist. So ist binnen weniger Wochen womöglich die Hälfte der italienischen Bevölkerung infiziert – vielleicht sogar mehr. Was passiert dann, Cesare?«

»Erzählen Sie's mir.«

»Das gesamte Land muss sich in Quarantäne begeben, um eine weitere Ausbreitung des Virus' zu verhindern. Die Krankenhäuser werden so überfüllt sein, dass sie alle außer den Jüngsten und Gesündesten abweisen müssen. Jeden Tag werden Hunderte, vielleicht sogar Tausende sterben. Das Militär wird massenhafte Feuerbestattungen organisieren müssen, um weitere Ansteckungen zu verhindern, das wird …«

»Ein zweiter Holocaust.«

Gabriel nickte langsam. »Und wie, glauben Sie, wird ein unfähiger Populist wie Saviano in dieser Situation reagieren? Wird er auf medizinische Experten hören oder sich einbilden, alles besser zu wissen? Wird er seinem Volk die Wahrheit sagen oder ihm vorgaukeln, dass ein Impfstoff und lebensrettende Behandlungen demnächst zur Verfügung stehen?«

»Er wird den Chinesen und den Migranten alle Schuld zuweisen und gestärkt aus der Krise hervorgehen.« Ferrari musterte Gabriel prüfend. »Wissen Sie etwas, das Sie mir nicht verraten wollen?«

»Jeder halbwegs Vernünftige weiß, dass etwas wie die Spanische Grippe von 1919 längst überfällig ist. Ich habe meinen Ministerpräsidenten gewarnt, dass eine Pandemie die bei Weitem größte Gefahr ist, die Israel droht.«

»Ich bin froh, dass ich nur dafür zuständig bin, gestohlene Kunstwerke aufzuspüren.« Der General beobachtete, wie die Kamera über ein Meer aus roten Soutanen hinwegglitt. »Dort sitzt der nächste Pontifex.«

»Kardinal Navarro gilt als Favorit.«

»Das ist ein Gerücht.«

»Haben Sie nähere Informationen?«

General Ferrari antwortete, als sitze er bei einer Pressekonferenz vor Reportern. »Die Carabinieri versuchen nicht, die Papstwahl zu überwachen. Das tun auch keine anderen italienischen Geheim- oder Sicherheitsdienste.«

»Oh, bitte!«

Der General lachte halblaut. »Und wie steht's mit Ihnen?«

»Die Identität des neuen Papstes braucht den Staat Israel nicht zu kümmern.«

»Wirklich nicht?«

»Was soll das heißen?«

»Das lasse ich am besten *ihn* erklären.« Ferrari nickte zu dem Fernseher hinüber. Die Kamera hatte Erzbischof Luigi Donati gefunden, Privatsekretär Seiner Heiligkeit Papst Paul VII. »Er lässt anfragen, ob Sie Zeit für ein Gespräch mit ihm erübrigen können.«

»Warum hat er mich nicht einfach angerufen?«

»Worüber er sprechen will, möchte er lieber nicht am Telefon sagen.«

»Hat er angedeutet, worum es geht?«

Der General schüttelte den Kopf. »Nur, dass die Sache äußerst wichtig ist. Er hofft, dass Sie Zeit haben, sich morgen mit ihm zum Mittagessen zu treffen.«

»Wo?«

»Rom.«

Gabriel gab keine Antwort.

»Der Flug dauert nur eine Stunde. Zum Abendessen sind Sie wieder in Venedig.«

»Glauben Sie?«

»Wenn ich an den Tonfall des Erzbischofs denke, habe ich meine Zweifel. Er erwartet Sie um ein Uhr im Piperno, das Sie offenbar kennen.«

»Irgendwie kommt mir der Name bekannt vor.«

»Er möchte, dass Sie allein kommen. Und machen Sie sich keine Sorgen wegen Ihrer Frau und Ihrer Kinder. Für die ist in Ihrer Abwesenheit gut gesorgt.«

»Abwesenheit?« Das war nicht das Wort, das Gabriel zur Beschreibung eines Tagesausflugs in die Ewige Stadt gewählt hätte.

Der General sah wieder auf den Fernsehschirm. »Sehen Sie sich diese Kirchenfürsten an – alle rot gekleidet.«

»Die Farbe symbolisiert das Blut Christi.«

Ferrari blinzelte überrascht. »Woher wissen Sie das?«

»Ich habe einen großen Teil meines Lebens damit verbracht, christliche Kunst zu restaurieren. Da ist's ganz natürlich, dass ich die Geschichte ihrer Kirche besser kenne als die meisten Katholiken.«

»Auch besser als ich.« Ferrari zog die Augenbrauen hoch. »Auf wen tippen Sie?«

»Wie man hört, sucht Navarro schon neue Möbel für die päpstlichen Gemächer aus.«

»Ja«, sagte der General nachdenklich nickend. »Das hört man allerdings.«

4

MURANO

»Sag mir bitte, dass das nur ein Scherz ist.«

»Glaub mir, es war nicht meine Idee.«

»Ahnst du überhaupt, wie viel Mühe und Zeit es mich gekostet hat, diese Reise zu organisieren? Verdammt, ich musste sogar beim Ministerpräsidenten vorsprechen!«

»Das tut mir aufrichtig leid«, sagte Gabriel ernst.

Sie saßen im rückwärtigen Teil eines kleinen Restaurants auf der Insel. Gabriel hatte bis nach den Vorspeisen gewartet, bevor er Chiara mitteilte, er werde am kommenden Morgen nach Rom reisen. Sein Motiv war zugegebenerweise egoistisch. Dieses Fischrestaurant gehörte zu seinen Lieblingslokalen in Venedig.

»Ich bin nur einen Tag fort, Chiara.«

»Das glaubst du doch selbst nicht!«

»Nein, aber einen Versuch war's wert.«

Chiara hob ihr Weinglas an die Lippen. Im Kerzenschein leuchtete ihr Pinot Grigio mit blassem Feuer. »Wieso warst du nicht zur Beisetzung eingeladen?«

»Kardinal Albanese konnte anscheinend auf dem ganzen Petersplatz keinen Platz für mich finden.«

»Er hat den Leichnam aufgefunden, nicht wahr?«

»In der Privatkapelle«, sagte Gabriel.

»Glaubst du, dass alles wirklich so abgelaufen ist?«

»Willst du damit andeuten, die vatikanische Pressestelle könnte Fake News verbreitet haben?«

»Luigi und du habt im Lauf der Jahre nicht wenige Falschmeldungen fabriziert.«

»Aber unsere Motive waren immer rein.«

Chiara stellte ihr Glas auf die cremeweiße Tischdecke und drehte es langsam. »Was, glaubst du, will er mit dir besprechen?«

»Jedenfalls nichts Gutes.«

»Was hat General Ferrari gesagt?«

»So wenig wie nur möglich.«

»Das sieht ihm gar nicht ähnlich.«

»Vielleicht hat er angedeutet, die Sache könnte etwas mit der Wahl des nächsten Pontifex Maximus der Heiligen Römischen Kirche zu tun haben.«

Das Weinglas drehte sich nicht mehr. »Mit dem Konklave?«

»Genauer hat er sich nicht ausgedrückt.«

Gabriel weckte sein Mobiltelefon und sah auf die Uhr. Zuletzt hatte er sich doch von seinem geliebten BlackBerry Key2 trennen müssen. Sein neues Smartphone war ein in Israel nach seinen Angaben speziell für ihn hergestelltes Solaris. Es war größer und schwerer als gewöhnliche Handys und sollte den erfahrensten Hackern der Welt – auch der amerikanischen NSA und der israelischen Einheit 8200 – widerstehen können. Außer den Führungskräften des Diensts benutzte auch Chiara ein Solaris. Dies war ihr zweites Gerät. Ihr erstes Solaris hatte Raphael vom Balkon ihrer Jerusalemer Wohnung geworfen. Trotz seiner Robustheit war das Solaris nicht dafür gebaut, einen Fall aus dem zweiten Stock mit Aufprall auf einem gepflasterten Gehsteig zu überstehen.

»Es ist schon spät«, sagte er. »Wir sollten deine Eltern retten.«

»Das hat keine Eile. Sie haben die Kinder gern um sich. Wenn es nach ihnen ginge, würden wir in Venedig bleiben.«

»Am King Saul Boulevard würde meine Abwesenheit vielleicht auffallen.«

»Dem Ministerpräsidenten auch.« Chiara schwieg einen Augenblick. »Ich muss zugeben, dass ich mich auch nicht darauf freue, wieder heimzureisen. Ich habe es genossen, dich für mich zu haben.«

»Meine Amtszeit dauert nur noch zwei Jahre.«

»Genau zwei Jahre und einen Monat.«

»War es eine schreckliche Zeit bis hierher?«

Sie verzog das Gesicht. »Ich wollte nie die Rolle der nörgelnden Ehefrau spielen. Diesen Typ kennst du, nicht wahr, Gabriel? Sie sind so nervig, diese Frauen.«

»Wir haben von Anfang an gewusst, dass es schwierig werden würde.«

»Ja«, sagte sie vage.

»Wenn du Hilfe brauchst ...«

»Hilfe?«

»Ein zusätzliches Paar Hände im Haushalt.«

Sie runzelte die Stirn. »Ich komme gut allein zurecht, besten Dank. Du fehlst mir nur, das ist alles.«

»Die zwei Jahre vergehen wie im Flug.«

»Und du versprichst mir, dich nicht zu einer zweiten Amtszeit überreden zu lassen?«

»Absolut!«

Ihre Miene hellte sich auf. »Wie willst du also deinen Ruhestand verbringen?«

»Das klingt so, als sollte ich mich nach einem Platz in betreutem Wohnen umsehen.«

»Du bist nicht mehr der Jüngste, Darling.« Sie tätschelte

seine Hand. Das bewirkte, dass er sich noch älter fühlte. »Na?«, fragte sie.

»Ich möchte den Rest meines Lebens darauf verwenden, dich glücklich zu machen.«

»Du tust also alles, was ich will?«

Er musterte sie prüfend. »Innerhalb eines vernünftigen Rahmens.«

Sie senkte den Kopf und zupfte an einem Faden an der Tischdecke. »Ich habe gestern mit Francesco Kaffee getrunken.«

»Das hat er nicht erwähnt.«

»Weil ich ihn darum gebeten habe.«

»Aha. Und worüber habt ihr gesprochen?«

»Über die Zukunft.«

»Woran denkt er?«

»An eine Partnerschaft.«

»Francesco und ich?«

Chiara gab keine Antwort.

»*Du?*«

Sie nickte. »Er möchte, dass ich komme und bei ihm arbeite. Und wenn er in ein paar Jahren in den Ruhestand geht ...«

»Was?«

»Dann gehört die Firma mir.«

Gabriel erinnerte sich daran, was Tiepolo am Grab Tintorettos stehend gesagt hatte: *Heute bist du auf Urlaub, aber eines Tages wirst du in Venedig sterben ...* Er bezweifelte, dass dieser Plan erst gestern beim Kaffee ausgeheckt worden war.

»Ein nettes jüdisches Mädchen aus dem Ghetto wird sich um die Erhaltung der Kirchenkunst Venedigs kümmern? Willst du das sagen?«

»Ziemlich bemerkenswert, nicht wahr?«

»Und was mache *ich* dann?«

»Du könntest deine Tage damit verbringen, durch die Gassen Venedigs zu streifen.«

»Oder?«

Sie lächelte strahlend. »Du könntest für mich arbeiten.«

Dieses Mal senkte Gabriel den Kopf. Das leuchtende Display seines Smartphones kündigte eine Nachricht vom King Saul Boulevard an. Er drehte das Gerät um. »Das könnte zu Kontroversen führen, Chiara.«

»Für mich zu arbeiten?«

»Israel in dem Augenblick zu verlassen, in dem meine Amtszeit zu Ende ist.«

»Willst du für einen Sitz in der Knesset kandidieren?«

Er verdrehte die Augen.

»Ein Buch über deine Erfolge schreiben?«

»Das überlasse ich jemand anderem.«

»Also?«

Er gab keine Antwort.

»Bleibst du in Israel, kann der Dienst dich jederzeit erreichen. Kommt eine Krise, holen sie dich wie damals Ari als Retter in der Not zurück.«

»Ari wollte zurückkommen. Ich bin anders.«

»Glaubst du? Da bin ich mir nicht so sicher. Tatsächlich wirst du ihm immer ähnlicher.«

»Was ist mit den Kindern?«, fragte er.

»Sie lieben Venedig.«

»Schule?«

»Glaub mir, wir haben ein paar sehr gute.«

»Dann werden sie Italiener.«

Sie runzelte die Stirn. »Jammerschade, was?«

Gabriel atmete langsam aus. »Hast du Francescos Bücher eingesehen?«

»Die bringe ich in Ordnung.«

»Die Sommer in der Stadt sind schrecklich.«

»Wir fahren in die Berge oder segeln auf der Adria. Du hast jahrelang nicht mehr gesegelt, Darling.«

Gabriel fiel nichts mehr ein, was er hätte einwenden können. Tatsächlich hielt er das für eine wunderbare Idee. Vor allem wäre Chiara dann in seinen beiden letzten Dienstjahren beschäftigt.

»Dann sind wir uns also einig?«, fragte sie.

»Ich denke schon, wenn du meine exorbitanten Gehaltswünsche erfüllst.«

Gabriel machte dem Ober ein Zeichen. Chiara zupfte wieder an dem losen Faden.

»Mir macht noch etwas anderes Sorgen«, sagte sie.

»Dass wir die Kinder aus ihrer gewohnten Umgebung reißen und nach Venedig verpflanzen?«

»Nein, das amtliche Bulletin des Vatikans. Luigi war immer bis zum späten Abend mit dem Papst zusammen. Und wenn Lucchesi vor dem Zubettgehen noch mal in seine Privatkapelle gegangen ist, hat Luigi ihn begleitet.«

»Korrekt.«

»Wieso hat dann Kardinal Albanese den Toten aufgefunden?«

»Das werden wir nie erfahren.« Gabriel machte eine Pause. »Außer ich esse morgen mit Luigi in Rom zu Mittag.«

»Das kannst du – unter einer Bedingung.«

»Welcher?«

»Nimm mich mit.«

»Was ist mit den Kindern?«

»Meine Eltern können sich um sie kümmern.«

»Und wer kümmert sich um deine Eltern?«

»Natürlich die Carabinieri.«

»Aber …«

»Lass dich nicht zweimal bitten, Gabriel. Ich hasse es wirklich, die nörgelnde Ehefrau zu spielen. Sie sind so nervig, diese Frauen.«

5

VENEDIG – ROM

Nach dem Frühstück lieferten sie die Kinder bei den Großeltern ab und beeilten sich, zum Bahnhof Santa Lucia zu kommen, um den Hochgeschwindigkeitszug um 8.34 Uhr nach Rom zu erreichen. Während draußen die fruchtbare Landschaft Oberitaliens vorbeizog, las Gabriel die Zeitungen, schrieb ein paar Routine-E-Mails und telefonierte mit dem King Saul Boulevard. Chiara, die einen dicken Stapel Einrichtungsmagazine durchblätterte, leckte bei jeder Seite die Kuppe ihres Zeigefingers an.

Wenn die Verteilung von Licht und Schatten genau richtig war, konnte Gabriel ihr Spiegelbild in der Fensterscheibe neben sich sehen. Er musste zugeben, dass sie ein attraktives Paar waren, er in seinem eleganten dunklen Anzug mit weißem Hemd, Chiara in schwarzen Leggings und Lederjacke. Trotz seines stressreichen Jobs mit langen Arbeitszeiten – und trotz seiner vielen Verwundungen, von denen einige tödlich hätten sein können – hatte er sich nach eigener Einschätzung ziemlich gut gehalten. Ja, die Fältchen um seine jadegrünen Augen waren etwas tiefer, aber er war weiter fit wie ein Triathlet und hatte noch sein volles dunkles Haar, das nur an den Schläfen auffällig grau war. Nach seinem ersten Auftragsmord für den Dienst hatte es seine Farbe praktisch über Nacht gewechselt. Das Unternehmen hatte 1972 in der Stadt stattgefunden, die heute ihr Ziel war.

Kurz vor Florenz hielt Chiara ihm einen aufgeschlagenen Katalog unter die Nase und wollte wissen, was er von dem Sofa und dem Couchtisch hielt. Seine indifferente Reaktion trug ihm einen leicht tadelnden Blick ein. Chiara war anscheinend schon dabei, Immobilienanzeigen zu studieren, was seine Theorie bestätigte, ihre Rückkehr nach Venedig sei schon länger in Planung. Vorerst konzentrierte sie sich auf zwei Eigentumswohnungen: eine in Cannaregio, die andere in San Polo mit Blick auf den Canal Grande. Beide würden das kleine Vermögen, das Gabriel als Restaurator angehäuft hatte, erheblich vermindern, und Chiara würde von beiden aus zu Tiepolos Büro in San Marco pendeln müssen. Das Apartment in San Polo lag viel näher, nur wenige *Vaporetto*-Stationen entfernt. Leider kostete es jedoch auch doppelt so viel.

»Wenn wir die Narkiss Street verkaufen …«

»Die verkaufen wir nicht«, sagte Gabriel.

»Das Apartment in San Polo hat ein riesiges Zimmer mit hoher Decke, das du als Atelier benutzen könntest.«

»Damit ich den Hungerlohn, den du mir zahlst, durch private Aufträge aufbessern kann?«

»Genau.«

Gabriels Telefon piepste mit dem speziellen Ton, der dringende Nachrichten vom King Saul Boulevard anzeigte.

Chiara beobachtete unruhig, wie Gabriel den Text las. »Müssen wir nach Hause?«

»Noch nicht.«

»Was gibt's?«

»In Berlin ist auf dem Potsdamer Platz eine Autobombe detoniert.«

»Opfer?«

»Vermutlich. Genauere Angaben fehlen noch.«

»Wer steckt hinter dem Anschlag?«

»Der IS hat die Verantwortung dafür übernommen.«

»Ist er denn imstande, einen Anschlag in Westeuropa auszuführen?«

»Hättest du mich das gestern gefragt, hätte ich Nein gesagt.«

Gabriel verfolgte die Meldungen aus Berlin, bis der Zug im Bahnhof Roma Termini einlief. Draußen war der Himmel leuchtend blau und wolkenlos. Sie gingen durch beige und sienabraune Häuserschluchten – vor allem auf Gassen und Nebenstraßen, auf denen Verfolger leichter zu entdecken waren. Als sie die Piazza Navona erreichten, waren sie sich einig, dass sie nicht beschattet wurden.

Das Ristorante Piperno lag ein kleines Stück weiter südlich an einem ruhigen kleinen Platz in Tibernähe. Chiara betrat es als Erste und bekam von dem entzückten Ober in weißer Jacke sofort den besten Tisch am Fenster. Gabriel, der drei Minuten später eintraf, nahm draußen in der milden Herbstsonne Platz. Er konnte sehen, wie Chiaras Daumen hektisch auf ihrem Smartphone herumtippten. Er zog sein eigenes Handy aus der Tasche und tippte: Was ist passiert?

Chiaras Antwort kam wenige Sekunden später: Dein Sohn hat die liebste Vase meiner Mutter zertrümmert.

Das war bestimmt die Schuld der Vase, nicht seine.

Dein Tischgenosse kommt gerade.

Gabriel beobachtete, wie ein älterer Fiat zögernd über das Pflaster des kleinen Platzes kroch. Statt eines SCV-Kennzeichens für im Vatikan zugelassene Fahrzeuge hatte er ein gewöhnliches römisches Kennzeichen. Hinten stieg ein hochgewachsener, sehr gut aussehender Geistlicher aus. Seine schwarze Soutane mit rubinroten Knöpfen, violettem Zingulum und Schulterkragen wies ihn als Erzbischof aus. Seine Ankunft im Ristorante Piperno erregte kaum weniger Aufsehen als Chiaras.

»Ich muss um Entschuldigung bitten«, sagte Luigi Donati, als er Gabriel gegenüber Platz nahm. »Ich hätte mich nie auf dieses Interview mit *Vanity Fair* einlassen dürfen. Seither kann ich mich in Rom nirgends mehr bewegen, ohne erkannt zu werden.«

»Wieso haben Sie das Interview gegeben?«

»Die Redakteurin hat mir erklärt, sie werde den Artikel mit und ohne meine Kooperation schreiben.«

»Und Sie sind darauf reingefallen?«

»Sie hat versprochen, ein seriöses Porträt eines Mannes zu schreiben, der dabei hilft, die Kirche in schwierigen Zeiten auf Kurs zu halten. Aber so ist's leider nicht geworden.«

»Ich vermute, dass Sie sich vor allem an der Beschreibung Ihrer Person stören.«

»Erzählen Sie mir nicht, dass Sie's gelesen haben!«

»Wort für Wort.«

Donati runzelte die Stirn. »Ich muss leider sagen, dass es dem Heiligen Vater gefallen hat. Er dachte, es lasse die Kirche cool erscheinen. Übrigens hat er sich exakt so ausgedrückt. Meine Rivalen innerhalb der Kurie haben das anders gesehen.« Er wechselte abrupt das Thema. »Tut mir leid, dass ich Ihren Urlaub unterbrochen habe. Hoffentlich war Chiara nicht böse.«

»Ganz im Gegenteil.«

»Ist das wahr?«

»Habe ich Sie jemals belogen?«

»Soll ich darauf wirklich antworten?« Donati rang sich ein Lächeln ab.

»Wie kommen Sie zurecht?«, fragte Gabriel.

»Ich trauere um meinen Herrn und gewöhne mich an ein einfacheres Leben und meinen Statusverlust.«

»Wo wohnen Sie jetzt?«

»In der Jesuitenkurie. Sie liegt im Borgo Santo Spirito ganz in der Nähe des Vatikans. Das Apartment ist nicht so geräumig wie meine Wohnung im Apostolischen Palast, aber trotzdem recht behaglich.«

»Haben Sie schon eine Beschäftigung gefunden?«

»Ich werde an der Gregoriana Kirchenrecht lehren. Und ich entwickle eine Vorlesungsreihe über das schwierige Verhältnis der Kirche zum Judentum.« Er machte eine Pause. »Vielleicht kann ich Sie einmal dazu bewegen, eine Gastvorlesung zu halten.«

»Können Sie sich das vorstellen?«

»Ja, das kann ich. Die Beziehungen zwischen unseren Glaubensgemeinschaften waren nie besser, was auch auf Ihre persönliche Freundschaft mit Pietro Lucchesi zurückzuführen ist.«

»Ich habe Ihnen in der Nacht nach seinem Tod eine Nachricht geschickt«, sagte Gabriel.

»Die mir sehr viel bedeutet hat.«

»Warum haben Sie dann nicht geantwortet?«

»Aus demselben Grund, aus dem ich Kardinal Albanese nicht widersprochen habe, als er es abgelehnt hat, Sie an der Beisetzung teilnehmen zu lassen. Ich brauche Ihre Hilfe bei einer heiklen Angelegenheit und wollte kein unnötiges Licht auf unser enges Verhältnis werfen.«

»Und die heikle Angelegenheit?«

»Die betrifft den Tod des Heiligen Vaters. Dabei hat es gewisse … Unregelmäßigkeiten gegeben.«

»Beginnend mit der Identität der Person, die den Leichnam aufgefunden hat.«

»Das ist Ihnen auch aufgefallen?«

»Tatsächlich hat Chiara mich darauf aufmerksam gemacht.«

»Eine kluge Frau!«

»Wieso hat Kardinal Albanese den Toten entdeckt? Wieso nicht Sie, Luigi?«

Donati griff nach der Speisekarte. »Vielleicht sollten wir erst bestellen. Wie wär's mit den frittierten Artischockenblättern auf Zucchiniblüten? Und dazu *Filetti di baccalà*? Der Heilige Vater hat immer behauptet, hier gäbe es den besten Backfisch von Rom.«

6

RISTORANTE PIPERNO, ROM

Der Wirt bestand darauf, ihnen auf Kosten des Hauses eine Flasche Wein zu kredenzen. Etwas ganz Besonderes, versprach er, ein Trebbiano d'Abruzzo von einem kleinen Winzer. Er war sich sicher, dass Seine Exzellenz diesen Weißwein genießen würde. Donati kostete ihn umständlich und lobte ihn als wundervoll. Als sie wieder allein waren, schilderte er Gabriel die letzten Stunden im Leben von Papst Paul VII. Im Speisezimmer der päpstlichen Gemächer hatten der Heilige Vater und sein Privatsekretär das Abendessen – das letzte Abendmahl, sagte Donati ernst – gemeinsam eingenommen. Dann waren sie ins Arbeitszimmer hinübergegangen, wo Donati auf Wunsch Seiner Heiligkeit die Vorhänge aufgezogen und die Fensterläden zum Petersplatz hin geöffnet hatte. Das war der vorletzte Dienst, den er seinem Herrn erwiesen hatte, zumindest zu Lebzeiten des Heiligen Vaters.

»Und der letzte Dienst?«, fragte Gabriel.

»Ich habe ihm die Tabletten hingelegt, die er abends einnehmen musste.«

»Welche waren das?«

Donati zählte drei rezeptpflichtige Medikamente gegen Herzschwäche auf.

»Das haben Sie vor der Öffentlichkeit gut verborgen«, sagte Gabriel.

»Darauf verstehen wir uns hier recht gut.«

»Ich erinnere mich, dass er vor einigen Monaten kurz in der Gemelli-Klinik war – angeblich wegen einer schweren Bronchitis.«

»Das war ein Herzinfarkt. Sein zweiter.«

»Wer wusste davon?«

»Natürlich Dottore Gallo. Und Kardinalstaatssekretär Gaubert.«

»Weshalb die strikte Geheimhaltung?«

»Weil Lucchesis Amtszeit als Papst praktisch zu Ende gewesen wäre, wenn die übrige Kurie von seiner körperlichen Hinfälligkeit erfahren hätte. In der ihm verbleibenden Zeit hatte er noch viel Arbeit zu tun.«

»Was für Arbeit?«

»Er hat mit dem Gedanken gespielt, ein weiteres vatikanisches Konzil einzuberufen, das sich mit den vielen drängenden Problemen der Kirche befassen sollte. Der konservative Flügel ist noch dabei, sich mit dem Vaticanum II abzufinden, das über ein halbes Jahrhundert zurückliegt. Ein neues Konzil hätte vorsichtig ausgedrückt Zündstoff enthalten.«

»Was ist passiert, nachdem Sie Lucchesi die Tabletten hingelegt hatten?«

»Ich bin nach unten gegangen, wo mein Chauffeur mit meinem Wagen gewartet hat. Das war ziemlich genau um einundzwanzig Uhr.«

»Wohin sind Sie gefahren?«

Donati griff nach seinem Weinglas. »Sie sollten diesen Wein versuchen, mein Freund. Er ist wirklich gut.«

Die Ankunft der Vorspeise gewährte Donati einen weiteren Aufschub. Als er das erste frittierte Artischockenblatt aufspießte, fragte er gekünstelt beiläufig: »Sie erinnern sich an Veronica Marchese, nicht wahr?«

»Luigi ...«

»Was?«

»Vergib mir, Herr, denn ich habe gesündigt.«

»Nein, so war's nicht.«

»Wie sonst?«

Als Direktorin des Museo Nazionale Etrusco war Dr. Veronica Marchese die oberste Autorität Italiens in Bezug auf die Kultur der Etrusker. Ende der achtziger Jahre hatte sie sich bei Ausgrabungen in der Nähe des umbrischen Dorfes Monte Cucco in einen ehemaligen Priester, einen Jesuiten, verliebt, einen glühenden Anhänger der Befreiungstheologie, der als Missionar in der salvadorianischen Provinz Morazán vom Glauben abgefallen war. Die Affäre hatte abrupt geendet, als der ehemalige Priester in den Schoß der Kirche zurückgekehrt war, um Privatsekretär des Patriarchen von Venedig zu werden. Die enttäuschte Veronica hatte Carlo Marchese geheiratet, einen reichen römischen Geschäftsmann aus guter Familie mit engen Verbindungen zum Vatikan. Marchese war durch einen Sturz von der Besuchergalerie unter der Kuppel des Petersdoms umgekommen. Gabriel hatte neben Carlo gestanden, als er übers Geländer gefallen war. Sechzig Meter tiefer hatte Donati bei seinem zerschmetterten Leichnam gebetet.

»Wie lange geht das schon?«, fragte Gabriel.

»Dieses Lied habe ich schon immer geliebt«, antwortete Donati hochmütig.

»Beantworten Sie meine Frage.«

»Hier *geht* gar nichts. Aber seit ungefähr einem Jahr treffe ich mich regelmäßig mit ihr zum Abendessen.«

»Ungefähr?«

»Na ja, vielleicht seit zwei Jahren.«

»Vermutlich dinieren Sie nicht öffentlich mit ihr?«

»Nein«, antwortete Donati. »Nur in Veronicas Haus.«

Gabriel und Chiara waren dort einmal zu einer Party eingeladen gewesen. Das Haus war ein Palazzo voller Kunst und Antiquitäten in der Nähe des Parks Villa Borghese. »Wie oft?«, fragte er.

»Außer in Krisenzeiten jeden Donnerstagabend.«

»Das erste Gebot bei verbotenen Aktivitäten lautet: keine Regelmäßigkeit!«

»Dass Veronica und ich miteinander zu Abend essen, ist keineswegs *verboten*. Der Zölibat ist nur ein Versprechen, ehelos zu leben. Er verbietet keine Kontakte zu Frauen. Ich kann sie nur nicht heiraten oder …«

»Aber Sie dürfen sie lieben?«

»Streng genommen ja.«

Gabriel starrte Donati vorwurfsvoll an. »Wieso setzen Sie sich bewusst solcher Versuchung aus?«

»Veronica sagt, dass ich's aus demselben Grund tue, aus dem ich früher Bergsteiger war. Um zu sehen, ob ich trittfest bin. Um zu sehen, ob Gott mich auffängt, wenn ich falle.«

»Sie ist hoffentlich diskret.«

»Kennen Sie eine diskretere Frau als Veronica Marchese?«

»Und was ist mit Ihren Kollegen im Vatikan?«, fragte Gabriel. »Weiß jemand davon?«

»Dort leben auf engstem Raum sexuell frustrierte Männer zusammen, die nichts lieber tun, als ausdauernd zu tratschen.«

»Deshalb finden Sie's verdächtig, dass ein Mann mit schwachem Herzen ausgerechnet in der Nacht gestorben ist, in der Sie nicht im Apostolischen Palast waren.«

Donati sagte nichts.

»Dahinter muss noch mehr stecken.«

»Ja«, sagte Donati, indem er ein weiteres Artischockenblatt aufspießte. »Viel mehr.«

7

RISTORANTE PIPERNO, ROM

Als Erstes ging es um den Anruf von Kardinal Albanese. Er war fast zwei Stunden nach dem Zeitpunkt eingegangen, an dem der Camerlengo den Heiligen Vater angeblich tot in seiner Privatkapelle aufgefunden hatte. Albanese behauptete, mehrmals erfolglos versucht zu haben, Donati auf seinem Handy zu erreichen. Luigis Smartphone hatte keine verpassten Anrufe registriert.

»Klingt ziemlich eindeutig. Weiter!«

Der Zustand des päpstlichen Arbeitszimmers, antwortete Donati. Vorhänge zugezogen, Fensterläden geschlossen. Eine halb leere Tasse Tee auf dem Schreibtisch. Und ein fehlender Gegenstand.

»Was war das?«

»Ein Brief. Ein *persönliches* Schreiben. Nicht offiziell.«

»Lucchesi war der Empfänger?«

»Der Verfasser.«

»Und der Inhalt des Briefs?«

»Den wollte Seine Heiligkeit mir nicht verraten.«

Gabriel wusste nicht genau, ob der Erzbischof die ganze Wahrheit sagte. »Vermute ich richtig, dass der Brief mit der Hand geschrieben war?«

»Der Stellvertreter Christi benutzt keinen PC.«

»An wen war er adressiert?«

»An einen alten Freund.«

Donati schilderte die Szene, die er vorgefunden hatte, als Kardinal Albanese ihn ins päpstliche Schlafzimmer geführt hatte. Gabriel stellte sich das Tableau wie von Caravaggio in Öl auf Leinwand gemalt vor. Der von drei prominenten Kardinälen bewachte tote Pontifex auf dem Bett ausgestreckt. Auf der rechten Seite des Gemäldes, in den Schatten kaum sichtbar, drei vertrauenswürdige Laien: der Leibarzt des Papstes, der Chef der zahlenmäßig kleinen Polizei des Vatikans und der Kommandeur der Päpstlichen Schweizergarde. Gabriel hatte Dr. Gallo nie kennengelernt, aber er kannte Lorenzo Vitale und mochte ihn. Alois Metzler war eine andere Story.

Gabriels privater Caravaggio löste sich wie mit einem starken Lösungsmittel behandelt auf. Donati schilderte eben, wie Albanese den Toten aufgefunden und in sein Schlafzimmer getragen haben wollte.

»Offen gesagt ist das der einzige Teil seiner Geschichte, der plausibel klingt. Wie Sie wissen, war mein Herr klein und zierlich, und Albanese ist ein richtiger Kraftprotz.« Donati schwieg einen Augenblick. »Natürlich gibt es auch eine weitere mögliche Erklärung.«

»Nämlich?«

»Dass seine Heiligkeit es nie in die Kapelle geschafft hat. Dass er im Arbeitszimmer am Schreibtisch beim Teetrinken gestorben ist. Als ich aus dem Schlafzimmer gekommen bin, war er fort. Ich meine den Tee. Jemand hat Tasse und Untertasse entfernt, während ich bei Lucchesi gebetet habe.«

»Vermute ich richtig, dass es keine Autopsie gegeben hat?«
»Der Stellvertreter Christi ...«
»Ist er einbalsamiert worden?«
»Ich fürchte, ja. Wojtylas Leichnam ist ziemlich grau ge-

worden, während er im Petersdom aufgebahrt war. Und dann hat es Pius XII. gegeben.« Donati verzog das Gesicht. »Eine echte Katastrophe. Albanese hat gesagt, er wolle kein Risiko eingehen. Oder vielleicht hat er nur seine Spuren verwischt. Schließlich macht eine Einbalsamierung es viel schwieriger, irgendwelche Spuren von Gift zu finden.«

»Sie müssen wirklich aufhören, sich so viele Fernsehkrimis anzusehen, Luigi.«

»Ich *habe* keinen Fernseher.«

Gabriel ließ eine Pause eintreten. »Wenn ich mich richtig erinnere, gibt es auf der Loggia vor den Privatgemächern keine Überwachungskameras.«

»Wenn es Kameras gäbe, wären sie keine Privatgemächer mehr, nicht wahr?«

»Aber ein Schweizergardist muss Wache gestanden haben.«

»Immer.«

»Er hätte also gesehen, wenn jemand die Gemächer betreten hätte?«

»Vermutlich.«

»Haben Sie ihn befragt?«

»Dazu hatte ich nie Gelegenheit.«

»Haben Sie mit Lorenzo Vitale über Ihre Bedenken gesprochen?«

»Und was hätte Lorenzo unternehmen können? Mordermittlungen wegen des Todes des Papstes einleiten?« Donati lächelte mitleidig. »Mich wundert, dass ein Vatikankenner wie Sie das überhaupt fragt. Außerdem hätte Albanese solche Ermittlungen nie genehmigt. Er hat sich eine Story zurechtgelegt, bei der er strikt bleibt. Er hat den Heiligen Vater kurz nach zehn Uhr tot in der Privatkapelle aufgefunden und ihn ohne fremde Hilfe in sein Schlafzimmer getragen. Dann hat er in Anwesenheit der drei mächtigsten Kardinäle festgestellt, dass der Stuhl Petri vakant ist. Das war zu einem Zeitpunkt, als ich bei einer ehemaligen Geliebten spät zu Abend gegessen habe. Widerspreche ich Albanese, vernichtet er mich. Und Veronica dazu.«

»Wie wär's mit Informationen für einen vertrauenswürdigen Journalisten? Auf dem Petersplatz dürften ein paar Tausend versammelt sein.«

»Diese Sache ist zu ernst, als dass ich sie einem Journalisten anvertrauen könnte. Sie muss von jemandem aufgeklärt werden, der erfahren und rücksichtslos genug ist, um rauszukriegen, was wirklich passiert ist. Und schnell.«

»Von jemandem wie mir?«

Donati gab keine Antwort.

»Ich bin im Urlaub«, protestierte Gabriel. »Und ich soll in einer Woche wieder in Tel Aviv sein.«

»Also haben Sie gerade noch Zeit, den Mörder des Heiligen Vaters zu finden, bevor das Konklave beginnt. Im Prinzip hat es schon begonnen. Die meisten Männer, die den nächsten Papst wählen werden, sind in der Casa Santa Marta versammelt.« Das Domus Sanctae Marthae, auch Casa Santa Marta, war das fünfstöckige Gästehaus am Südrand des Stadtstaats. »Ich kann Ihnen versichern, dass diese rot gewandeten Kirchenfürsten beim Abendessen nicht über die Sportnachrichten diskutieren. Wir müssen den Mörder meines Herrn unbedingt finden, bevor die Türen der Sixtinischen Kapelle sich hinter ihnen schließen.«

»Bei allem Respekt, Luigi. Sie haben absolut keinen Beweis dafür, dass Lucchesi ermordet wurde.«

»Ich habe Ihnen noch nicht alles erzählt, was ich weiß.«

»Dann wäre jetzt der richtige Zeitpunkt.«

»Der verschwundene Brief war an Sie adressiert.« Donati machte eine Pause. »Fragen Sie mich jetzt nach dem Schweizergardisten, der in der bewussten Nacht vor den päpstlichen Gemächern Wache gestanden hat.«

»Was ist mit ihm?«

»Er hat den Vatikan wenige Stunden nach dem Tod des Heiligen Vaters verlassen. Seither ist er verschwunden.«

8

RISTORANTE PIPERNO, ROM

Einen Augenblick lang wurde Gabriel durch einen Mann abgelenkt, der über den kleinen Platz schlenderte, als der Ober ihre Vorspeisenteller abservierte. Er trug zu einer Schirmmütze eine Sonnenbrille und einen Nylonrucksack über der breiten Schulter. Gabriel hielt ihn für einen Nordeuropäer, einen Deutschen oder Österreicher, vielleicht einen Skandinavier. Der Mann blieb einige Meter von ihrem Tisch entfernt stehen, um sich zu orientieren – lange genug, dass Gabriel sich überlegte, wie lange er brauchen würde, um seine hinten im Hosenbund steckende Beretta zu ziehen. Stattdessen nahm er sein Handy vom Tisch und fotografierte den Mann, als er weiterging.

»Fangen wir mit dem Brief an.« Gabriel legte das Handy wieder weg. »Aber ich schlage vor, dass Sie nicht weiter behaupten, seinen Inhalt nicht zu kennen.«

»Ich kenne ihn wirklich nicht«, beteuerte Donati. »Aber wenn ich raten sollte, würde ich vermuten, dass sein Thema etwas war, das er im Geheimarchiv entdeckt hat.«

L'Archivio Segreto Vaticano, das Vatikanische Geheimarchiv, war der zentrale Aufbewahrungsort für religiöse und weltliche päpstliche Dokumente. Es war in der Nähe der Apostolischen Bibliothek im Belvedere-Palast untergebracht und enthielt 85 000 laufende Meter Regale, viele davon in unterirdischen Bunkern. Zu seinen vielen Schätzen gehörte das *Decet Romanum Pontificem*, die Bulle Papst Leos X., mit der er 1521 einen lästigen deutschen Theologen namens Martin Luther exkommuniziert hatte. Zugleich lagerte dort viel von der schmutzigsten Wäsche der Kirche. Kurz nach Lucchesis Amtsantritt hatte Gabriel mit Seiner Heiligkeit und Donati zusammengearbeitet, um Dokumente über das Verhalten Papst Pius XII. im Zweiten Weltkrieg zu veröffentlichen. Damals waren sechs Millionen Juden ermordet worden – viele von ihnen von Katholiken –, ohne dass der Heilige Stuhl nachdrücklich protestiert hätte.

»Das Archiv gilt als persönliches Eigentum des jeweiligen Amtsinhabers«, erklärte Donati. »Das bedeutet, dass der Papst jedes beliebige Schriftstück einsehen kann. Für seinen Privatsekretär gilt das leider nicht. So wusste ich nicht immer, mit welchen Dokumenten er beschäftigt war.«

»Wo hat er sie gelesen?«

»Manchmal hat der Präfekt sie in seine Gemächer gebracht. Waren sie zu alt und empfindlich, hat der Heilige Vater sie im Lesezimmer des Archivs studiert, vor dessen Tür der Präfekt Wache gehalten hat. Sie haben vielleicht schon von ihm gehört. Er heißt ...«

»Kardinal Domenico Albanese.«

Donati nickte.

»Albanese wusste also genau, welche Dokumente der Heilige Vater eingesehen hat?«

»Nicht unbedingt.« Donati, der noch immer rauchte, nahm eine Zigarette aus einem eleganten goldenen Etui und zündete sie mit einem goldenen Feuerzeug an. »Wie Sie sich erinnern werden, hatte Seine Heiligkeit große Schlafprobleme. Konnte er nachts nicht schlafen, ist er manchmal ins Geheimarchiv gegangen, um ein, zwei Stunden zu lesen.«

»Wie ist er mitten in der Nacht an Dokumente herangekommen?«

»Er hatte eine geheime Quelle.« Donati wurde auf etwas hinter Gabriels Schulter aufmerksam. »Mein Gott, ist das ...«

»Ja, das ist sie.«

»Warum leistet sie uns nicht Gesellschaft?«

»Sie ist beschäftigt.«

»Sie hält Ihnen den Rücken frei?«

»Und Ihnen.« Gabriel fragte nach dem verschwundenen Gardisten.

»Er heißt Niklaus Janson. Seine zweijährige Dienstzeit ist vor Kurzem abgelaufen, aber auf meine Bitte hin hat er sich für ein weiteres Jahr verpflichtet.«

»Sie mögen ihn?«

»Ich vertraue ihm, was weit wichtiger ist.«

»Wie war seine Führung?«

»Er hat zweimal über den Zapfen gehauen.«

»Wann zum letzten Mal?«

»Eine Woche vor dem Tod des Heiligen Vaters. Er war mit einem Freund zusammen und hat nicht auf die Zeit geachtet. Metzler hat ihn zu der üblichen Strafe verdonnert.«

»Woraus besteht die?«

»Der Delinquent muss angerostete Harnische putzen oder auf dem Richtblock auf dem Kasernenhof alte Uniformstücke zerhacken. Als Schweizer nennen die Gardisten ihn Scheitstock.«

»Wann haben Sie bemerkt, dass er verschwunden ist?«

»Zwei Tage nach dem Tod des Heiligen Vaters ist mir aufgefallen, dass Niklaus nicht zu den Gardisten gehörte, die bei dem Aufgebahrten Wache hielten. Ich habe Alois Metzler gefragt, warum er nicht berücksichtigt worden sei, und zu meiner großen Überraschung erfahren, er sei verschwunden.«

»Wie hat Metzler seine Abwesenheit erklärt?«

»Er hat gesagt, der Tod Seiner Heiligkeit habe Niklaus tief getroffen. Metzler selbst hat übrigens nicht sonderlich betroffen gewirkt. Und der Camerlengo erst recht nicht.« Donati streifte irritiert die Asche seiner Zigarette ab. »Aber er musste schließlich eine weltweit im Fernsehen übertragene Beisetzung planen.«

»Was wissen Sie sonst noch über Janson?«

»Seine Kameraden nennen ihn Sankt Niklaus. Mir hat er einmal erzählt, er habe kurze Zeit erwogen, Theologie zu studieren. Zur Schweizergarde ist er gekommen, nachdem er seinen Wehrdienst abgeleistet hatte.«

»Wo stammt er her?«

»Aus einem Dorf in der Nähe von Freiburg im Üechtland. Dort lebt eine Stefanie Hoffmann, die seine Freundin, vielleicht seine Verlobte ist. Metzler hat einen Tag nach dem Tod des Heiligen Vaters mit ihr telefoniert. Meines Wissens hat er weiter nichts unternommen, um Niklaus aufzuspüren.« Donati machte eine Pause. »Vielleicht wären Sie effektiver.«

»Wobei?«

»Niklaus Janson zu finden. Für einen Mann in Ihrer Position kann das nicht allzu schwierig sein. Sie verfügen sicher über bestimmte Ressourcen.«

»Richtig. Aber ich darf sie nicht dafür einsetzen, einen vermissten Schweizergardisten aufzuspüren.«

»Um Himmels willen, warum nicht? Niklaus weiß, was in der bewussten Nacht passiert ist. Davon bin ich überzeugt.«

Gabriel war noch keineswegs davon überzeugt, dass in jener Nacht etwas passiert war, außer dass ein herzkranker alter Mann, den er geliebt und bewundert hatte, beim Gebet in seiner Privatkapelle gestorben war. Trotzdem musste er sich eingestehen, dass einige beunruhigende Umstände nähere Ermittlungen rechtfertigten. Beginnen mussten sie mit der Suche nach Niklaus Janson. Er würde versuchen, ihn aufzuspüren, nur um Donati zu beruhigen. Und sich selbst auch.

»Haben Sie Jansons Handynummer?«

»Nein, leider nicht.«

»Gibt es in der Kaserne der Schweizergarde ein Computernetzwerk oder schreiben sie noch auf Pergament?«

»Dort ist seit Jahren alles digitalisiert.«

»Ein großer Fehler«, sagte Gabriel. »Pergament ist viel sicherer.«

»Sie haben vor, das Netzwerk der Päpstlichen Schweizergarde zu hacken?«

»Mit Ihrem Segen, versteht sich.«

»Den erteile ich lieber nicht, wenn's recht ist.«

»Wie jesuitisch von Ihnen.«

Donati lächelte nur.

»Gehen Sie in die Kurie zurück und verhalten Sie sich ein paar Tage lang unauffällig. Ich melde mich, sobald ich etwas weiß.«

»Tatsächlich habe ich mich gefragt, ob Chiara und Sie heute Abend frei wären.«

»Wir wollten nach Venedig zurück.«

»Kann ich Sie irgendwie zum Bleiben überreden? Ich dachte, wir könnten in einem Häuschen unweit der Villa Borghese zu Abend essen.«

»Leistet uns jemand dabei Gesellschaft?«

»Eine alte Freundin.«

»Ihre oder meine?«

»Sogar Ihre *und* meine.«

Gabriel zögerte. »Ich weiß nicht, ob das eine gute Idee ist, Luigi. Ich habe sie nicht mehr gesehen, seit …«

»Sie hat dieses Treffen selbst vorgeschlagen. Die Adresse wissen Sie wohl noch. Cocktails um acht.«

9

CAFFÈ GRECO, ROM

»Was denkst du?«, fragte Chiara.

»Dass ich mich leicht daran gewöhnen könnte, wieder hier zu leben.«

Sie saßen in dem eleganten vorderen Raum des Caffè Greco. Um ihren kleinen runden Tisch herum standen mehrere Hochglanz-Tragetaschen mit dem Ertrag einer kostspieligen nachmittäglichen Exkursion entlang der Via Condotti. Für ihren Tagesausflug nach Rom hatten sie keine Kleidung zum Wechseln mitgenommen. Sie hatten beide etwas Passendes für ein Dinner in Veronica Marcheses Palazzo gebraucht.

»Ich meinte ...«

Gabriel unterbrach sie lächelnd. »Ich weiß, was du gemeint hast.«

»Nun?«

»Alles lässt sich sehr leicht erklären.«

Chiara war offensichtlich anderer Meinung. »Fangen wir mit dem Anruf an.«

»Meinetwegen.«

»Warum hat Albanese sich so lange Zeit gelassen, Donati zu informieren?«

»Weil Albanese durch den Tod des Heiligen Vaters ins Rampenlicht gelangt war und nicht wollte, dass seine Entscheidungen von Donati hinterfragt oder sabotiert wurden.«

»Sein übergroßes Ego ist mit ihm durchgegangen?«

»Fast jeder in einer Machtposition leidet an einem.«

»Alle außer dir, nicht wahr?«

»Das versteht sich von selbst.«

»Aber warum hat Albanese sich die Mühe gemacht, den Toten aus der Kapelle ins Schlafzimmer zu schaffen? Und warum hat er die Fensterläden und Vorhänge im Arbeitszimmer geschlossen?«

»Aus genau den Gründen, die er angegeben hat.«

»Und die Teetasse?«

Gabriel zuckte mit den Schultern. »Die hat vermutlich eine der Haushaltsnonnen abgetragen.«

»Hat sie auch den Brief von Lucchesis Schreibtisch mitgenommen und entsorgt?«

»Der Brief«, gestand Gabriel ein, »ist schwieriger zu erklären.«

»Fast so schwierig wie der verschwundene Schweizergardist.« Ein Ober servierte ihnen Kaffee und eine Obsttorte mit Sahne. Chiara zögerte mit der Kuchengabel in der Hand. »Ich habe in diesem Urlaub schon mindestens zwei Kilo zugenommen.«

»Ist mir nicht aufgefallen.«

Sie musterte ihn neidisch. »Du hast kein Gramm zugenommen. Das tust du nie.«

»Das verdanke ich dem Tintoretto.«

Chiara schob Gabriel ihren Kuchenteller hin. »Komm, iss du sie.«

»Nein, du hast sie bestellt.«

Chiara spießte ein Erdbeerstück mit Sahne auf. »Wie lange, glaubst du, braucht die Einheit 8200, um Jansons Handynummer rauszukriegen?«

»Wenn man bedenkt, wie schlecht gesichert das vatikanische Netzwerk ist ... höchstens fünf Minuten. Und sobald sie bekannt ist, dauert's nicht mehr lange, seinen Standort festzustellen.« Gabriel schob den Kuchenteller wieder zu Chiara hinüber. »Und dann können wir nach Venedig zurückfahren und weiter Urlaub machen.«

»Was ist, wenn sein Handy ausgeschaltet ist oder im Tiber liegt?« Chiara senkte die Stimme. »Oder wenn sie ihn schon umgebracht haben?«

»Janson?«

»Ja, natürlich.«

»Und wer sind *sie*?«

»Dieselben Männer, die den Papst ermordet haben.«

Gabriel runzelte die Stirn. »So weit sind wir noch nicht, Chiara.«

»Diesen Punkt haben wir schon lange überschritten, Darling.« Sie nahm einen Bissen von der Torte. »Ich gebe zu, dass ich mich auf das Dinner heute Abend freue.«

»Ich wollte, ich könnte das auch sagen.«

»Was macht dir Sorgen?«

»Eine peinliche Gesprächspause.«

»Weißt du, Gabriel, du hast Carlo Marchese nicht wirklich *umgebracht*.«

»Ich habe ihn aber auch nicht daran gehindert, über das Geländer zu fallen.«

»Vielleicht erwähnt Veronica ihn nicht.«

»Ich werde jedenfalls nicht davon anfangen.«

Chiara lächelte und sah sich in dem eleganten Café um. »Was, glaubst du, machen normale Leute im Urlaub?«

»Wir *sind* normale Leute, Chiara. Wir haben nur interessante Freunde.«

»Mit interessanten Problemen.«

Gabriel trank einen Schluck Kaffee. »Das auch.«

Oben an der Spanischen Treppe, nicht weit von der Kirche Trinità dei Monti entfernt, lag eine alte sichere Wohnung des Diensts. Die Hausverwaltung hatte keine Zeit gehabt, die Speisekammer aufzufüllen. Aber das machte nichts, denn Gabriel erwartete nicht, dass sie lange bleiben würden.

Im Schlafzimmer packten sie die Tragetaschen aus. Gabriel hatte seine Abendgarderobe rasch zusammengestellt – mit einem einzigen Besuch bei Giorgio Armani. Chiara hatte sich bei der Auswahl mehr Mühe gegeben: ein trägerloses schwarzes Cocktailkleid von Max Mara, ein leichter Kurzmantel von Prada und elegante schwarze High Heels von Salvatore Ferragamo. Jetzt überraschte Gabriel sie mit einer Perlenkette von Mikimoto.

»Wofür ist die?«, fragte sie lächelnd.

»Du bist die Frau des Direktors des israelischen Geheimdiensts und die Mutter zweier Kinder. Das ist das Mindeste, was ich tun konnte.«

»Hast du das Apartment am Canal Grande vergessen?« Chiara legte sich die Kette um den Hals. Sie beobachtete Gabriel im Spiegel. »Was denkst du?«

»Dass ich der glücklichste Mann der Welt bin.« Das Cocktailkleid lag auf dem Bett. »Ist das ein Negligé?«

»Leg dich nicht mit mir an.«

»Wie willst du eine verdeckte Waffe tragen?«

»Heute Abend nehme ich keine mit.« Sie schob ihn in Richtung Tür. »Raus jetzt!«

Er ging ins Wohnzimmer hinüber. Von dem winzigen Balkon aus konnte er die Spanische Treppe überblicken, deren 136 Stufen zur Piazza di Spagna hinunterführten, und in der Ferne die angestrahlte Kuppel des Petersdoms sehen. Plötzlich hörte er eine Stimme.

Was soll das, Allon?

Das Urteil ist gefällt, Carlo.

Sein Körper war beim Aufprall zerplatzt wie eine Melone. Woran Gabriel sich am besten erinnerte, war das Blut auf Donatis Soutane. Er fragte sich, wie der Erzbischof Veronica Carlos Tod erklärt hatte. Dies versprach ein interessanter Abend zu werden.

Er ging wieder hinein. Nebenan konnte er Chiara leise singen hören, während sie sich anzog – einen dieser albernen italienischen Popsongs, die sie so liebte. Lieber Chiaras Stimme, sagte er sich, als Carlo Marcheses. Wie immer erfüllte ihr Klang ihn mit tiefer Befriedigung. Chiara und die Kinder waren seine Belohnung dafür, dass er's irgendwie geschafft hatte, zu überleben. Trotzdem war er in Gedanken oft bei Leah. Sie beobachtete ihn jetzt aus den Schatten in einer Ecke des Raums, verbrannt und gebrochen, mit von Narben entstellten Händen ein lebloses Kind haltend – Gabriels private Pietà. *Liebst du diese Frau?* Ja, dachte er. Er liebte alles an ihr. Wie sie einen Finger anleckte, wenn sie eine Zeitschrift durchblätterte. Wie sie ihre Handtasche schwang, wenn sie mit ihm auf der Via Condotti unterwegs war. Wie sie vor sich hinsang, wenn sie sich unbeobachtet glaubte.

Gabriel stellte den Fernseher an, der die BBC-Nachrichten brachte. Wie durch ein Wunder hatte es bei der Detonation der Berliner Autobombe keine Toten gegeben; allerdings waren zwölf Menschen verletzt worden, vier davon schwer. Axel Brünner von der rechtsextremen Nationaldemokratischen Partei führte den Anschlag auf die einwanderungsfreundliche Politik des Bundeskanzlers zurück. In Leipzig versammelten Neonazis und andere Rechtsextreme sich zu einem Fackelzug. Die Polizei bereitete sich auf eine Nacht mit gewalttätigen Auseinandersetzungen vor.

Als er auf CNN umschaltete, berichtete die prominenteste Auslandskorrespondentin des Netzwerks live vom Petersplatz. Wie ihre Kollegen ahnte sie nicht, dass ein an den Direktor des israelischen Geheimdiensts adressiertes Handschreiben des Papstes in der Nacht seines Todes von seinem Schreibtisch verschwunden war. Sie wusste auch nicht, dass der Schweizergardist, der vor den päpstlichen Gemächern Wache gehalten hatte, ebenfalls verschwunden war. War Niklaus Jansons Handy eingeschaltet und sendete ein Signal, würden die Cyberkrieger der Einheit 8200 es aufspüren, vielleicht noch in dieser Nacht.

Als Chiara ins Wohnzimmer kam, stellte Gabriel den Fernseher ab. Er ließ sich Zeit, sie zu bewundern – die Perlen, das trägerlose Kleid, die High Heels. Sie war perfekt.

»Nun?«, fragte sie zuletzt.

»Du siehst ...« Er konnte nicht weitersprechen.

»Ich sehe wie eine zweifache Mutter aus, die drei Kilo zugenommen hat?«

»Ich dachte, du hättest zwei gesagt.«

»Ich hab mich im Bad auf die Waage gestellt.« Sie deutete auf die Schlafzimmertür. »Jetzt bist du dran.«

Gabriel duschte rasch und zog sich an. Unten stiegen sie in eine Limousine der israelischen Botschaft. Als sie in rascher Fahrt auf der Via Veneto unterwegs waren, zeigte sein Smartphone eine Nachricht vom King Saul Boulevard an.

»Was gibt's?«

»Die Einheit hat die Firewall des Computernetzes der Schweizergarde geknackt. Sie durchsucht jetzt die Datenbank nach Jansons Personalakte und seinen Kontaktdaten.«

»Was ist, wenn sie bereits gelöscht sind?«

»Von wem?«

»Natürlich von den Männern, die den Papst ermordet haben.«

»So weit sind wir noch nicht, Chiara.«

»Noch nicht«, stimmte sie zu. »Aber bald.«

10

CASA SANTA MARTA

Vor der Casa Santa Marta hielten normalerweise keine Schweizergardisten Wache. Aber um 20.15 Uhr an diesem Abend waren es zwei. In dem Gästehaus wohnten jetzt mehrere Dutzend Kirchenfürsten, die meisten aus weit abgelegenen Diözesen. Am Vorabend des Konklaves würden die übrigen wahlberechtigten Kardinäle sich zu ihnen gesellen. Ab diesem Augenblick durfte nur noch das Hauspersonal – Barmherzige Schwestern vom hl. Vinzenz von Paul – das Gebäude betreten. Vorläufig durften einige Auserwählte wie Bischof Hans Richter, Generalsuperior des Helenenordens, dort nach Belieben ein- und ausgehen. Mit Kardinal Domenico Albanese an den Schalthebeln der Macht in dem Stadtstaat war Bischof Richters langes Exil endlich zu Ende.

Einer der Schweizergardisten hielt ihm die Glastür auf, und Richter, der die rechte Hand segnend erhoben hatte, schritt hindurch. In der ganz in Weiß gehaltenen Eingangshalle herrschte vielsprachiges Durcheinander. Die 225 Mitglieder des Kardinalskollegiums hatten den Nachmittag damit verbracht, über die Zukunft der Kirche zu diskutieren. Jetzt erfrischten sie sich im Foyer mit Weißwein und Kanapees, bevor sie zum Abendessen in den schlichten Speisesaal der Casa Santa Marta hinübergingen. Die Apostolische Konstitution bestimmte, dass nur die 116 Kardinäle unter achtzig Jahren am

Konklave würden teilnehmen dürfen. Bei informellen Veranstaltungen wie dieser ließen die älteren Kardinäle emeriti erkennen, wer ihre Favoriten waren, sodass hier der eigentliche Pferdehandel vor dem Konklave stattfand.

Richter erwiderte diskret den Gruß, den zwei bekannte Traditionalisten ihm entboten, und ertrug den eisig abweisenden Blick von Kardinal Kevin Brady, des liberalen Löwen aus Los Angeles, der bei jedem Blick in einen Spiegel den zukünftigen Papst zu sehen glaubte. Bradys Verbündeter war der zierliche Duarte aus Manila, die große Hoffnung der Entwicklungsländer. Kardinal Navarro strahlte so viel Selbstbewusstsein aus, als habe er die Wahl bereits gewonnen. Andererseits war unübersehbar, dass Gaubert, der sich mit Villiers aus Lyon zusammengetan hatte, nicht kampflos untergehen wollte.

Nur Bischof Richter wusste, dass keiner dieser Männer eine Chance hatte. Der nächste Papst stand in diesem Augenblick in der Nähe der Rezeption: eine selbst in einem Raum mit gewaltigen Egos und unbändigem Ehrgeiz auffällige Gestalt. Er hatte die Kardinalswürde von keinem anderen als Pietro Lucchesi empfangen, dem er vorgegaukelt hatte, moderat zu sein, was er ganz entschieden nicht war. Fünfzig Millionen Euro, die diskret auf Bankkonten in aller Welt geflossen waren – darunter auf zwölf bei der Vatikanbank –, garantierten praktisch, dass das Konklave ihn wählen würde. Die Beschaffung dieser Riesensumme für den Stimmenkauf war der leichteste Teil des Unternehmens gewesen. Im Gegensatz zur übrigen Kirche, die kurz vor dem finanziellen Kollaps stand, verfügte der Helenenorden über reichliche Geldmittel.

Kardinal Domenico Albanese sprach halblaut mit Angelo Francona, dem Dekan des Kardinalskollegiums. Als er Richter sah, winkte er ihn mit einer fleischigen, behaarten Hand zu sich heran. Francona, ein führender Liberaler, ergriff sofort die Flucht.

»Habe ich ihn irgendwie gekränkt?«, fragte Richter in fast akzentfreiem Italienisch.

»Sie verstören durch bloße Anwesenheit, Exzellenz.« Albanese nahm Richter am Arm. »Vielleicht reden wir lieber in meinem Zimmer.«

»Sie sind tatsächlich hier eingezogen?«

Albanese verzog das Gesicht. Als Präfekt des Vatikanischen Geheimarchivs bewohnte er ein Luxusapartment über der Galleria Lapidaria der Vatikanischen Museen. »Ich nutze mein Zimmer hier im Haus bis zum Beginn des Konklaves nur als Büro.«

»Mit etwas Glück«, sagte Richter halblaut, »dauert es nicht lange.«

»Die Medien sagen ein titanisches Ringen zwischen Reformern und Reaktionären voraus.«

»Wirklich?«

»Allgemein wird mit mindestens sieben Wahlgängen gerechnet.«

Eine Nonne in blauem Habit bot Richter ein Glas Wein an. Er lehnte dankend ab und folgte Albanese zu den Aufzügen. Während sie warteten, konnte er fast spüren, wie sich die Blicke aller in seinen Rücken bohrten. Als endlich ein Aufzug kam, drückte Albanese den Knopf für den dritten Stock. Zum Glück schloss die Tür sich, bevor der geschwätzige Kardinal Lopes aus Rio de Janeiro sich mit hineinquetschen konnte.

Während die Kabine langsam in die Höhe glitt, prüfte Richter unnötigerweise den Sitz seiner Soutane mit rubinroten Knöpfen und violettem Zingulum. Die in Zürich nach Maß geschneiderte Soutane saß perfekt. Auch mit vierundsiebzig war er noch eine imposante Erscheinung: groß und breitschultrig, mit eisgrauem Haar und unnahbarem Gesichtsausdruck.

Er betrachtete Kardinal Albaneses Spiegelbild in der Aufzugtür. »Was steht heute Abend auf dem Speiseplan, Eminenz?«

»Was es auch ist – es ist bestimmt zerkocht.« Albanese lächelte grimmig. Selbst in seiner roten Soutane wirkte er bäurisch. »Sie können sich glücklich schätzen, dass Sie nicht an dem Konklave teilnehmen müssen.«

In der Terminologie der römisch-katholischen Kirche war der Helenenorden eine Personalprälatur, also praktisch eine globale Diözese ohne Grenzen. Obwohl Richter als Generalsuperior des Ordens »nur« ein Bischof war, gehörte er zu den mächtigsten Männern der Kirche. Mehrere Dutzend Kardinäle, darunter auch Kardinal Domenico Albanese, alle heimliche Mitglieder des Ordens, waren ihm zu bedingungslosem Gehorsam verpflichtet.

Die Aufzugtür öffnete sich. Albanese führte Bischof Richter den leeren Korridor entlang. Der Raum, den sie betraten, lag im Dunkel. Albanese machte Licht.

Richter sah sich langsam um. »Wie ich sehe, haben Sie sich eine der Suiten zugeteilt.«

»Die Zimmer wurden verlost, Eminenz.«

»Glück gehabt!«

Bischof Richter streckte ihm seine leicht abgeknickte Rechte hin. Albanese sank auf die Knie und drückte seine Lippen auf den Ring an Richters Ringfinger. Dieser Ring hatte dieselbe Größe wie der Fischerring, den Albanese vor Kurzem aus den Gemächern des toten Papstes mitgenommen hatte.

»Ich schwöre Ihnen, Bischof Richter, ewigen Gehorsam.«

Richter entzog ihm die Hand und musste sich beherrschen, um nicht nach dem Fläschchen mit Desinfektionsmittel in seiner Tasche zu greifen. Für Richter, der in ständiger Angst vor Krankheitskeimen lebte, war Albanese schon immer suspekt gewesen.

Er trat ans Fenster und zog den Vorhang einen Spalt weit auf. Die Suite lag auf der Nordseite des Gästehauses mit Blick auf die Piazza Santa Marta und die Fassade des Petersdoms mit seiner angestrahlten Kuppel. Die Wunden, die sie bei dem islamistischen Terroranschlag davongetragen hatte, waren gut verheilt. Wollte Gott, das hätte man auch von der Heiligen Mutter Kirche sagen können! Sie war nur mehr ein Schatten ihrer selbst, atmete kaum noch, war dem Tod näher als dem Leben.

Bischof Hans Richter hatte sich zu ihrem Retter ernannt. Er war bereit gewesen, Lucchesis katastrophale Amtszeit abzuwarten, bevor er seinen Plan in die Tat umsetzte. Aber Seine Heiligkeit hatte ihm keine andere Wahl gelassen. Es war Lucchesi, der sich getäuscht hatte, davon war Richter überzeugt, nicht er. Außerdem hatte Gott schon vor längerer Zeit an Lucchesis Tür geklopft. Aus Richters Sicht hatte er Papst Zufällig nur einen Frühstart auf seinem Weg zur unvermeidlichen Seligsprechung ermöglicht.

Richters Gedanken wurden durch das laute Rauschen der Toilettenspülung unterbrochen. Als Albanese aus dem Bad kam, trocknete er sich die Hände mit einem kleinen Handtuch ab – wie ein Bauarbeiter, dachte Richter. Wenn man bedachte, dass er sich tatsächlich als der zukünftige Papst sah, den Richter zu seiner Marionette auserkoren hatte ... Obwohl Albanese weiß Gott kein intellektuelles Schwergewicht war, hatte er das Insiderspiel der Kurie gut genug beherrscht, um sich zwei Schlüsselpositionen zu sichern. Als Kardinalkämmerer hatte er den toten Lucchesi ohne den geringsten Skandal aus den päpstlichen Gemächern in sein Grab im Petersdom überführt. Und er hatte Richter Fotokopien von mehreren anrüchigen Personalakten aus dem Vatikanischen Geheimarchiv übergeben, die sich bei den Vorarbeiten für das Konklave als äußerst wertvoll erwiesen hatten. Zum Dank dafür würde der Camerlengo zum Kardinalstaatssekretär aufsteigen und so der zweitmächtigste Mann des Kirchenstaats werden.

Er trocknete sich sein pockennarbiges Gesicht ab und warf das Handtuch über eine Stuhllehne. »Mit Verlaub, Exzellenz, aber war es klug, heute Abend hierherzukommen?«

»Haben Sie vergessen, dass viele der unten versammelten Kardinäle ihren neuen Wohlstand mir verdanken?«

»Umso mehr Anlass, im Hintergrund zu bleiben, bis das Konklave vorüber ist. Ich mag mir gar nicht vorstellen, was Männer wie Francona und Brady jetzt reden.«

»Francona und Brady sind unsere kleinsten Probleme.«

Der schlichte Holzstuhl mit Armlehnen, auf dem Albanese sich jetzt niederließ, ächzte unter seinem Gewicht. »Gibt es irgendeine Spur von dem Gardisten, diesem Janson?«

Richter schüttelte den Kopf.

»In der bewussten Nacht war er sichtlich verzweifelt. Vielleicht hat er sich das Leben genommen.«

»Schön wär's.«

»Das ist bestimmt nicht Ihr Ernst, Exzellenz. Hätte Janson Selbstmord verübt, wäre seine Seele in großer Gefahr.«

»In der schwebt sie bereits.«

»Wie meine auch«, sagte Albanese ruhig.

Richter legte eine Hand auf die breite Schulter des Kardinalkämmerers. »Ich gewähre Ihnen Absolution für Ihre Taten, Domenico. Ihre Seele befindet sich im Zustand der Gnade.«

»Und Ihre, Exzellenz?«

Richter nahm seine Hand weg. »Ich schlafe gut in dem Bewusstsein, dass die Kirche in wenigen Tagen unter unserer

Kontrolle stehen wird. Ich werde nicht zulassen, dass sich uns jemand in den Weg stellt. Und das gilt auch für einen hübschen Bauernjungen aus dem Kanton Freiburg.«

»Dann schlage ich vor, dass Sie ihn finden, Exzellenz. Je früher, desto besser.«

Bischof Richter lächelte eisig. »Ist das ein Beispiel für die pointierte und analytische Denkweise, mit der Sie das Staatssekretariat leiten wollen?«

Albanese nahm den Tadel seines Generalsuperiors schweigend hin.

»Seien Sie versichert«, sagte Richter, »dass der Orden alle seine beträchtlichen Ressourcen dafür einsetzt, Janson zu finden. Leider sind wir nicht mehr die Einzigen, die nach ihm fahnden. Auch Erzbischof Donati scheint sich der Suche angeschlossen zu haben.«

»Wie kann Donati sich Hoffnung machen, wenn *wir* Janson nicht finden können.«

»Donati hat etwas weit Besseres als Hoffnung.«

»Nämlich?«

Bischof Richter betrachtete die angestrahlte Kuppel des Petersdoms. »Gabriel Allon.«

11

VIA SARDEGNA, ROM

Der Palazzo wurde oft für eine ausländische Botschaft oder ein Ministerium gehalten, denn er war von einem zwei Meter hohen schmiedeeisernen Zaun umgeben und mit einem Dutzend Überwachungskameras gesichert. Im Vorhof plätscherte ein barocker Brunnen, aber die zweitausend Jahre alte römische Statue des Pluto, die einst das Foyer geschmückt hatte, war nicht mehr da. An ihrer Stelle stand Dr. Veronica Marchese, Direktorin des Nationalen Etruskermuseums. Sie trug einen eleganten schwarzen Hosenanzug und als einzigen Schmuck eine kunstvoll gearbeitete schmale Goldkette. Ihr dunkelbraunes Haar war zu einem Nackenknoten zusammengefasst. Eine Cateye-Brille verlieh ihr ein leicht gelehrtes Aussehen.

Sie begrüßte Chiara lächelnd und küsste sie auf beide Wangen. Gabriel streckte sie zurückhaltend lediglich die Hand hin. »Direktor Allon. Ich freue mich sehr, dass Sie kommen konnten. Nur schade, dass wir nicht schon eine frühere Gelegenheit genutzt haben.«

Nachdem das Eis gebrochen war, führte sie ihre Gäste durch eine Galerie mit italienischen Altmeistergemälden, alle in Museumsqualität. Diese Bilder waren nur ein kleiner Teil der Kunstsammlung ihres verstorbenen Mannes.

»Wie Sie sehen, habe ich seit Ihrem letzten Besuch einiges verändert.«

»Frühjahrsputz?«, fragte Gabriel.

Sie lachte. »Etwas in dieser Art.«

Die exquisiten griechischen und römischen Statuen, die in der Galerie gestanden hatten, waren verschwunden. Zu Carlo Marcheses größtenteils illegalem Firmenimperium hatte ein lebhafter Handel mit gestohlenen Antiquitäten gehört. Einer seiner wichtigsten Geschäftspartner war die Hisbollah gewesen, die ihn stetig mit Altertümern aus dem Libanon, Syrien und dem Irak beliefert hatte. Carlo hatte gut gezahlt, und die Hisbollah hatte mit diesem Geld Waffen gekauft und Terroranschläge finanziert. Gabriel hatte dieses Netzwerk zerschlagen. Und nachdem er vierundfünfzig Meter unter dem Jerusalemer Tempelberg eine bemerkenswerte archäologische Entdeckung gemacht hatte, hatte er Carlo liquidiert.

»Einige Monate nach dem Tod meines Mannes«, erklärte Veronica Marchese ihm, »habe ich seine Skulpturensammlung unauffällig aufgelöst. Die etruskischen Statuen habe ich meinem Museum überlassen, in das sie ohnehin gehört hätten. Die meisten stehen im Depot, aber ein paar habe ich ausgestellt. Natürlich enthält ihre Beschreibung keinen Hinweis auf die Provenienz.«

»Und der Rest?«

»Ihr Freund General Ferrari war so freundlich, ihn mir abzunehmen. Er war sehr diskret, was für ihn ungewöhnlich war. Der General mag gute Publicity.« Sie lächelte Gabriel aufrichtig dankbar an. »Das verdanke ich vermutlich Ihnen. Wäre bekannt geworden, dass mein Mann den Welthandel mit Altertümern aus Raubgrabungen kontrollierte, wäre meine Karriere vorbei gewesen.«

»Wir haben alle unsere Geheimnisse.«

»Ja«, sagte sie distanziert. »Das stimmt wohl.«

Veronica Marcheses anderes Geheimnis wartete mit Soutane und Zingulum angetan in ihrem Salon. Im Hintergrund erklang leise Musik: Felix Mendelssohn-Bartholdys Klaviertrio Nr. 1 in d-Moll (MWV Q 29). Die Tonart unterdrückter Leidenschaft.

Donati öffnete eine Flasche Prosecco und schenkte vier Gläser ein.

»Für einen Geistlichen machen Sie das recht gut«, sagte Gabriel.

»Ich bin Erzbischof, haben Sie das vergessen?«

Donati trug eines der Gläser zu dem Sessel mit Brokatbezug hinüber, in dem Veronica Platz genommen hatte. Als geübter Beobachter menschlichen Verhaltens hatte Gabriel einen Blick für intime Gesten. Donati fühlte sich in Veronicas Salon offensichtlich wohl. Wären Soutane und Zingulum nicht gewesen, hätte ein Außenstehender ihn für den Hausherrn halten können.

Nachdem er in dem Sessel neben Veronicas Platz genommen hatte, herrschte verlegenes Schweigen. Wie ein ungebetener Gast hatte sich die Vergangenheit zwischen sie gedrängt. Gabriel dachte an seine letzte Begegnung mit Veronica Marchese. Sie waren allein in der Sixtinischen Kapelle, standen vor Michelangelos *Jüngstem Gericht*. Veronica schilderte Gabriel, welches Leben Donati erwartete, sobald der Fischerring zum letzten Mal von Pietro Lucchesis Finger abgezogen wurde. Ein Lehrauftrag an einer theologischen Hochschule, später ein Platz in einem Altenheim für pensionierte Geistliche. *So einsam. So schrecklich traurig und einsam ...* Jetzt vermutete er, Veronica, verwitwet und ungebunden, könnte andere Pläne haben.

Um das peinliche Schweigen zu beenden, machte sie Chiara Komplimente über ihr Kleid und ihre Perlen. Dann erkundigte sie sich nach den Kindern und Venedig, bevor sie darüber klagte, dass Rom, einst das Zentrum der zivilisierten Welt, so heruntergekommen sei. Achtzig Prozent der städtischen Straßen wiesen Schlaglöcher auf, die Autofahrer und sogar Fußgänger gefährdeten. Kinder hatten Toilettenpapier in ihren Schultaschen, weil es auf den Schulklos keines gab. Die römischen Busse hatten ständig Verspätung – wenn sie überhaupt verkehrten. Eine Rolltreppe auf einem belebten U-Bahnhof hatte vor Kurzem einem Touristen den Fuß abgerissen. Und dazu kämen, sagte Veronica, überquellende Mülltonnen und die Müllberge auf den Straßen. Die beliebteste Webseite der Stadt hieß »Roma fa schifo«, Rom ist ätzend.

»Und wer ist für diese schlimmen Zustände verantwortlich? Vor einigen Jahren hat der römische Generalstaatsanwalt entdeckt, dass die Mafia die Stadtverwaltung unterwandert hatte und ständig Gelder für sich abzweigte. Eine der Mafia gehörende Firma übernahm die Müllabfuhr. Aber sie machte sich natürlich nicht die Mühe, den Müll wirklich abzufahren, weil das Geld gekostet und den Gewinn verringert hätte. Genauso war es mit den Straßenreparaturen. Wozu sich die Mühe machen, ein Schlagloch aufzufüllen? Straßenreparaturen kosten Geld.« Veronica schüttelte angewidert den Kopf. »Die Mafia ist der Fluch Italiens.« Mit einem Blick zu Gabriel hinüber fügte sie hinzu: »Und auch meiner.«

»Jetzt wird bestimmt alles besser, weil Saviano Ministerpräsident ist.«

Veronica verzog das Gesicht. »Haben wir nichts aus der Vergangenheit gelernt?«

»Anscheinend nicht.«

Sie seufzte. »Vorige Woche hat er das Museum besucht. Er ist ausgesprochen charmant – wie die meisten Demagogen. Das erklärt, warum er bei Italienern, die nicht in einem Palazzo nahe der Via Veneto leben, so beliebt ist.« Sie legte

Donato kurz eine Hand auf den Arm. »Oder hinter den Mauern des Vatikans. Saviano hat den Heiligen Vater dafür gehasst, dass er Flüchtlinge verteidigt und vor den Gefahren des Rechtsextremismus gewarnt hat. Das hat er als direkte Herausforderung empfunden, für die der linksliberale Privatsekretär Seiner Heiligkeit verantwortlich gewesen sein soll.«

»War er das?«, fragte Gabriel.

Donati trank nachdenklich einen Schluck Prosecco, bevor er antwortete. »Als die äußerste Rechte letztes Mal in Italien und Deutschland an die Macht gelangt ist, hat die Kirche geschwiegen. Tatsächlich haben starke Elemente innerhalb der Kurie den Aufstieg der Faschisten und Nationalsozialisten gefördert. Sie haben Mussolini und Hitler als Bollwerk gegen den Bolschewismus betrachtet, der offen kirchenfeindlich war. Der Heilige Vater und ich haben uns entschieden, diesen Fehler nicht zu wiederholen.«

»Und nun«, sagte Veronica Marchese, »ist der Heilige Vater tot und ein Schweizergardist verschwunden.« Sie sah Gabriel an. »Luigi hat mir erzählt, dass Sie sich bereit erklärt haben, ihn zu finden.«

Gabriel betrachtete Donati stirnrunzelnd, der plötzlich einen Fussel von seiner makellosen Soutane wischte.

»Habe ich etwas Unpassendes gesagt?«, fragte Veronica.

»Nein. Aber der Erzbischof.«

»Das dürfen Sie ihm nicht verübeln. Das Leben im goldenen Käfig des Apostolischen Palasts kann sehr einsam sein. Der Erzbischof bittet mich manchmal um Rat in weltlichen Angelegenheiten. Wie Sie wissen, bin ich in Politik und Gesellschaft sehr gut vernetzt. Eine Frau in meiner Position hört alles Mögliche.«

»Zum Beispiel?«

»Gerüchte«, antwortete sie.

»Welche Art Gerüchte?«

»Über einen gut aussehenden jungen Gardisten, der mit einem Kurienpriester in einem Schwulenclub gesehen wurde. Als ich dem Erzbischof davon erzählt habe, hat er mich gewarnt, unbewiesene Anschuldigungen könnten den Ruf eines Mannes irreparabel beschädigen, und mir geraten, sie nicht weiterzuverbreiten.«

»Damit kennt der Erzbischof sich aus«, bemerkte Gabriel.

»Aber man fragt sich, weshalb er das bei unserem heutigen Mittagessen nicht erwähnt hat.«

»Vielleicht hat er's nicht für relevant gehalten.«

»Oder vielleicht hat er gedacht, ich würde zögern, ihm zu helfen, wenn ich befürchten müsste, in einen vatikanischen Sexskandal verwickelt zu werden.«

Gabriels Smartphone vibrierte in seiner Brusttasche. Die Nachricht kam vom King Saul Boulevard.

»Irgendwas nicht in Ordnung?«, fragte Donati.

»Jansons Personalakte scheint wenige Stunden nach dem Tod des Heiligen Vaters aus dem Computersystem der Schweizergarde gelöscht worden zu sein.« Gabriel wechselte einen Blick mit Chiara, die ein Lächeln unterdrückte. »Meine Kollegen von der Einheit 8200 durchsuchen jetzt das Backup-System.«

»Glauben Sie, dass sie etwas finden?«

»Computerdateien sind Sünden ähnlich, Exzellenz.«

»Wie das?«

»Sie lassen sich tilgen, aber sie verschwinden nie ganz.«

Sie dinierten auf der prachtvollen Dachterrasse des Palazzos unter Heizpilzen, die an diesem kühlen Abend angenehme Wärme verbreiteten. Es gab typisch römisches Essen: Spinat-Ravioli mit Salbeibutter als Vorspeise, danach Kalbsschnitzel mit frischem Gemüse. Ihr Gespräch floss so leicht wie der alte Brunello, von dem Veronica drei Flaschen aus Carlos Weinkeller heraufgeholt hatte. Mit Veronica rechts neben sich und dem Lichtermeer Roms unter sich schien Donati sich in seiner geistlichen schwarzen Rüstung sehr wohlzufühlen. Die Ewige Stadt mochte heruntergekommen und schmutzig und hoffnungslos korrupt sein, aber von Veronica Marcheses Terrasse aus erschien sie Gabriel an diesem klaren, frischen Abend als die schönste Stadt der Welt.

Carlos Name wurde beim Essen so wenig erwähnt wie die Verbrechen und der Skandal, die sie zusammengeführt hatten. Donati stellte Vermutungen über den Ausgang des Konklaves an, vermied es jedoch, über Lucchesis Tod zu sprechen. Vor allem schien er an Veronicas Lippen zu hängen. Was die beiden füreinander empfanden, war schmerzhaft offensichtlich. Donati bewegte sich am Rand eines Abgrunds. Aber zumindest vorläufig hielt Gott seine Hand über ihn.

Nur Gabriels Smartphone erinnerte daran, weshalb sie sich an diesem Abend getroffen hatten. Als es kurz nach neun Uhr vibrierte, kam ein Update aus Tel Aviv. Die Cyberkrieger der Einheit 8200 hatten Niklaus Jansons Bewerbung als Gardist entdeckt. Um halb zehn meldete die Einheit den Fund seiner vollständigen Personalakte. Sie enthielt Eintragungen über zwei unbedeutende Disziplinarstrafen, aber keinen Hinweis auf eine sexuelle Beziehung mit einem Kurienpriester.

»Was ist mit seiner Handynummer? Die muss drinstehen. Gardisten müssen jederzeit erreichbar sein.«

»Geduld, Exzellenz.«

Auf die nächste Nachricht brauchten sie nur zehn Minuten zu warten. »Sie haben die Kontaktdaten von Vizekorporal Niklaus Janson gefunden. Seine Handynummer und zwei E-Mail-Adressen, dienstlich im Vatikan und privat bei Gmail.«

»Was nun?«, fragte Donati.

»Wir stellen fest, wo das Handy ist und ob Niklaus Janson es weiter in der Tasche hat.«

»Und dann?«

»Wir rufen ihn an.«

12

ROM – FLORENZ

Donati wurde von Kirchenglocken geweckt. Er schlug langsam die Augen auf. Um den geschlossenen Vorhang herum zeichneten sich helle Streifen Tageslicht ab. Er hatte verschlafen. Er legte eine Hand auf seine Stirn. Sein Kopf war schwer von Carlo Marcheses Wein. Auch sein Herz war schwer. Über den Grund dafür wollte er lieber nicht nachdenken.

Er setzte sich auf und stellte die Füße aufs kalte Parkett. Es dauerte einen Augenblick, bis er das Zimmer ganz scharf sah. Ein Schreibtisch, auf dem sich Bücher und Papiere stapelten, ein einfacher Kleiderschrank, ein hölzernes Betpult. Darüber, im Halbdunkel undeutlich sichtbar, hing das schwere eichene Kruzifix, das sein Herr ihm wenige Tage nach dem Konklave geschenkt hatte. Es hatte in Donatis Wohnung im Apostolischen Palast gehangen. Jetzt hing es hier in seinem Zimmer in der Jesuitenkurie. Wie sehr dieser Raum sich von Veronicas luxuriösem Palazzo unterschied! Das Zimmer eines armen Mannes, dachte er. Das Zimmer eines Priesters.

Das Betpult lockte. Donati stand auf, zog seinen Bademantel an und durchquerte den Raum. Er schlug sein Brevier an der richtigen Stelle auf und sprach kniend die ersten Worte des Morgengebets.

O Gott, komm mir zu Hilfe. Herr, eile mir zu helfen …

Hinter ihm vibrierte sein Smartphone auf dem Nachttisch.

Er ignorierte es, während er die Psalmen und Hymnen dieses Morgens las, auf die ein kurzer Text aus der Offenbarung des Johannes folgte.

Und ich sah einen anderen Engel fliegen mitten durch den Himmel ...

Erst nachdem Donati die letzten Worte des Schlussgebets gesprochen hatte, stand er auf und griff nach seinem Handy. Die Nachricht, die ihn erwartete, war in gewöhnlichem Italienisch geschrieben. Die Ausdrucksweise war mehrdeutig und voller Irreführungen und Doppelbedeutungen. Trotzdem waren die Anweisungen klar. Hätte Donati es nicht besser gewusst, hätte er vermutet, der Absender sei ein Mann der Kurie. Aber das war er nicht.

Und ich sah einen anderen Engel fliegen mitten durch den Himmel ...

Donati warf sein Handy auf das ungemachte Bett, duschte rasch und rasierte sich. Mit einem Handtuch um die Hüften öffnete er den Kleiderschrank. An der Kleiderstange hingen mehrere Soutanen und schwarze Anzüge sowie sein Chorgewand. Seine zivile Garderobe bestand nur aus einem Sportsakko mit Lederbesatz an den Ärmeln, zwei beigen Chinos, zwei weißen Oberhemden, zwei Pullovern mit Rundausschnitt und einem Paar Wildlederslipper.

Er zog eine dieser Garnituren an und packte die andere in eine Reisetasche. Ebenfalls in die Tasche kamen Unterwäsche, Toilettenartikel, eine Stola, ein Messhemd, ein Zingulum und was an Gerätschaften für eine Messe nötig war. Sein Smartphone steckte er ein.

Der Korridor vor seinem Zimmer war menschenleer. Aus dem Speisesaal drang leises Klirren von Glas, Porzellan und Besteck herüber, und in der Kapelle beteten sonore Männerstimmen. Ohne von seinen Ordensbrüdern bemerkt zu werden, hastete er die Treppe hinunter und trat in den Herbstmorgen hinaus.

Auf dem Borgo Santo Spirito wartete eine schwarze Limousine, ein Mercedes E-Klasse. Gabriel saß am Steuer, Chiara auf dem Beifahrersitz. Sobald Donati hinten eingestiegen war, schoss der Wagen vorwärts. Mehrere Fußgänger, darunter ein Prälat, den er vom Sehen kannte, brachten sich eilig in Sicherheit.

»Gibt's ein Problem?«, fragte er.

Gabriel erwiderte seinen Blick im Rückspiegel. »Das weiß ich in ein paar Minuten.«

Der Mercedes bog scharf rechts ab, verfehlte nur knapp eine Gruppe grau gekleideter Nonnen und raste den Tiber entlang weiter.

Donati schnallte sich an und schloss die Augen.

O Gott, komm mir zu Hilfe. Herr, eile mir zu helfen ...

Sie rasten auf dem Lungotevere zur Piazza del Popolo, dann nach Süden zur Piazza Venezia. Selbst nach hiesigen Begriffen war dies eine haarsträubend rasante Fahrt. Donati, der schon viele Fahrten mit Polizeieskorte mitgemacht hatte, bewunderte die Geschicklichkeit, mit der sein alter Freund den getunten Mercedes fuhr, und Chiaras scheinbare Ruhe, mit der sie ihm gelegentlich Vorschläge in Bezug auf die Strecke gab. Ihre indirekte Route war voller abrupter Halte und scharfer Abbiegemanöver, die helfen sollten, motorisierte Beschatter zu entdecken. In einer Stadt wie Rom, in der unzählige Motorroller unterwegs waren, war das eine anspruchsvolle Aufgabe. Anfangs versuchte Donati noch zu helfen, aber dann gab er auf und beobachtete nur mehr die vorbeiflitzenden Fassaden mit ihren Graffiti und die Müllberge auf den Gehsteigen. Veronica hatte recht: Rom war schön, aber es war ätzend.

Als sie das chaotische Arbeiterquartier Ostiense im Municipio VIII erreichten, schien Gabriel sich davon überzeugt zu haben, dass sie nicht beschattet wurden. Er fuhr auf die Ringautobahn A90 und folgte ihr nach Norden zur Autostrada E35, die mautpflichtig durch Oberitalien bis zur Schweizer Grenze führte.

Donati ließ die Armlehne los, an die er sich geklammert hatte. »Darf ich erfahren, wohin wir unterwegs sind?«

Gabriel deutete auf eine grün-weiße Hinweistafel am Straßenrand.

Donati gestattete sich ein kurzes Lächeln. Er war schon lange nicht mehr in Florenz gewesen.

Die Einheit 8200 hatte das Handy kurz vor fünf Uhr morgens in Florenz geortet. Es befand sich nördlich des Arnos im Stadtteil San Marco, in dem die Bankdynastie der Medici, die Florenz zum künstlerischen und intellektuellen Mittelpunkt Europas gemacht hatte, ihre Menagerie mit Löwen, Giraffen und Elefanten untergebracht hatte. Bisher war es der Einheit nicht gelungen, in das Betriebssystem des Handys einzudringen und es unter seine Kontrolle zu bringen. Sie musste sich darauf beschränken, mit modernsten Ortungsmethoden laufend seine ungefähre Position zu verfolgen.

»Bitte für Laien verständlich?«, fragte Donati.

»Sobald wir das Smartphone gehackt haben, können wir die Gespräche des Besitzers mithören, seine Mails und Textnachrichten lesen und seine Internetnutzung überwachen. Wir können sogar Fotos und Videos aufnehmen und das Mikrofon zum Abhören benutzen.«

»Als wären Sie Gott.«

»Nicht ganz, aber wir sind durchaus imstande, die Seele eines Menschen auszuforschen. Wir erfahren seine schlimmsten

Ängste und seine heimlichen Begierden.« Gabriel schüttelte bedauernd den Kopf. »Die Netzbetreiber und ihre Freunde im Silicon Valley haben uns eine schöne neue Welt voller mühelos zugänglicher Annehmlichkeiten versprochen. Wir sollten uns keine Sorgen machen, unsere Geheimnisse seien sicher. Nichts davon war wahr. Sie haben uns absichtlich belogen. Sie haben uns unsere Privatsphäre gestohlen – und nebenbei alles ruiniert.«

»Alles?«

»Zeitungen, Filme, Bücher, Musik … alles.«

»Ich habe nie geahnt, dass Sie ein solcher Maschinenstürmer sind.«

»Ich bin ein Restaurator, der auf italienische Altmeister spezialisiert ist. Ich bin ein Gründungsmitglied der Maschinenstürmer.«

»Und trotzdem haben Sie ein Smartphone in der Tasche.«

»Eine Sonderanfertigung, die nicht mal meine Freunde von der amerikanischen NSA knacken können.«

Donati hielt sein Nokia 9 hoch. »Und meines?«

»Mir wäre viel wohler, wenn Sie's aus dem Fenster werfen würden.«

»Auf diesem Handy ist mein Leben gespeichert.«

»Darin liegt das Problem, Exzellenz.«

Auf Gabriels Bitte überließ Donati sein Smartphone Chiara. Sie schaltete es aus, nahm SIM-Karte und Akku heraus und steckte sie in ihre Handtasche. Das entkernte Gerät gab sie Donati zurück.

»Ich fühle mich schon besser.«

Nachdem sie in einem Autogrill bei Orvieto einen Kaffee getrunken hatten, erreichten sie Florenz kurz nach 13 Uhr. Die Zufahrt zur Zona Traffico Limitato war gesperrt. Gabriel stellte den Mercedes auf einem Parkplatz in der Nähe der

Basilica di Santa Croce ab, und sie gingen zu Fuß nach San Marco weiter.

Wie der blaue Punkt auf Gabriels Handy anzeigte, befand Jansons Gerät sich knapp westlich des Museums San Marco, vermutlich auf der Via San Gallo. Weil die Einheit 8200 gewarnt hatte, die Positionsbestimmung sei nur auf vierzig Meter genau, konnte das Smartphone auch auf der Via Santa Reparata oder der Via delle Ruote sein. Alle drei Straßen waren von billigen kleinen Hotels und Hostels gesäumt. Gabriel zählte mindestens vierzehn solcher Häuser, in denen Niklaus Janson untergekommen sein konnte.

Der exakte Punkt, an dem der blaue Punkt haltmachte, fiel mit der Adresse eines Hotels zusammen, das passenderweise Piccolo hieß. Genau gegenüber lag ein Restaurant, in dem Gabriel wie ein Mann mit unbegrenzt viel Zeit zu Mittag aß. Donati, dessen Nokia wieder zusammengesetzt war, aß an der Via Santa Reparata; Chiara um die Ecke an der Via della Ruote.

Gabriel und Chiara hatten das Foto aus Jansons Dienstausweis auf ihren Smartphones. Es zeigte einen ernsten jungen Mann mit dunklem Haar und dunklen Augen in einem kantigen Gesicht. Vertrauenswürdig, dachte Gabriel, aber bestimmt kein Heiliger. Janson war einen Meter achtzig groß und wog fünfundsiebzig Kilo.

Um 15.15 Uhr hatte er sich noch nicht blicken lassen. Chiara wechselte in das Restaurant gegenüber dem Hotel Piccolo; Donati in die Via della Ruote. Auf der Via Santa Reparata verbrachte Gabriel viel Zeit damit, auf sein Handy zu starren und sich zu wünschen, der blinkende blaue Punkt würde sich bewegen. Um 17 Uhr, zwölf Stunden nach der ursprünglichen Ortung, war seine Position unverändert. Gabriel stellte sich missmutig vor, wie ein nicht eingestecktes Smartphone in einem verlassenen Hotelzimmer voller Pizzakartons langsam den Geist aufgab.

Eine Textnachricht von Chiara munterte ihn auf. Jetzt habe ich fünf Kilo Übergewicht. Vielleicht sollten wir ihn einfach anrufen.

Was ist, wenn er in den Fall verwickelt war?

Ich dachte, so weit seien wir noch nicht.

Richtig, aber wir sind im Eiltempo dorthin unterwegs.

Um 17.30 Uhr wechselten sie nochmals die Positionen. Gabriel ging in ein Restaurant in der Via della Ruote. Er setzte sich an einen Tisch auf dem Gehsteig und stocherte lustlos in einer Portion Spaghetti Pomodoro herum.

»Wenn sie Ihnen nicht schmecken«, sagte der Ober, »kann ich Ihnen etwas anderes bringen.«

Gabriel bestellte einen doppelten Espresso – den fünften an diesem Nachmittag – und griff mit leicht zitternder Hand nach seinem Smartphone. Chiara hatte ihm wieder geschrieben.

Sechs Kilo. Rufst du ihn bitte endlich an?

Die Versuchung war groß. Aber stattdessen beobachtete Gabriel die Touristen, die nach einem langen Tag von der Besichtigung der Sehenswürdigkeiten von Florenz in ihre Hotels zurückkehrten. Entlang dieser Straße gab es vier Hotels. Gleich neben dem Restaurant befand sich das großspurig benannte Grand Hotel Medici.

Er sah nochmals auf sein Handy. Inzwischen war es 18.15 Uhr geworden. Dann kontrollierte er den Standort des blauen Punkts und glaubte, eine winzige Bewegung zu entdecken. Nach dreißig Sekunden aufmerksamster Beobachtung war Gabriel sich seiner Sache sicher. Der blinkende blaue Punkt war eindeutig in Bewegung.

Weil die Positionsbestimmung nur auf vierzig Meter genau war, informierte Gabriel rasch Chiara und Donati über seine

Beobachtungen. Donati berichtete, auf der Via San Gallo sei Janson nirgends zu sehen, und Chiara meldete einige Sekunden später, auch auf der Via Santa Reparata sei er nicht aufgekreuzt. Gabriel bestätigte keine dieser Meldungen, weil er damit beschäftigt war, einen Mann zu mustern, der eben aus dem Grand Hotel Medici getreten war.

Mitte zwanzig, kurzes Haar, ungefähr einen Meter achtzig, etwa fünfundsiebzig Kilo. Er suchte die Straße nach beiden Richtungen ab, dann ging er am Restaurant vorbei nach rechts. Gabriel legte zwei Geldscheine auf den Tisch, zählte langsam bis zehn und stand auf. Vertrauenswürdig, dachte er. Aber bestimmt kein Heiliger.

13

FLORENZ

Chiara und Donati warteten auf der Via Ricasoli, wo sie sich gegen den Touristenstrom aus der Galleria dell'Accademia behaupten mussten. Ohne Vorwarnung schlang sie ihm plötzlich die Arme um den Hals und zog ihn an sich.

»Ist das wirklich nötig?«

»Er darf Ihr Gesicht nicht sehen. Zumindest noch nicht.«

Sie hielt Donati umarmt, während Niklaus Janson sich durch die Menge drängte und an ihnen vorbeiging, ohne sie eines Blickes zu würdigen. Im nächsten Augenblick kam Gabriel die Straße entlang.

»Möchtet ihr beiden mir vielleicht etwas gestehen?«

Donati befreite sich und zog angelegentlich sein Sakko glatt.

»Soll ich ihn jetzt anrufen?«

»Erst folgen wir ihm. Dann rufen wir ihn an.«

»Wozu warten?«

»Weil wir wissen müssen, ob er von anderen Leuten beschattet wird.«

»Was passiert, wenn wir jemanden sehen?«

»Hoffen wir lieber, dass es nicht dazu kommt.«

Chiara folgte Gabriel und Donati in einigem Abstand. Vor ihnen ragte der Campanile di Giotto auf. Janson mischte sich unter die Touristen auf der Piazza del Duomo und verschwand in der Menge. Als Gabriel ihn wieder entdeckte, lehnte der Schweizergardist mit seinem Mobiltelefon in der Hand an der achteckigen Taufkapelle. Im nächsten Augenblick fing er an, das Display mit beiden Daumen zu bearbeiten.

»Was macht er?«, fragte Donati.

»Er schreibt eine Nachricht, würde ich sagen.«

»An wen?«

»Gute Frage.«

Janson steckte das Handy in die Gesäßtasche seiner Jeans, drehte sich langsam um und suchte den belebten Platz ab. Sein Blick glitt über Donati, der sich abgewandt hatte, und Gabriel hinweg. Auf seinem Gesicht war keine Reaktion zu erkennen.

»Er sucht jemanden«, sagte Donati.

»Vielleicht den Absender der Nachricht, die er eben bekommen hat.«

»Oder?«

»Vielleicht fürchtet er, beschattet zu werden.«

»Das wird er auch.«

Nach einiger Zeit verließ Janson die Piazza und ging die Einkaufsstraße Via Martelli entlang. Diesmal folgte Chiara ihm vor den beiden Männern. Nach ungefähr hundert Metern bog er auf eine enge Gasse ab, die zur Piazza San Lorenzo führte. An ihrer Ostseite ragte die unfertige Fassade der Basilika auf. Sie war sandsteinfarben und glich einer Riesenwand aus unverputzten Ziegeln. Nach einem kurzen Blick auf sein Smartphone ging Janson die fünf Stufen hinauf und verschwand in der Basilika.

Den Westrand des Platzes säumten Stände von Textilhändlern, die es auf Touristen abgesehen hatten. Auf der nördlichen Seite gab es eine Eisdiele. Chiara und Donati reihten sich in die Schlange ein, Gabriel überquerte den Platz und betrat die Basilika. Janson stand vor dem Grab Cosimo de' Medicis und schrieb wieder eine Nachricht, ohne auf die Engländerin mit rotem Gesicht zu achten, die laut plärrend mit ihrer Touristengruppe sprach, als bestünde sie aus Schwerhörigen.

Der Schweizergardist sendete eine letzte Nachricht, dann ging er wieder auf den Platz hinaus, den er nochmals absuchte. Offenbar erwartete er jemanden. Den Empfänger seiner Nachrichten, vermutete Gabriel. Der ihn erst zur Piazza del Duomo und anschließend zur Basilica di San Lorenzo bestellt hatte.

Jansons Blick streifte Gabriel. Dann verließ er die Piazza auf dem Borgo San Lorenzo. Aus den Läden und Restaurants am Rand des Platzes trat niemand, um die Verfolgung aufzunehmen.

Gabriel ging zur Eisdiele hinüber, in der Donati und Chiara auf Barhockern an einem mit Zinkblech beschlagenen Tisch saßen. Sie hatten ihr Eis nicht angerührt.

»Können wir ihn jetzt anrufen?«, fragte Donati.

»Noch nicht.«

»Warum nicht?«

»Weil sie hier sind, Exzellenz.«

»Wer?«

Gabriel wandte sich wortlos ab, um Niklaus Janson auf den Fersen zu bleiben. Im nächsten Augenblick warfen Chiara und Donati ihr Eis in einen Abfalleimer und beeilten sich, Gabriel zu folgen.

Janson ging ein weiteres Mal über die Piazza del Duomo, was Gabriels Verdacht bestätigte, der Gardist werde aus der Ferne gesteuert. Irgendwo in Florenz erwartete ihn offenbar jemand.

Als Nächstes überquerte Janson die Piazza della Repubblica und erreichte von dort aus den Ponte Vecchio. Früher hatten dort Schmiede, Lohgerber und Fleischer gearbeitet. Aber als die Florentiner über das Blut und den Gestank klagten, wurde die Brücke Ende des 16. Jahrhunderts eine Domäne der Goldschmiede und Juweliere. Über die Läden auf der Ostseite der Brücke baute Vasari einen Privatgang für die Medici, damit sie den Fluss überqueren konnten, ohne sich unter ihre Untertanen mischen zu müssen.

Die Medici gab es nicht mehr, aber die Goldschmiede und Juweliere waren geblieben. Janson schlenderte an ihren beleuchteten Schaufenstern vorbei, bevor er unter dem mittleren Bogen des Vasarikorridors haltmachte, um ins träge fließende schwarze Wasser des Arno zu starren. Gabriel wartete auf der gegenüberliegenden Seite der Brücke. Zwischen ihnen schob sich ein stetiger Touristenstrom vorbei.

Ein Blick nach links zeigte Gabriel, dass Chiara und Donati näher kamen. Er wies sie mit einem kaum merklichen Nicken an, sich zu ihm zu gesellen. Nun standen sie nebeneinander am Brückengeländer: Gabriel und Chiara dem jungen Schweizer zugewandt, Donati in den Fluss starrend.

»Nun?«, fragte er.

Gabriel beobachtete Janson noch einen Augenblick länger. Obwohl er ihnen den Rücken zukehrte, war unverkennbar, dass er wieder eine Nachricht schrieb. Gabriel hätte gern gewusst, wer der Mann oder die Frau war, mit dem oder der Janson in Verbindung stand. Aber diese Verfolgung hatte schon viel zu lange gedauert.

»Also los, Luigi. Rufen Sie ihn an.«

Donati zog sein Nokia aus der Tasche. Jansons Nummer hatte er bereits eingespeichert. Er tippte auf das Display. Einige Sekunden verstrichen. Dann hob Niklaus Janson zögernd sein Handy ans Ohr.

14

PONTE VECCHIO, FLORENZ

»Guten Abend, Niklaus. Erkennen Sie meine Stimme?«

Donati tippte auf das Lautsprechersymbol, sodass Gabriel die verblüffte Antwort mithören konnte.

»Exzellenz?«

»Ja.«

»Wo sind Sie?«

»Das wollte ich Sie auch gerade fragen.«

Der junge Mann auf der anderen Seite der Brücke gab keine Antwort.

»Ich muss mit Ihnen reden, Niklaus.«

»Worüber?«

»Über die Nacht, in der Seine Heiligkeit gestorben ist.«

Wieder keine Antwort.

»Sind Sie noch da, Niklaus?«

»Ja, Exzellenz.«

»Sagen Sie mir, wo Sie sind. Ich muss Sie dringend sofort sprechen.«

»Ich bin in der Schweiz.«

»Es sieht Ihnen nicht ähnlich, einen Erzbischof zu belügen.«

»Ich lüge nicht!«

»Sie sind *nicht* in der Schweiz. Sie stehen mitten auf dem Ponte Vecchio in Florenz.«

»Woher wissen Sie das?«

»Weil ich hinter Ihnen stehe.«

Janson warf sich mit dem Smartphone am Ohr herum. »Ich sehe Sie nicht.«

Donati drehte sich ebenfalls langsam um.

»Exzellenz? Sind Sie's wirklich?«

»Ja, Niklaus.«

»Wer ist der Mann, der neben Ihnen steht?«

»Ein Freund.«

»Er hat mich verfolgt.«

»Ja, aber in meinem Auftrag.«

»Ich hatte Angst, er würde mich ermorden.«

»Weshalb würde jemand Sie umbringen wollen?«

»Vergeben Sie mir, Exzellenz«, flüsterte Janson.

»Was soll ich Ihnen vergeben?«

»Gewähren Sie mir Absolution.«

»Zuvor muss ich Ihnen die Beichte abnehmen.«

Der junge Mann sah nach links. »Dafür ist keine Zeit mehr, Exzellenz.«

Janson ließ sein Mobiltelefon sinken und kam quer über die Brücke. In der Mitte machte er abrupt halt, breitete die Arme weit aus. Der erste Schuss traf seine linke Schulter, sodass er sich wie ein Kreisel drehte. Der zweite ging durch seine Brust und ließ ihn in Büßerhaltung auf die Knie sinken. Mit schlaff herabhängenden Armen wurde er zum dritten Mal getroffen. Das Geschoss traf ihn oberhalb des rechten Auges und riss einen großen Teil der Schädeldecke weg.

Auf der alten Brücke hallten die drei Schüsse wie Artilleriefeuer. Unter den Touristen brach sofort wilde Panik aus. Gabriel sah einige Sekunden lang den nach Süden flüchtenden Todesschützen. Als er sich dann umdrehte, knieten Chiara und Donati neben Niklaus Janson. Der letzte Schuss hatte den Knienden mit untergeschlagenen Beinen nach hinten geworfen. Trotz seiner schrecklichen Kopfwunde lebte er noch, schien sogar bei Bewusstsein zu sein. Als Gabriel sich jetzt über ihn beugte, flüsterte Janson etwas.

Sein Mobiltelefon lag mit einem Sprung im Display neben ihm auf dem Pflaster. Gabriel steckte es ebenso ein wie die Geldbörse aus Nylon, die er aus der Gesäßtasche seiner Jeans zog. Donati, dessen rechter Daumen auf Jansons Stirn lag, betete halblaut. Mit dem Kreuzeszeichen erteilte er dem Gardisten Absolution von seinen Sünden.

Unterdessen hatte sich eine erregte Menge um sie versammelt. Gabriel hörte schockierte und entsetzte Ausrufe in einem Dutzend Sprachen – und fernes Sirenengeheul, das rasch lauter wurde. Er stand auf und zog erst Chiara, dann auch den Erzbischof hoch. Als sie von dem Toten zurücktraten, drängte die Menge enger heran. Im blauen Widerschein des Blinklichts des ersten Fahrzeugs der Polizia di Stato, der ihnen entgegenkam, gingen sie ohne Eile nach Norden davon.

»Was hat das zu bedeuten?«, fragte Donati.

»Weiß ich nicht genau«, sagte Gabriel. »Aber in einer Minute werden wir's wissen.«

Am Fuß des Ponte Vecchio schlossen sie sich in den Exodus von verängstigten Touristen an, die durch Vasaris Bogengang flüchteten. Als sie den Eingang der Uffizien erreichten, zog Gabriel Jansons Smartphone aus der Tasche. Es war ein iPhone, eingeschaltet, zu vierundachtzig Prozent geladen. Seine schlimmsten Ängste, seine heimlichen Begierden, seine ganze Seele.

»Hoffentlich hat außer mir niemand gesehen, dass Sie's an sich genommen haben«, sagte Donati vorwurfsvoll. »*Und* seine Geldbörse.«

»Sie waren der Einzige. Aber versuchen Sie, nicht so schuldbewusst dreinzusehen.«

»Ich bin gerade vom Tatort eines Mordes geflüchtet. Wieso sollte ich mich da schuldig fühlen?«

Gabriel drückte auf den Home-Button. Mehrere Apps, darunter ein Nachrichtendienst, waren geöffnet. Er scrollte ganz nach oben, aber es gab keinen Absender, nur eine Nummer. Die erste auf Englisch verfasste Nachricht war an diesem Nachmittag um 16.47 Uhr eingegangen.

Bitte sag mir, wo du bist, Niklaus …

»Das ist er!«

»Wer?«, fragte Donati.

»Der Unbekannte, der Janson Nachrichten geschickt hat, während wir ihn beschattet haben.«

Donati spähte über Gabriels rechte Schulter, Chiara über die linke. Beide Gesichter wurden durch das leuchtende Display erhellt, bis plötzlich das Licht ausging. Gabriel drückte erneut auf den Home-Button, aber das iPhone hatte sich ausgeschaltet.

Gabriel betätigte die Einschalttaste und wartete darauf, dass der berühmte weiße Apfel auf dem Bildschirm erschien.

Nichts.

Das Telefon war so tot wie sein Besitzer.

»Vielleicht haben Sie versehentlich auf etwas gedrückt«, schlug Donati vor.

»Meinen Sie das Zauber-Icon, das blitzschnell das Betriebssystem schrottet und den Speicherinhalt schreddert?« Gabriel sah von dem schwarzen Display auf. »Es ist ferngesteuert gelöscht worden, damit wir nicht weiterlesen konnten.«

»Von wem?«

»Von denselben Männern, die seine Personalakte bei der Schweizergarde gelöscht haben.« Gabriel nickte Chiara zu.

»Von denselben Männern, die den Heiligen Vater ermordet haben.«

»Glauben Sie mir jetzt?«, fragte Donati.

»Vor zehn Minuten hatte ich meine Zweifel. Jetzt nicht mehr …« Gabriel starrte den Ponte Vecchio an, der in den Widerschein blauer Blinkleuchten getaucht war. »Haben Sie verstanden, was er kurz vor seinem Tod geflüstert hat?«

»Er hat Aramäisch gesprochen. *Eli, Eli, lama asabtani?* Das heißt …«

»Mein Gott, mein Gott, warum hast du mich verlassen?«

Der Erzbischof nickte langsam. »Das waren die letzten Worte Christi vor seinem Tod am Kreuz.«

»Wieso sollte er das sagen?«

»Vielleicht hatten seine Kameraden recht«, meinte Donati. »Vielleicht war Niklaus wirklich ein Heiliger.«

15

VENEDIG – FREIBURG, SCHWEIZ

Sie fuhren nach Venedig zurück, holten zwei schlafende Kinder aus einem Haus im alten Ghetto ab und brachten sie über die einzige Stahlbrücke der Stadt in ein Apartment am Rio della Misericordia. Dort verbrachten sie – Luigi Donati im Gästezimmer – eine weitgehend schlaflose Nacht. Am folgenden Morgen beim Frühstück musste er immer wieder Raphael ansehen, der seinem berühmten Vater erstaunlich ähnlich sah. Der Kleine hatte sogar Gabriels auffällig grüne Augen geerbt. Irene sah Gabriels Mutter ähnlich – niemals mehr, als wenn sie wütend auf Gabriel war.

»Ich bin nur ein, zwei Tage fort«, versicherte er ihr.

»Das sagst du immer, Abba.«

Sie verabschiedeten sich unten auf den Fondamenta dei Ormesini. Chiaras Abschiedskuss war innig. »Komm gesund wieder heim«, flüsterte sie Gabriel ins Ohr. »Deine Kinder brauchen dich. Und ich auch.«

Gabriel und Donati nahmen in der Kajüte des für sie bereitliegenden Wassertaxis Platz, das sie übers graugrüne Wasser der Lagune zum Aeroporto Marco Polo brachte. In dem belebten Terminal drängten Fluggäste sich unter Fernsehbildschirmen. In Deutschland war ein weiterer Bombenanschlag verübt worden, diesmal auf ein Einkaufszentrum in Hamburg. In einem professionell gemachten Video, das in den sozialen

Medien verbreitet wurde, übernahm der mutmaßliche Planer des Anschlags die Verantwortung dafür. In akzentfreiem Deutsch drohte der Vermummte, die Anschläge würden weitergehen, bis die schwarze Flagge des Islamischen Staats über dem Reichstag wehe. Nach diesem zweiten Terroranschlag binnen achtundvierzig Stunden herrschte in Deutschland die höchste Alarmstufe.

Der Bombenanschlag beeinträchtigte den Luftverkehr in ganz Europa, aber irgendwie startete die Alitalia-Maschine nach Genf am Spätvormittag doch pünktlich. Trotz der verschärften Sicherheitsmaßnahmen auf dem zweitgrößten Schweizer Flughafen passierten Gabriel und Donati die Passkontrolle ohne wesentliche Verzögerung. Auf dem Kurzzeitparkplatz hatte die Fahrbereitschaft einen 3er BMW abgestellt, dessen Schlüssel mit Klebeband unter der vorderen Stoßstange befestigt war. In dem abschließbaren Fach vor dem Beifahrersitz lag eine 9-mm-Beretta in einer Schutzhülle.

»Wie praktisch«, bemerkte Donati. »Ich muss meine Pistole immer am Schalter abholen.«

»Mitgliedschaft bringt Privilegien.«

Gabriel nahm die Ausfahrt zur E62 und fuhr am Seeufer entlang nach Nordwesten. Donati fiel auf, dass er das Navi nicht mal einschaltete.

»Sie sind wohl oft in der Schweiz?«

»Das könnte man sagen.«

»Wie man hört, soll auch dieser Winter ziemlich schneearm werden.«

»Die Aussichten für den Schweizer Wintertourismus sind meine geringste Sorge.«

»Sie laufen nicht Ski?«

»Sehe ich wie ein Skifahrer aus?«

»Ich hatte auch nie Lust dazu.« Donati betrachtete die

am anderen Ufer aufragenden Gipfel. »Einen Berg runterrutschen kann jeder Dummkopf, aber man braucht Charakter und Disziplin, um einen zu besteigen.«

»Ich mache lieber Strandwanderungen.«

»Der Meeresspiegel steigt, das wissen Sie. Venedig wird anscheinend bald unbewohnbar.«

»Zumindest sollte das die Touristen abschrecken.«

Gabriel stellte das Radio rechtzeitig genug an, um die SFR-1-Nachrichten zur vollen Stunde zu hören. In Hamburg war die Zahl der Toten auf vier gestiegen; außerdem gab es fünfundzwanzig Verletzte, von denen mehrere in Lebensgefahr schwebten. Dass am Vorabend ein Schweizer auf dem Ponte Vecchio in Florenz ermordet worden war, wurde nicht gemeldet.

»Worauf wartet die Polizia di Stato noch?«, fragte Donati.

»Wenn ich raten sollte, gibt sie dem Vatikan eine Chance, eine gute Story anzubieten.«

»Na, dann viel Glück dabei!«

Die letzte Meldung vor dem Wetterbericht betraf den steilen Anstieg von Missbrauchsfällen durch Geistliche, den die Schweizer Bischofskonferenz beklagt hatte.

Donati seufzte. »Ich wollte, sie würden über etwas Erfreulicheres reden. Zum Beispiel über den Bombenanschlag in Hamburg.«

»Wussten Sie, dass dieser Bericht kommen würde?«

Donati nickte. »Der Heilige Vater und ich haben den ersten Entwurf einige Wochen vor seinem Tod durchgelesen.«

»Wie kann es weiterhin *neue* Fälle geben?«

»Weil wir um Verzeihung gebeten haben, aber nie zum Kern des Übels vorgedrungen sind. Und die Kirche hat verdientermaßen einen hohen Preis dafür gezahlt. Hier in der Schweiz hat die katholische Kirche schwer büßen müssen.

Taufen, Trauungen und Kirchenbesuche sind unglaublich zurückgegangen.«

»Und wenn Sie noch mal darüber entscheiden könnten?«

»Trotz allem, was meine Feinde behauptet haben, war nicht ich der Papst. Der war Pietro Lucchesi. Und er war von Natur aus vorsichtig.« Donati machte eine Pause. »Meiner Meinung nach allzu vorsichtig.«

»Und wenn Sie der Mann mit dem Fischerring am Finger wären?«

Donati lachte.

»Was ist daran so lustig?«

»Schon die Idee ist absurd.«

»Tun Sie mir den Gefallen.«

Donati überlegte sich seine Antwort sorgfältig. »Als Erstes würde ich die Geistlichkeit reformieren. Es genügt nicht, die Pädophilen auszumerzen. Wenn die Kirche überleben und gedeihen soll, müssen wir eine neue und dynamische katholische Gemeinschaft aufbauen.«

»Heißt das, dass Sie das Priesteramt für Frauen öffnen würden?«

»Das haben Sie gesagt, nicht ich.«

»Was wäre mit verheirateten Priestern?«

»Jetzt segeln wir in tückische Gewässer, mein Freund.«

»Andere Konfessionen kennen kein Eheverbot für Geistliche.«

»Und ich respektiere diese Konfessionen. Die Frage ist jedoch: Kann ich als römisch-katholischer Priester eine Frau und Kinder lieben und ehren, während ich zugleich dem Herrn diene und mich um die spirituellen Bedürfnisse meiner Herde kümmere?«

»Wie lautet die Antwort?«

»Nein«, sagte Donati. »Das kann ich nicht.«

Eine Hinweistafel kündigte den am See liegenden Kurort Vevey an. Gabriel bog auf die E27 ab und folgte ihr nach Norden, nach Freiburg. Die Stadt war zweisprachig, aber die Straßen hatten französische Namen. Die Rue de Pont-Muré führte ein kurzes Stück durch die sehenswerte Altstadt, über der die Kirche St. Nikolaus aufragte. Gabriel parkte in der Nähe der Place des Ormeaux und setzte sich an einen Tisch im Café des Arcades. Donati überquerte den Platz, um ins Café du Gothard zu gelangen.

Das Café war ein gediegenes, altmodisches Restaurant mit dunklen Holzböden und schweren schmiedeeisernen Lampen. Um diese Zeit, im Limbo zwischen Mittag- und Abendessen, war nur ein weiterer Tisch besetzt – von einem englischen Paar, das den Eindruck erweckte, sich nach langen, erbitterten Kämpfen auf einen brüchigen Waffenstillstand geeinigt zu haben. Donati setzte sich an einen Fenstertisch. Er wählte Gabriels Nummer, dann legte er sein Nokia mit dem Display nach unten aufs Tischtuch. Es dauerte mehrere Minuten, bis Stefanie Hoffmann erschien. Sie legte ihm eine Speisekarte hin und rang sich ein Lächeln ab.

»Was möchten Sie trinken?«

16

CAFÉ DU GOTHARD

Sie steckte sich eine blonde Haarsträhne hinters Ohr und sah Donati über ihren Bestellblock hinweg an. Ihre Augen waren blau wie ein Bergsee im Sommer. Das übrige Gesicht war ebenso schön. Die Wangenknochen waren hoch, die Lippen voll und sinnlich, das Kinn mit dem kleinen Grübchen schmal.

Sie hatte Donati auf Französisch angesprochen. Er antwortete in derselben Sprache. »Bitte ein Glas Wein.«

Sie zeigte mit ihrem Kugelschreiber auf die Weinliste in der Speisekarte. Es gab hauptsächlich französische und Schweizer Weine. Donati entschied sich für einen weißen Chasselas aus dem Waadtland.

»Möchten Sie auch essen?«

»Vorläufig nur den Wein, danke.«

Sie ging an die Theke und sah auf ihr Smartphone, während der Schankkellner im schwarzen Hemd den Wein einschenkte. Das Glas stand eine Minute lang auf ihrem Tablett, bevor sie es endlich Donati servierte.

»Sie sind nicht von hier«, stellte sie fest.

»Woran haben Sie das gemerkt?«

»Italien?«

»Rom.«

Ihr Gesichtsausdruck blieb gleich. »Was führt Sie in unser spießiges Freiburg?«

»Geschäfte.«

»Was machen Sie geschäftlich?«

Donati zögerte kurz. Er hatte nie eine zufriedenstellende Beschreibung seines Berufs gefunden. »Ich bin in der Erlösungsbranche, könnte man sagen.«

Ihre Augen verengten sich. »Sie sind ein Kirchenmann?«

»Geistlicher«, sagte Donati.

»Sie sehen aber nicht wie ein Priester aus.« Sie musterte seine Kleidung provokativ. »Vor allem nicht in diesen Sachen.«

Er fragte sich, ob sie mit allen Gästen so ungezwungen umging. »Tatsächlich bin ich ein Erzbischof.«

»Wo liegt Ihre Diözese?« Mit solchen Dingen kannte sie sich anscheinend aus.

»Im hintersten Winkel Nordafrikas, der einmal zum römischen Imperium gehört hat. Dort gibt es nur noch wenige Christen, die auch nicht alle katholisch sind.«

»Ein Titularbischof?«

»Genau.«

»Was machen Sie wirklich?«

»Demnächst fange ich als Dozent an der Päpstlichen Universität Gregoriana an.«

»Sie sind ein Jesuit?«

»Ganz recht.«

»Und vor der Gregoriana?«

Donati senkte die Stimme. »Ich war Privatsekretär Seiner Heiligkeit Papst Paul VII.«

Über ihr Gesicht schien ein Schatten zu ziehen. »Was führt Sie nach Freiburg?«, fragte sie noch mal.

»Ich bin gekommen, um Sie zu sprechen.«

»Warum?«

»Ich muss mit Ihnen über Niklaus reden.«

»Wo ist er?«

»Das wissen Sie nicht?«

»Nein.«

»Wann haben Sie zuletzt von ihm gehört?«

»Am Morgen vor der Beisetzung des Papstes. Er wollte mir nicht sagen, wo er ist.«

»Wieso nicht?«

»Er hat gesagt, sie sollten das nicht erfahren.«

»Wer?«

Sie wollte antworten, aber dann änderte sie ihre Meinung. »Haben Sie ihn gesehen?«, fragte sie.

»Ja, Stefanie. Ich habe ihn gesehen, fürchte ich.«

»Wann?«

»Gestern Abend«, sagte Donati. »Auf dem Ponte Vecchio in Florenz.«

Auf seinem Beobachtungsposten im Café des Arcades hörte Gabriel zu, wie Donati Stefanie Hoffmann mit gedämpfter Stimme erklärte, Niklaus Janson sei tot. Er war froh, dass sein alter Freund ihm diese Aufgabe abnahm. Wie Donati immer damit kämpfte, wie er seinen Beruf beschreiben sollte, rang Gabriel seinerseits nach Worten, wenn es darum ging, einer Frau mitzuteilen, ein geliebter Mann – ein Sohn, ein Bruder, ein Vater, ein Verlobter – sei eiskalt ermordet worden.

Anfangs glaubte sie Donati nicht, was zu erwarten gewesen war. Seine Feststellung, dass er kein Motiv habe, in dieser Sache zu lügen, konnte ihre Skepsis kaum mindern. Der Vatikan, warf sie ihm prompt vor, lüge doch dauernd.

»Ich arbeite nicht im Vatikan«, antwortete Donati. »Jetzt nicht mehr.«

Dann schlug er vor, das Gespräch in privater Umgebung fortzusetzen. Stefanie Hoffmann sagte, das Restaurant sei bis zehn Uhr abends geöffnet, und sie riskiere ihren Job, wenn sie den Chef im Stich lasse.

»Einmal macht er bestimmt eine Ausnahme.«

»Was erzähle ich ihm über Niklaus?«

»Absolut nichts.«

»Mein Auto steht auf der Place des Ormeaux. Warten Sie dort auf mich.«

Donati trat auf die Straße hinaus und hob sein Smartphone ans Ohr. »Konnten Sie das alles mithören?«

»Sie weiß Bescheid«, sagte Gabriel. »Die Frage ist nur, wie viel?«

Donati steckte das Handy ein, ohne die Verbindung zu trennen. Einige Minuten später kam Stefanie Hoffmann mit einem dicken Wollschal um den Hals aus dem Restaurant. Ihr Wagen war ein klappriger alter Volvo. Als Donati bei ihr einstieg, setzte Gabriel sich wieder ans Steuer des BMWs. Durch seine Bluetooth-Ohrhörer hörte er das Klicken von Donatis Sicherheitsgurt, dem im nächsten Augenblick ein verzweifelter Aufschrei Stefanie Hoffmanns folgte.

»Ist Niklaus wirklich tot?«

»Ich war dabei.«

»Wieso haben Sie's nicht verhindert?«

»Das war unmöglich.«

Stefanie Hoffmann stieß rückwärts aus der Parklücke und fuhr die Rue du Pont-Muré entlang. Zehn Sekunden später tat Gabriel das Gleiche. Als sie die Altstadt auf der Route des Alpes verließen, fragte Donati, weshalb Niklaus Janson in der Todesnacht des Heiligen Vaters aus dem Vatikan geflüchtet sei. Ihre Antwort war kaum hörbar.

»Er hatte Angst.«

»Wovor?«

»Dass sie ihn umbringen würden.«

»Wer, Stefanie?«

Einige Sekunden lang war nur das Rattern des Volvomotors zu hören, aber im nächsten Augenblick kreischte Stefanie Hoffmann gellend laut. Gabriel stellte sein Smartphone leiser. Er war froh, dass an seiner Stelle sein alter Freund neben ihr saß.

17

RECHTHALTEN, SCHWEIZ

Kurz vor dem Weiler St. Ursen wurde Stefanie Hoffmann darauf aufmerksam, dass ihnen ein BMW folgte.

»Das ist nur mein Partner.«

»Seit wann haben Geistliche *Partner*?«

»Er ist der Mann, der mir geholfen hat, Niklaus in Florenz zu finden.«

»Haben Sie nicht gesagt, Sie seien allein nach Freiburg gekommen?«

»Ich habe nichts dergleichen gesagt.«

»Ist Ihr Partner auch ein Geistlicher?«

»Nein.«

»Vatikanischer Geheimdienst?«

Donati war versucht, ihr zu erklären, es gebe keinen *vatikanischen Geheimdienst*, der nur eine bösartige Erfindung von Kirchengegnern sei; der wahre Nachrichtendienst sei die Universale Kirche selbst mit ihrem globalen Netzwerk aus Pfarreien, Schulen, Universitäten, Krankenhäusern, Wohlfahrtseinrichtungen und Nuntiaturen in aller Welt. Aber er ersparte ihr diesen Vortrag zumindest vorläufig. Trotzdem interessierte ihn, weshalb sie das gefragt hatte. Aber das konnte warten, beschloss er, bis sein *Partner* sich zu ihnen gesellt hatte.

Das nächste Dorf war Rechthalten. Donati erkannte diesen Namen. Hier war Niklaus Janson zur Welt gekommen und aufgewachsen. Seine Einwohner waren mit überwältigender Mehrheit katholisch. Nach staatlichen Statistiken arbeiteten die meisten von ihnen im Primärsektor der Wirtschaft – eine höfliche Umschreibung dafür, dass sie Bauern waren. Eine Handvoll Dorfbewohner pendelte wie Stefanie Hoffmann täglich zur Arbeit nach Freiburg. Sie sei vor einem Jahr bei den Eltern ausgezogen, sagte sie, und lebe allein in einem Häuschen am Ostrand des Dorfs.

Ihr Häuschen erwies sich als ein A-förmiges Nurdachhaus mit einer kleinen Sonnenterrasse im ersten Stock. Sie hielt auf der unbefestigten Einfahrt und stellte den Motor ab. Gabriel traf wenige Sekunden später ein. Er stellte sich auf Deutsch als Heinrich Kiever vor. Dieser Name stand in dem gefälschten deutschen Reisepass, den er auf dem Flughafen Genf vorgelegt hatte.

»Wissen Sie bestimmt, dass Sie kein Geistlicher sind?« Stefanie Hoffmann ergriff die ausgestreckte Hand. »Sie sehen priesterlicher aus als der Erzbischof.«

Sie führte die beiden ins Haus. Das Erdgeschoss war in ein Atelier umgewandelt worden. Stefanie Hoffmann war Malerin, fiel Donati plötzlich wieder ein. Ihr neuestes Werk stand mitten im Raum auf einer Staffelei. Der Mann, den sie als Heinrich Kiever kannte, stand mit einer Hand am Kinn und leicht schiefgelegtem Kopf davor.

»Nicht schlecht, sogar ziemlich gut.«

»Malen Sie auch?«

»Gelegentlich ein Aquarell, wenn ich im Urlaub bin.«

Stefanie musterte ihn sichtbar zweifelnd. Sie zog ihre Jacke aus, legte den Schal ab und sah zu Donati hinüber. In ihren blauen Augen standen plötzlich wieder Tränen. »Möchten Sie einen Kaffee?«

In der winzigen Küche stand noch ihr Frühstücksgeschirr auf dem Tisch. Sie räumte es ab und schaltete den Wasserkocher ein. Während sie Kaffee in den Kaffeebereiter löffelte, entschuldigte sie sich für die Unordnung in ihrem bescheidenen Häuschen. Mehr könne sie sich von ihrem Lohn als Serviererin und gelegentlichen Bilderverkäufen für viel zu wenig Geld nicht leisten, klagte sie.

»Wir sind nicht alle reiche Privatbankiers, wissen Sie.«

Sie sprach Deutsch mit ihnen. Nicht das Schwyzerdütsch der Dorfbewohner, sondern gutes Hochdeutsch wie im Großen Kanton im Norden. Das habe sie in der Schule gelernt, erzählte sie, in der Niklaus Janson ihr Klassenkamerad gewesen sei. Als Junge war er schmächtig gewesen – bebrillt, mager, schüchtern –, aber mit siebzehn hatte er sich auf magische Weise in einen Adonis verwandelt. Als sie sich zum ersten Mal geliebt hatten, hatte er darauf bestanden, sein Goldkettchen mit dem kleinen Kreuz abzulegen. Danach hatte er bei Pater Erich, dem Gemeindepfarrer, gebeichtet.

»Er war ein sehr frommer Junge, Niklaus. Das gehörte zu den Dingen, die mir an ihm gefallen haben. Er hat meinen Namen in der Beichte nicht genannt, aber Pater Erich hat mich am Sonntag danach bei der Kommunion böse angesehen.«

Nach der Matura an der Kantonsschule hatte Stefanie an der Universität Freiburg Kunst studiert, und Niklaus, dessen Vater Zimmerer war, hatte seinen Wehrdienst abgeleistet. Im Anschluss daran war er auf Arbeitssuche nach Rechthalten zurückgekommen. Pater Erich hatte ihm geraten, zur Schweizergarde zu gehen, die damals unterbesetzt war und händeringend Rekruten suchte. Stefanie Hoffmann war entschieden dagegen gewesen, dass er nach Rom ging.

»Wieso?«, fragte Donati.

»Ich hatte Angst, ihn zu verlieren.«

»An wen?«

»An die Kirche.«

»Sie dachten, er könnte Priester werden?«

»Davon hat er oft gesprochen, auch nach seiner Entlassung aus der Armee.«

Jansons Hintergrund war nicht überprüft worden, und es hatte auch kein Bewerbungsgespräch gegeben. Pater Erichs Bestätigung, Niklaus sei ein moralisch gefestigter Katholik mit gutem Leumund, hatte ausgereicht. Am Abend vor seiner Abreise nach Rom hatte er Stefanie mit einem Verlobungsring überrascht, mit dem sie einige Monate später zur feierlichen Zeremonie auf dem Damasus-Hof erschienen war, in der Niklaus geschworen hatte, den Vatikan und den Heiligen Vater mit seinem Leben zu schützen. Er war sehr stolz auf seine Galauniform mit dem schwarzen Helm mit roter Helmzier, aber Stefanie fand, er sehe darin albern aus: ein Spielzeugsoldat in der kleinsten Armee der Welt. Nach der Vereidigung stellte er seine Eltern Seiner Heiligkeit vor. Stefanie durfte nicht mitkommen.

»Zur Audienz waren nur Mütter und Ehefrauen zugelassen. Die Garde mag keine Freundinnen.«

Niklaus und sie sahen sich nur alle paar Monate, aber sie taten ihr Bestes, um ihre Beziehung mit täglichen Video-Anrufen und Textnachrichten lebendig zu erhalten. Der Dienst in der Schweizergarde war anstrengend und meistens schrecklich eintönig. Niklaus gewöhnte sich an, in seinen Dreistundenschichten den Rosenkranz zu beten, während seine Füße vorschriftsgemäß in einem Winkel von sechzig Grad zueinander standen. Seine Freizeit verbrachte er hauptsächlich in der Kaserne der Schweizergarde am St.-Anna-Tor. Wie die meisten Schweizer hielt er Rom für schmutzig und chaotisch.

Kaum ein Jahr nach seinem Eintritt tat er bereits Dienst im

Apostolischen Palast. Dort beobachtete er das Kommen und Gehen der prominentesten Kirchenfürsten: des Staatssekretärs Gaubert, des Kardinalkämmerers Albanese, der zugleich dem Vatikanischen Geheimarchiv vorstand, und Navarro, des Präfekten der Glaubenskongregation. Aber der Mann, den Niklaus Janson am meisten bewunderte, trug keinen Kardinalpurpur. Es war Erzbischof Luigi Donati, der Privatsekretär des Heiligen Vaters.

»Er hat oft gesagt, wenn die Kirche zur Vernunft käme, würde sie Sie zum nächsten Papst wählen.«

Stefanie rang sich ein Lächeln ab, das rasch verblasste, als sie Niklaus' Abwärtsspirale in Depressionen und Alkoholmissbrauch schilderte. Irgendwie waren Donati die äußeren Anzeichen für seinen Gefühlsaufruhr entgangen. Ein anderer Geistlicher bemerkte sie jedoch: ein Priester, der in verhältnismäßig untergeordneter Stellung daran arbeitete, einen Dialog zwischen Kirche und Andersgläubigen zu etablieren.

»Vielleicht im Päpstlichen Rat für den interreligiösen Dialog?«, schlug Donati vor.

»Ja, genau.«

»Und sein Name?«

»Pater Markus Graf.«

Donati warf seinem Partner einen Blick zu, der besagte, dieser Mann sei brandgefährlich. Während Stefanie den Kaffee aufgoss, lieferte sie die Erklärung dafür.

»Er gehört auch einem reaktionären Geheimbund an.«

»Dem Helenenorden«, sagte Donati mehr zu Gabriels als zu ihrer Information.

»Sie kennen ihn?«

Donati ließ etwas von seiner alten Arroganz aufblitzen. »Pater Graf und ich bewegen uns in sehr unterschiedlichen Kreisen.«

»Ich habe ihn kurz kennengelernt. Er ist aalglatt. Aber sehr charismatisch. Sogar verführerisch. Niklaus hatte einen Narren an ihm gefressen. Die Garde hat einen eigenen Seelsorger, aber Niklaus hat ihn zu seinem Beichtvater und Ratgeber erwählt. Die beiden haben angefangen, viel Zeit miteinander zu verbringen.«

»Privat?«

»Pater Graf hat ein Auto. Er ist mit Niklaus in die Berge gefahren, damit er kein Heimweh bekam. Die Apenninen sind nicht die Alpen, aber Niklaus hat es genossen, aus der Stadt rauszukommen.«

»Er hat zwei Disziplinarstrafen bekommen, weil er über den Zapfen gehauen hat.«

»Das hatte bestimmt etwas mit Pater Graf zu tun.«

»War ihre Beziehung sonst irgendwie speziell?«

»Fragen Sie, ob Niklaus und Pater Graf ein Liebespaar waren?«

»Das tue ich wohl.«

»Das habe ich mich auch schon gefragt. Vor allem nach seinem merkwürdigen Verhalten bei meinem letzten Besuch in Rom.«

»Was ist da passiert?«

»Er hat sich geweigert, mit mir ins Bett zu gehen.«

»Hat er einen Grund genannt?«

»Pater Graf hatte ihn angewiesen, keinen außerehelichen Geschlechtsverkehr mehr zu haben.«

»Und wie haben Sie reagiert?«

»Ich habe gesagt, wir sollten sofort heiraten. Niklaus war einverstanden – aber unter einer Bedingung.«

»Sie sollten als Laienmitglied in den Helenenorden eintreten.«

»Ja.«

»Niklaus war vermutlich schon Mitglied?«

»Er hat sein Treuegelöbnis vor Bischof Richter im Palazzo des Ordens auf dem Janiculum abgelegt. Er hat gesagt, der Bischof habe gewisse Vorbehalte in Bezug auf einige Aspekte meines Charakters, sei aber bereit, mich trotzdem aufzunehmen.«

»Vom wem hatte Bischof Richter seine Informationen über Sie?«

»Von Pater Erich. Auch er ist Mitglied des Ordens.«

»Was haben Sie gemacht?«

»Ich habe meinen Verlobungsring in den Tiber geworfen und bin in die Schweiz zurückgefahren.«

»Können Sie sich an das Datum erinnern?«

»Wie könnte ich's vergessen? Das war der 9. Oktober.« Sie goss drei Tassen Kaffee ein und stellte eine davon Heinrich Kiever hin. »Will er mich gar nichts fragen?«

»Herr Kiever redet nicht viel.«

»Genau wie Niklaus.« Sie setzte sich zu ihnen an den Tisch. »Nach meiner Weigerung, in den Orden einzutreten, hat er alle Verbindungen zu mir abgebrochen. Am Dienstag habe ich erstmals seit Wochen wieder mit ihm telefoniert.«

»Und Sie wissen bestimmt, dass das am Morgen nach dem Tod des Heiligen Vaters war?«

Sie nickte. »Er hat schrecklich geklungen. Ich habe seine Stimme im ersten Augenblick nicht erkannt. Als ich gefragt habe, was passiert sei, hat er nur geweint.«

»Was haben Sie dann gemacht?«

»Ich hab noch mal gefragt.«

»Und?«

Sie trank einen kleinen Schluck Kaffee. »Er hat mir alles erzählt.«

18

RECHTHALTEN, SCHWEIZ

An diesem Tag hatte Niklaus schon zweimal Wache gestanden: vormittags am Glockenbogen, an den Bronzetüren nachmittags. Als er die päpstlichen Gemächer erreichte, zitterten seine Knie vor Anstrengung. Als Ersten sah er dort den Privatsekretär des Heiligen Vaters, der eben ausging.

»Wusste er, wohin?«

»Zum Diner bei einer Freundin. Außerhalb der Mauern.«

»Wusste er den Namen der Freundin?«

»Eine reiche Frau mit einem Palazzo in der Nähe der Villa Borghese. Ihr Mann ist bei einem Sturz von der Galerie des Petersdoms gestorben. Niklaus hat gesagt, Sie seien in der Nähe gewesen.«

»Woher wusste er das alles?«

»Was glauben Sie?«

»Pater Graf?«

Stefanie nickte. Sie hielt ihre Kaffeetasse in beiden Händen. Aufsteigende dünne Dampfschleier umspielten ihr makelloses Gesicht.

»Was ist passiert, als ich gegangen war?«

»Gegen halb zehn ist Kardinal Albanese eingetroffen.«

»Mir hat der Kardinal erzählt, er sei erst um zehn Uhr gekommen.«

»Das war sein *zweiter* Besuch«, sagte Stefanie Hoffmann. »Nicht sein erster.«

Kardinal Albanese hatte Donati nichts von einem früheren Besuch in den päpstlichen Gemächern erzählt. Er tauchte auch nicht in der offiziellen Darstellung der Ereignisse jenes Abends auf. Allein das Bekanntwerden dieser Tatsache hätte die Kirche in einen Skandal gestürzt.

»Hat Albanese Niklaus einen Grund für seinen Besuch genannt?«

»Nein. Aber er hatte einen Aktenkoffer mit dem Wappen des Vatikanischen Geheimarchivs auf dem Deckel bei sich.«

»Wie lange ist er geblieben?«

»Nur ein paar Minuten.«

»Mit dem Aktenkoffer in der Hand?«

Sie nickte.

»Und als er um zehn Uhr zurückgekommen ist?«

»Da hat er Niklaus erzählt, der Heilige Vater habe ihn zum Gebet in seiner Privatkapelle eingeladen.«

»Wer ist als Nächster eingetroffen?«

»Drei Kardinäle. Navarro, Gaubert und Francona.«

»Uhrzeit?«

»Viertel nach zehn.«

»Wann ist Dottore Gallo eingetroffen?«

»Um elf Uhr. Oberst Metzler und der Chef der Vatikanpolizei waren wenige Minuten später da.« Stefanie senkte die Stimme. »Dann Sie, Erzbischof Donati. Sie waren der Letzte.«

»Wusste Niklaus, was drinnen ablief?«

»Er hatte eine ziemlich gute Vorstellung davon, aber er war sich seiner Sache erst sicher, als die Rettungssanitäter mit der Krankentrage gekommen sind.«

Kurz nach ihrer Ankunft sei Oberst Metzler herausgekommen, fuhr sie fort. Er hatte das Offenkundige bestätigt.

Der Heilige Vater war tot. Er warnte Niklaus, er dürfe niemandem von den Ereignissen dieses Abends erzählen. Keinem seiner Kameraden, niemandem aus seiner Familie, erst recht nicht den Medien. Dann befahl er Niklaus, auf seinem Posten zu bleiben, bis der Leichnam abtransportiert und die Gemächer versiegelt seien. Dieses Ritual vollzog der Camerlengo gegen halb drei Uhr.

»Hat Kardinal Albanese etwas aus den Gemächern mitgenommen, als er gegangen ist?«

»Nur einen Gegenstand. Er sagte, er wolle etwas, das ihn an die Heiligkeit des Verstorbenen erinnere. Etwas, das er in den Händen gehalten habe.«

»Was war das?«

»Ein Buch.«

Donatis Herz hämmerte gegen seine Rippen. »Was für eine Art Buch?«

»Ein englischer Kriminalroman.« Stefanie Hoffmann schüttelte den Kopf. »Kaum zu glauben, was?«

Als Niklaus Janson den Apostolischen Palast verließ, hatte das Presseamt bereits den Tod seiner Heiligkeit bekannt gegeben. Der Petersplatz war ins bläuliche Licht von Fernsehscheinwerfern getaucht, und in den Klöstern und auf den Höfen des Vatikans versammelten sich kleine Gruppen von Nonnen und Geistlichen, die weinend beteten. Niklaus weinte ebenfalls. In seiner Stube in der Kaserne zog er Zivil an, warf ein paar Sachen in eine Reisetasche und verließ den Vatikan gegen halb sechs Uhr morgens.

»Warum ist er nach Florenz gefahren, statt in die Schweiz heimzukehren?«

»Er hatte Angst, dass sie ihn finden würden.«

»Die Garde?«

»Der Orden.«

»Und Sie hatten außer diesem einen Telefongespräch keinen weiteren Kontakt zu ihm? Keine WhatsApp-Nachrichten oder E-Mails?«

»Nur das Paket. Es ist einen Tag nach unserem Telefonat gekommen.«

»Was hat es enthalten?«

»Die Reproduktion eines kitschigen Gemäldes, das Jesus im Garten Gethsemane zeigt. Ich weiß wirklich nicht, was er damit bezweckt hat.«

»War sonst noch etwas in dem Paket?«

»Niklaus' Rosenkranz.« Sie zögerte, dann fügte sie hinzu: »Und ein Brief.«

»An wen war er adressiert?«

»An mich. An wen sonst?«

»Was hat darin gestanden?«

»Er hat sich dafür entschuldigt, dass er in den Helenenorden eingetreten ist und unsere Verlobung aufgelöst hat. Das sei ein schrecklicher Fehler gewesen. Und er hat geschrieben, sie seien böse. Vor allem Bischof Richter.«

»Darf ich ihn lesen?«

»Nein«, sagte sie. »Teilweise ist er zu privat.«

Donati beharrte vorerst nicht darauf. »Von Oberst Metzler weiß ich, dass er mit Ihnen gesprochen hat.«

»Er hat mich einen Tag nach dem Tod des Heiligen Vaters angerufen. Er hat gesagt, Niklaus habe sich unerlaubt aus der Kaserne entfernt. Er wollte wissen, ob ich seither mit ihm gesprochen hatte. Das habe ich verneint, was zu diesem Zeitpunkt noch stimmte.«

»War Metzler der Einzige, der sich an Sie gewandt hat?«

»Nein. Am folgenden Tag hat sich noch jemand gemeldet.«

»Wer?«

»Ein Herr Bauer. Vom vatikanischen Geheimdienst.«

Da haben wir's wieder, dachte Donati. Vom *vatikanischen Geheimdienst ...*

»Hat Herr Bauer sich irgendwie identifiziert?«

Stefanie schüttelte den Kopf.

»Hat er gesagt, bei welcher Abteilung des Geheimdiensts er arbeitet?«

»Päpstliche Sicherheit.«

»Vorname?«

»Maximilian.«

»Schweizer?«

»Deutscher. Seinem Dialekt nach anscheinend aus Bayern.«

»Er hat Sie angerufen?«

»Nein. Er ist unangemeldet im Restaurant aufgekreuzt – wie Sie und Herr Kiever.«

»Was wollte er?«

»Das Gleiche wie Metzler: Wo ist Niklaus?«

»Und als Sie geantwortet haben, Sie wüssten es nicht?«

»Ich weiß nicht, ob er mir das abgenommen hat.«

»Beschreiben Sie ihn bitte.«

Diese Aufforderung kam von Gabriel. Stefanie Hoffmann sah zur Decke auf.

»Groß, gut angezogen, Ende vierzig, vielleicht Anfang fünfzig.«

Gabriels Gesichtsausdruck zeigte, dass ihre Antwort enttäuschend war. »Kommen Sie, Stefanie. Bestimmt können Sie ihn besser beschreiben. Sie sind doch Künstlerin.«

»Ich bin eine moderne Malerin, die Rothko und Pollock verehrt. Porträts sind nicht meine Spezialität.«

»Aber notfalls könnten Sie eines zeichnen.«

»Kein sehr gutes. Und nicht aus dem Gedächtnis.«

»Vielleicht kann ich Ihnen dabei helfen.«

»Wie?«

»Holen Sie Ihren Skizzenblock und eine Schachtel Pastellstifte, dann zeig ich's Ihnen.«

Die beiden arbeiteten ohne Pause fast eine Stunde lang nebeneinander am Küchentisch, während Donati ihnen gespannt über die Schulter sah. Wie Gabriel vermutet hatte, erinnerte Stefanie Hoffmann sich weit besser an den Mann, den sie als Maximilian Bauer kannte, als ihr bewusst gewesen war. Dafür brauchte es nur die geschickten Fragen eines guten Zeichners und Kenners der menschlichen Anatomie – eines begabten Restaurators, der den Pinselstrich Bellinis, Tizians und Tintorettos nachahmen konnte; eines Heilers, der das beschädigte Gesicht Mariens und die durchbohrte Hand Christi wiederhergestellt hatte.

Es war ein vornehmes Gesicht, das sie beschrieb. Hohe Wangenknochen, schmale Nase, energisches Kinn, ausdrucksvolle Lippen, die nicht leicht lächelten, alles unter einer graublonden Mähne. Ein achtbarer Gegner, fand Gabriel. Ein Mann, mit dem nicht zu spaßen war. Ein Mann, der beim Glücksspiel selten verlor.

»So viel zum gelegentlichen Aquarell im Urlaub«, sagte Stefanie Hoffmann. »Sie sind eindeutig ein Profi. Aber die Augen sind ganz falsch, fürchte ich.«

»Ich habe sie genau nach Ihrer Beschreibung gezeichnet.«

»Nicht ganz.«

Sie griff nach dem Block und skizzierte auf einer neuen Seite ein menschliches Augenpaar, das unter starken Brauen tief in seinen Höhlen lag. Um die Augen herum zeichnete Gabriel das restliche Gesicht.

»Das ist er! Das ist der Mann, der mich aufgesucht hat.«

Gabriel sah sich nach Donati um. »Erkennen Sie ihn?«

»Leider nicht.«

Stefanie zog den Skizzenblock zu sich heran und betonte die senkrechten Falten an den Mundwinkeln. »Jetzt stimmt alles«, sagte sie. »Aber was wollen Sie damit anfangen?«

»Ich werde rausbekommen, wer er wirklich ist.«

Sie sah von der Zeichnung auf. »Aber wer sind Sie?«

»Ich bin der Partner des Erzbischofs.«

»Sind Sie ein Geistlicher?«

»Nein«, sagte Gabriel. »Ich bin ein Profi.«

Jetzt ging es nur noch um den Brief. Der Brief, in dem Niklaus Janson den Helenenorden als böse bezeichnet hatte. Donati bat dreimal darum, ihn lesen zu dürfen. Stefanie Hoffmann lehnte dreimal ab. Der Brief sei sehr persönlich. Von einem Mann geschrieben, den sie seit ihrer Kindheit gekannt habe. Ein Mann, der in aller Öffentlichkeit auf der berühmtesten Brücke Italiens ermordet worden war. Diesen Brief würde sie nicht mal ihrer besten Freundin zeigen – und erst recht keinem katholischen Erzbischof.

»Darf ich dann wenigstens das Bild sehen?«, fragte er.

»Jesus im Garten Gethsemane? Haben Sie von dieser Sorte nicht mehr als genug im Vatikan?«

»Ich habe meine Gründe.«

Es lehnte an der Wand hinter Stefanie, steckte noch in seinem flachen Karton. Donati las den Adressaufkleber. Das Paket war auf dem Postamt Roma Termini aufgegeben worden. Niklaus musste es getan haben, bevor er den Zug nach Florenz bestiegen hatte.

Donati zog das Bild aus dem Karton und wickelte es aus der schützenden Luftpolsterfolie. Es war ungefähr dreißig mal vierzig Zentimeter groß. Eine recht kitschige Darstellung von Jesus in der Nacht vor seiner Gefangennahme und Hinrichtung durch die Römer. Der Rahmen, das Museumsglas und das Passepartout waren von höchster Qualität.

»Bischof Richter hat es ihm am Tag seiner Aufnahme in den Helenenorden geschenkt«, erklärte Stefanie ihnen. »Wenn Sie's umdrehen, sehen Sie auf der Rückseite das Wappen des Ordens.«

Donati starrte noch immer das Bild an.

»Sagen Sie bloß nicht, dass es Ihnen gefällt.«

»Es ist nicht gerade ein Michelangelo«, gestand er ein. »Aber es ist fast identisch mit dem Bild, das in unserem Häuschen in Umbrien im Schlafzimmer meiner Eltern gehangen hat.«

Donati erzählte Stefanie Hoffmann nicht, dass er nach dem Tod seiner Mutter in dem Bild versteckt mehrere Tausend Euro gefunden hatte. Seine Mutter hatte italienischen Banken zu Recht misstraut.

Er drehte den Rahmen um. Das Wappen des Helenenordens war in die Rückwand eingeprägt, die von vier Metallklammern gehalten wurde. Eine dieser Klammern war locker.

Donati entfernte die übrigen drei und versuchte die Rückwand abzunehmen. Als ihm das nicht gelang, drehte er den Rahmen wieder um und ließ das Gewicht des Glases die Arbeit für sich tun.

Das Museumsglas landete auf der Tischdecke, ohne zu zersplittern. Donati nahm die Rückwand ab und fand darunter einen cremeweißen luxuriösen Briefumschlag. Auch er war mit einem Wappen geschmückt.

Mit dem Privatwappen Seiner Heiligkeit Papst Paul VII.

Donati sah in den Umschlag, der drei Blatt eines cremeweißen Briefpapers enthielt. Er las die Anrede. Dann steckte er den Brief wieder in den Umschlag, den er Gabriel hinschob.

»Entschuldigung«, sagte er. »Der ist für Sie, glaube ich.«

19

LES ARMURES, GENF

Es war schon fast 21 Uhr, als Gabriel und Donati nach Genf zurückkamen – zu spät, um den letzten Flug nach Rom zu erreichen. Sie nahmen sich zwei Zimmer in einem kleinen Hotel in der Nähe der Kathedrale St. Peter und gingen dann zum Les Armures, einem holzgetäfelten Restaurant in der Altstadt. Nachdem Gabriel bestellt hatte, rief er einen alten Freund beim Schweizer NDB an, dem kleinen, aber leistungsfähigen Nachrichtendienst des Bundes. Sein Freund Christoph Bittel leitete dort die Abteilung Spionageabwehr. Er reagierte zurückhaltend. Gabriel hatte in der Schweiz schon viel Porzellan zerschlagen. Bittel war noch damit beschäftigt, die Folgen seines vorletzten Besuchs auszubügeln.

»Von wo aus rufen Sie an?«

Gabriel antwortete ehrlich.

»An Ihrer Stelle würde ich das Kalbsschnitzel bestellen.«

»Das habe ich eben getan.«

»Wie lange sind Sie schon im Lande?«

»Ein paar Stunden.«

»Sie sind wohl mit keinem gültigen Pass eingereist?«

»Wie definieren Sie ›gültig‹?«

Bittel seufzte, bevor er sich nach dem Grund für Gabriels Anruf erkundigte.

»Ich möchte, dass Sie eine Schweizerin ohne ihr Wissen beschützen lassen.«

»Ein ungewöhnlicher Wunsch. Wie heißt diese Schweizerin?«

Gabriel sagte es ihm, dann nannte er ihre Adresse und gab an, wo sie arbeitete.

»Was ist sie? Eine IS-Terroristin? Eine russische Auftragskillerin?«

»Nein, Bittel. Sie ist Malerin.«

»Macht Ihnen jemand besonders Sorgen?«

»Ich schicke Ihnen ein Phantombild. Aber geben Sie den Auftrag bitte nicht dem Jungen, der mich vor ein paar Jahren durch Bern begleitet hat.«

»Er ist einer meiner besten Leute.«

»Und ein ehemaliger Schweizergardist.«

»Hat dies etwas mit Florenz zu tun?«

»Wieso fragen Sie das?«

»Die Polizia di Stato hat gerade den Namen des gestern Abend Ermordeten bekannt gegeben. Er war Schweizergardist. Übrigens zufällig auch aus Rechthalten.«

Gabriel beendete das Gespräch und rief die Webseite der führenden italienischen Zeitung *Corriere della Sera* auf. Donati öffnete gleich den Twitter-Feed des Vatikanischen Presseamts und fand ein kurzes Bulletin, fünf Minuten alt. Es drückte Schock und Trauer des Heiligen Stuhls über die sinnlose Tat aus, deren Opfer Vizekorporal Niklaus Janson von der Päpstlichen Schweizergarde geworden war. Nicht erwähnt wurde die Tatsache, dass Janson in der Todesnacht des Heiligen Vaters die päpstlichen Gemächer bewacht hatte. Keine Erklärung gab es auch dafür, dass er in Florenz gewesen war, während seine Kameraden bei der Vorbereitung des Konklaves Überstunden machten.

»Kurialer Doppelsprech in Reinform«, sagte Donati. »Auf den ersten Blick ist die Mitteilung völlig korrekt. Aber die Lügen durch Auslassung sind unübersehbar. Kardinal Albanese will offenbar nicht zulassen, dass der Mord an Niklaus die Eröffnung des Konklaves verzögert.«

»Vielleicht können wir ihn dazu bringen, dass er sein Fehlverhalten einsieht.«

»Womit? Mit einer billigen Story über Sex und Geheimbünde, von einer Frau erzählt, die wegen ihrer geplatzten Verlobung mit einem hübschen jungen Gardisten verbittert ist?«

»Sie glauben ihre Geschichte nicht?«

»Ich glaube jedes Wort davon. Aber das ändert nichts an der Tatsache, dass sie nur erzählt hat, was sie irgendwo gehört hat, und dass sämtliche Elemente sich leugnen lassen.«

»Bis auf das hier.« Gabriel hielt den Briefumschlag hoch. Den Umschlag mit dem eingeprägten Privatwappen Seiner Heiligkeit Papst Paul VII. »Soll ich wirklich glauben, dass Sie nicht wissen, was in dem Schreiben steht?«

»Ehrenwort.«

Gabriel zog drei Blatt Briefpapier aus dem Umschlag. Beschriftet waren sie mit blassblauer Tinte. Die Anrede war informell. Nur der Vorname. *Lieber Gabriel ...* Es gab keine Vorreden, keine Einleitung.

Bei Recherchen im Vatikanischen Geheimarchiv bin ich auf ein höchst bemerkenswertes Buch gestoßen ...

Dieses Buch, fuhr er fort, habe er von einem Angestellten ohne Wissen des Präfekten erhalten. Es gehörte zum Bestand der sogenannten Sammlung, einem Geheimarchiv innerhalb des Vatikanischen Geheimarchivs. Das dort archivierte Material war höchst geheimhaltungsbedürftig. Manche der Bücher und Akten hatten politische und verwaltungstechnische Inhalte. Andere behandelten Fragen der Doktrin. Keines war in den Tausenden von Registern im Katalograum verzeichnet. Tatsächlich gab es nirgends im Archiv ein schriftliches Verzeichnis dieser Titel. Das Wissen darüber wurde von Präfekt zu Präfekt mündlich weitergegeben.

In dem Brief wurde das Buch nicht identifiziert, sondern nur festgestellt, es sei im Mittelalter von der Kirche unterdrückt, in der Renaissance heimlich gelesen und dann ganz aus dem Verkehr gezogen worden. Das Exemplar im Geheimarchiv sollte das letzte noch existierende sein. Der Heilige Vater war zu dem Schluss gelangt, es sei authentisch und beschreibe ein wichtiges geschichtliches Ereignis zutreffend. Er hatte die Absicht, es Gabriel möglichst bald zu übergeben. Gabriel sollte nach Belieben damit verfahren dürfen, aber Seine Heiligkeit mahnte höchst sensiblen Umgang damit an. Das Buch würde weltweit eine Sensation sein. Seine Enthüllung musste sorgfältig orchestriert werden. Sonst, schrieb der Heilige Vater warnend, könnte es als Schwindel abgetan werden.

Der Brief war nicht zu Ende geschrieben. Der letzte Satz war ein Fragment, das letzte Wort unvollständig. *Archi...* Gabriel vermutete, der Heilige Vater sei mitten im Satz durch das Auftauchen seines Mörders unterbrochen worden. Donati widersprach nicht. Sein Hauptverdächtiger war Kardinalkämmerer Domenico Albanese, Präfekt des Vatikanischen Geheimarchivs. Gabriel teilte ihm freundlich mit, er verdächtige leider den Falschen.

»Warum hat Albanese mich dann in Bezug auf seinen ersten Besuch in den päpstlichen Gemächern belogen?«

»Ich sage nicht, dass er nichts mit der Ermordung des Heiligen Vaters zu tun hatte. Aber er war nicht der eigentliche

Täter, sondern nur ein Handlanger.« Gabriel hielt den Papstbrief hoch. »Ist die Tatsache, dass wir ihn bei Stefanie Hoffmann entdeckt haben, ein Beweis dafür, dass Niklaus Janson ihr nicht alles erzählt hat, was an dem bewussten Abend passiert ist?«

»Einverstanden.«

Gabriel ließ den Brief sinken. »Bei Albaneses Ankunft um neun Uhr war der Heilige Vater bereits tot. Bei dieser Gelegenheit hat er das Buch aus dem Studierzimmer entwendet. Um zehn ist er zurückgekommen und hat den Leichnam aus dem Arbeitszimmer ins Schlafzimmer getragen.«

»Aber wieso hat er nicht auch den Brief verschwinden lassen, als er das Buch mitgenommen hat?«

»Weil er nicht da war. Er hat in Niklaus Jansons Tasche gesteckt. Er hat ihn vor Albaneses erstem Besuch an sich genommen.«

»Weshalb?«

»Ich vermute, dass Niklaus ein schlechtes Gewissen hatte, weil er den Mörder in die päpstlichen Gemächer gelassen hatte. Nachdem der Täter gegangen war, hat er sich drinnen umgesehen. Dabei hat er den Heiligen Vater tot aufgefunden – und den Brief auf dem Schreibtisch.«

»Wieso sollte Niklaus Janson einen Mörder einlassen? Er hat den Heiligen Vater geliebt.«

»Das lässt sich leicht erklären. Der Mörder war jemand, den er kannte. Jemand, dem er vertraute.« Gabriel machte eine Pause. »Jemand, dem er Gehorsam geschworen hatte.«

Donati äußerte sich nicht dazu.

»Hat Veronica Ihnen erzählt, dass Janson und Pater Graf eine sexuelle Beziehung hatten?«

Donati zögerte, dann nickte er.

»Wieso haben Sie mir das nicht erzählt?«

»Weil ich's nicht für wahr gehalten habe.« Er machte eine Pause. »Bis heute Abend.«

»Wer sind *sie*, Luigi? Die Männer des Helenenordens?«

»Ja. Sie sind gefährlich«, sagte Donati. »Unwiderlegbar brandgefährlich.«

20

LES ARMURES, GENF

Allerdings, fügte Donati hinzu, sei der Helenenorden von Anfang an suspekt gewesen – seit seiner Gründung im Jahr 1928, mitten zwischen dem Ende des Ersten Weltkriegs und dem Ausbruch des Zweiten Weltkriegs, eine Zeit großer sozialer und politischer Umwälzungen und ungewisser Zukunftsaussichten. Im Süden Deutschlands war der bayerische Geistliche Ulrich Schiller zu dem Schluss gelangt, nur der Katholizismus könne im Verein mit Monarchen und rechtsextremen Politikern Europa vor den gottlosen Bolschewiken retten. Er gründete sein erstes Seminar in Bergen am Chiemsee und knüpfte in aller Stille ein Netzwerk aus gleichgesinnten Politikern und Geschäftsleuten, das im Westen bis Spanien und Portugal und im Osten bis an die Grenze der Sowjetunion reichte. Die Laienbrüder waren bald in der Überzahl und verschafften dem Helenenorden erst wirklich Macht und Einfluss. Ihre Namen wurden geheim gehalten. Innerhalb des Ordens hatte nur Schiller Zugang zum Mitgliederverzeichnis.

»Es war ein in Leder gebundener Foliant«, berichtete Donati. »Offenbar sehr geschmackvoll gebunden. Alle Eintragungen hat Schiller selbst vorgenommen. Jedes Mitglied bekam eine Nummer und musste Treue schwören – nicht der Kirche, sondern dem Orden. Alles sehr politisch und quasimilitärisch. Anfangs hat der Helenenorden sich nicht viel mit

Doktrin beschäftigt. Seine Mitglieder haben sich in erster Linie als heilige Krieger gesehen, die bereit waren, gegen die Feinde Christi und der katholischen Kirche in den Kampf zu ziehen.«

»Wo stammte der Name her?«

»Schiller war Anfang der zwanziger Jahre als Wallfahrer in Jerusalem. Im Garten Gethsemane und vor allem in der Grabeskirche hat er stundenlang gebetet. Sie steht an dem von Helena, der Mutter Konstantins, entdeckten Ort, an dem Jesus gekreuzigt und begraben worden sein soll.«

»Ja, ich weiß«, sagte Gabriel. »Ich wohne zufällig nicht weit davon entfernt.«

»Entschuldigung«, sagte Donati.

Ulrich Schiller, fuhr er fort, sei von der Kreuzigung besessen gewesen. Er habe sich täglich gegeißelt, in der Fastenzeit seine Handflächen mit Nägeln durchbohrt und beim Schlafen eine Dornenkrone getragen. Seine Hingabe an die Erinnerung an das Leiden Christi habe ihn dazu gebracht, die Juden als Gottesmörder zu hassen.

»Wir reden hier nicht von doktrinärem Antijudaismus. Schiller war ein wüster Antisemit. In den ersten Jahren der zionistischen Bewegung war er höchst besorgt, die Juden könnten die Kontrolle über heilige christliche Stätten in Jerusalem übernehmen.«

Deshalb sei es nur natürlich gewesen, sagte Donati, dass er Gemeinsamkeiten mit dem »böhmischen Gefreiten« entdeckte, der im Jahr 1933 in Deutschland die Macht ergriff. Schiller war kein einfacher Parteigenosse gewesen, sondern trug das begehrte goldene Parteiabzeichen. In seinem 1936 erschienenen Buch *Die Doktrin des National-Sozialismus* argumentierte er, Adolf Hitler und die Nazis eröffneten den sichersten Weg zu einem christlichen Europa. Hitler las das

Buch, bewunderte es und hatte es in seiner Bibliothek in Obersalzberg bei Berchtesgaden stehen. In einem kontroversen Gespräch mit dem Münchner Erzbischof führte er Schillers Buch als Beweis dafür an, dass Katholiken und Nazis ihre Kräfte bündeln könnten, um Deutschland gegen Bolschewiken und Juden zu verteidigen.

»Schiller gegenüber bemerkte Hitler einmal, in Bezug auf die Juden führe er nur die vor fünfzehnhundert Jahren begonnene Politik der Kirche fort. Ulrich Schiller widersprach Hitlers Interpretation der katholischen Geschichte nicht.«

»Muss ich noch fragen, wie sich der Orden im Krieg verhalten hat?«

»Leider hat er Hitler die Treue gehalten, selbst als klar wurde, dass er entschlossen war, das europäische Judentum auszurotten. Geistliche des Ordens haben die SS-Einsatzgruppen im Baltikum und in der Ukraine begleitet und den Mördern nach ihren Gräueltaten allabendlich Absolution erteilt. In Frankreich haben Ordensbrüder mit dem Vichy-Regime kooperiert und in Italien Mussolini bis zum bitteren Ende unterstützt. Der Orden hatte auch Verbindungen zu den klerikalen Faschisten in Ungarn und der Slowakei. Das Verhalten dieser beiden Regimes ist ein untilgbarer Schandfleck in der Geschichte unserer Kirche.«

»Und nach dem Krieg?«

»Da hat ein neuer Krieg begonnen. Ein globaler Wettstreit zwischen dem Westen und der gottlosen Sowjetunion. Ulrich Schiller und der Helenenorden waren plötzlich sehr *en vogue*.«

Mit dem stillschweigenden Einverständnis von Papst Pius XII. verhalf Schiller Dutzenden von deutschen und kroatischen Kriegsverbrechern zur Flucht nach Südamerika, das nach Überzeugung des Ordens das nächste Schlachtfeld im

Krieg zwischen Christentum und Kommunismus sein würde. Mit Geldern des Vatikans überzog er Südamerika mit einem Netz aus Schulen und Seminaren und warb Tausende von neuen Laienbrüdern an – hauptsächlich Großgrundbesitzer, hohe Offiziere und Geheimagenten. Auch in den dortigen Bürgerkriegen der siebziger und achtziger Jahre stand der Orden wieder auf der Seite der Mörder.

»Im Jahr 1987, Ulrich Schillers Todesjahr, stand der Orden im Zenit seiner Macht. Er bestand aus mindestens fünfzigtausend Laienbrüdern, rund tausend ordinierten Geistlichen und weiteren tausend Klerikern, die in der sogenannten Priestergemeinschaft des Helenenordens zusammengeschlossen waren. Als Lucchesi und ich den Apostolischen Palast bezogen haben, gehörten sie zu den einflussreichsten innerkirchlichen Gruppierungen.«

»Was haben Sie getan?«

»Wir haben ihnen die Flügel gestutzt.«

»Wie haben sie darauf reagiert?«

»Genau wie erwartet. Bischof Hans Richter hat meinen Herrn gehasst. Fast so sehr wie mich.«

»Ist er Deutscher?«

»Nein, Österreicher. Genau wie Pater Graf. Der ist Bischof Richters Privatsekretär, Akolyth und Leibwächter in einer Person. Er trägt eine Pistole, wenn er den Bischof in der Öffentlichkeit begleitet. Wie man hört, weiß er damit umzugehen.«

»Ich werd's mir merken.« Gabriel zeigte Donati das Handyfoto des Mannes, der in Rom an ihrem Tisch im Restaurant Piperno vorbeigegangen war.

»Das ist er! Er muss mir von der Jesuitenkurie aus gefolgt sein.«

»Wo kann ich ihn finden?«

»Kommen Sie ja nicht in seine Nähe. Auch nicht in Bischof Richters.«

»Hypothetisch«, sagte Gabriel.

»Richter verbringt seine Zeit abwechselnd in seinem Palazzo auf dem Janiculum und dem Sitz des Helenenordens in dem Dorf Menzingen im Kanton Zug. Dorthin ist der Orden in den achtziger Jahren umgezogen. Übrigens reist der Bischof nie mit öffentlichen Verkehrsmitteln. Der Helenenorden ist ungeheuer reich, und Bischof Richter hat Tag und Nacht einen Privatjet zur Verfügung.«

»Wem gehört das Flugzeug?«

»Einem geheimen Wohltäter. Dem Mann hinter dem Vorhang. Zumindest wird das erzählt.« Donati griff nach dem Brief des Heiligen Vaters. »Ich wollte nur, mein Herr hätte mir den Titel des Buches genannt.«

»Sind Sie mit der Sammlung vertraut?«

Donati nickte langsam.

»Könnten Sie's ausfindig machen?«

»Das würde bedeuten, sich Zugang zum Manuskriptlager des Archivs zu verschaffen, was nicht leicht wäre. Schließlich heißt es nicht umsonst Geheimarchiv.« Donati sah sich noch mal das Phantombild des Mannes an, der Stefanie Hoffmann auszuhorchen versucht hatte. »Wissen Sie, Gabriel, Sie sollten wirklich überlegen, sich Ihr Geld als Porträtmaler zu verdienen.«

»Ist er ein Mitglied des Ordens?«

»Ist er das, ist er kein Geistlicher.«

»Woher wollen Sie das wissen?«

»Weil der Orden niemals einen Priester entsenden würde, um jemanden wie Stefanie Hoffmann befragen zu lassen.«

»Wen würde er schicken?«

»Einen Profi.«

21

ROM – OBERSALZBERG, BAYERN

Um fünf Uhr am folgenden Morgen wurde Bischof Richter durch dezentes Klopfen an seine Tür geweckt. Gleich darauf kam ein jugendlicher Seminarist mit einem Kaffeetablett herein, auf dem ein Stapel Zeitungen lag. Der junge Mann stellte das Tablett neben dem Bett ab und zog sich zurück, als er keine weiteren Anweisungen erhielt.

Richter setzte sich auf und goss sich Kaffee aus der reich verzierten Silberkanne ein. Nachdem er Zucker und aufgeschäumte Milch hinzugefügt hatte, griff er nach den Zeitungen. Seine Laune verschlechterte sich, als er die *Repubblica* zur Hand nahm. Der Mord in Florenz hatte es auf die Titelseite geschafft. Die vage Presseerklärung des Vatikans hatte nicht viel Glauben gefunden – vor allem nicht bei dem investigativen Journalisten Alessandro Ricci, der schon einen Bestseller über den Helenenorden geschrieben hatte. Ricci sah Anzeichen für eine Verschwörung. Das tat er allerdings gewohnheitsmäßig. Trotzdem ließ sich nicht leugnen, dass Niklaus Jansons Tod ein Desaster mit dem Potenzial war, Richters Pläne für das bevorstehende Konklave zu durchkreuzen.

Er wandte sich den Zeitungen aus Deutschland zu, die voller Bilder und Berichte über den Bombenanschlag in Hamburg waren. Der unter Druck geratene Bundeskanzler hatte angeordnet, alle Hauptbahnhöfe, Flughäfen, Ministerien und

Botschaften scharf zu bewachen. Trotzdem hatte sein Innenminister verkündet, weitere Anschläge seien zu erwarten, wahrscheinlich schon in den nächsten Tagen. In neuesten Umfragen hatten Axel Brünner und seine migrantenfeindlichen Nationaldemokraten deutlich zugelegt. Brünner und der Kanzler lieferten sich ein Kopf-an-Kopf-Rennen.

Richter legte die Zeitungen angewidert beiseite und stand aus seinem Himmelbett auf. Seine Wohnung war fünfhundert Quadratmeter groß, viel größer als die Apartments der im Vatikan lebenden Kirchenfürsten. Auch die übrigen Möbel – die Kommode, der Kleiderschrank, der Schreibtisch, die Beistelltische und die Spiegel – waren erlesene Stücke aus dem Biedermeier. An den Wänden hingen italienische und holländische Altmeistergemälde von Tizian, Veronese, Rembrandt, van Eyck, van der Weyden und anderen. Sie stellten nur einen kleinen Teil der Gemäldesammlung des Ordens dar, die vor allem der Geldanlage diente. Versteckt war die Sammlung in einem Banktresor unter dem Zürcher Paradeplatz, in dem auch ein Großteil von Richters beträchtlichem Privatvermögen lagerte.

Er betrat sein Luxusbad, in dem es eine Dusche mit vier Duschköpfen, einen großen Whirlpool, ein Dampfbad, eine Sauna und ein eingebautes audiovisuelles System gab. Er badete, rasierte sich und benutzte die Toilette zu den Klängen von Bachs Brandenburgischem Konzert Nr. 2. An diesem Morgen zog er nicht seine rot abgesetzte Soutane, sondern einen nach Maß geschneiderten Geschäftsanzug an. Mit Mantel und Schal angetan ging er nach unten.

Pater Markus Graf erwartete ihn auf dem Vorhof neben einem eleganten Maybach stehend. Der Geistliche war ein sportlich schlanker Mann Anfang vierzig mit kantigem Gesicht, blonder Kurzhaarfrisur und leuchtend blauen Augen.

Wie Bischof Richter stammte er aus altem österreichischen Adel. Auch er trug heute einen Geschäftsanzug. Als Richter aus dem Portal trat, sah er von seinem Smartphone auf und wünschte ihm einen guten Morgen.

Die hintere Tür des Maybachs stand offen. Richter nahm auf dem Rücksitz Platz. Pater Graf ging hinten um den Wagen herum und stieg zu ihm ein. Die Limousine rollte durch das massive Sicherheitstor aus Stein und Stahl und bog auf die Straße ab. Im ersten rosa Tageslicht ragten die Pinien als schwarze Silhouetten auf. Ein schöner Anblick, fand Bischof Richter.

Pater Graf starrte wieder auf sein Smartphone.

»Was gibt's heute Morgen Interessantes in den Nachrichten?«, fragte Richter.

»Die Polizia di Stato hat die Identität des in Florenz erschossenen jungen Mannes bekannt gegeben.«

»Jemand, den wir kennen?«

Der Pater sah auf. »Wissen Sie, was passiert wäre, wenn Niklaus diese Brücke überquert hätte?«

»Er hätte Lucchesis Brief Allon übergeben.« Richter machte eine Pause. »Sie hätten ihn wirklich aus dem Arbeitszimmer mitnehmen müssen.«

»Das war Albaneses Aufgabe. Nicht meine.«

Richter runzelte die Stirn. »Er ist Kardinal und Mitglied des Ordens, Markus. Versuchen Sie, ihm wenigstens ein Mindestmaß an Respekt zu erweisen.«

»Ohne die Kirche wäre er Maurer.«

Richter betrachtete seine Fingernägel. »Das Bulletin des Maurers hat uns wertvolle Zeit verschafft. Trotzdem ist abzusehen, wann die Medien herausbekommen, wo Niklaus in der Todesnacht Dienst getan hat – und dass er Mitglied des Ordens war.«

»In sechs Tagen spielt das alles keine Rolle mehr.«

»Sechs Tage sind eine Ewigkeit. Vor allem für einen Mann wie Gabriel Allon.«

»Im Augenblick macht mir unser alter Freund Alessandro Ricci mehr Sorgen.«

»Mir natürlich auch. Seine Quellen innerhalb der Kurie sind unwiderlegbar. Wir müssen davon ausgehen, dass unsere Feinde mit ihm reden.«

»Vielleicht sollte ich auch mal mit ihm reden.«

»Noch nicht, Markus, aber behalten Sie ihn inzwischen im Auge.« Nach einem Blick aus dem Fenster wandte Richter sich angewidert ab. »Mein Gott, diese Stadt ist wirklich gruselig!«

»Das wird alles anders, sobald wir an der Macht sind, Exzellenz.«

Allerdings, dachte Bischof Richter. Sehr viel anders.

Auf dem Flughafen Ciampino stand die Gulfstream G550 des Ordens vor dem Hangar der Firma Signature Flight Support startbereit. Sie brachte Bischof Richter und Pater Graf nach Salzburg, wo sie für den kurzen Flug über die deutsche Grenze in einen Hubschrauber umstiegen. Andreas Estermann, der ehemalige BfV-Offizier, der jetzt den Sicherheitsdienst des Ordens leitete, stand auf dem Landeplatz des Gebäudekomplexes außerhalb von Berchtesgaden. Sein graublondes Haar flatterte im Abwind des Hubschrauberrotors. Er küsste den Ring an Richters dargebotener Hand und zeigte dann auf den bereitstehenden Mercedes.

»Wir sollten uns beeilen, Exzellenz. Sie kommen als Letzter, fürchte ich.«

Der Wagen brachte sie durch ein enges Tal, das sich in Privatbesitz befand, zu dem Chalet hinauf, das wie eine moderne

Zitadelle aus Stein und Glas am Fuß der himmelhohen Berge stand. Oben parkten schon ein Dutzend schwerer Limousinen, die von einer halben Kompanie bewaffneter Sicherheitsleute bewacht wurden. Alle trugen schwarze Nylonjacken mit dem Logo der Wolf Group, einem in München ansässigen Firmenimperium.

Estermann geleitete Bischof Richter und Pater Graf hinein und eine Treppe hinauf. Links lag ein großes Vorzimmer, in dem sich Mitarbeiter und Leibwächter in dunklen Anzügen drängten. Richter überließ seinen Mantel Graf und folgte Estermann in den großen Sitzungssaal.

Der Saal war fünfzehn mal zwanzig Meter groß und hatte eine einzige riesige Fensterwand mit Blick auf die Berge. An den Wänden hingen Gobelins und mehrere Ölgemälde, darunter anscheinend *Venus und Amor* von Bordone. Eine Richard-Wagner-Büste starrte Richter von ihrem Sockel aus finster an. Auf der von einem großen heraldischen Adler gekrönten Standuhr war es Punkt neun Uhr. Richter war wie immer auf die Minute pünktlich eingetroffen.

Er musterte die anderen missmutig. Sie waren ausnahmslos wenig erfreuliche Gestalten, Halunken und Ganoven, jeder Einzelne von ihnen. Aber sie waren auch ein notwendiges Übel, Mittel zum Zweck. Gewerkschafter und säkulare Sozialdemokraten waren schuld an dem beklagenswerten Niedergang Europas. Nur diese Kreaturen waren bereit, die schwere Arbeit zu übernehmen, die nötig war, um die Schäden, die fünfundsiebzig Jahre unsinnig liberaler Politik angerichtet hatten, zu beseitigen.

Zu ihnen gehörte beispielsweise Axel Brünner. Sein modischer Anzug und die randlose Brille konnten nicht tarnen, dass er ein ehemaliger Skinhead und Krawallmacher war, der sich lediglich damit brüsten konnte, ein entfernter Verwandter des berüchtigten Nazis zu sein, der die Pariser Juden zusammengetrieben hatte. Er plauderte mit Cécile Leclerc, seiner eleganten französischen Kollegin, die ihre migrantenfeindliche Partei von ihrem Vater, einem Schwachkopf aus Marseille, geerbt hatte.

Richter fühlte sich in Kaffeedunst gehüllt, drehte sich um und musste Giuseppe Saviano, dem italienischen Ministerpräsidenten, die Hand schütteln. Die nächste Hand, die er drückte, gehörte Peter van der Meer, dem platinblonden, blassen Katholiken aus Amsterdam, der versprochen hatte, sein Land bis 2025 von allen Muslimen zu befreien – ein bewundernswertes, aber ganz und gar unerreichbares Ziel. Jörg Kaufmann, der telegene österreichische Bundeskanzler, begrüßte Bischof Richter wie einen alten Freund, der er tatsächlich war. Richter, der Kaufmann schon getauft hatte, hatte ihn erst vor Kurzem mit dem bekanntesten Model Österreichs getraut – eine Verbindung, der Richter keine allzu großen Chancen einräumte.

Beaufsichtigt wurde diese Menagerie von Jonas Wolf, der zu seiner Flanellhose einen schweren Island-Pullover trug. Das silbergraue Haar zurückgekämmt, wurde sein Gesicht von seiner Adlernase dominiert. Ein Profil wie für eine Münze, dachte Richter. Vielleicht würde es einmal eine geben, wenn die Muslime vertrieben und die Kirche wieder in ihre alten Rechte eingesetzt war.

Um fünf nach neun nahm Wolf seinen Platz am Kopfende des Konferenztischs ein, der an die Fensterwand gerückt worden war. Andreas Estermann sollte links neben ihm sitzen, Bischof Richter auf seiner rechten Seite. Auf Bitte des Deutschen sprach Richter ein kurzes einleitendes Gebet.

»Und gewähre uns Kraft und Entschlossenheit zur Vollendung unserer geheiligten Aufgabe«, sagte Richter zum Schluss. »Darum bitten wir dich durch unseren Herrn Jesus Christus, der mit dem heiligen Geist als *ein* Gott mit dir herrscht, jetzt und immerdar.«

»Amen«, antwortete ein vielstimmiger Chor.

Jonas Wolf schlug seine Ledermappe auf. Die Konferenz war offiziell eröffnet.

Die Berggipfel verschwammen in herabsinkender Dunkelheit, als Wolf endlich die Sitzung schloss. Das Kaminfeuer wurde angezündet, Cocktails wurden serviert, Richter, der nur zimmerwarmes stilles Mineralwasser trank, wurde irgendwie in ein Gespräch mit Cécile Leclerc verwickelt, die darauf bestand, ihn in ihrem grausigen Deutsch mit französischem Akzent anzusprechen. Richter verstand nur jedes vierte oder fünfte Wort, was ein Segen war. Wie ihr Vater war Cécile keine Intellektuelle. Auch wenn sie's irgendwie geschafft hatte, an einer französischen Elitehochschule Jura zu studieren, konnte man sie sich leicht mit einer weißen Schürze um die füllige Taille hinter dem Ladentisch einer *Boucherie* in der Provence vorstellen.

Deshalb war der Bischof erleichtert, als Jonas Wolf, der vielleicht erkannte, wie unangenehm ihm diese Situation war, an sie herantrat und ihn um ein Gespräch unter vier Augen bat. Von Andreas Estermann gefolgt gingen sie durch die menschenleeren Räume des Chalets in Wolfs Privatkapelle. Sie hatte die Größe einer mittleren Pfarrkirche. An den Wänden hingen dicht an dicht deutsche und holländische Altmeister. Das Altarbild war ein kostbares Original: eine *Kreuzigung* von Lukas Cranach dem Älteren.

Wolf beugte das Knie und richtete sich leicht schwankend wieder auf. »Insgesamt eine produktive Sitzung, finden Sie nicht auch, Exzellenz?«

»Ich gestehe ein, dass van der Meers Haar mich etwas abgelenkt hat.«

Wolf nickte verständnisvoll. »Ich habe schon mit ihm darüber gesprochen. Er besteht darauf, es sei Teil seines Brandings.«

»Seines *Brandings*?«

»Ein moderner Ausdruck, der das Image einer Person in den sozialen Medien beschreibt.« Wolf nickte zu Estermann hinüber. »Andreas ist unser Experte für solche Dinge. Seiner Überzeugung nach ist van der Meers Haar ein politischer Pluspunkt.«

»Er sieht wie Kim Novak in *Vertigo* aus. Und der lächerliche Versuch, seine beginnende Glatze zu tarnen! Wie schafft er's nur, alles so hinzukämmen?«

»Das kostet ihn jeden Tag viel Zeit und Mühe. Haarspray kauft er kartonweise. Er ist der einzige Holländer, der bei Regen nicht vor die Tür geht.«

»So wirkt er eitel und zutiefst verunsichert. Unsere Kandidaten müssen über jeden Zweifel erhaben sein.«

»Nicht alle können so eloquent sein wie Jörg Kaufmann. Auch Brünner hat seine Probleme. Zum Glück haben die Bombenanschläge in Berlin und Hamburg seiner Kampagne den nötigen Schub verliehen.«

»Die neuesten Umfragen sind ermutigend. Aber kann er gewinnen?«

»Sollte es noch einen Anschlag geben«, sagte Wolf, »ist ihm der Sieg nicht mehr zu nehmen.«

Er setzte sich in die erste Bank. Richter nahm neben ihm Platz. Zunächst herrschte geselliges Schweigen. Auch wenn Richter das übrige Gesindel kritisch sah, bewunderte er Jonas Wolf aufrichtig. Wolf gehörte zu den wenigen Männern, die schon vor ihm Mitglied des Helenenordens gewesen waren. Als prominentester Laienbruder war er nur dem Namen nach nicht Richters Kollege als Generalsuperior. Seit über einem

Jahrzehnt führten der Bischof und er einen geheimen Feldzug mit dem Ziel, Westeuropa und die katholische Kirche umzugestalten. Manchmal staunten sie selbst darüber, in welchem Tempo sie Erfolg gehabt hatten. Italien und Österreich gehörten bereits ihnen. Jetzt waren das Bundeskanzleramt in Berlin und der Apostolische Palast in Rom in Reichweite. Ihre Machtergreifung war fast abgeschlossen. Geringere Männer würden als Marionetten fungieren, aber im Hintergrund würden Jonas Wolf und Bischof Hans Richter vom Helenenorden die Strippen ziehen. Sie sahen das Ganze in apokalyptischen Begriffen. Die westliche Zivilisation lag im Sterben. Allein sie konnten sie retten.

Andreas Estermann bekleidete die dritte Position ihrer Heiligen Dreifaltigkeit. Er war für das Gelingen des Projekts unerlässlich. Estermann verteilte das Geld, arbeitete mit den jeweiligen Parteien zusammen, um ihren Programmen den letzten Schliff zu geben und geeignete Kandidaten anzuwerben, und kontrollierte ein Netzwerk aus Agenten in westeuropäischen Geheimdiensten und Polizeien. Am Stadtrand von München hatte er in einem Lagerhaus voller Computer eine Informationszentrale aufgebaut, die sämtliche soziale Medien tagtäglich mit falschen oder irreführenden Informationen über Migranten und die von ihnen ausgehenden Gefahren überflutete. Estermanns Cyber-Einheit konnte auch Telefone abhören und Computernetzwerke hacken und hatte schon tonnenweise belastendes Material sichergestellt.

Nun ging Estermann ruhelos im rechten Seitenschiff auf und ab. Bischof Richter konnte sehen, dass ihn etwas beunruhigte. Die Erklärung dafür kam von Jonas Wolf. Gestern waren Erzbischof Donati und Gabriel Allon nach Freiburg gefahren, um mit Stefanie Hoffmann zu sprechen.

»Ich dachte, sie hätte Ihnen versichert, nichts zu wissen.«

»Ich hatte deutlich den Eindruck, das sei gelogen«, antwortete Estermann.

»Hatte Janson den Brief in seinem Besitz, als er erschossen wurde?«

»Unsere Freunde bei der Polizia di Stato sagen, nein. Also hat ihn vermutlich Erzbischof Donati.«

Bischof Richter atmete geräuschvoll aus. »›Will mich keiner von diesem läst'gen Priester befreien?‹«

»Davon möchte ich abraten«, sagte Estermann. »Donatis Tod würde den Beginn des Konklaves bestimmt hinauszögern.«

»Dann sollten wir an seiner Stelle vielleicht seinen Freund umlegen.«

Estermann hob die Hände. »Leichter gesagt als getan.«

»Wo sind sie jetzt?«

»Wieder in Rom.«

»Womit beschäftigt?«

»Wir sind gut, Bischof Richter. Aber nicht *so* gut.«

»Darf ich Ihnen einen Rat geben?«

»Gewiss, Exzellenz.«

»Werden Sie besser. Und zwar schnell.«

22

ROM

Der Haupteingang des Vatikanischen Geheimarchivs liegt auf der Nordseite des Belvederehofs. Nur akkreditierte Forscher und Historiker hatten dort Zutritt – und auch sie erst nach gründlicher Überprüfung durch keinen Geringeren als den Präfekten, Kardinal Domenico Albanese. Kein Besucher kam über den Studiensaal hinaus: ein Lesesaal mit zwei langen Reihen alter Holzpulte, die erst vor Kurzem mit Steckdosen für Laptops umgerüstet worden waren. Außer in seltenen Ausnahmefällen fuhren nur Mitarbeiter ins Dokumentenlager hinunter, das mit einem beengten Aufzug von der Registratur aus erreicht wurde. Selbst Donati war noch nie dort unten gewesen. Obwohl er sich den Kopf zerbrach, fiel ihm keine glaubwürdige Story ein, die es ihm gestatten würde, unbegleitet im Dokumentenlager zu stöbern – erst recht nicht mit dem Direktor des israelischen Geheimdiensts an seiner Seite.

Aus diesem Grund fuhren Gabriel und Donati bei ihrer Rückkehr nach Rom geradewegs in die Israelische Botschaft. Dort zogen sie sich in den als Allerheiligstes bezeichneten abhörsicheren Nachrichtenraum zurück, in dem Gabriel in einer Konferenzschaltung mit Uzi Navot und Juval Gerschon, dem Kommandeur der Einheit 8200, telefonierte. Navot war über Gabriels Vorhaben entsetzt, Gerschon dagegen sofort Feuer und Flamme. Nachdem er das Netzwerk der Päpstlichen Schweizergarde gehackt hatte, sollte er nun die Stromversorgung und das Sicherheitssystem des Vatikanischen Geheimarchivs unter seine Kontrolle bringen. Für einen Cyberkrieger war das ein traumhafter Auftrag.

»Lässt sich das machen?«, fragte Gabriel.

»Soll das ein Witz sein?«

»Wie lange braucht ihr dafür?«

»Achtundvierzig Stunden, um ganz sicherzugehen.«

»Ich kann euch vierundzwanzig geben. Aber zwölf wären besser.«

Die Abenddämmerung sank herab, als Gabriel und Donati endlich die Botschaft auf dem Rücksitz eines Dienstwagens verließen. Nachdem Donati vor der Jesuitenkurie ausgestiegen war, setzte der Fahrer Gabriel vor der sicheren Wohnung an der Spanischen Treppe ab. Er kroch erschöpft in das ungemachte Bett und fiel in traumlosen Schlaf. Sein Smartphone weckte ihn um sieben Uhr morgens. Der Anrufer war Juval Gerschon.

»Mir wäre wohler, wenn wir ein paarmal hätten üben können, aber von uns aus kann's losgehen.«

Gabriel duschte und zog sich an, dann ging er bei kaltem, trübem Wetter durch Rom zum Borgo Santo Spirito. Donati erwartete ihn am Portal der Jesuitenkurie und nahm ihn mit in sein Zimmer hinauf.

Es war 8.30 Uhr.

»Das kann nicht Ihr Ernst sein!«

»Möchten Sie sich lieber als Nonne verkleiden?«

Gabriel betrachtete die auf dem Bett bereitliegenden Kleidungsstücke: ein schwarzer Anzug und ein schwarzes Hemd mit Priesterkragen. In seiner langen Karriere hatte er schon viele Verkleidungen getragen, aber als Geistlicher war er noch nie aufgetreten.

»Wer bin ich angeblich?«

Donati gab ihm einen vatikanischen Personalausweis.

»Pater Franco Benedetti?«

»Klingt gut, was?«

»Aber nur, weil's ein jüdischer Name ist.«

»Donati übrigens auch.«

Gabriel starrte das Foto stirnrunzelnd an. »Ich sehe ihm überhaupt nicht ähnlich.«

»Keine Sorge, die Gardisten verschwenden bestimmt keinen Blick darauf.«

Gabriel widersprach nicht. Als er *Die Grablegung Christi* von Caravaggio für die Vatikanischen Museen restauriert hatte, hatte er einen Ausweis bekommen, mit dem er Zutritt zum Restaurierungslabor hatte. Der Schweizergardist am St.-Anna-Tor hatte sich stets mit einem flüchtigen Blick begnügt, bevor er ihn durchgewinkt hatte. Die meisten römischen Geistlichen verzichteten darauf, ihren Ausweis vorzuzeigen. Annona, der Name des vatikanischen Supermarkts, diente als heimliches Passwort.

Gabriel hielt den schwarzen Anzug an seinen Körper.

»Stefanie Hoffmann hatte recht«, sagte Donati. »Sie sehen wirklich wie ein Priester aus.«

»Hoffentlich bittet mich niemand um meinen Segen.«

Donati machte eine wegwerfende Handbewegung. »Das schaffen Sie locker.«

Gabriel ging ins Bad und zog sich um. Als er herauskam, rückte Donati ihm den Priesterkragen zurecht.

»Wie fühlen Sie sich?«

Gabriel steckte seine Beretta hinten in den Hosenbund.

»Viel besser.«

Donati nahm seinen Aktenkoffer vom Stuhl neben der Tür und begleitete Gabriel zur Straße hinunter. Sie gingen zu Berninis Kolonnaden und bogen dort rechts ab. Auf der Piazza Papa Pio XII. drängten sich Übertragungswagen und Fernsehteams. Eine französische Reporterin erkannte den Erzbischof und versuchte, ihn zu dem bevorstehenden Konklave zu befragen. Aber sie gab auf, als Donati sie anfunkelte, ohne ein Wort zu sagen.

»Sehr eindrucksvoll«, sagte Gabriel *sotto voce.*

»Ich habe einen Ruf zu verteidigen.«

Sie gingen unter dem *Passetto* hindurch, dem erhöht angelegten Fluchtweg, den zuletzt Papst Klement VII. im Jahr 1527 bei der Plünderung Roms benutzt hatte, und entlang der rosa Fassade der Kaserne der Schweizergarde weiter. Am St.-Anna-Tor hielt ein Hellebardier in einfacher blauer Uniform Wache. Donati überschritt die unsichtbare Grenze, ohne langsamer zu werden. Gabriel, der Pater Benedettis Ausweis schwenkte, folgte seinem Beispiel. Gemeinsam gingen sie die Via Sant'Anna zum Apostolischen Palast entlang.

»Glauben Sie, dass dieser nette Schweizer Junge uns beobachtet?«

»Wie ein Luchs«, murmelte Donati.

»Wie lange dauert's, bis er Metzler meldet, dass Sie wieder in Rom sind?«

»Ich denke, dass er's schon getan hat.«

Kardinal Domenico Albanese, Präfekt des Vatikanischen Geheimarchivs und Kardinalkämmerer der Heiligen Römischen Kirche, sah sich internationale TV-Berichte über das bevorstehende Konklave an, als in seinem Apartment über der Galleria Lapidaria plötzlich der Strom ausfiel. Das war kein außergewöhnlicher Vorfall. Der Vatikan bezog seine Elektrizität überwiegend aus dem notorisch unzuverlässigen römischen Stromnetz. Daher saßen die Mitglieder der Kurie oft im Dunkeln, was für manche ihrer Kritiker keine Überraschung gewesen wäre.

Die meisten Kardinäle registrierten die Stromausfälle kaum. Albanese herrschte jedoch über ein klimatisiertes Reich der Geheimnisse, das größtenteils unter der Erde lag. Um einwandfrei zu funktionieren, brauchte es Elektrizität. Allerdings war das Archiv wie jeden Sonntag geschlossen, sodass kaum zu befürchten war, jemand könnte sich mit einem vatikanischen Schatz davonmachen. Trotzdem war es besser, übervorsichtig zu sein.

Albanese nahm den Hörer des Telefons auf seinem Schreibtisch ab und wählte die Nummer der Wachzentrale des Archivs. Dort meldete sich niemand. Aus dem Hörer drang kein Laut. Albanese drückte mehrmals auf den Knopf, bis ihm auffiel, dass es keinen Wählton gab. Anscheinend war auch das Telefonnetz des Vatikans ausgefallen.

Er trug noch seinen Schlafanzug. Zum Glück wohnte er über dem Laden. Durch einen Privatkorridor mit Blick auf den Belvederehof gelangte er ins Obergeschoss des Geheimarchivs. Dort brannte nirgends Licht. In der Wachzentrale saßen zwei Sicherheitsleute vor dunklen Überwachungsbildschirmen. Das gesamte System schien ausgefallen zu sein.

»Warum haben Sie nicht auf Notstromversorgung umgeschaltet?«, fragte Albanese.

»Die funktioniert nicht, Eminenz.«

»Ist irgendjemand im Archiv?«

»Der Lesesaal und die Registerräume sind leer. Das Dokumentenlager ebenfalls.«

»Sehen Sie zur Sicherheit unten nach.«

»Sofort, Eminenz.«

In dem Bewusstsein, dass sein Königreich sicher war, kehrte Albanese nach oben zurück und ließ sein Morgenbad ein, ohne etwas von den beiden Männern zu ahnen, die jetzt auf der Via Sant'Anna an der Vatikanbank vorbeikamen. Einer von ihnen trug unter seinem schlecht sitzenden schwarzen Anzug eine verdeckte Waffe und hielt ein ungewöhnlich großes Mobiltelefon ans Ohr gedrückt. Das abhörsichere Handy stellte eine Verbindung zu einem Computerraum im Norden von Tel Aviv her, in dem ein Team aus den besten Hackern der Welt auf seinen nächsten Befehl wartete. In der Praxis bedeutete es, dass Albaneses Reich keineswegs sicher, sondern in größter Gefahr war.

Bevor Gabriel und Donati den Eingang des Belvederehofs erreichten, bogen sie rechts ab und gingen durchs Geschäftsviertel des Vatikans zu einem selten benutzten Service-Eingang am Fuß des Skulpturenmuseums Chiaramonti. Es lag neben dem Komplex aus Klimageräten, die Temperatur und Luftfeuchtigkeit im Dokumentenlager kontrollierten, das einige Meter unter ihnen lag.

Gabriel starrte ins Objektiv der Überwachungskamera. »Kannst du mich sehen?«

»Geile Klamotten«, sagte Juval Gerschon.

»Mach einfach die Tür auf.«

Der Riegel fuhr klackend zurück. Donati öffnete die Tür und führte Gabriel in einen kleinen Vorraum. Direkt vor ihnen befand sich eine zweite Tür unter einer weiteren Überwachungskamera. Auf Gabriels Anweisung entriegelte Gerschon auch diese Tür ferngesteuert.

Dahinter lag ein Treppenhaus. Vier Treppenabsätze tiefer erreichten Gabriel und Donati die nächste Tür, die in die erste

Ebene des Dokumentenlagers führte. Noch vier Absätze tiefer führte eine weitere Tür zur zweiten Ebene hinunter. Ein Summer ertönte, ein Riegel öffnete sich klackend. Donati zog die Tür auf und trat mit Gabriel ein.

23

VATIKANISCHES GEHEIMARCHIV

Das Dunkel war undurchdringlich. Gabriel schaltete die ungewöhnlich helle Lampe seines Smartphones ein und war leicht enttäuscht, als er sich umsah. Auf den ersten Blick erinnerte das Dokumentenlager an eine x-beliebige Universitätsbibliothek. Hier gab es sogar Wägelchen mit Bücherstapeln. Er leuchtete den Rücken eines Folianten ab. Der Band enthielt diplomatische Dokumente und Kabel des Staatssekretariats aus dem Zweiten Weltkrieg.

»Nächstes Mal«, versprach Donati ihm.

Vor ihnen erstreckte sich ein Gang zwischen grau lackierten Bücherregalen aus Stahl. Gabriel und Donati folgten ihm bis zum ersten Quergang, auf den sie rechts abbogen. Nach etwa dreißig Metern blockierte eine raumhohe Stahlgittertür ihren Weg.

Gabriel beleuchtete die Regale dahinter. Die dort stehenden Bücher waren sehr alt. Manche hatten die Größe typischer Monografien. Andere waren kleiner und in brüchiges Leder gebunden. Keines sah aus, als sei es nicht von Hand gebunden worden.

»Hier sind wir richtig, glaube ich.«

Sie befanden sich jetzt am Westrand des Lagers, direkt unter dem Pinienhof. Donati führte Gabriel an mehreren Abteilen vorbei zu einer unbezeichneten blassgrünen Stahltür mit einer

Überwachungskamera darüber. Nichts wies darauf hin, was sich hinter ihr verbarg. Die Sicherheitsschlösser schienen neu eingebaut zu sein. Es gab je eines für die Verriegelung und die Türklinke. Beide schienen fünf Stifte zu haben.

Gabriel gab sein Mobiltelefon Donati. Er zog ein schlankes Werkzeug aus Stahl aus der Innentasche seines geliehenen Anzugs und führte es ins erste Schloss ein.

»Gibt es irgendwas, das Sie nicht können?«, fragte Donati.

»Ich kann dieses Schloss nicht knacken, wenn Sie nicht den Mund halten.«

»Wie lange werden Sie brauchen?«

»Das hängt davon ab, wie viele Fragen Sie stellen wollen.«

Donati beleuchtete schweigend das Schloss. Gabriel bewegte den Dietrich langsam in dem Mechanismus, registrierte Widerstände, hob einzelne Stifte an.

»Sparen Sie sich die Mühe«, sagte eine ruhige Stimme. »Sie werden nicht finden, was Sie suchen.«

Gabriel warf sich herum, ohne etwas zu erkennen, bis Donati ins Dunkel leuchtete. Dort stand ein Mann in einer Soutane. Nein, dachte Gabriel, das ist keine Soutane. Das ist eine Mönchskutte.

Der Mann trat mit Sandalen an den Füßen lautlos vor. In Größe und Körperbau glich er Gabriel: knapp einen Meter fünfundsiebzig, gut siebzig Kilo. Sein schwarzes Haar war lockig, sein Teint dunkel. Mit seinem uralten Gesicht glich er einer zum Leben erwachten Ikone.

Er machte einen weiteren Schritt auf sie zu. Seine Hände waren dick verbunden. In der Rechten hielt er einen großen braunen Umschlag.

»Wer sind Sie?«, fragte Donati.

Sein Gesichtsausdruck blieb unverändert. »Sie kennen mich nicht? Ich bin Pater Josua, Exzellenz.«

Er sprach fließend Italienisch, das aber offenbar nicht seine Muttersprache war. Sein Name schien Donati nichts zu sagen. Jetzt sah er zur Decke auf. »Sie dürfen nicht mehr lange bleiben. Kardinal Albanese hat die Wachleute angewiesen, das Archiv zu kontrollieren. Sie werden bald kommen.«

»Woher wissen Sie das?«

Er nickte zu der blassgrünen Tür hinüber. »Das Buch ist leider weg, Exzellenz.«

»Was können Sie mir darüber erzählen?«

»Hier steht alles drin, was Sie wissen müssen.« Der Mönch gab Donati den Umschlag, der mit durchsichtigem Klebeband verschlossen war. »Öffnen Sie ihn erst außerhalb der Mauern des Vatikans.«

»Was ist darin?«, fragte Donati.

Der Mönch sah wieder zur Decke auf. »Sie müssen dringend fort, Exzellenz. Die Wachleute kommen.«

Erst jetzt konnte Gabriel die Stimmen hören. Er schnappte sich sein Smartphone von Donati und schaltete die Lampe aus. Die Dunkelheit war absolut.

»Folgen Sie mir«, flüsterte Pater Josua. »Ich kenne mich hier unten aus.«

Donati folgte dem Mönch, und Gabriel bildete das Schlusslicht. Sie bogen einige Male links oder rechts ab und standen plötzlich vor der Tür, durch die sie ins Dokumentenlager gelangt waren. Sie öffnete sich, als Pater Josua sie berührte. Er hob grüßend die Hand, bevor er wieder in der Dunkelheit verschwand.

Sie betraten das Treppenhaus und stiegen die acht Abätze hinauf. Gabriels Telefonverbindung zur Einheit 8200 war abgerissen. Als er die Nummer erneut wählte, meldete Juval Gerschon sich sofort.

»Ich hab mir schon Sorgen gemacht.«
»Kannst du uns sehen?«
»Jetzt wieder.«
Gerschon entsperrte die beiden letzten Türen gleichzeitig. Im Freien blendete sie die grelle römische Sonne. Donati legte den Umschlag in seinen Aktenkoffer und stellte die Zahlenschlösser neu ein.

»Vielleicht sollte ich ihn tragen«, sagte Gabriel, als sie in Richtung Via Sant'Anna davongingen.

»Ich habe den höheren Dienstgrad, Pater Benedetti.«

»Das stimmt, Exzellenz. Aber ich habe die Pistole.«

Im selben Augenblick flammte in Kardinal Albaneses Wohnung wieder das Licht auf. Tropfnass nahm er den Telefonhörer ab und hörte den willkommenen Wählton. Der Wachhabende in der Sicherheitszentrale meldete sich nach dem ersten Klingeln. Ja, sagte er, der Strom sei wieder da. Das Computersystem werde wieder hochgefahren, die Überwachungskameras und Automatiktüren funktionierten normal.

»Irgendein Anzeichen für unbefugtes Eindringen?«

»Keines, Eminenz.«

Der Kardinal ließ erleichtert langsam den Hörer sinken und nahm sich kurz Zeit für einen Blick aus seinem Fenster. Die Aussicht war nicht so gut wie aus den päpstlichen Gemächern – er konnte weder den Petersplatz noch die Kuppel der Petersdoms sehen –, aber dafür konnte er das Kommen und Gehen am St.-Anna-Tor beobachten.

Im Augenblick war die Via Sant'Anna leer bis auf einen hochgewachsenen Erzbischof in Begleitung eines kleineren Geistlichen, dessen Anzug nicht besonders gut saß. Die beiden marschierten in flottem Tempo in Richtung Tor. Die Hände des Geistlichen waren leer, aber der Erzbischof trug einen Aktenkoffer aus burgunderrotem Leder, den Albanese erkannte, weil er ihn schon oft gesehen hatte. Er erkannte auch den Erzbischof.

Aber wer war der Geistliche? Für Albanese gab es nur einen Verdächtigen. Er griff nach dem Telefonhörer und führte ein weiteres Gespräch.

Als frommer Katholik, der jeden Tag die Messe hörte, tat Oberst Alois Metzler, Kommandant der Päpstlichen Schweizergarde, sein Bestes, um sein Dienstzimmer sonntags zu meiden. Aber weil dies der Sonntag vor dem Konklave war, das Hunderte von Millionen im Fernsehen verfolgen würden, war er an seinem Schreibtisch in der Kaserne, als Kardinal Albanese anrief. Der Camerlengo war *molto agitato*. Er teilte Metzler erregt mit, Erzbischof Luigi Donati und sein Freund Gabriel Allon hätten soeben im Geheimarchiv eingebrochen und seien jetzt zum St.-Anna-Tor unterwegs. Unter keinen Umständen, forderte der Kardinal lautstark, dürften sie den Vatikan verlassen.

Im Grunde genommen hatte Metzler keine große Lust, sich mit Leuten wie Donati und seinem Freund aus Israel anzulegen, den er schon mehr als einmal in Aktion erlebt hatte. Aber weil der Stuhl Petri verwaist war, blieb ihm nichts anderes übrig, als den direkten Befehl des Kardinalkämmerers auszuführen.

Er sprang auf und hastete zum Empfang hinunter, wo der Wachhabende an einem halbmondförmigen Tisch mit vielen Monitoren saß. Auf einem davon sah Metzler Donati mit einem Geistlichen neben sich zum St.-Anna-Tor marschieren.

»Großer Gott«, murmelte der Oberst.

Der »Geistliche« war tatsächlich Allon.

Durch die offene Tür konnte Metzler den jungen Hellebardier sehen, der am Tor Wache hielt. Er rief ihm laut zu, den Durchgang zu blockieren, aber sein Befehl kam zu spät. Donati und Allon überschritten die unsichtbare Grenze und waren fort.

Der Kommandant lief ihnen nach. Die beiden waren rasch im Gedränge auf der Via di Porta Angelica unterwegs. Metzler rief Donatis Namen. Der Erzbischof blieb stehen und drehte sich um. Allon ging weiter.

Donatis Lächeln war entwaffnend. »Was gibt's, Oberst Metzler?«

»Kardinal Albanese glaubt, dass Sie soeben unerlaubt im Geheimarchiv waren.«

»Wie hätte ich das können? Das Archiv hat sonntags geschlossen.«

»Der Kardinal glaubt, dass Ihr Freund Ihnen dabei geholfen hat.«

»Pater Benedetti?«

»Ich habe ihn auf dem Monitor gesehen, Exzellenz. Ich weiß, wer er ist.«

»Sie haben sich getäuscht, Oberst Metzler. Kardinal Albanese auch. Und jetzt müssen Sie mich bitte entschuldigen. Ich habe einen Termin.«

Der Erzbischof wandte sich ohne ein weiteres Wort ab und ging in Richtung Petersplatz davon. Metzler sprach seinen Rücken an.

»Ihr Vatikanausweis ist nicht mehr gültig, Exzellenz. In Zukunft beantragen Sie einen Besucherausweis wie jeder andere.«

Donati hob eine Hand, um zu zeigen, dass er verstanden hatte, und ging weiter. Metzler kehrte in sein Dienstzimmer zurück, rief sofort Albanese an.

Der Camerlengo war *molto agitato*.

Gabriel wartete am Ende der Kolonnaden auf Donati. Gemeinsam kehrten sie in die Jesuitenkurie zurück. Oben in seinem Apartment nahm Donati den Umschlag aus seinem Aktenkoffer, riss das Klebeband ab und öffnete die Verschlussklappe. In dem Umschlag steckte eine Klarsichthülle mit einem handbeschriebenen Blatt Papier. Sein linker Rand war sauber und glatt, aber der rechte war unregelmäßig ausgefranst. Der lateinische Text war in lateinischer Schrift geschrieben.

Donatis Hand zitterte, als er zu lesen begann.

EVANGELIUM SECUNDUM PILATI ...
Das Evangelium nach Pilatus.

TEIL ZWEI

ECCE HOMO

24

JESUITENKURIE, ROM

Selbst sein Vorname verlor sich im Dunkel der Geschichte – der Name, mit dem seine Eltern ihn an dem Tag gerufen hatten, an dem er den Göttern präsentiert worden war und ein goldenes Amulett zur Abwehr böser Geister um seinen kleinen Hals gehängt bekommen hatte. Später im Leben war er unter seinem *Cognomen* bekannt, dem dritten Namen eines römischen Bürgers, einem vererbten Etikett, das zur Unterscheidung von Familienstämmen diente. Seiner hatte drei Silben, nicht nur zwei, und klang ganz anders als die Version, die ihn durch die Jahrhunderte und ins Reich des Infamen begleiten würde.

Sein Geburtsjahr war ebenso unbekannt wie sein Geburtsort. Eine Denkschule vermutete, er stamme aus dem römisch beherrschten Spanien – vielleicht aus Tarragona an der katalonischen Küste oder Sevilla, wo noch heute in der Nähe der Plaza de Argüelles ein reich geschmückter andalusischer Palast steht, der als Casa de Pilatos bekannt ist. Eine im Mittelalter vorherrschende andere Theorie hielt ihn für das uneheliche Kind eines Germanenkönigs namens Tyrus und einer Nebenfrau namens Pila. Der Sage nach wusste Pila nicht, wie der Mann hieß, der sie geschwängert hatte, daher verknüpfte sie den Namen ihres Vaters mit ihrem eigenen und nannte den Jungen Pilatus.

Sein wahrscheinlichster Geburtsort war jedoch Rom. Seine Vorfahren waren vermutlich Samniten, ein kriegerischer Stamm, der das Bergland südlich der Stadt bewohnte. Sein zweiter Name Pontius suggerierte, er stamme von den Pontii ab, die mehrere bedeutende römische Feldherrn hervorgebracht hatten. Sein Cognomen Pilatus bedeutete »geschickt mit dem Wurfspeer«. Möglicherweise hatte Pontius Pilatus sich diesen Beinamen durch militärische Leistungen selbst verdient. Die wahrscheinlichere Erklärung lautet, als Sohn eines Ritters habe er dem niedrigen Adel, dem Ritterstand, angehört.

In diesem Fall hätte er eine angenehme römische Erziehung genossen. Das Haus der Familie hätte ein Atrium, einen Säulengarten, fließendes Wasser und ein privates Bad aufgewiesen. Dazu wäre ein Zweitwohnsitz, eine Villa mit Meeresblick, gekommen. Auf den Straßen Roms wäre er nicht zu Fuß, sondern in einer von Sklaven getragenen Sänfte unterwegs gewesen. Im Gegensatz zu den meisten Kindern an der Schwelle des ersten Jahrtausends hätte er keinen Hunger gekannt. Ihm hätte es niemals an etwas gemangelt.

Seine Erziehung wäre streng gewesen: jeden Tag mehrere Stunden Unterricht in Lesen, Schreiben, Rechnen und – als er älter war – in logischem Denken und Rhetorik, alles Fähigkeiten, die ihm später sehr nützen würden. Zur Körperertüchtigung hätte er mit Hanteln gearbeitet und sich von seinen anstrengenden Übungen in den öffentlichen Bädern erholt. Zur Unterhaltung hätte er sich an den blutigen Spielen ergötzt. Unwahrscheinlich ist, dass er das in der Senke zwischen den Hügeln Caelus, Esquilin und Palatin errichtete Flavische Amphitheater jemals gesehen hat. Der Bau des Kolosseums wurde mit Beute aus dem Jerusalemer Tempel finanziert, den er sehr gut kannte. Die Zerstörung des Tempels im Jahr 70 n. Chr.

hatte er nicht miterlebt, aber er musste gewusst haben, dass seine Tage gezählt waren.

Die neue und unruhige Provinz Judäa lag in der Luftlinie 2300 Kilometer von Rom entfernt, was eine mindestens dreiwöchige Seereise bedeutete. Nach mehreren Jahren als Subalternoffizier im römischen Heer traf Pontius Pilatus dort im Jahr 26 n. Chr. ein. Dies war kein begehrter Posten; Syrien im Norden und Ägypten im Süden waren weit bedeutender. Aber was Judäa an Status fehlte, machte es durch Ungebärdigkeit mehr als wett. Die Einheimischen sahen sich als von ihrem Gott auserwähltes Volk und fühlten sich den heidnischen, polytheistischen Besatzern überlegen. Jerusalem, ihre heilige Stadt, war der einzige Ort des Imperiums, dessen Bürger sich nicht vor einer Kaiserstatue niederwerfen mussten. Wollte Pilatus Erfolg haben, würde er sie behutsam anfassen müssen.

Er hatte diese Leute zweifellos schon in Rom gesehen. Sie waren die bärtigen, beschnittenen Einwohner der Regio XIV, eines dicht besiedelten Viertels westlich des Tiber, das eines Tages als Trastevere bekannt werden sollte. Im gesamten Imperium lebten etwa viereinhalb Millionen von ihnen. Sie gediehen unter römischer Herrschaft, indem sie die Handels- und Bewegungsfreiheit nutzten, die das Imperium ihnen bot. Wo immer sie sich auch niederließen, wurden sie reich und als Gottesfürchtige bewundert, die ihre Kinder liebten, Menschenleben respektierten und für Arme, Kranke, Verwitwete und Waisen sorgten. Julius Cäsar äußerte sich lobend über sie und gewährte ihnen wichtige Versammlungsrechte, die ihnen gestatteten, statt der römischen Götter ihren eigenen Gott anzubeten.

Aber die in der alten Heimat Judäa, Samaria und Galiläa Lebenden waren weniger kosmopolitisch. Sie waren aggressiv romfeindlich und in bis zu vierundzwanzig Sekten zersplittert, zu denen auch die puritanischen Essener mit ihrer Kritik am unreinen Tempelkult in Jerusalem gehörten. Der Tempel, ein gewaltiger Komplex auf dem Jerusalemer Berg Moria, stand unter der Verwaltung sadduzäischer Adeliger, die von ihrer Nähe zur Besatzungsmacht profitierten und mit dem römischen Statthalter zusammenarbeiteten, um Stabilität zu garantieren.

Pilatus war erst der fünfte Mann auf diesem Posten. Er residierte in Caesarea, einer römischen Enklave aus weiß leuchtendem Marmor am Mittelmeer. Dort gab es eine Strandpromenade, auf der er sich bei gutem Wetter ergehen konnte, und Tempel, in denen er seinen Göttern, nicht ihrem opferte. Wenn Pilatus das wollte, hätte er glauben können, er habe seine römische Heimat nie verlassen.

Es war nicht seine Aufgabe, die Einwohner der Provinz – die später als Juden bekannt werden sollten – nach römischem Vorbild zu formen. Pilatus war Steuereintreiber, Handelsförderer und Verfasser langatmiger Berichte an Kaiser Tiberius, die er mit Wachs und dem Ring am kleinen Finger seiner linken Hand siegelte. Rom kümmerte sich im Allgemeinen wenig um Kultur und Gesellschaftsordnung der besetzten Länder. Seine Gesetze überwinterten, solange Ruhe herrschte, und erwachten erst, wenn die bestehende Ordnung in Gefahr war.

Unruhestifter wurden normalerweise verwarnt. Und wenn sie so töricht waren, weiterzumachen, wurden sie rasch und brutal bestraft. Valerius Gratus, Pilatus' direkter Vorgänger, ließ zweihundert Juden auf einmal mit der von Rom bevorzugten Methode hinrichten: dem Tod am Kreuz. Nach einer Revolte im Jahr 4 n. Chr. wurden außerhalb von Jerusalem zweitausend gekreuzigt. Ihr Glaube an ihren einen Gott war so stark, dass sie ohne Angst zur Kreuzigung gingen.

Als Statthalter war Pilatus Judäas oberster Richter. Trotzdem übernahm große Teile der Verwaltungsarbeit und Rechtsprechung der Sanhedrin, der Hohe Rat, der täglich – außer an Feiertagen und am Sabbat – in der Halle der Behauenen Steine auf der Nordseite des Tempels zusammentrat. Pilatus hatte Befehl von Kaiser Tiberius, den Juden vor allem in religiösen Angelegenheiten viel Freiheit zu lassen. Er sollte sich möglichst im Hintergrund halten, Roms unsichtbarer Mann bleiben.

Aber Pilatus, der cholerisch und rachsüchtig war, geriet wegen Brutalität, Diebstahl, zahllosen Hinrichtungen und unnötigen Provokationen bald in Verruf. Bezeichnend war seine Entscheidung, auf den Wällen der Burg Antonia, die auf den Tempel hinabblickte, Standarten mit dem Bild des Kaisers aufpflanzen zu lassen. Wie zu erwarten war, reagierten die Juden zornig. Einige Tausend umzingelten Pilatus' Palast in Caesarea, woraus ein einwöchiges Patt entstand. Als die Juden klarmachten, dass sie lieber sterben als nachgeben würden, lenkte Pilatus ein und ließ die Standarten wieder entfernen.

Und dann gab es Pilatus' zugegebenermaßen eindrucksvolles Aquädukt, das er zumindest teilweise mit aus dem Jerusalemer Tempelschatz geraubtem Geld finanzierte. Auch diesmal protestierte eine Menschenmenge auf dem großen Platz vor dem Herodespalast, der Pilatus als Jerusalemer Residenz diente. Auf seinem kurulischen Stuhl fläzend hörte Pilatus sich die Schmähungen eine Zeit lang stumm an, bevor er seinen Legionären befahl, blankzuziehen. Einige der unbewaffneten Juden wurden in Stücke gehauen. Andere wurden in der entstehenden Panik totgetrampelt.

Zündstoff lieferten auch die Tiberius geweihten vergoldeten Schilde, die er in seiner Jerusalemer Residenz aufhängen ließ. Die Juden forderten ihre Entfernung. Als Pilatus sich weigerte, schickten sie ein Protestschreiben an den Kaiser persönlich. Es erreichte Tiberius auf seiner Urlaubsinsel Capri, berichtet der Philosoph Philon. Vor Wut über die unnötige Provokation seines Statthalters schäumend befahl Tiberius ihm, die Schilde sofort abzuhängen.

Pilatus kam möglichst selten nach Jerusalem, meist um die Sicherheitsvorkehrungen an jüdischen Festtagen zu überwachen. Das Passahfest zur Erinnerung an den Auszug der Israeliten aus Ägypten war voller religiöser und politischer Implikationen. Hunderttausende von Juden aus dem ganzen Imperium – manchmal ganze Dörfer – strömten in der Stadt zusammen. Auf den Straßen drängten sich Pilger, und bis zu einer Viertelmillion Schafe warteten darauf, rituell geopfert zu werden. In dem Schatten lauerten die Sikarier, vermummte jüdische Eiferer, die mit ihren charakteristischen Dolchen römische Legionäre ermordeten und sich dann in der Menge verloren.

Im Mittelpunkt des Tumults stand der Tempel. Römische Legionäre überwachten die Feiern von der Burg Antonia aus, Pilatus aus seiner prächtigen Residenz im Herodespalast. Jedes Aufbegehren gegen die römische Herrschaft oder die Kollaborateure im Tempel wäre brutal im Keim erstickt worden, bevor die Lage außer Kontrolle geriet. Ein Funken, ein Agitator hätte bewirken können, dass Jerusalem explodierte.

In diese instabile Stadt kam im Jahr 33 n. Chr. – vielleicht schon im Jahr 27 oder erst im Jahr 36 – ein Galiläer, ein Heiler, ein Wundertäter, ein Prediger von Gleichnissen, der warnend verkündete, das himmlische Königreich sei nahe. Wie prophezeit ritt er auf einem Esel in die Stadt ein. Möglicherweise wusste Pilatus schon von diesem Galiläer und wurde Zeuge von seinem triumphalen Einzug. Im ersten Jahrhundert gab es in Judäa viele solcher Messiasgestalten, die sich als »Gesalbte«

bezeichneten und versprachen, das Königreich Davids wieder zu errichten. Pilatus sah diese Prediger als direkte Bedrohung der römischen Herrschaft und liquidierte sie erbarmungslos. Ihre Anhänger erwartete ausnahmslos dasselbe Schicksal.

Die Historiker sind uneins, was den Vorfall betrifft, der zu dem vorzeitigen Tod des Galiläers führte. Die meisten halten eine Straftat für wahrscheinlich – vielleicht körperliche Gewalt gegen die Geldwechsler im Tempel oder ein verbaler Angriff auf die Tempelelite. Vielleicht waren Legionäre Augenzeugen und nahmen den Galiläer sofort fest. Nach traditioneller Überlieferung wurde er jedoch von einer römisch-jüdischen Truppe auf dem Olivenberg festgenommen, nachdem er mit seinen Jüngern ein letztes Passah-Mahl eingenommen hatte.

Was als Nächstes geschah, ist noch weniger klar. Selbst die traditionellen Berichte strotzen von Widersprüchen. Irgendwann nach Mitternacht soll der Galiläer ins Haus des Hohepriesters Kajaphas gebracht worden sein, wo er von Mitgliedern des Sanhedrins brutal verhört wurde. Heutige Historiker haben diese Version der Geschichte jedoch in Zweifel gezogen. Schließlich wurde das Passahfest gefeiert, der Sabbat stand bevor, und in Jerusalem drängten sich Juden aus aller Welt. Kajaphas, der einen langen Tag im Tempel hinter sich hatte, dürfte sich diese Störung seiner Nachtruhe verbeten haben. Außerdem war der geschilderte Prozess – angeblich unter freiem Himmel auf dem von einem Lagerfeuer erhellten Hof – nach den Mosaischen Gesetzen strikt verboten und konnte daher nicht stattgefunden haben.

So oder so gelangte der Galiläer zuletzt in die Hände von Pontius Pilatus, dem römischen Statthalter und obersten Richter der Provinz. Der Überlieferung nach soll er den Vorsitz bei einem öffentlichen Tribunal geführt haben, von dem jedoch kein Protokoll existiert. Ein zentraler Punkt ist jedoch unbestreitbar: Der Galiläer wurde gekreuzigt – eine römische Hinrichtungsart speziell für Aufständische –, vermutlich unmittelbar vor den Stadtmauern, wo seine Bestrafung als Warnung dienen konnte. Pilatus hätte seinen qualvollen Tod vom Herodespalast aus beobachten können. Bedenkt man seinen schlimmen Ruf, war diese ganze Episode vermutlich rasch vergessen, von irgendeinem neuen Problem überlagert. Schließlich war Pilatus ein vielbeschäftigter Mann.

Andererseits könnte der Statthalter den Mann lange nach seiner Verurteilung zum Tode im Gedächtnis behalten haben, vor allem in den letzten Jahren seiner Herrschaft über Judäa, als Jünger des Galiläers, der Jesus von Nazareth hieß, die ersten zögerlichen Schritte zur Begründung einer neuen Religion machten. Durch das Erlebte traumatisiert trösteten sie einander mit Erzählungen vom Leben und Wirken des Galiläers, die später in Buchform niedergeschrieben wurden und als sogenannte Evangelien in Gemeinden aus frühen Gläubigen Verbreitung fanden. Und an dieser Stelle nahm Erzbischof Luigi Donati in seiner Wohnung in der Jesuitenkurie am Borgo Santo Spirito in Rom den Faden der Erzählung auf.

25

JESUITENKURIE, ROM

Markus, nicht Matthäus, war das erste Evangelium. Es wurde irgendwann zwischen 66 und 75 n. Chr. – über dreißig Jahre nach Christi Tod, in der antiken Welt eine Ewigkeit – in der überregionalen griechischen Gemeinsprache Koine geschrieben. Mehrere Jahrzehnte lang kursierte das Evangelium anonym, bis die Kirchenväter es einem Gefährten des Apostels Petrus zuschrieben, was von den meisten heutigen Bibelgelehrten abgelehnt wird, nach deren Überzeugung der Autor unbekannt ist.

Seine Zuhörerschaft war eine Gemeinde nichtjüdischer Christen, die in Rom direkt unter der Knute des Kaisers lebten. Dass er die Sprache Jesu oder seiner Jünger sprach, ist unwahrscheinlich, und er kannte Geografie und Sitten des Landes, in denen die Geschichte spielte, wohl nur flüchtig. Als er die Feder ergriff, waren fast alle Zeitzeugen schon tot oder hingerichtet worden. Seine Quellen waren mündliche Überlieferungen und vielleicht ein paar Schriftfragmente. Im fünfzehnten Kapitel wird der schuldlose und gütige Pilatus als jemand hingestellt, der den Forderungen eines jüdischen Mobs nachgibt und Jesus zum Tod verurteilt. Die frühesten Versionen des Markusevangeliums endeten abrupt mit der Entdeckung des leeren Grabes Christi – ein Ende, das viele frühe Christen enttäuschend und unbefriedigend fanden.

Spätere Versionen boten zwei alternative Schlüsse an. In dem sogenannten kanonischen Schluss erscheint der auferstandene Jesus seinen Jüngern in verschiedener Gestalt.

»Der alternative Schluss stammt nicht vom Autor des Evangeliums nach Markus«, erläuterte Donati. »Der dürfte Jahrhunderte nach seinem Tod entstanden sein. Tatsächlich enthält der Codex Vaticanus aus dem vierten Jahrhundert, das älteste Exemplar des Neuen Testaments, den originalen Schluss mit dem leeren Grab.«

Das Evangelium nach Matthäus, fuhr Donati fort, sei vermutlich zwischen 80 und 90 n. Chr., vielleicht auch erst im Jahr 110 entstanden, lange nach dem verhängnisvollen Ersten jüdisch-römischen Krieg und der Zerstörung des Tempels. Matthäus schrieb für jüdische Christen im römisch besetzten Syrien. Er griff auf Markus zurück, übernahm sechshundert Verse von ihm. Heutige Wissenschaftler glauben jedoch, dass Matthäus das Werk seines Vorgängers mithilfe der Quelle Q – einer theoretischen Sammlung von Aussprüchen Jesu – erweitert hat. Sein Werk unterstreicht die scharfe Trennung zwischen Juden, die Jesus als den Messias anerkannten, und Juden, die das nicht taten. Die Schilderung des Auftritts Jesu vor Pilatus ist mit der im Markusevangelium identisch – jedoch mit einer wichtigen Ergänzung.

»Pilatus, der brutale römische Statthalter, wäscht sich vor den versammelten Juden die Hände und spricht: ›Ich bin unschuldig an seinem Blut‹, worauf die Menge antwortet: ›Sein Blut komme über uns und unsere Kinder!‹ Das ist die verhängnisvollste Dialogzeile, die jemals geschrieben wurde. Zweitausend Jahre Verfolgung und Morde an Juden durch Christen lassen sich auf diese schrecklichen acht Wörter zurückführen.«

»Wieso wurden sie geschrieben?«, fragte Gabriel.

»Als katholischer Prälat und tiefgläubiger Mensch glaube ich, dass die Evangelien von Gott inspiriert wurden. Andererseits wurden sie lange nach den geschilderten Ereignissen von Menschen verfasst und basieren auf Erzählungen von Jesu Leben und Wirken aus dem Mund seiner Jünger. Sollte es wirklich irgendeine Art Tribunal gegeben haben, hat Pilatus vermutlich nur wenig von dem gesagt, was die Evangelisten ihm zugeschrieben haben. Das Gleiche gilt natürlich für die jüdische Menge, falls es sie gegeben hat. *Sein Blut komme über uns und unsere Kinder!* Hat sie wirklich etwas so Unbeholfenes und Ausgefallenes gebrüllt? Noch dazu im Chor? Wo waren die Anhänger Jesu, die ihn aus Galiläa nach Jerusalem begleitet hatten? Wo waren die Andersdenkenden?« Donati schüttelte den Kopf. »Diese Passage war ein Fehler. Ein heiliger Fehler, aber trotzdem einer.«

»Aber war es ein unschuldiger Fehler?«

»Einer meiner Professoren an der Gregoriana hat ihn als die älteste Lüge bezeichnet. Natürlich nur privat. Hätte er das öffentlich getan, wäre er vor die Glaubenskongregation gezerrt und seines Amtes enthoben worden.«

»Ist die Szene im Matthäusevangelium eine Lüge?«

»Der Autor würde Ihnen versichern, er habe die Geschichte so aufgeschrieben, wie er sie gehört habe und selbst glaube. Im Übrigen steht außer Zweifel, dass sein Evangelium wie das des Markus die Schuld am Tod Jesu von den Römern weg den Juden zuschob.«

»Warum?«

»Weil die Jesus-Bewegung wenige Jahre nach der Kreuzigung Gefahr lief, wieder vom Judaismus absorbiert zu werden. Wenn es für sie eine Zukunft gab, lag sie bei den Nichtjuden unter römischer Herrschaft. Die Evangelisten und die Kirchenväter mussten den neuen Glauben fürs Imperium akzeptabel machen. An der Tatsache, dass Jesus von römischen Legionären nach römischer Art hingerichtet worden war, war nicht zu rütteln. Aber wenn sie suggerieren konnten, die Juden hätten Pilatus keine andere Wahl gelassen ...«

»Problem gelöst.«

Der Erzbischof nickte. »Und in späteren Evangelien wird's noch schlimmer, fürchte ich. Lukas suggeriert, Jesus sei von den Juden, nicht von den Römern gekreuzigt worden. Johannes spricht diesen Vorwurf offen aus. Für mich ist's unvorstellbar, dass Juden einen der ihren gekreuzigt haben sollen. Sie hätten Jesus als Gotteslästerer steinigen können. Aber ihn ans Kreuz schlagen? Ausgeschlossen.«

»Wieso gehört diese Passage dann zum christlichen Kanon?«

»Wir müssen uns vor Augen halten, dass die Evangelien nie Tatsachenberichte sein sollten. Sie waren theologische, nicht historische Werke. Sie waren Missionsschriften, die das Fundament eines neuen Glaubens legten, der Ende des ersten Jahrhunderts in scharfem Kontrast zu seinem Ursprung stand. Als die Bischöfe der Frühkirche drei Jahrhunderte später zur Synode von Hippo zusammenkamen, kursierten in christlichen Gemeinden in Nordafrika und dem östlichen Mittelmeerraum viele verschiedene Evangelien. Die Bischöfe kanonisierten nur vier, wobei ihnen bewusst war, dass sie viele Diskrepanzen und Ungereimtheiten enthielten. Beispielsweise schildern alle kanonischen Evangelien die drei Tage vor Jesu Tod leicht unterschiedlich.«

»Wussten die Bischöfe auch, dass sie die Grundlagen für zwei Jahrtausende jüdischer Leiden gelegt haben?«

»Eine berechtigte Frage.«

»Wie lautet die Antwort?«

»Ende des vierten Jahrhunderts waren die Würfel gefallen.

Die Weigerung der Juden, Jesus als ihren Erlöser anzuerkennen, galt als tödliche Gefahr für die frühe Kirche. Wie konnte Jesus der einzige wahre Heilsbringer sein, wenn die Menschen, die seine Botschaft mit eigenen Ohren gehört hatten, sich weiter an ihren Glauben klammerten? Frühe christliche Theologen rangen mit der Frage, ob die Juden nicht ihr Existenzrecht verwirkt hätten. Johannes Chrysostomos aus Antiochia predigte, Synagogen seien Hurenhäuser und Diebesnester, Juden seien nicht besser als Schweine und Ziegen, sie seien im Überfluss fett geworden und sollten als Schlachtvieh gekennzeichnet werden. Da war es nicht überraschend, dass es in Antiochia viele Angriffe auf Juden gab, deren Synagoge zerstört wurde. Im Jahr 414 wurden die Juden von Alexandria vernichtet. Bedauerlicherweise war das nur der Anfang.«

Gabriel, der noch immer den geliehenen schwarzen Anzug trug, trat ans Fenster, öffnete den Vorhang einen Spalt weit und blickte auf den Borgo Santo Spirito hinunter. Donati saß an seinem Schreibtisch. Vor ihm, noch immer in ihrer Klarsichthülle, lag die Seite aus dem Buch.

EVANGELIUM SECUNDUM PILATI ...

»Festzuhalten bleibt«, sagte Donati einen Augenblick später, »dass das auf dem ersten Konzil von Nicäa verabschiedete nicäische Glaubensbekenntnis eindeutig feststellt, dass Jesus unter Pontius Pilatus gelitten hat. Außerdem hat die Kirche 1965 in *Nostra Aetate* erklärt, es gebe keine Kollektivschuld des jüdischen Volkes am Tod Jesu. Und dreiundzwanzig Jahre später hat Papst Johannes Paul II. sich zur Stellung der Kirche zum Holocaust geäußert.«

»Daran erinnere ich mich auch. Er hat sich große Mühe gegeben, um zu beweisen, die Tatsache, dass die Kirche die Juden zweitausend Jahre lang als Gottesmörder bezeichnet habe, habe absolut nichts mit den Nazis und der Endlösung zu tun. Das war Schönfärberei, Exzellenz. Das war kurialer Wortsalat.«

»Deshalb hat mein Herr an der Bima der Großen Synagoge stehend die Juden um Verzeihung gebeten.« Donati machte eine Pause. »Daran erinnern Sie sich wohl auch? Sie waren dabei, nicht wahr?«

Gabriel nahm eine Bibel aus Donatis Bücherschrank und schlug Kapitel 27 des Matthäusevangeliums auf. »Wie steht's damit?« Er deutete auf die Seite, die er meinte. »Bin ich persönlich als Gottesmörder schuldig – oder haben die Autoren der vier Evangelien sich des schlimmsten Rufmordes der Geschichte schuldig gemacht?«

»Die Kirche hat erklärt, dass Sie keiner sind.«

»Und ich danke ihr dafür, dass sie das nachträglich klargestellt hat.« Gabriel tippte auf die aufgeschlagene Seite. »Aber in diesem Buch steht's noch immer.«

»Der Bibeltext lässt sich nicht ändern.«

»Der Codex Vaticanus suggeriert etwas anderes.« Gabriel stellte die Bibel an ihren Platz zurück und beobachtete wieder die Straße. »Und die anderen Evangelien? Die von den Bischöfen in der Synode von Hippo abgelehnten?«

»Sie galten als apokryph. Allerdings waren sie größtenteils Bearbeitungen der vier kanonischen Evangelien. Altertümliche Fan Fiction, wenn Sie so wollen. Es gab Bücher wie das Kindheitsevangelium des Thomas, das die frühen Jahre Jesu schilderte. Es gab gnostische Evangelien, jüdisch-christliche Evangelien, ein Marienevangelium, sogar das Evangelium nach Judas. Und es gab zahlreiche Apokryphen über die Passionsgeschichte von Jesu Leiden und Sterben. Eine galt als Evangelium nach Petrus. Aber Petrus hat es natürlich nicht verfasst, sondern es wurde ihm fälschlich zugeschrieben. Das galt auch für das Nikodemusevangelium, besser als *Acta Pilati* bekannt.«

Gabriel wandte sich vom Fenster ab. »Pilatusakte?«

Donati nickte. »Nikodemus gehörte dem Sanhedrin an und lebte auf seinem großen Gutshof außerhalb von Jerusalem. Angeblich war er ein geheimer Jünger Jesu und ein Vertrauter des Pilatus. Er ist auf Caravaggios *Die Grablegung Christi* abgebildet – die Gestalt in dem braunen Gewand, die Jesu Beine umklammert. Caravaggio hat ihm übrigens Michelangelos Gesichtszüge gegeben.«

»Echt jetzt?«, fragte Gabriel von oben herab. »Das wusste ich nicht.«

Donati ignorierte seine Bemerkung. »Die Datierung der Pilatusakte ist schwierig, aber die meisten Gelehrten stimmen darin überein, dass sie wahrscheinlich Ende des vierten Jahrhunderts verfasst wurde. Sie gibt vor, Material zu enthalten, das von Pilatus aus seiner Jerusalemer Zeit stammt. Im Italien des 15. und 16. Jahrhunderts war sie recht populär. Tatsächlich erlebte sie in dieser Zeit achtundzwanzig Auflagen.« Donati hielt sein Handy hoch. »Um sie heute zu lesen, genügt eines von diesen.«

»Gibt es weitere, Pilatus zugeschriebene Bücher?«

»Mehrere.«

»Zum Beispiel?«

»Die Memoiren des Pilatus, das Märtyrertum des Pilatus und der Bericht des Pilatus, um nur einige zu nennen. Die Übergabe des Pilatus schildert sein Erscheinen vor Kaiser Tiberius, nachdem er nach Rom zurückbeordert worden war. Nur war Tiberius leider schon tot, als Pilatus dort ankam. Außerdem gibt es den Pilatusbrief an Claudius, den Pilatusbrief an Herodes, den Herodesbrief an Pilatus, den Tiberiusbrief an Pilatus ...« Donati zuckte mit den Schultern. »Sie verstehen, was ich meine.«

»Was ist mit dem Evangelium nach Pilatus?«

»Mir ist keine apokryphe christliche Schrift dieses Namens bekannt.«

»Ist irgendeines der anderen Bücher glaubwürdig?«

»Nein«, sagte der Erzbischof. »Sie sind alle Fälschungen. Und sie versuchen alle, Pilatus von der Schuld am Tod Jesu reinzuwaschen und sie den Juden zuzuschieben.«

»Genau wie die kanonischen Evangelien.« Die Glocken des Petersdoms stimmten das Mittagsläuten an. »Was geht Ihrer Ansicht nach hinter den Mauern des Vatikans vor?«

»Ich vermute, dass Kardinal Albanese verzweifelt auf der Suche nach Pater Josua ist. Findet er ihn, dürfte es dem Pater schlecht ergehen. Als Kardinalkämmerer besitzt Albanese gewaltige Autorität. Im Prinzip hat der Helenenorden sich die Heilige Römische Kirche unterworfen. Die Frage ist nur, ob er daran denkt, diese Macht wieder abzugeben. Oder hat er einen Plan, um sie zu behalten?«

»Wir können nach wie vor nicht beweisen, dass der Orden Lucchesi ermordet hat.«

»Bisher nicht. Aber wir haben noch fünf Tage Zeit, Beweise zu finden.« Donati machte eine Pause. »Und das Evangelium nach Pilatus, versteht sich.«

»Wo fangen wir an?«

»Pater Robert Jordan.«

»Wer ist er?«

»Mein Professor an der Gregoriana.«

»Ist er noch in Rom?«

Donati schüttelte den Kopf. »Er hat sich vor einigen Jahren in ein Kloster zurückgezogen. Ohne E-Mail oder Telefon. Wir müssen hinfahren, aber es gibt keine Garantie dafür, dass er uns empfängt. Er ist ein brillanter Kopf. Und oft schwierig, fürchte ich.«

»Wo liegt das Kloster?«

»In einer Kleinstadt, einem wichtigen Pilgerort am Fuß des Monte Subasio in Umbrien. Sie haben bestimmt schon von ihr gehört. Wenn ich mich recht erinnere, haben Chiara und Sie mal in der Nähe gewohnt.«

Gabriel gestattete sich ein flüchtiges Lächeln. Er war lange nicht mehr in Assisi gewesen.

26

ROM – ASSISI

Die Fahrbereitschaft hätte mindestens vier Stunden gebraucht, um einen Wagen bereitzustellen, der sich nicht zurückverfolgen ließ. Also ging Gabriel, nachdem er sich umgezogen hatte, zu einer Hertz-Filiale unweit der Vatikanmauern und mietete einen Opel Corsa. Dabei wurde er ziemlich amateurhaft von einem Motorradfahrer beschattet. Schwarze Hose, schwarze Stiefel, schwarze Nylonjacke, schwarzer Helm mit getöntem Visier. Der Biker folgte Gabriel zur Jesuitenkurie zurück, wo er Donati abholte.

»Das ist er«, sagte Donati mit einem Blick in den Außenspiegel. »Das ist eindeutig Pater Graf.«

»Ich denke, ich halte irgendwo und nehme ihn mir vor.«

»Vielleicht sollten Sie ihn stattdessen einfach abschütteln.«

Im dichten Innenstadtverkehr war das nicht leicht, aber als sie dann die Autostrada erreichten, war Gabriel sich sicher, dass ihnen niemand mehr folgte. Der Nachmittag war grau und kühl geworden. Auch Gabriels Stimmung war umgeschlagen. Während er mit einer Hand lenkte, starrte er missmutig nach vorn.

»Habe ich etwas Falsches gesagt?«, fragte Donati schließlich.

»Wie bitte?«

»Sie haben seit zehn Minuten kein Wort mehr gesagt.«

»Ich habe die außergewöhnliche Schönheit der italienischen Landschaft bewundert.«

»Versuchen Sie's noch mal«, sagte Donati.

»Ich habe an meine Mutter gedacht. Und an die auf ihrem Unterarm eintätowierte Häftlingsnummer. Und an die Kerzen, die in meinem kleinen Elternhaus in Israel Tag und Nacht gebrannt haben. Sie waren für meine Großeltern, die gleich nach ihrer Ankunft in Auschwitz ins Gas geschickt und im Krematorium verbrannt worden waren. Sie hatten kein anderes Grab als unsere Kerzen. Sie waren Asche im Wind.« Gabriel schwieg einen Augenblick lang. »Daran habe ich gedacht, Luigi. Ich habe daran gedacht, wie die Geschichte der Juden sich anders hätte entwickeln können, wenn die Kirche uns nicht in den Evangelien den Krieg erklärt hätte.«

»Ihre Darstellung ist unfair.«

»Wissen Sie, wie viele Juden es auf der Welt geben müsste? Zweihundert Millionen. Mehr als Deutschlands und Frankreichs Bevölkerung zusammen. Aber wir sind immer wieder dezimiert worden – zuletzt durch den Pogrom, der zukünftige Pogrome überflüssig machen sollte.« Ruhiger fügte Gabriel hinzu: »Alles wegen dieser acht Wörter.«

»Gerechterweise muss gesagt werden, dass die Kirche im Mittelalter in zahlreichen Fällen interveniert hat, um die europäischen Juden zu schützen.«

»Aber wieso brauchten sie überhaupt Schutz?« Gabriel beantwortete seine Frage selbst. »Sie brauchten Schutz wegen der Lehren der Kirche. Und es muss auch gesagt werden, Exzellenz, dass die Juden in der vom Papst beherrschten Stadt im Ghetto blieben, als sie in Westeuropa längst emanzipiert waren. Wo hatten die Nazis die Idee her, die Juden den Davidstern tragen zu lassen? Sie brauchten nicht weiter als bis nach Rom zu schauen.«

»Man muss zwischen religiösem Antijudaismus und rassistischem Antisemitismus unterscheiden.«

»Das ist eine Unterscheidung ohne praktischen Wert. Die Juden waren verhasst, weil sie Kaufleute und Geldverleiher waren. Und wissen Sie, *warum* sie Kaufleute und Geldverleiher waren? Weil sie über tausend Jahre lang nichts anderes sein durften. Und sogar jetzt, nach den Schrecken des Holocausts, nach allen Filmen und Büchern und Gedenkstätten und Bemühungen um einen Sinneswandel, bleibt der alte Hass lebendig. Deutschland gibt zu, seine jüdischen Bürger nicht schützen zu können. Französische Juden wandern auf der Flucht vor Antisemitismus in Scharen nach Israel aus. In den Vereinigten Staaten marschieren Neonazis auf, während Juden in ihren Synagogen überfallen und erschossen werden. Woher kommt all dieser irrationale Hass? Vielleicht daher, dass die Kirche fast zweitausend Jahre lang gepredigt hat, die Juden seien ausnahmslos Gottesmörder?«

»Ja«, gestand Donati ein. »Aber was sollen wir dagegen tun?«

»Das Evangelium nach Pilatus finden.«

Südlich von Orvieto fuhren sie von der Autostrada ab und durch die sanften Hügel und dichten Wälder von Donatis Heimat Umbrien weiter. Als sie Perugia erreichten, hatte die Sonne ein Loch in die Wolkendecke gebrannt. Im Osten, am Fuß des Monte Subasio, leuchtete der unverkennbare rote Marmor von Assisi.

»Dort liegt die Abtei San Pietro.« Der Erzbischof zeigte auf einen Glockenturm am Nordrand der Stadt. »Bewohnt wird sie von einer kleinen Gruppe von Benediktinermönchen der Cassinesischen Kongregation. Ihre Ordensregel lautet: *Ora et labora et lege*, bete und arbeite und lies.«

»Klingt fast wie die Stellenbeschreibung des Direktors des Diensts.«

Donati lachte. »Die Mönche sind in verschiedenen kommunalen Einrichtungen tätig, zu denen ein Krankenhaus und ein Waisenhaus gehören. Sie haben Pater Jordan bei sich aufgenommen, als er seine Lehrtätigkeit an der Gregoriana beendet hat.«

»Wieso Assisi?«

»Nach vierzig Jahren als jesuitischer Akademiker und Autor hatte er den Wunsch nach einer kontemplativeren Existenz. Aber Sie können sicher sein, dass er die Zeit findet, zu forschen und zu schreiben. Er ist weltweit eine der größten Autoritäten für apokryphe Evangelien.«

»Was passiert, wenn er uns nicht empfängt?«

»Dann fällt Ihnen bestimmt etwas ein«, sagte Donati.

Gabriel stellte den Opel auf einem Parkplatz außerhalb der Stadtmauer ab und folgte Donati durch den Bogen der Porta San Pietro. Bis zum Kloster hinter einer Mauer aus roten Steinen waren es nur wenige Schritte auf einer schattigen Straße. Die Klosterpforte war abgesperrt. Donati klingelte, aber die Tür blieb geschlossen.

Er sah auf seine Uhr. »Nachmittagsgebet. Kommen Sie, wir machen einen kleinen Spaziergang.«

Sie gingen die Straße entgegen einem Strom von Pauschaltouristen entlang: Gabriel in dunkler Hose und Lederjacke, Donati in seiner rubinrot abgesetzten Soutane. Er erregte kaum mehr als flüchtiges Interesse. In der alten Pilgerstadt Assisi war die Abtei San Pietro nicht die einzige religiöse Einrichtung.

Assisi sei nur zweihundert Jahre nach der Kreuzigung christlich geworden, erzählte Donati. Der Heilige Franziskus war hier Ende des 12. Jahrhunderts zur Welt gekommen. Der für sein Luxusleben bekannte reiche junge Mann begegnete eines Tages auf dem Marktplatz einem Bettler und war so gerührt, dass er ihm alles schenkte, was er in den Taschen hatte. Binnen weniger Jahre lebte er selbst als Bettler. Er pflegte Leprakranke in einem Aussätzigenspital, arbeitete als Küchenhelfer in einem Kloster und gründete im Jahr 1209 den Orden der Minderbrüder oder Franziskaner, dessen Mönche zu völliger Armut verpflichtet waren.

»Franziskus gehört zu unseren meistgeliebten Heiligen, aber er hat die Idee der Armenpflege nicht erfunden. Die war im Christentum von Anfang an angelegt. Und heute, zwei Jahrtausende später, tun viele Tausend Katholiken Tag für Tag das Gleiche. Das ist erhaltenswert, finden Sie nicht auch?«

»Ich habe Lucchesi einmal erklärt, dass ich in keiner Welt ohne die katholische Kirche leben möchte.«

»Wirklich? Das hat er mir nie erzählt.« Sie waren bei der Kirche San Pietro angelangt. »Wollen wir reingehen und die Gemälde besichtigen?«

»Nächstes Mal«, wehrte Gabriel ab.

Es war 15.15 Uhr. Sie gingen zur Klosterpforte zurück, und Donati klingelte nochmals. Nach längerem Warten drang eine Stimme aus der Sprechanlage. Sie sprach Italienisch mit deutlichem britischen Akzent.

»Guten Tag. Was kann ich für Sie tun?«

»Ich möchte Pater Jordan sprechen.«

»Tut mir leid, er empfängt keinen Besuch.«

»In meinem Fall wird er eine Ausnahme machen, denke ich.«

»Ihr Name?«

»Erzbischof Luigi Donati.« Er zwinkerte Gabriel zu. »Mitgliedschaft bringt Privilegien.«

Die Tür wurde entriegelt. Im Halbschatten eines Innenhofs erwartete sie ein kahlköpfiger Benediktinermönch in schwarzem Habit. »Ich muss um Entschuldigung bitten, Exzellenz. Leider hat uns niemand Ihr Kommen angekündigt.« Er streckte eine blasse, weiche Hand aus. »Ich bin übrigens Simon. Bitte folgen Sie mir.«

Sie betraten die Kirche San Pietro durch einen Nebeneingang, durchquerten das Kirchenschiff und traten auf einen weiteren Innenhof hinaus. Die nächste Tür führte in die Abtei. Der Mönch führte sie in ein schlicht möbliertes Besucherzimmer mit Blick auf einen grünen Garten. Eigentlich ein kleiner Bauernhof, fand Gabriel. Hinter seiner hohen Mauer war er von außen unsichtbar.

Der Benediktiner bat sie, es sich bequem zu machen, und zog sich zurück. Zehn Minuten später kam er endlich zurück. Er war allein.

»Tut mir leid, Exzellenz, aber Pater Jordan betet gerade und wünscht, nicht gestört zu werden.«

Donati öffnete seinen Aktenkoffer und nahm den braunen Umschlag heraus. »Zeigen Sie ihm das hier.«

»Aber ...«

»Sofort, Don Simon.«

Gabriel grinste, als der Mönch aus dem Zimmer flüchtete. »Ihr Ruf eilt Ihnen offenbar voraus.«

»Ich bezweifle nur, dass Pater Jordan sich ebenso leicht beeindrucken lässt.«

Eine weitere Viertelstunde verging, bevor der britische Mönch zurückkehrte. Dieses Mal wurde er von einem braun gebrannten kleinen Mann mit runzligem Gesicht und zerzauster weißer Mähne begleitet. Statt des schwarzen Habits der Benediktiner trug Pater Robert Jordan eine gewöhnliche Soutane. In der rechten Hand hielt er den braunen Umschlag.

»Ich bin hergezogen, um von Rom wegzukommen. Jetzt scheint Rom zu mir gekommen zu sein.« Pater Jordan musterte Gabriel. »Signor Allon, nehme ich an.«

Gabriel sagte nichts.

Pater Jordan zog das Blatt aus dem Umschlag und hielt es in die durchs Fenster einfallende Nachmittagssonne. »Das ist Papier, nicht Pergament. Es scheint aus dem fünfzehnten oder sechzehnten Jahrhundert zu stammen.«

»Ich vertraue ganz auf Ihr Urteil«, antwortete Donati.

Pater Jordan ließ das Blatt sinken. »Hiernach habe ich dreißig Jahre lang gesucht. Wo haben Sie's nur gefunden?«

»Ich habe es von einem Geistlichen bekommen, der im Geheimarchiv arbeitet.«

»Hat dieser Geistliche einen Namen?«

»Pater Josua.«

»Wissen Sie das bestimmt?«

»Wieso?«

»Weil ich ziemlich sicher weiß, dass ich jeden kenne, der im Archiv arbeitet – und diesen Namen habe ich noch nie gehört.« Pater Jordan betrachtete das Blatt nochmals. »Wo ist der Rest?«

»Der ist in der Todesnacht des Heiligen Vaters aus seinem Arbeitszimmer entwendet worden.«

»Von wem?«

»Kardinal Albanese.«

Pater Jordan hob ruckartig den Kopf. »Vor oder nach dem Tod Seiner Heiligkeit?«

Donati zögerte, dann murmelte er: »Danach.«

»Großer Gott«, flüsterte Pater Jordan. »Ich habe befürchtet, dass Sie das sagen würden.«

27

ABTEI SAN PIETRO, ASSISI

Der Mönch kam mit einem Keramikkrug Wasser, einem Laib grobem Brot aus der Klosterbäckerei und einer kleinen Schale Olivenöl aus einer von der Abtei unterstützten Genossenschaft zurück. Pater Jordan erzählte, im Sommer habe er dort gearbeitet, um die Schäden zu beseitigen, die lange Lehr- und Studienjahre hinterlassen hatten. Offenbar hatte er seither viel Zeit im Freien verbracht, denn sein Gesicht war terrakottabraun. Italienisch sprach er fehlerfrei und lebhaft. Wären sein Name und sein amerikanischer Akzent nicht gewesen, hätte Gabriel glauben können, Robert Jordan habe sein ganzes Leben in Umbrien verbracht.

Tatsächlich war er in dem gutbürgerlichen Bostoner Vorort Brookline aufgewachsen. Der brillante jesuitische Gelehrte war Dozent in Fordham und Georgetown gewesen, bevor er einem Ruf an die Päpstliche Universität Gregoriana gefolgt war, wo er Theologie und Geschichte gelehrt hatte. Seine private Forschungsarbeit hatte sich jedoch auf die apokryphen Evangelien konzentriert. Von besonderem Interesse für Pater Jordan waren die Passionsapokryphen, vor allem die Pontius Pilatus betreffenden Evangelien und Briefe. Eine deprimierende Lektüre, wie er sagte, denn sie schienen nur einen einzigen Zweck zu haben: Pilatus von der Schuld an Jesu Tod freizusprechen und ihn den Juden und ihren Nachkommen anzulasten. Nach seiner Überzeugung hatten die Evangelisten die Verurteilung und Hinrichtung Jesu absichtlich oder unabsichtlich falsch dargestellt – ein Irrtum, den die aufwieglerischen Predigten der Kirchenväter von Origenes bis Augustinus noch verstärkt hatten.

Mitte der achtziger Jahre erfuhr Jordan, dass er nicht allein war. Ohne die Erlaubnis des Generalsuperiors der Jesuiten oder des Rektors der Gregoriana einzuholen, trat er der Jesus Task Force bei, einer Vereinigung christlicher Wissenschaftler, die versuchten, ein zutreffendes Bild von dem historischen Jesus zu zeichnen. Ihre Erkenntnisse veröffentlichte die Gruppierung in einem umstrittenen Buch. Es argumentierte, Jesus sei ein Wanderprediger und Geistheiler gewesen, der weder übers Wasser gewandelt sei noch fünftausend Menschen mit fünf Broten und zwei Fischen gespeist habe. Er sei von den Römern wegen Erregung öffentlichen Ärgernisses hingerichtet worden – nicht weil er die Tempelelite herausgefordert habe – und nicht leiblich wiederauferstanden. Die Idee der Wiederauferstehung, schlussfolgerte die Task Force, basiere auf Visionen und Träumen der vertrautesten Jünger Jesu – eine Ansicht, die der Theologe David Friedrich Strauß, ein deutscher Protestant, erstmals im Jahr 1835 vertreten hatte.

»Glücklicherweise wurde ich in dem Buch nicht namentlich erwähnt. Trotzdem hatte ich schreckliche Angst, meine Beteiligung könnte publik werden. Spät nachts habe ich auf das gefürchtete Klopfen der Schergen des Heiligen Offiziums der Römischen und Universalen Inquisition gewartet.«

Donati erinnerte Pater Jordan daran, das Heilige Offizium heiße jetzt Kongregation für die Glaubenslehre.

»Alter Wein in neuen Schläuchen, Pater Donati.«

»Ich bin Erzbischof, Robert.«

Pater Jordan lächelte nur. Seine Mitarbeit in der Task Force, fuhr er fort, habe weder seinen Glauben an die Göttlichkeit Jesu noch an die fundamentalen Lehren des Christentums erschüttert. Sie habe im Gegenteil seinen Glauben gefestigt. Auch wenn er nie geglaubt hatte, dass alles, was im Neuen Testament stand – oder übrigens auch in der Tora –, sich wie beschrieben ereignet habe, glaubte er von ganzem Herzen an die grundlegenden Wahrheiten der Bibel. Deshalb war er nach Assisi gekommen, um Gott näher zu sein, um ein Leben nach dem Vorbild Jesu zu führen – unbehindert durch Besitz oder Eigentum.

Weiter zutiefst verstörend empfand er jedoch die Berichte der Evangelisten über die Kreuzigung, weil sie unzählige Tode und unermessliches Leid über die Juden gebracht hatten. Pater Jordan hatte es sich zur Lebensaufgabe gemacht, den wahren Ablauf jenes Tages in Jerusalem zu erforschen. Seiner Überzeugung nach musste es irgendwo einen Augenzeugenbericht geben. Kein apokryphes Schriftstück, sondern eine echte Zeugenaussage von jemandem, der an den damaligen Ereignissen beteiligt gewesen war.

»Pontius Pilatus?«, fragte Donati.

Pater Jordan nickte. »Ich bin nicht der Einzige, der glaubt, Pilatus müsse über die Kreuzigung geschrieben haben. Tertullian, der Gründervater des lateinischen Christentums, der als erster Theologe das Wort *Dreifaltigkeit* benutzt hat, war der Überzeugung, Pilatus habe einen ausführlichen Bericht an Kaiser Tiberius geschickt. Kein Geringerer als Justin der Märtyrer hat seine Überzeugung geteilt.«

»Bei aller Hochachtung vor Tertullian und Justin – sie können unmöglich gewusst haben, ob das stimmt.«

»Korrekt. Ich glaube sogar, dass sie sich in mindestens einem wichtigen Punkt geirrt haben.«

»Welcher wäre das?«

»Pilatus hat erst lange nach Tiberius' Tod über die Kreuzigung geschrieben.« Jordan betrachtete das Blatt nochmals. »Aber ich fürchte, dass wir vorauseilen. Um die damaligen Ereignisse zu verstehen, muss man in die Vergangenheit zurückgehen.«

»Wie weit?«, fragte der Erzbischof.

»Ins Jahr sechsunddreißig – drei Jahre nach Christi Tod am Kreuz.«

An dieser Stelle nahm Pater Robert Jordan im Besucherzimmer der Abtei San Pietro in der heiligen Stadt Assisi den Faden der Erzählung auf.

28

ABTEI SAN PIETRO, ASSISI

Es waren die Samariter, die Pontius Pilatus schließlich den Rest gaben. Sie hatten einen eigenen heiligen Berg, den Garizim, auf dem Moses nach der Ankunft der Juden im Gelobten Land die Bundeslade abgestellt haben sollte. Jüdische Rebellen hatten den Römern dort vor achtzig Jahren eine vernichtende Niederlage zugefügt. In einem letzten brutalen Akt übte Pilatus dafür Vergeltung. Unzählige Samariter wurden hingemetzelt oder gekreuzigt, aber einige überlebten. Sie berichteten dem römischen Statthalter in Syrien von Pilatus' Grausamkeit, und der Statthalter meldete sie Kaiser Tiberius, der Pilatus sofort nach Rom zurückbeorderte. Seine ein Jahrzehnt dauernde Herrschaft als Statthalter in Judäa war zu Ende.

Er bekam ein Vierteljahr Zeit, seine Angelegenheiten zu ordnen, sich zu verabschieden und seinen Nachfolger einzuweisen. Zweifellos wurden seine persönlichen Akten teilweise vernichtet. Andere nahm er jedoch bestimmt nach Rom mit, wo Tiberius darauf wartete, über sein Betragen urteilen zu können. Das versprach eine unangenehme Begegnung zu werden. Pilatus konnte bestenfalls darauf hoffen, verbannt zu werden. Die schlimmste Alternative war der Tod – von Tiberius' Hand oder durch Selbstmord. Daher hatte er's nicht eilig, heimzukehren.

Im Dezember des Jahres 36 n. Chr. war er endlich reisefertig. Eine Seereise kam nicht infrage, nicht mitten in der winterlichen Sturmsaison, also reiste Pilatus auf dem Landweg. Diesmal lächelte ihm Fortuna: Als er ankam, war Tiberius soeben gestorben.

»Möglicherweise musste Pilatus vor Tiberius' Nachfolger erscheinen«, sagte Pater Jordan, »aber darüber gibt es keine Aufzeichnungen. Außerdem war der neue Kaiser zu sehr damit beschäftigt, seine eigene Macht zu konsolidieren, um Zeit für einen in Ungnade gefallenen Statthalter aus einer abgelegenen Provinz zu haben. Sie kennen ihn vielleicht dem Namen nach. Er hieß Caligula.«

An diesem Punkt, führte Pater Jordan aus, verschwand Pontius Pilatus aus den Geschichtsbüchern und gelangte ins Reich der Mythen und Legenden. Zu den erfundenen Berichten in den apokryphen Evangelien kamen unzählige Geschichten und Sagen, die im Mittelalter in Europa kursierten. Nach der *Legenda aurea* aus dem 13. Jahrhundert, einer Sammlung von Traktaten über das Leben von Heiligen, durfte Pilatus den Rest seiner Tage verhältnismäßig unbehelligt als Verbannter in Vienne verbringen. Der Autor einer im 14. Jahrhundert populären Sammlung von Rittersagen hatte etwas anderes gehört. Pilatus, schrieb er, sei von seinen Feinden in der Nähe von Lausanne in einen tiefen Brunnen geworfen worden, in dem er untröstlich weinend zwölf Jahre in tiefster Dunkelheit zugebracht habe.

Viele dieser Sagen schilderten ihn als verlorene Seele, die dazu verurteilt sei, bis in alle Ewigkeit mit dem Blut Jesu an den Händen durchs Land zu irren. Eine Legende behauptete, er throne auf einem Berggipfel bei Luzern. Sie hielt sich so hartnäckig, dass der Berg im 14. Jahrhundert in Pilatus umbenannt wurde. An Karfreitagen sollte Pilatus auf seinem Richterstuhl sitzend und von einem stinkenden Tümpel umgeben zu sehen sein. Bei anderen Gelegenheiten saß er schreibend auf einem Felsblock. Richard Wagner erstieg 1859 den Pilatus, um selbst nachzusehen. Neun Jahre später tat Königin Viktoria es ihm mit großem Gefolge gleich.

»Ich war auch mal zu Fuß oben«, sagte Donati.

»Haben Sie ihn gesehen?«

»Nein.«

»Weil er nie dort war.«

»Wo war er wirklich?«

»Die meisten Kirchenväter glaubten, er habe kurz nach seiner Rückkehr nach Rom Selbstmord verübt. Aber Origenes, der große Theologe und Philosoph der frühen Kirche, war der Überzeugung, Pilatus habe den Rest seines Lebens in Frieden verbringen dürfen. Zumindest in diesem Punkt bin ich mit Origenes einig. Bleibt noch anzumerken, dass wir uns vermutlich nicht darüber einig wären, wie Pilatus seinen Ruhestand verbracht hat.«

»Sie glauben, dass er geschrieben hat?«

»Nein, Luigi. Ich *weiß*, dass er einen detaillierten Bericht über seine turbulenten Jahre als Statthalter der römischen Provinz Judäa verfasst hat – auch über seine Rolle bei der unheilvollsten Hinrichtung der Weltgeschichte.« Pater Jordan tippte auf das Blatt in der Klarsichthülle. »Und der hat als Quelle für das pseudo-epigraphische Evangelium gedient, das seinen Namen trägt.«

»Wer war der wirkliche Verfasser?«

»Ich würde auf einen hochgebildeten Römer tippen, der fließend Griechisch sprach und mit jüdischer Geschichte und den mosaischen Gesetzen vertraut war.«

»Nichtjude oder Jude?«

»Vermutlich ein Nichtjude. Entscheidend ist jedoch, dass er ein zutiefst gläubiger Christ war.«

»Soll das heißen, dass Pontius Pilatus ebenfalls Christ geworden war?«

»Pilatus? Himmel, nein. Das ist apokrypher Nonsens. Ich habe keinen Zweifel daran, dass er bis zu seinem letzten Atemzug ein Heide geblieben ist. Das Evangelium nach Pilatus ist ein Geschichtswerk, kein Glaubensartikel. Anders als die kanonischen Evangelisten hatte Pilatus Jesus mit eigenen Augen gesehen. Er wusste, wie er ausgesehen, wie er gesprochen hatte. Und noch wichtiger: Er wusste genau, warum Jesus hingerichtet worden war. Schließlich hatte er ihn selbst zum Tode verurteilt.«

»Wieso hat er darüber geschrieben?«, fragte Gabriel.

»Eine gute Frage, Signor Allon. Weshalb schreibt ein hoher Beamter oder Politiker über seine Rolle bei einem wichtigen Ereignis?«

»Um Geld zu verdienen«, witzelte Gabriel.

»Nicht im ersten Jahrhundert.« Pater Jordan lächelte. »Außerdem war Pilatus nicht in Geldnöten. Er hatte sein Amt als Statthalter dazu genutzt, sich zu bereichern.«

»Dann ist's ihm vermutlich darum gegangen, die Dinge aus seiner Sicht zu schildern.«

»Korrekt«, sagte Pater Jordan. »Bedenken Sie, dass Pilatus nur wenige Jahre älter war als Jesus. Hat er fünfzehn Jahre nach der Kreuzigung noch gelebt, muss er gewusst haben, dass die Anhänger des Mannes, den er in Jerusalem ans Kreuz hatte schlagen lassen, dabei waren, eine neue Religion zu gründen. Wäre er siebzig geworden, was im ersten Jahrhundert durchaus vorkam, hätte er die Augen fest verschließen müssen, um die aufblühende römische Kirche zu übersehen.«

»Wann dürfte Pilatus seinen Bericht geschrieben haben?«, fragte Donati.

»Das lässt sich unmöglich sagen. Aber ich glaube, dass das

als Evangelium nach Pilatus bekannte Buch etwa zur selben Zeit wie das Markusevangelium entstanden ist.«

»Hätte der Verfasser des Markusevangeliums von seiner Existenz gewusst?«

»Möglicherweise. Möglich ist auch, dass der Verfasser des Pilatusevangeliums von Markus' Existenz wusste. Die wichtigere Frage lautet jedoch: Wieso wurde Markus heiliggesprochen und das Evangelium nach Pilatus rabiat unterdrückt?«

»Und die Antwort?«

»Weil das Evangelium nach Pilatus die letzten Tage Jesu in Jerusalem völlig anders schildert – auf eine Art, die Doktrin und Dogma der Kirche widerspricht.« Pater Jordan machte eine Pause. »Jetzt müssen Sie die nächste auf der Hand liegende Frage stellen, Luigi.«

»Woher wissen *Sie* von dem Evangelium nach Pilatus, wenn die Kirche es unterdrückt hat und seine Existenz leugnet?«

»Ah, richtig«, sagte Pater Jordan. »Das ist der wirklich interessante Teil der Story.«

29

ABTEI SAN PIETRO, ASSISI

Bevor Pater Jordan erzählen konnte, wie er von der Existenz des Evangeliums nach Pilatus erfahren hatte, musste er erläutern, wie das Buch erst verbreitet und dann unterdrückt worden war. Ursprünglich geschrieben wurde es wie die kanonischen Evangelien auf Papyrus, allerdings auf Latein statt auf Griechisch. In dieser fragilen, instabilen Form war es vielleicht hundertmal abgeschrieben und in der Frühkirche verbreitet worden. Gegen Anfang des zweiten Jahrhunderts war es erstmals in Buchform gegossen worden – sehr wahrscheinlich in einem Kloster auf der italienischen Halbinsel. Wie die *Acta Pilati* hatte das Pilatusevangelium in der Renaissance weite Verbreitung gefunden.

»Die Pilatusakte wurde in mehrere Sprachen übersetzt und kursierte in der ganzen Christenheit. Aber das Evangelium nach Pilatus wurde nie aus dem Lateinischen übersetzt. Deshalb blieb seine Leserschaft weit elitärer.«

»Beispielsweise?«, fragte Donati.

»Künstler, Intellektuelle, Adlige und vereinzelt mutige Priester oder Mönche, die bereit waren, den Zorn Roms zu riskieren.«

Bevor Donati die nächste Frage stellen konnte, piepste sein Smartphone, um eine eingehende Nachricht anzuzeigen.

Pater Jordan funkelte ihn tadelnd an. »Diese Dinger sind hier verboten.«

»Ich bitte um Verzeihung, Robert, aber ich lebe nun mal in der realen Welt.« Donati las die Nachricht mit ausdrucksloser Miene. Dann schaltete er sein Mobiltelefon aus und fragte Jordan, wann das Pilatusevangelium unterdrückt worden sei.

»Erst im dreizehnten Jahrhundert, als Papst Gregor IX. die Inquisition ins Leben gerufen hat. Seine größte Sorge galt der Gefahr für die Orthodoxie, die Albigenser und Waldenser darstellten, aber auch das Evangelium des Pilatus stand auf seiner Liste der Häresien weit oben. In den Akten der Inquisition habe ich drei Hinweise auf das Buch gefunden, die außer mir niemand bemerkt zu haben scheint.«

»Ich nehme an, dass Seine Heiligkeit damit die Dominikaner beauftragt hat.«

»Wen sonst?«

»Haben die zufällig ein paar Exemplare aufbewahrt?«

»Glauben Sie mir, ich habe nachgefragt.«

»Und?«

Pater Jordan legte eine Hand auf das Blatt. »Wahrscheinlich ist dies das letzte Exemplar. Aber früher habe ich geglaubt, es müsse irgendwo ein weiteres Exemplar geben, vielleicht in der Bibliothek oder dem Archiv einer Adelsfamilie versteckt. Ich war jahrelang in ganz Italien unterwegs, habe an die Türen zerfallender Palazzi geklopft und mit blässlichen Grafen und Gräfinnen, manchmal sogar mit Fürsten und Fürstinnen Espresso geschlürft und Prosecco getrunken. Und dann bin ich eines Nachmittags im feuchten Keller eines ehemals prächtigen römischen Palasts fündig geworden.«

»Sie haben das Buch gefunden?«

»Einen Brief«, sagte Pater Jordan. »Von einem Mann namens Tedeschi, der detailliert über ein interessantes Buch mit dem Titel *Evangelium nach Pilatus* geschrieben hat, das er eben gelesen hatte. Der Brief enthielt wörtliche Zitate, darunter einen längeren Absatz über den Entschluss, einen gewissen Jesus aus Nazareth hinrichten zu lassen, der während des Passahfests Unruhen vor dem Tempel angestiftet hatte.«

»Hat die Familie ihn Ihnen überlassen?«

»Ich habe mir nicht die Mühe gemacht, darum zu bitten.«

»Robert ...«

Pater Jordan lächelte spitzbübisch.

»Wo ist er jetzt?«

»Der Brief? An einem sicheren Ort, das können Sie mir glauben.«

»Ich will ihn haben.«

»Kommt nicht infrage. Außerdem habe ich Ihnen alles erzählt, was Sie wissen müssen. Das Evangelium nach Pilatus widerspricht den Schilderungen des Neuen Testaments in Bezug auf das wichtigste Ereignis des Christentums. Deshalb ist es ein höchst gefährliches Buch.«

Der Benediktiner erschien wieder an der Tür.

»Ich fürchte, ich habe heute Abend Küchendienst«, sagte Pater Jordan.

»Was steht auf dem Speiseplan?«

»Kieselstein-Suppe, glaube ich.«

Donati lächelte. »Mein Leibgericht.«

»Eine Spezialität des Hauses. Sie dürfen gern mitessen, wenn Sie möchten.«

»Vielleicht ein andermal.«

Pater Jordan stand auf. »Hat mich sehr gefreut, Sie wiederzusehen, Luigi. Sollten Sie irgendwann Lust haben, alles hinter sich zu lassen, kann ich beim Abt ein gutes Wort für Sie einlegen.«

»Meine Welt ist dort draußen, Robert.«

Pater Jordan lächelte. »So spricht ein wahrer Befreiungstheologe.«

Donati wartete, bis sie außerhalb der Klostermauern waren, bevor er sein Handy wieder einschaltete. Auf dem Display wurden mehrere ungelesene Nachrichten angezeigt. Alle hatten denselben Absender: Alessandro Ricci, Vatikankorrespondent der Zeitung *La Repubblica*.

»Er hat mich vorhin angeschrieben, als wir bei Pater Jordan waren.«

»In welcher Sache?«

»Das hat er nicht gesagt, aber sie scheint dringend zu sein. Ich denke, wir sollten uns anhören, was er zu sagen hat. Ricci weiß mehr über das Innenleben der Kurie als mancher Kardinal.«

»Haben Sie vergessen, dass ich der Direktor des israelischen Geheimdiensts bin?« Donati gab keine Antwort. Er war damit beschäftigt, eine Antwort zu schreiben. »Übrigens hat er gelogen.«

»Alessandro Ricci?«, fragte Donati geistesabwesend.

»Pater Jordan. Er weiß mehr über das Pilatusevangelium, als er uns erzählt hat.«

»Sie merken, wenn jemand lügt?«

»Immer.«

»Wie können Sie so durchs Leben gehen?«

»Es ist nicht leicht«, sagte Gabriel.

»Zumindest in einem Punkt hat er die Wahrheit gesagt.«

»In welchem?«

Donati sah von seinem Smartphone auf. »Im Vatikanischen Geheimarchiv gibt es keinen Mitarbeiter, der Pater Josua heißt.«

30

VIA DELLA PAGLIA, ROM

Alessandro Ricci lebte am ruhigen Ende der Via della Paglia in einem kleinen rosafarbenen Apartmentgebäude. Sein Name stand nicht auf der Klingeltafel. Riccis Arbeit hatte ihm zahlreiche Feinde gemacht, von denen einige ihm den Tod wünschten.

Donati drückte den richtigen Klingelknopf, und sie wurden sofort eingelassen. Ricci erwartete sie ganz in Schwarz an seiner Wohnungstür im ersten Stock. Sogar seine modische Brille war schwarz. Er hatte sie auf seinen kahlen Schädel hochgeschoben, der wie poliert glänzte. Sein erstaunter Blick fixierte nicht den gut aussehenden großen Mann in der Soutane eines Erzbischofs, sondern seinen mittelgroßen Begleiter in schwarzer Hose und Lederjacke.

»Mein Gott, Sie sind's wirklich! Der große Gabriel Allon, der Retter des Papstes!«

Er zog sie in seine Wohnung. Niemand hätte sie für etwas anderes gehalten als das Heim eines Schriftstellers, noch dazu eines geschiedenen. Hier gab es keine Ablagefläche, auf der sich nicht Bücher und Papiere türmten. Ricci entschuldigte sich für die Unordnung. Er hatte einen großen Teil des Tages mit der BBC verbracht, die sein Englisch mit dem eleganten italienischen Akzent sehr zu schätzen wusste. In zwei Stunden musste er wieder im Vatikan sein, um bei CNN aufzutreten. Also hatte er nicht lange Zeit, mit ihnen zu sprechen.

»Zu schade«, meinte er mit einem Blick zu Gabriel hinüber. »Ich hätte Ihnen gern ein paar Fragen gestellt.«

Ricci räumte drei Sitzgelegenheiten frei und zog dann eine zerdrückte Packung Marlboros aus seiner Hemdtasche. Donati holte sein elegantes goldenes Zigarettenetui heraus. Dann folgten die vertrauten Rituale der Nikotinsüchtigen: das Betätigen des Feuerzeugs, der erste tiefe Zug, kurze Zeit lockere Konversation. Ricci sprach Donati sein Beileid zum Tod Lucchesis aus. Der Erzbischof erkundigte sich nach Riccis Mutter, die krank gewesen war.

»Das Schreiben des Heiligen Vaters hat ihr unendlich viel bedeutet, Exzellenz.«

»Es hat Sie aber nicht davon abgehalten, einen ziemlich hässlichen Artikel darüber zu schreiben, wie viel der Vatikan für die Renovierungen der Wohnungen bestimmter Kurienkardinäle ausgegeben hat.«

»Haben Sie Fehler gefunden?«

»Nicht einen.«

Dann kam das Gespräch auf das bevorstehende Konklave. Ricci versuchte, Donati eine Insiderinformation zu entlocken, die er abends im US-Fernsehen präsentieren konnte. Sie brauche nicht weltbewegend zu sein, versicherte er. Ein pikantes Gerücht aus Kurienkreisen reiche völlig aus. Aber Donati ließ sich nicht ködern. Er behauptete, zu sehr damit beschäftigt gewesen zu sein, seine eigenen Angelegenheiten zu regeln, um sich viele Gedanken über die bevorstehende Papstwahl machen zu können. Daraufhin lächelte Ricci nur – das Lächeln eines Journalisten, der etwas weiß.

»Waren Sie deshalb letzten Donnerstag in Florenz, um den verschollenen Schweizergardisten aufzuspüren?«

Donati machte sich nicht die Mühe, das zu dementieren.

»Woher wissen Sie das?«

»Die Polizei hat Fotos, die Sie auf dem Ponte Vecchio zeigen.« Ricci sah zu Gabriel hinüber. »Sie auch.«

»Wieso hat sie nicht versucht, mich zu kontaktieren?«, fragte Donati.

»Weil der Vatikan sie gebeten hat, das nicht zu tun. Und aus irgendeinem Grund war die Polizei damit einverstanden, Sie aus dieser Sache rauszuhalten.«

Donati drückte seine Zigarette aus. »Was wissen Sie sonst noch?«

»Ich weiß, dass Sie mit Veronica Marchese diniert haben, als der Heilige Vater gestorben ist.«

»Himmel, woher haben Sie das erfahren?«

»Kommen Sie, Erzbischof Donati. Sie wissen, dass ich meine Informanten nicht ...«

»Woher?«, fragte Donati ruhig.

»Aus dem Umfeld des Kämmerers.«

»Also direkt von Albanese.«

Der Journalist schwieg, womit er Donatis Vermutung praktisch bestätigte. »Wieso haben Sie darüber nicht berichtet?«

»Mein Artikel ist fertig, aber ich wollte Ihnen Gelegenheit geben, sich dazu zu äußern, bevor ich den Knopf drücke.«

»Wozu soll ich mich erklären?«

»Wieso Sie in der Todesnacht des Heiligen Vaters mit der Witwe eines Gangsters diniert haben. Und wieso Sie nur wenige Meter von Niklaus Janson entfernt waren, als er auf dem Ponte Vecchio ermordet wurde.«

»Tut mir leid, ich kann Ihnen nicht helfen, Alessandro.«

»Dann lassen Sie mich *Ihnen* helfen, Exzellenz.«

Donati fragte vorsichtig: »Wie?«

»Erzählen Sie mir, was sich in der bewussten Nacht im Apostolischen Palast abgespielt hat, dann sorge ich dafür, dass niemand erfährt, wo Sie waren.«

»Erpressen Sie mich?«

»Das fiele mir nicht im Traum ein.«

»Ein alter Mann ist in seinem Bett gestorben«, sagte Donati nach einer Pause. »Mehr ist nicht passiert.«

»Lucchesi wurde ermordet. Das wissen Sie genau. Darum sind Sie heute Abend hier.«

Der Erzbischof erhob sich langsam. »Ihnen sollte bewusst sein, dass Sie instrumentalisiert werden.«

»Als Journalist bin ich das gewohnt.«

Donati nickte Gabriel zu, seinem Beispiel zu folgen.

»Bevor Sie gehen«, sagte Ricci, »sollten Sie noch etwas anderes erfahren. Vor einigen Stunden habe ich einem weltweiten Fernsehpublikum erklärt, meiner Ansicht nach werde Kardinal José Maria Navarro der nächste Pontifex Maximus der römisch-katholischen Kirche.«

»Eine gewagte Vorhersage, finden Sie nicht auch?«

»Ich habe nicht die Wahrheit gesagt, Exzellenz.«

»Bestimmt nicht zum ersten Mal.« Donati bereute diese Spitze sofort. »Entschuldigen Sie, Alessandro. Ich habe einen langen Tag hinter mir. Bleiben Sie ruhig sitzen. Wir finden allein hinaus.«

»Wollen Sie mich nicht nach dem Namen des nächsten Papstes fragen, Exzellenz?«

»Sie können unmöglich ...«

»Es ist der Wiener Kardinal Franz von Emmerich.«

Donati runzelte die Stirn. »Emmerich? Der steht auf niemands Liste.«

»Aber auf der einzig wichtigen Liste.«

»Welche Liste ist das?«

»Die in Bischof Hans Richters Tasche.«

»Er will seinen Kandidaten zum Papst machen? Wollen Sie das behaupten?«

Ricci nickte.

»Wie?«

»Mit Geld, Exzellenz. Wie denn sonst? Geld regiert die Welt. Das nutzt der Helenenorden aus.«

31

VIA DELLA PAGLIA, ROM

Alessandro Ricci begann damit, dass er Donati daran erinnerte, dass er im letzten Jahr der Amtszeit von Papst Johannes Paul II. einen Bestseller über den Helenenorden geschrieben hatte, der ihn zu einem wohlhabenden Mann gemacht hatte. Nicht wirklich reich, beeilte er sich hinzuzufügen, aber doch in der Lage, für seine Mutter und seinen Bruder, der sein Leben lang noch nie gearbeitet hatte, zu sorgen. Dem Papst hatte das Buch nicht gefallen. Auch Bischof Hans Richter nicht, der sich dafür hatte interviewen lassen. Seit damals hatte er nie mehr mit Journalisten gesprochen.

Donati gestattete sich ein Lächeln auf Richters Kosten. »Sie sind nicht gerade zimperlich mit ihm umgegangen.«

»Sie haben es gelesen?«

Der Erzbischof zündete sich angelegentlich eine Zigarette an. »Bitte weiter.«

Das Buch, erläuterte Ricci, habe ein Schlaglicht auf die engen Beziehungen des Ordens zu Hitler und den Nazis geworfen. Es hatte auch die Finanzen des Helenenordens durchleuchtet, der nicht immer so reich gewesen war. Während der Weltwirtschaftskrise der dreißiger Jahre hatte Pater Ulrich Schiller, der Ordensgründer, mit dem Hut in der Hand durch Europa ziehen und reiche Gönner um Spenden anbetteln müssen. Aber als der Kontinent allmählich in den Krieg abdriftete, entdeckte Pater Schiller ein weit lukratives Geschäftsmodell: Er erpresste Geld und Wertsachen von reichen Juden, denen er dafür Schutz versprach.

»Eines von Pater Schillers Opfern hat hier in Trastevere gelebt. Ihm haben in der Lombardei mehrere Fabriken gehört. Im Tausch gegen falsche Taufurkunden für sich und seine Angehörigen hat der Orden einige Hunderttausend Dollar, mehrere italienische Altmeistergemälde und eine kostbare Bibliothek erhalten.«

»Erinnern Sie sich zufällig an seinen Namen?«, fragte Gabriel.

»Wieso fragen Sie das?«, lautete die Gegenfrage des erfahrenen Journalisten.

»Ich bin nur neugierig. Alles, was mit Kunst zusammenhängt, interessiert mich.«

»Der Name steht in meinem Buch.«

»Sie haben nicht zufällig ein Exemplar herumliegen?«

Ricci nickte zu seiner Bücherwand hinüber. »Es heißt *Der Orden*.«

»Griffiger Titel.« Gabriel trat vor die Bücher und legte den Kopf schief.

»Zweites Brett, fast am rechten Ende.«

Gabriel zog das Buch heraus und nahm wieder Platz.

»Kapitel vier«, sagte Ricci. »Oder vielleicht fünf.«

»Welches also?«

»Fünf. Definitiv fünf.«

Gabriel blätterte in dem Buch, während sein Verfasser weiter über die Finanzen des Helenenordens dozierte. Nach dem Krieg habe er seine Reserven allmählich aufgebraucht. Die Wende kam erst mit dem Kalten Krieg, als Papst Pius XII., ein antikommunistischer Kreuzfahrer, Pater Schiller und seine stramm rechten Mitbrüder mit Geld überschüttete. Papst

Johannes XXIII. hielt den Orden finanziell kurz. Anfang der achtziger Jahre war der Orden jedoch nicht nur finanziell unabhängig, sondern fabelhaft reich. Alessandro Ricci hatte nicht feststellen können, woher dieser plötzliche Reichtum kam – zumindest nicht zur Zufriedenheit seines risikoscheuen Verlegers, der eine Klage fürchtete. Aber Ricci glaubte die Identität des neuen Großspenders bestimmt zu kennen: der zurückgezogen lebende deutsche Milliardär Jonas Wolf.

»Wolf ist ein katholischer Traditionalist, der in seiner Privatkapelle täglich die lateinische Tridentinische Messe hört. Außerdem ist er Alleininhaber eines als Wolf Group bekannten deutschen Firmenimperiums. Sein Konzern ist milde gesagt undurchsichtig. Meiner Überzeugung nach ist er der alleinige Finanzier des Helenenordens. Jonas Wolf hat die Millionen zur Verfügung gestellt, mit dem die Papstwahl gekauft wurde.«

»Und Sie wissen bestimmt, dass es Emmerich werden soll?«, fragte Donati.

»Todsicher. Spätestens am kommenden Samstagabend steht Franz von Emmerich ganz in Weiß auf dem Balkon des Petersdoms. Aber der eigentliche Papst ist dann Bischof Hans Richter.«

Der Journalist schüttelte angewidert den Kopf. »Die Kirche scheint sich doch nicht sehr verändert zu haben. Helfen Sie mir, Exzellenz. Wie viel hat Rodrigo Borgia an Sforza gezahlt, um sich 1492 das Amt des Papstes zu sichern?«

»Wenn ich mich recht erinnere, waren das vier Traglasten Silber.«

»Ein Almosen im Vergleich zu dem, was Wolf und Richter gezahlt haben.«

Donati schloss die Augen und rieb sich den Nasensattel. »Wie viel hat es sie gekostet?«

»Die reichen Italiener waren nicht billig. Die ärmeren Prälaten aus der Dritten Welt wurden jeweils mit ein paar Hunderttausend Dollar abgespeist. Die meisten haben das Geld des Ordens gern genommen. Aber ein paar sind durch Erpressung dazu genötigt worden, es anzunehmen.«

»Wie?«

»Als Präfekt des Geheimarchivs hat Kardinal Albanese Zugang zu Bergen von schmutziger Wäsche, vor allem im Zusammenhang mit sexuellen Verfehlungen. Wie man hört, hat Bischof Richter diese Informationen ziemlich rücksichtslos eingesetzt.«

»Wie wurden die Bestechungsgelder gezahlt?«

»Der Orden betrachtet sie als Spenden, Exzellenz. Keineswegs als Bestechung. Dagegen ist aus kirchlicher Sicht absolut nichts einzuwenden. Sie erinnern sich an den amerikanischen Kardinal, der in einen Missbrauchsskandal verwickelt war? Er hat in der Kurie mit Geld um sich geworfen, um seine Karriere zu retten. Aber das war natürlich nicht sein eigenes Geld. Es handelte sich um Spenden von Gläubigen seiner Diözese.«

»Wer ist Ihre Quelle?«, fragte Donati. »Und versuchen Sie nicht, sich hinter der Journalistenpflicht zu verstecken, Ihre Quellen zu schützen.«

»Sagen wir einfach, dass mein Informant Richters Pläne aus erster Hand kennt.«

»Ihm ist Geld geboten worden?«

Ricci nickte.

»Hat er Ihnen einen Beweis dafür gezeigt?«

»Das Angebot wurde mündlich unterbreitet.«

»Was erklärt, warum Sie damit nicht in Druck gegangen sind.«

»In Druck? Damit verraten Sie, aus welcher Zeit Sie stammen, Exzellenz.«

»Ich arbeite in der ältesten Institution der Welt.« Donati drückte seine Zigarette aus, als habe er sich vorgenommen, das Rauchen aufzugeben. »Und jetzt glauben Sie, dass ich Ihnen alles erzähle? Damit Sie Ihre Story schreiben und das Konklave in Chaos stürzen können?«

»Berichte ich nicht, was ich weiß, bringen Bischof Richter und sein Freund Jonas Wolf die Kirche unter ihre Kontrolle. Wollen Sie das?«

»Sind Sie überhaupt ein praktizierender Katholik?«

»Ich war seit zwanzig Jahren nicht mehr in der Messe.«

»Dann ersparen Sie mir bitte Ihre Frömmelei.« Donati schien nach seinen Zigaretten greifen zu wollen, ließ das Etui aber stecken. »Lassen Sie mir Zeit bis Donnerstagabend.«

»So lange kann ich die Story nicht zurückhalten. Sie muss spätestens morgen erscheinen.«

»Das wäre der größte Fehler Ihrer Karriere.«

Ricci sah auf seine Armbanduhr. »Ich muss wieder in den Vatikan, um mein CNN-Interview zu geben. Wissen Sie bestimmt, dass Sie nichts für mich haben?«

»Der nächste Pontifex Maximus wird vom Heiligen Geist bestimmt.«

»Wohl kaum.« Ricci wandte sich an Gabriel, der weiter in das Buch vertieft war. »Haben Sie gefunden, was Sie suchten, Signor Allon?«

»Ja«, sagte Gabriel, »ich denke schon.« Er hielt das Buch hoch. »Könnte ich's vielleicht behalten?«

»Tut mir leid, das ist mein letztes Exemplar. Aber es ist noch im Handel.«

»Wie schön für Sie.« Gabriel gab dem Journalisten das Buch zurück. »Ich habe das Gefühl, dass es noch mal ein Bestseller werden wird.«

32

TRASTEVERE, ROM

Lange nachdem sie Riccis Wohnung verlassen hatten, wanderten Gabriel und Donati scheinbar ziellos durch die Straßen von Trastevere – die Regio XIV, wie Pontius Pilatus sie genannt hätte. Donatis Stimmung war so schwarz wie seine Soutane. Dies war der Luigi Donati, dachte Gabriel, der sich so viele Feinde in der römischen Kurie gemacht hatte. Lucchesis Mann fürs Grobe, der harte Mann in Schwarz, der als Dompteur die Peitsche knallen ließ. Aber auch ein zutiefst gläubiger Christ, der wie Gabriel mit einem unfehlbaren Bewusstsein für Recht und Unrecht geschlagen war. Er fürchtete sich nicht, sich die Hände schmutzig zu machen. Und er hielt nicht oft die andere Wange hin. Stattessen zog er es im Allgemeinen vor, Gleiches mit Gleichem zu vergelten.

Vor ihnen öffnete sich ein rechteckiger Platz mit einer Eisdiele auf einer Seite. Auf der anderen stand die Kirche Santa Maria della Scala. Trotz der späten Stunde war ihr Portal offen. Auf der Treppe davor saßen ein Dutzend junge Römer, Männer und Frauen Anfang zwanzig, die sich fröhlich lachend unterhielten. Bei ihrem Anblick schien sich Donatis Laune vorübergehend zu bessern.

»Kommen Sie, wir gehen kurz hinein.«

Sie betraten die von zahllosen Kerzen erhellte Kirche, in der sich etwa hundert junge Katholiken aufhielten, von denen die meisten angeregt miteinander diskutierten. Auf den Altarstufen saßen zwei Gitarristen, die Kirchenlieder spielten. In den Seitenschiffen saßen auf Klappstühlen ein halbes Dutzend Geistliche, die Rat in Glaubensfragen erteilten oder die Beichte abnahmen.

Donati betrachtete die Szenerie mit sichtlichem Wohlgefallen. »Dieses Programm haben Lucchesi und ich vor einigen Jahren auf den Weg gebracht. Zweimal in der Woche öffnen wir eine der historischen Kirchen und bieten jungen Leuten Gelegenheit, ein paar Stunden ohne die Ablenkungen der Außenwelt zu verbringen. Wie Sie sehen, gibt es nicht viele Regeln. Zünde eine Kerze an, sprich ein Gebet, schließe neue Freundschaften. Lerne andere kennen, die nicht nur daran interessiert sind, in den sozialen Medien Selfies zu posten. Aber wir hindern sie natürlich nicht daran, ihre Erlebnisse online zu teilen, wenn ihnen danach zumute ist.« Er senkte die Stimme. »Auch die Kirche muss sich anpassen.«

»Beeindruckend.«

»Wir sind nicht ganz so tot, wie unsere Kritiker gern glauben. Dies ist meine Kirche in Aktion. Dies ist die Kirche der Zukunft.« Donati zeigte auf eine freie Kirchenbank. »Machen Sie sich's bequem. Ich bin gleich wieder da.«

»Wohin wollen Sie?«

»Mit Lucchesi habe ich auch meinen Beichtvater verloren.«

Donati ging ins rechte Kirchenschiff und nahm vor einem verblüfften jungen Geistlichen Platz. Sobald die erste Verlegenheit sich gelegt hatte, setzte der junge Priester eine ernste Miene auf, während er zuhörte, wie der ehemalige Privatsekretär des Papstes ihm sein Herz ausschüttete. Gabriel konnte sich nur fragen, welche Sünden sein alter Freund in der klösterlichen Atmosphäre des Apostolischen Palasts begangen haben mochte. Auf das katholische Sakrament der Beichte war er schon immer etwas neidisch gewesen. Es war weit weniger umständlich als die tagelange Tortur mit Fasten und Sühnen, die sich die Juden auferlegt hatten.

Donati saß nach vorn gebeugt, hatte die Ellbogen auf seine Knie gestützt. Gabriel starrte geradeaus, betrachtete das kleine goldene Kreuz, dieses Symbol römischer Brutalität, auf einem Baldachin. Kaiser Konstantin hatte es angeblich am Himmel über der Milvischen Brücke gesehen und zum Symbol des neuen Glaubens gemacht. Für die Juden Europas war es im Mittelalter jedoch zu etwas geworden, das man fürchten musste. Es hatte in Rot auf den Waffenröcken der Kreuzritter geleuchtet, die auf ihrem Zug nach Jerusalem Gabriels Vorfahren im Rheinland hingeschlachtet hatten. Und es hatte am Hals vieler der Mörder gehangen, die in Treblinka, Sobibor, Chełmno, Bergen-Belsen, Majdanek und Birkenau Millionen den Flammen übergeben hatten – Untaten, für die sie von ihrem geistigen Oberhaupt in Rom mit keinem Wort getadelt worden waren.

Sein Blut komme über uns und unsere Kinder ...

Nachdem der junge Geistliche ihm Absolution erteilt hatte, kam Donati zu Gabriel zurück, kniete neben ihm nieder und senkte den Kopf zu einem kurzen Gebet. Zuletzt bekreuzigte er sich, stand auf und setzte sich ebenfalls.

»Ich habe für Sie mitgebetet. Ich dachte, das könnte nicht schaden.«

»Wie schön, dass Sie Ihren Sinn für Humor nicht verloren haben.«

»Glauben Sie mir, der hängt an einem seidenen Faden.« Donati sah zu den Gitarristen hinüber. »Kennen Sie dieses Lied, das sie spielen?«

»Das fragen Sie *mich*?«

Donati lachte halblaut.

»Wissen Sie«, sagte Gabriel, »eigentlich bin ich mit Frau und Kindern im Urlaub.«

»Urlaub können Sie jederzeit machen.«

»Nein, das kann ich eben nicht!«

Donati äußerte sich nicht dazu.

»Eigentlich bietet sich ein relativ leichter Ausweg an«, sagte Gabriel. »Seien Sie die zweite Quelle für Riccis Artikel. Erzählen Sie ihm alles. Lassen Sie die Bombe in den Medien hochgehen. Damit machen Sie es dem Orden unmöglich, sein Vorhaben zu verwirklichen.«

»Sie unterschätzen Bischof Richter.« Der Erzbischof sah sich um. »Und wie soll's hier weitergehen? Was würden diese jungen Leute dann von ihrer Kirche denken?«

»Lieber ein vorübergehender Skandal als eine durch Stimmenkauf entschiedene Papstwahl.«

»Schon möglich. Aber das würde uns der Chance berauben, dafür zu sorgen, dass der neue Papst fortsetzt, was mein Herr begonnen hat.« Donati zog die Augenbrauen hoch. »Sie glauben wohl nicht wirklich, dass der Heilige Geist den Papst auswählt?«

»Ich weiß nicht mal, was der Heilige Geist ist.«

»Keine Sorge, da sind Sie nicht der Einzige.«

»Haben Sie einen Wunschkandidaten?«, fragte Gabriel.

»Mein Herr und ich haben einige Kardinäle ernannt, die gute Päpste wären. Ich brauche nur Zugang zu den Elektoren, bevor sie die Sixtinische Kapelle betreten, um erstmals ihre Stimme abzugeben.«

»Am Freitagnachmittag?«

Donati schüttelte den Kopf. »Freitag ist zu spät. Es müsste spätestens am Donnerstagabend sein. Wenn die Kardinäle in der Casa Santa Marta versammelt sind.«

»Sind sie dort nicht von der Außenwelt abgeschnitten?«

»Theoretisch, aber in Wirklichkeit ist die Abschirmung ziemlich durchlässig. Allerdings gibt es keine Garantie dafür, dass der Kardinaldekan mich vor dem Kardinalskollegium sprechen lässt. Außer ich kann eindeutige Beweise für die Verschwörung des Ordens vorlegen.« Donati klopfte Gabriel auf die Schulter. »Für einen Mann in Ihrer Position dürfte das nicht allzu schwierig sein, denke ich.«

»Das haben Sie in Bezug auf Niklas Janson auch gesagt.«

»Wirklich?« Donati lächelte. »Außerdem möchte ich, dass Sie Beweise dafür beibringen, dass der Orden meinen Herrn ermordet hat. Und dass Sie das Buch finden. Wir dürfen das Evangelium nach Pilatus nicht vergessen.«

Gabriel starrte wieder das goldene Kreuz auf dem Baldachin an. »Keine Sorge, Exzellenz. *Wir* haben es nicht vergessen.«

33

ISRAELISCHE BOTSCHAFT, ROM

Gabriel setzte Donati vor der Jesuitenkurie ab, dann fuhr er zur israelischen Botschaft weiter. Unten im Keller legte er die erste Seite des Pilatusevangeliums in einen Safe, bevor er Juval Gerschon von der Einheit 8200 anrief. In Tel Aviv war es nach Mitternacht. Gerschon lag im Bett.

»Was gibt's diesmal?«, fragte er misstrauisch.

»Einen deutschen Konzern namens Wolf Group.«

»Eine bestimmte Person?«

»Herr Wolf.«

»Wie eingehend?«

»Proktologisch.«

Gerschon atmete geräuschvoll aus. »Und ich dachte schon, du würdest etwas Unvernünftiges verlangen.«

»Zu dem unvernünftigen Auftrag komme ich gleich.«

»Interessiert dich etwas Bestimmtes?«

Gabriel zählte mehrere Schlüsselwörter und Namen auf. Einer der Namen war sein eigener. Ein anderer war der eines römischen Offiziers, der von etwa 26 n. Chr. bis Dezember 36 als Statthalter in Judäa gedient hatte.

»*Der* Pontius Pilatus?«, fragte Gerschon.

»Wie viele Männer dieses Namens kennst du, Juval?«

»Ich vermute, dass dies mit deinem Besuch im Geheimarchiv zusammenhängt.«

Das bestätigte Gabriel. Er deutete auch an, jemand habe ihm dort die erste Seite eines höchst interessanten Dokuments übergeben.

»Wer?«

»Ein gewisser Pater Josua.«

»Das ist seltsam.«

»Wieso?«

»Weil nur Erzbischof Donati und du im Dokumentenlager waren.«

»Wir haben mit ihm gesprochen.«

»Wie du meinst. Was noch?«

»Das Institut für religiöse Werke, besser als Vatikanbank bekannt. Ich habe dir gerade eine Namensliste gemailt. Ich möchte wissen, ob jemand von ihnen in letzter Zeit größere Beträge überwiesen bekommen hat.«

»Definiere größer.«

»Mindestens sechsstellig.«

»Von wie vielen Namen reden wir?«

»Hundertsechzehn.«

Gerschon fluchte halblaut. »Denk daran, dass ich Fotos von dir in Priesterkleidung habe.«

»Ich revanchiere mich bei Gelegenheit, Juval.«

»Wer sind diese Leute?«

»Die Kardinäle, die den nächsten Papst wählen.«

Gabriel beendete das Gespräch und rief als Nächsten Jossi Gavisch an, der die Abteilung Recherche des Diensts leitete. Jossi, der in London geboren war und in Oxford studiert hatte, sprach Hebräisch weiter mit britischem Akzent.

»Pater Gabriel, nehme ich an?«

»Check deine Mailbox, mein Sohn.«

Nun folgte eine kurze Pause. »Schönes Porträt, Boss. Aber wer ist er?«

»Ein Laienbruder im Helenenorden, aber ich habe das Gefühl, er könnte einer von uns sein. Zeig das Bild im Dienst herum und schick es der Station Berlin.«

»Wieso Berlin?«

»Sein Deutsch ist bayerisch gefärbt.«

»Ich habe befürchtet, dass du das sagen würdest.«

Gabriel legte auf und wählte nochmals. Chiara meldete sich mit schlaftrunkener Stimme.

»Wo bist du?«, fragte sie.

»An einem sicheren Ort.«

»Wann kommst du nach Hause?«

»Bald.«

»Was soll das heißen?«

»Das soll heißen, dass ich vorher noch etwas finden muss.«

»Ist das gut?«

»Du erinnerst dich daran, was Eli und ich in den Ruinen von Salomos Tempel gefunden haben?«

»Wie könnte ich das vergessen?«

»Dies ist vielleicht noch besser.«

»Kann ich dir dabei irgendwie helfen?«

»Mach die Augen zu«, sagte Gabriel. »Lass mich hören, wie du schläfst.«

Gabriel verbrachte die Nacht auf einem Feldbett in der Station und rief am folgenden Morgen um halb acht General Cesare Ferrari an. Er teilte dem General mit, er benötige die Dienste des ausgezeichneten Labors des Kunstdezernats, um die Echtheit eines Schriftstücks prüfen zu lassen. Allerdings sagte er nicht, um welches Dokument es sich handelte und woher es stammte.

»Wieso brauchen Sie unser Labor? Ihre sind die besten der Welt.«

»Ich habe nicht die Zeit, es nach Israel zu schicken.«

»Von welchen Tests reden wir?«

»Analyse des Papiers und der Tinte. Und ich hätte gern eine Altersbestimmung.«

»Es ist alt, dieses Dokument?«

»Mehrere Jahrhunderte«, sagte Gabriel.

»Und es ist auf Papier geschrieben, nicht auf Pergament?«

»Auf Papier.«

»Um halb elf habe ich eine Besprechung im Palazzo.« Der Palazzo war die elegante cremeweiße Zentrale des Kunstdezernats an der Piazza di Sant'Ignazio. »Sollten Sie jedoch um Viertel nach neun zufällig ins Caffè Greco kommen, könnten Sie mich im Hinterzimmer bei Cappuccino und einem Croissant antreffen. Übrigens«, sagte er, bevor er auflegte, »habe ich auch etwas, das ich Ihnen zeigen möchte.«

Gabriel kam einige Minuten vorzeitig. General Ferrari hatte das Hinterzimmer für sich allein. Aus seiner Aktenmappe zog er einen Schnellhefter mit acht großformatigen Fotos, von denen er einige auf dem Tisch anordnete. Das letzte Foto zeigte Gabriel, wie er Niklaus Janson die Geldbörse aus der Tasche zog.

»Seit wann schicken Mordermittler dem Leiter des Kunstdezernats Überwachungsfotos zu?«

»Der Chef der Polizia di Stato wollte, dass ich sie Ihnen zeige. Er hofft, dass Sie den Mörder identifizieren können.«

Der General legte ein weiteres Foto auf den Tisch. Ein Mann in Sturmhaube und Lederjacke, den rechten Arm ausgestreckt, eine Pistole in der Hand. Eine Frau in seiner Nähe hatte die Waffe gesehen und erschrocken den Mund geöffnet, um zu schreien. Gabriel wünschte sich nur, er hätte die Pistole auch gesehen. Dann könnte Niklaus Janson noch leben.

Gabriel begutachtete die Kleidung des Täters. »Sie haben wohl kein Foto ohne Sturmhaube?«

»Leider nicht.« Ferrari legte die Fotos in den Schnellhefter zurück. »Vielleicht sollten Sie mir jetzt Ihr Dokument zeigen.«

Es lag in einem speziell gesicherten Aktenkoffer aus Edelstahl. Gabriel nahm es heraus und reichte es wortlos über den Tisch. Der General begutachtete es in seiner Klarsichthülle.

»Das Evangelium des Pilatus?« Er sah zu Gabriel auf. »Wo haben Sie das her?«

»Aus dem Vatikanischen Geheimarchiv.«

»Man hat es Ihnen *gegeben*?«

»Nicht direkt.«

»Was soll das heißen?«

»Das heißt, dass Luigi und ich ins Archiv eingebrochen sind und es mitgenommen haben.«

General Ferrari studierte nochmals das Schriftstück. »Vermute ich richtig, dass dies etwas mit dem Tod des Heiligen Vaters zu tun hat?«

»Ermordung«, sagte Gabriel ruhig.

Der General verzog keine Miene.

»Das scheint Sie nicht sonderlich zu überraschen, Cesare.«

»Ich wusste, dass Erzbischof Donati wegen der Umstände von Lucchesis Tod misstrauisch war, als er mich gebeten hat, in Venedig Kontakt mit Ihnen aufzunehmen.«

»Hat er auch einen verschwundenen Schweizergardisten erwähnt?«

»Schon möglich. Und einen verschwundenen Brief.« Ferrari hielt die Seite hoch. »Gehört dies zu dem Dokument, das Sie nach Lucchesis Willen bekommen sollten?«

Gabriel nickte.

»Dann brauchen wir's nicht zu untersuchen. Der Heilige Vater hätte es Ihnen nicht zugedacht, wenn es nicht echt wäre.«

»Mir wär wohler, wenn ich wüsste, wann es geschrieben wurde und woher Papier und Tinte stammen.«

Der General hielt es im Licht eines Kronleuchters hoch. »Sie haben recht, das ist eindeutig Papier.«

»Wie alt könnte es sein?«

»Die ersten italienischen Papiermühlen sind im dreizehnten Jahrhundert in Fabriano entstanden, und im fünfzehnten Jahrhundert wurde Pergament allmählich von Papier abgelöst. Papiermühlen gab es in Florenz, Treviso, Mailand, Bologna, Parma und Ihrem geliebten Venedig. Wir müssten feststellen können, ob es aus einem dieser Betriebe stammt. Aber das ist nichts, was auf die Schnelle geht.«

»Wie lange dauert so was?«

»Wenn man gründlich sein will ... ein paar Wochen.«

»Ich brauche die Ergebnisse leider etwas früher.«

Der General seufzte.

»Wären Sie nicht aufgekreuzt«, sagte Gabriel, »wäre ich noch bei meiner Familie in Venedig.«

»Ich?« Ferrari schüttelte den Kopf. »Ich war nur der Bote. Gerufen hat Sie Pietro Lucchesi.« Er schob Gabriel den Schnellhefter hin. »Diese Fotos können Sie behalten. Als kleines Andenken an Ihren Kurzbesuch in Florenz. Wegen der Polizei brauchen Sie sich keine Sorgen zu machen. Mir fällt schon etwas ein, das ich erzählen kann.«

Damit ging der General. Gabriel checkte sein Smartphone und sah, dass eine Nachricht von Christoph Bittel, seinem Freund beim Schweizer Geheimdienst, eingegangen war.

Ruf mich so bald wie möglich an. Die Sache ist wichtig.

Gabriel wählte.

Bittel meldete sich sofort. »Verdammt, wo hast du so lange gesteckt?«

»Bitte sag mir, dass ihr nichts zugestoßen ist.«

»Stefanie Hoffmann? Der geht's gut. Ich rufe wegen des Mannes auf deinem Phantombild an.«

»Was ist mit ihm?«

»Darüber möchte ich am Telefon nicht sprechen. Wie schnell kannst du nach Zürich kommen?«

34

SIXTINISCHE KAPELLE

Aus der Sixtinischen Kapelle drang unheilig lautes Hämmern. Kardinal Domenico Albanese ging die zwei flachen Stufen hinauf und trat ein. Eine neu aufgebaute Holzrampe führte zu dem Durchgang in der *Transenna*, dem Gitterwerk aus Marmor, das die Kapelle in zwei Hälften teilte. Dahinter verdeckte ein frisch verlegter Holzboden vorübergehend den hellbraunen Teppich. An den Längsseiten der Kapelle standen zwölf lange Tische in vier Dreiergruppen – mit hellbraunem Fries bedeckt und mit plissierten Schabracken in Magenta.

In der Mitte des Raums stand ein reich verziertes Tischchen mit geschwungenen Beinen. Vorerst war es noch leer. Aber am Freitagnachmittag, wenn die Elektoren in die Sixtinische Kapelle einzogen, würde dort eine beim Matthäusevangelium aufgeschlagene Bibel liegen. Jeder Kardinal, auch Albanese, würde mit einer Hand auf der Bibel Geheimhaltung schwören. Er würde auch schwören, sich mit keiner Gruppe oder Einzelperson zu verbünden, die Einfluss auf die Wahl des nächsten Papstes zu nehmen versuchte. Diesen heiligen Schwur zu brechen, wäre eine schwere Sünde. Eine Kardinalsünde, dachte Albanese.

Erneutes Hämmern riss ihn aus seinem Tagtraum. Die Arbeiter waren dabei, in der Nähe der Öfen eine Kameraplattform zu bauen. Die ersten Stunden des Konklaves – der feierliche Einzug, der Gesang »Veni Creator Spiritus«, die Ablegung des Eides – würden im Fernsehen übertragen werden. Danach würde der Päpstliche Zeremonienmeister mit dem Ruf »Extra omnes!« alle außer den Kardinälen hinausschicken, bevor die Türen geschlossen und von innen versperrt wurden.

Drinnen würde ein erster Wahlgang stattfinden, wenn auch nur, um die Stimmung im Raum zu testen. Die Wahlhelfer und -prüfer würden ihre Pflicht tun und die Stimmen auszählen. Bewahrheiteten sich die in der Kurie umlaufenden Gerüchte, würde Kardinal José Maria Navarro anfangs mit ziemlichem Vorsprung führen. Die Stimmzettel würden dann in dem älteren der beiden Öfen verbrannt werden. Gleichzeitig würden im zweiten Ofen Chemikalien verbrannt werden, die schwarzen Rauch erzeugten. So würden die auf dem Petersplatz versammelten Gläubigen – und die über ihre Laptops gebeugten Ungläubigen im Pressezentrum – erfahren, dass die Heilige Römische Kirche noch keinen neuen Pontifex hatte.

Kardinal Navarros Vorsprung würde im zweiten Wahlgang kleiner werden. Und beim dritten Wahlgang würde ein neuer Name auftauchen: Kardinal Franz von Emmerich, Erzbischof von Wien und geheimes Mitglied des Helenenordens. Ab dem fünften Wahlgang würde Emmerich nicht mehr aufzuhalten sein. Und mit dem sechsten würde das Amt ihm gehören. Nein, dachte Albanese plötzlich. Nicht ihm, sondern dem Orden.

Sie würden nicht viel Zeit vergeuden, um die von Lucchesi und Donati angestoßenen bescheidenen Reformen rückgängig zu machen. Alle Macht würde wieder im Apostolischen Palast konzentriert werden. Jeglicher Dissens würde rücksichtslos unterdrückt werden. Gerede über Frauen als Priester oder die Aufhebung des Zölibats würde es nicht mehr geben. Entfallen würden auch von Herzen kommende Enzykliken über den Klimawandel, die Armen der Welt, über die Rechte von Arbeitern und Migranten oder die Gefahren für Westeuropa durch zunehmenden Rechtsextremismus. Stattdessen würde der neue Staatssekretär enge Verbindungen zwischen dem Heiligen Stuhl und autoritären Führern in Italien, Deutschland, Österreich und Frankreich knüpfen – lauter gläubige Katholiken, die als Bollwerke gegen Säkularisierung, Sozialdemokratie und natürlich den Islam dienen würden.

Albanese ging zum Altar weiter. Dahinter leuchtete Michelangelos Fresko *Das Jüngste Gericht*, ein wirbelnder Zyklon aus Seelen, die gen Himmel auffuhren oder in die Tiefen der Hölle stürzten. Das Stirnwandfresko bewegte Albanese jedes Mal wieder. Es war der Grund dafür, dass er Geistlicher geworden war – aus Angst davor, bis in alle Ewigkeit in den Abgründen der Unterwelt schmachten zu müssen.

Diese Angst, die viele Jahre in Albanese geschlummert hatte, war verstärkt zurückgekommen. Gewiss hatte Bischof Richter ihm für seine Rolle bei Lucchesis Tod Absolution erteilt, aber tief in seinem Innersten glaubte Albanese nicht, dass solch eine Todsünde vergeben werden könnte. Natürlich war Pater Graf der Mörder gewesen, aber Albanese war vor und nach der Tat sein Komplize gewesen. Von einer Ausnahme abgesehen hatte er seine Rolle fehlerfrei gespielt. Er hatte den Brief nicht gefunden, den Lucchesi an Gabriel Allon über ein Buch, das er im Geheimarchiv entdeckt hatte, geschrieben hatte. Die einzig mögliche Erklärung war, dass der junge Janson ihn an sich genommen hatte. Pater Graf hatte auch ihn liquidiert. Zwei Morde, die schwer auf Albaneses Seele lasteten.

Umso mehr ein Grund, dass das Konklave genau wie geplant ablaufen musste. Albanese hatte dafür zu sorgen, dass die Kardinäle, die sich von dem Orden hatten bestechen lassen, im richtigen Augenblick für Emmerich stimmten. Ein jäher großer Stimmenzuwachs für den Österreicher konnte den Verdacht wecken, hier sei manipuliert worden. Die Unterstützung für ihn musste scheinbar ganz natürlich von einem Wahlgang zum anderen langsam wachsen. Sobald Emmerich in Weiß gekleidet war, brauchte der Orden keine Enthüllung mehr zu fürchten. Der Heilige Stuhl war eine der letzten absoluten Monarchien der Welt, eine gottgewollte Diktatur. Es würde keine Ermittlungen, keine Exhumierung des toten Papstes geben. Es würde fast so sein, als habe es Lucchesi nie gegeben.

Es sei denn, dachte Albanese, es gäbe weitere unerwartete Entwicklungen wie gestern Morgen im Geheimarchiv. Erzbischof Donati und Gabriel Allon hatten zweifellos etwas gefunden. Worum es sich handelte, konnte Albanese nicht einmal vermuten. Er wusste nur, dass die beiden nach ihrem Raubzug im Archiv nach Assisi gefahren waren, wo sie Pater Robert Jordan, den absoluten Experten für apokryphe Evangelien, aufgesucht hatten. Anschließend waren sie nach Rom zurückgekehrt und hatten Alessandro Ricci besucht, den weltweit größten Experten für den Helenenorden. Keine sehr ermutigenden Anzeichen.

»Wirklich großartig, nicht wahr?«

Albanese fuhr herum.

»Entschuldigung«, sagte Bischof Richter. »Ich wollte Sie nicht erschrecken.«

Albanese sprach seinen Generalsuperior kühl und förmlich an. »Guten Morgen, Exzellenz. Was führt Sie in die Sixtina?«

»Mir wurde gesagt, der Camerlengo sei vielleicht hier anzutreffen.«

»Gibt es ein Problem?«

»Keineswegs. Tatsächlich habe ich ziemlich gute Nachrichten.«

»Nämlich?«

Richter lächelte. »Gabriel Allon ist soeben aus Rom abgereist.«

35

ZÜRICH

Es war kurz nach 16.30 Uhr, als Gabriel in Zürich eintraf. Er nahm sich ein Taxi zum Paradeplatz, dem Petersplatz der Schweizer Bankenwelt, und ging die exklusive Bahnhofstrasse zur Nordspitze des Zürichsees entlang. Auf dem General-Guisan-Quai hielt eine BMW-Limousine neben ihm. Am Steuer saß Christoph Bittel. Mit Brille und Glatze sah er wie irgendein Gnom aus, der nach einem langen Tag, an dem er die versteckten Reichtümer arabischer Scheichs und russischer Oligarchen verwaltet hatte, auf der Heimfahrt zu einem der Vororte am See war.

Gabriel ließ sich in die Lederpolster sinken. »Wo waren wir gleich wieder?«

»Bei dem Mann auf dem Phantombild.« Bittel ordnete sich in den starken Berufsverkehr ein. »Sorry, dass ich so lange gebraucht habe, um die Verbindung herzustellen. Aber ich habe ihn viele Jahre lang nicht mehr gesehen.«

»Wie heißt er?«

»Estermann«, sagte Bittel. »Andreas Estermann.«

Wie Gabriel vermutet hatte, war Estermann ein Profi. Er hatte dreißig Jahre lang beim deutschen Bundesamt für Verfassungsschutz gearbeitet. Natürlich hielt das BfV engen Kontakt zum Schweizer NDB, dem Nachrichtendienst des

Bundes. Zu Beginn seiner Karriere war Bittel einmal nach Köln gereist, um das BfV über sowjetische Spionageaktivitäten in Bern und Genf zu informieren. Estermann war dort sein Betreuer gewesen.

»Nach der Besprechung hat er mich zu einem Drink eingeladen, was seltsam war.«

»Warum?«

»Estermann rührt keinen Alkohol an.«

»Hat er ein Problem damit?«

»Er hat viele Probleme, aber Alkohol gehört nicht dazu.«

In den Jahren nach ihrem ersten Zusammentreffen waren Bittel und Estermann sich wie in Geheimdienstkreisen üblich ab und zu wieder begegnet. Keinen von ihnen hätte man als Action-Figur bezeichnen können. Sie waren keine Agenten, sondern bessere Polizeibeamte. Sie führten Ermittlungen, schrieben Berichte und nahmen an unzähligen Besprechungen teil, bei denen es vor allem darauf ankam, nicht einzuschlafen. Sie gingen miteinander essen, wann immer sich ihre Wege kreuzten. Estermann lieferte Bittel oft Informationen außerhalb der üblichen Kanäle. Bittel erwiderte diese Gefälligkeiten nach Möglichkeit – aber immer mit Einverständnis der Führungsetage. Seine Vorgesetzten hielten Estermann für eine wichtige Quelle.

»Aber als die Flugzeuge in das World Trade Center gerast sind, hat sich alles geändert. Vor allem Estermann.«

»Wie das?«

»Genau wie ich war er einige Jahre vor dem elften September von der Spionageabwehr zur Terrorismusbekämpfung gewechselt. Er hat behauptet, er habe die Hamburger Zelle von Anfang an in Verdacht gehabt. Er war davon überzeugt, er hätte den Anschlag verhindern können, wenn seine Vorgesetzten ihn ungehindert hätten arbeiten lassen.«

»Echt jetzt?«

»Er hätte als Einzelkämpfer den schlimmsten Terroranschlag der Geschichte verhindern können?« Der Schweizer schüttelte den Kopf. »Gabriel Allon hätte's vielleicht gekonnt. Aber nicht Andreas Estermann.«

»Wie hat er sich verändert?«

»Er ist unglaublich feindselig geworden.«

»Wem gegenüber?«

»Muslimen.«

»Al-Kaida?«

»Nicht nur al-Kaida. Estermann hat alle Muslime gehasst, vor allem die in Deutschland lebenden. Er war außerstande, einen gefährlichen Dschihadisten von einem harmlosen Marokkaner oder Türken zu unterscheiden, der auf der Suche nach einem besseren Leben nach Europa gekommen war. Nach dem Anschlag auf den Vatikan ist seine Psychose noch schlimmer geworden. Ich konnte den Umgang mit ihm kaum mehr ertragen.«

»Aber du hast die Verbindung zu ihm nicht gekappt?«

»Wir sind ein kleiner Dienst. Estermann war für uns ein Multiplikator.« Bittel lächelte. »Genau wie du, Allon.«

Er bog auf den Parkplatz einer Marina am Westufer des Sees ab. Am Ende des Bootsstegs lag ein Café. Obwohl der Abend leicht windig war, setzten sie sich auf die Terrasse. Bittel bestellte zwei Bier und beantwortete mehrere Textnachrichten, die auf der Fahrt hierher eingegangen waren.

»Sorry. Wir sind im Augenblick ein bisschen nervös.«

»Weswegen?«

»Wegen der Bombenanschläge in Deutschland.« Bittel betrachtete Gabriel über sein Smartphone hinweg. »Du weißt nicht zufällig, wer dahintersteckt?«

»Meine Analysten glauben, dass wir's mit einem neuen Netzwerk zu tun haben.«

»Das hat uns gerade noch gefehlt.«

Die Saaltochter brachte ihre Getränke. Sie war eine schwarzhaarige Schönheit Mitte zwanzig, vielleicht eine geflüchtete Irakerin oder Syrerin. Als sie Gabriel sein Bier hinstellte, bedankte er sich auf Arabisch. Daraus entwickelte sich ein kurzes Gespräch. Dann ging die Frau lächelnd davon.

»Worüber habt ihr geredet?«, fragte Bittel.

»Sie hat sich gefragt, wieso wir draußen am See und nicht drinnen sitzen, wo's warm ist.«

»Was hast du geantwortet?«

»Dass wir Geheimagenten sind, die auf keinen Fall belauscht werden wollen.«

Bittel verzog das Gesicht und nahm einen Schluck Bier. »Nur gut, dass Estermann nicht gesehen hat, wie du mit ihr geredet hast. Er hält nichts davon, zu muslimischen Immigranten freundlich zu sein. Und erst recht nichts davon, ihre Sprache zu sprechen.«

»Wie denkt er über Juden?«

Bittel zupfte am Etikett seiner Bierflasche.

»Nur zu, Bittel. Ich bin nicht empfindlich.«

»Er ist ein ziemlicher Antisemit.«

»Ich bin entsetzt.«

»Eines geht oft mit dem anderen einher.«

»Was denn?«

»Islamophobie und Antisemitismus.«

»Hast du mit Estermann jemals über Religion gesprochen?«

»Endlos. Vor allem nach dem Anschlag auf den Vatikan. Er ist ein frommer Katholik.«

»Und du?«

»Ich bin aus Nidwalden. Ich bin katholisch erzogen worden, ich habe eine Katholikin in der Kirche geheiratet, unsere drei Kinder sind katholisch getauft.«

»Aber?«

»Ich war in keiner Messe mehr, seit der Missbrauchsskandal öffentlich geworden ist.«

»Befolgst du die Lehren der Kirche?«

»Wozu, wenn sie sich selbst nicht daran hält?«

»Ich vermute, dass Estermann dir widersprochen hat.«

Bittel nickte. »Er ist Laienbruder in einem extrem konservativen Orden, der hier in der Schweiz beheimatet ist.«

»Dem Helenenorden.«

Bittel kniff die Augen zusammen. »Woher weißt du das?«

Gabriel ging nicht darauf ein. »Ich nehme an, dass Estermann dich anwerben wollte.«

»Mit missionarischem Eifer. Er hat gesagt, ich könne ein heimliches Mitglied werden, von dem nur der Bischof wisse. Und er hat gesagt, im Helenenorden seien viele Leute wie wir.«

»Wir?«

»Geheimdienstler und Sicherheitstypen. Auch prominente Geschäftsleute und Politiker. Er hat mir versprochen, die Mitgliedschaft würde meine Karriere nach dem NDB enorm befördern.«

»Wie hast du darauf reagiert?«

»Ich habe dankend abgelehnt und das Thema gewechselt.«

»Wann hast du zuletzt mit ihm gesprochen?«

»Vor mindestens fünf Jahren. Vielleicht eher sechs.«

»Bei welcher Gelegenheit?«

»Estermanns Ausscheiden aus dem BfV. Er wollte mir seine neuen Kontaktdaten geben. Anscheinend hat er's sehr gut getroffen. Er arbeitet bei einer großen deutschen Firma in München.«

»Bei der Wolf Group?«

»Woher ...«

»Nur gut geraten«, sagte Gabriel.

»Estermann hat mich aufgefordert, ihn anzurufen, wenn ich den NDB verlassen möchte. Die Wolf Group hat hier in Zürich ein Büro. Er wollte dafür sorgen, dass der Wechsel finanziell attraktiv wäre.«

»Du hast nicht zufällig seine Handynummer?«

»Klar doch. Warum?«

»Ich möchte, dass du auf sein Angebot eingehst. Sag ihm, dass du am Mittwochabend in München bist. Sag ihm, dass du über deine Zukunft reden willst.«

»Ich kann unmöglich am Mittwoch nach München fahren.«

»Das braucht er nicht zu wissen.«

»Woran denkst du?«

»Drinks. In entspannter Atmosphäre.«

»Ich habe dir gesagt, dass er keinen Alkohol trinkt. Immer nur Coca-Cola Zero.« Bittel machte eine nachdenkliche Pause. »Am Beethovenplatz ist das Café Adagio. Sehr chic. Auch diskret. Die Frage ist nur, was passiert, wenn er dort hingeht?«

»Ich stelle ihm ein paar Fragen.«

»Zu welchem Thema?«

»Der Helenenorden.«

»Wieso interessiert dich der Orden?«

»Er hat einen meiner Freunde ermordet.«

»Wer war der Freund?«

»Seine Heiligkeit Papst Paul VII.«

Bittel ließ keine Gefühlsregung erkennen, vor allem keine Überraschung. »Jetzt weiß ich, weshalb ich die Hoffmann im Auge behalten sollte.«

»Schick ihm die Nachricht, Bittel.«

Er zögerte noch. »Weißt du, was passiert, wenn ich im Geringsten mit dieser Sache in Verbindung gebracht werde?«

»Der Dienst verliert einen wertvollen Partner. Und ich einen Freund.«

»Ich weiß nicht recht, ob ich dein Freund sein will, Allon. Die scheinen alle tot zu enden.« Bittel schrieb die Nachricht und drückte auf SENDEN. Fünf lange Minuten verstrichen, bis eine Antwort einging. »Es klappt! Mittwochabend, zwanzig Uhr, Café Adagio. Er freut sich darauf.«

Gabriel sah über den See hinaus. »Dann sind wir schon zu zweit.«

36

MÜNCHEN

Abgesehen von einigen Tagen im September 1972 hatte München dem Dienst nie viel bedeutet. Trotzdem behielt die Hausverwaltung – vielleicht aus sentimentalen Gründen – eine von einer Mauer umgebene Villa am Englischen Garten im Künstlerviertel Schwabing. Am folgenden Morgen um 10.15 Uhr traf Eli Lavon dort ein. Er wirkte missmutig, als er die schweren antiken Möbel im Salon betrachtete.

»Ich kann nicht glauben, dass wir wieder hier sind.« Lavon musterte Gabriel stirnrunzelnd. »Offiziell hast du Urlaub.«

»Ja, ich weiß.«

»Was ist passiert?«

»Ein Todesfall in der Familie.«

»Mein Beileid.«

Lavon warf seine Reisetasche achtlos auf eine Couch. Er hatte spärliches, nach allen Seiten abstehendes Haar und ein nichtssagendes, schwer zu behaltendes Gesicht, das selbst der begabteste Porträtmaler nur mit Mühe auf die Leinwand hätte bringen können. So wirkte er wie jemand, dem das Leben übel mitgespielt hat. Tatsächlich war er von Natur aus ein Raubtier und konnte erfahrene Geheimagenten oder misstrauische Terroristen auf jeder Straße der Welt beschatten, ohne die geringste Aufmerksamkeit zu erregen. Jetzt leitete er die Abteilung Neviot des Diensts. Zu ihrem Personal gehörten

Überwachungskünstler, Taschendiebe, Einbrecher und Spezialisten, die hinter verschlossenen Türen verdeckte Kameras und Mikrofone einbauten.

»Neulich habe ich ein interessantes Foto von dir gesehen. Du warst als Priester verkleidet mit deinem Freund Luigi Donati im Vatikanischen Geheimarchiv. Schade, da wäre ich gern dabei gewesen.« Lavon lächelte erwartungsvoll. »Habt ihr was Interessantes gefunden?«

»Das könnte man wohl sagen.«

Lavon nickte gespannt. »Schieß los!«

»Warten wir lieber, bis die anderen da sind.«

»Sie sind hierher unterwegs. *Alle* kommen.« Lavons Feuerzeug flammte auf. »Vermute ich richtig, dass dies mit dem beklagenswerten Ableben Seiner Heiligkeit Papst Paul VII. zu tun hat?«

Gabriel nickte.

»Seine Heiligkeit ist wohl keines natürlichen Todes gestorben?«

»Nein«, sagte Gabriel, »das ist er nicht.«

»Haben wir einen Verdächtigen?«

»Einen katholischen Orden, der im Schweizer Kanton Zug residiert.«

Lavon starrte Gabriel durch eine bläuliche Rauchwolke hindurch an. »Der Helenenorden?«

»Du hast von ihm gehört?«

»Leider hatte ich in einem früheren Leben mal selbst mit dem Orden zu tun.«

Während einer längeren Auszeit vom Dienst hatte Lavon in Wien eine kleine Ermittlergruppe geleitet, die sich Organisation für Ansprüche und Ermittlungen wegen Kriegsschäden nannte. Mit bescheidenen Geldmitteln arbeitend hatte er während des Holocausts geraubte Vermögenswerte im Wert von Hunderten von Millionen sichergestellt. Wien hatte er verlassen, nachdem ein Bombenanschlag sein Büro zerstört und zwei seiner Assistentinnen getötet hatte. Der Täter, der ehemalige SS-Führer Erich Radeck, war in einer israelischen Gefängniszelle gestorben. Gabriel hatte ihn damals vor seine Richter gebracht.

»Es ging um Entschädigungsansprüche der Wiener Familie Feldmann«, berichtete Lavon. »Ihr Patriarch war Samuel Feldmann, ein reicher Textilexporteur. Im Herbst 1937, als sich über Österreich dunkle Sturmwolken zusammenzogen, haben zwei Abgesandte des Helenenordens Feldmann in seinem Haus im ersten Bezirk aufgesucht. Einer der Geistlichen war Pater Ulrich Schiller, der Gründer des Ordens.«

»Und was wollte der Pater von Samuel Feldmann?«

»Geld. Was sonst?«

»Was hat er dafür angeboten?«

»Taufzeugnisse. In seiner Verzweiflung hat Feldmann ihm eine größere Summe in bar und verschiedene Wertgegenstände, darunter mehrere Gemälde, gegeben.«

»Und als die Nazis im März 1938 in Wien einmarschiert sind?«

»Da waren Pater Schiller und die versprochenen Taufzeugnisse nirgends zu finden. Feldmann und die meisten Mitglieder seiner Familie wurden nach Polen, nach Majdanek, deportiert und dort von den Einsatzgruppen ermordet. Nur ein Kind, seine Tochter Isabel, hat den Krieg in Wien versteckt überlebt. Sie ist zu mir gekommen, als der Schweizer Bankenskandal öffentlich geworden war, und hat mir die Geschichte erzählt.«

»Was hast du gemacht?«

»Ich habe einen Termin für ein Gespräch mit Bischof Hans Richter, dem Generalsuperior des Helenenordens, vereinbart.

Wir haben uns in seinem mittelalterlichen Kloster in Menzingen getroffen. Ein übler Kerl, dieser Bischof. Ich konnte manchmal kaum glauben, dass ich mit einem katholischen Geistlichen rede. Natürlich bin ich mit leeren Händen abgezogen.«

»Hast du aufgegeben?«

»Ich? Natürlich nicht. Innerhalb eines Jahres bin ich auf vier weitere Fälle gestoßen, in denen der Orden von Juden Schutzgeld gefordert und erhalten hatte. Bischof Richter wollte mich nicht noch mal empfangen, also habe ich mein Material dem italienischen investigativen Journalisten Alessandro Ricci überlassen. Er hat einige weitere Fälle entdeckt, darunter den eines reichen römischen Juden, der dem Orden im Jahr 1938 mehrere Gemälde und kostbare Bücher übereignet hat. Sein Name ist mir gerade entfallen.«

»Emanuele Giordano.«

Lavon starrte Gabriel verblüfft an. »Wie kannst du diesen Namen kennen?«

»Ich war gestern Abend in Rom mit Ricci zusammen. Von ihm weiß ich, dass der Orden Kardinäle gekauft hat, um einen Mitbruder zum Papst wählen zu lassen.«

»Wie ich den Orden kenne, hat er dafür reichlich Geld ausgegeben.«

»Korrekt.«

»Ist der Papst deshalb ermordet worden?«

»Nein«, sagte Gabriel. »Sie haben ihn umgebracht, weil er mir ein Buch schicken wollte.«

»Welche Art Buch?«

»Weißt du noch, was wir in den Ruinen von Salomos Tempel gefunden haben?«

Lavon rieb sich geistesabwesend die Stirn. »Wie könnte ich das vergessen?«

Gabriel lächelte. »Dies ist besser.«

Wie die katholische Kirche wurde der Dienst von Dogma und überlieferter Doktrin beherrscht. Heilig und unverletzbar bestimmte er, dass Mitglieder eines großen Einsatzteams ihr Ziel auf unterschiedlichen Routen erreichen mussten. Dieses Mal machte der Zeitdruck es jedoch notwendig, dass alle acht Teammitglieder in derselben El-Al-Maschine nach München saßen. Um die Nachbarn nicht neugierig oder misstrauisch zu machen, vermieden sie es trotzdem, gleichzeitig in dem sicheren Haus einzutreffen.

Als Erster kam Jossi Gavisch, der in England geborene rustikale Leiter der Abteilung Recherche. Ihm folgten Mordecai und Oded, zwei Allzweck-Agenten, und ein Junge namens Ilan, der sich auf Computer verstand. Die nächsten Ankömmlinge waren Jaakov Rossman und Dina Sarid. Rossman war Chef der Abteilung Special Operations. Dina war eine menschliche Datenbank in Bezug auf palästinensischen und islamischen Terrorismus; sie besaß eine fast unheimliche Fähigkeit, Verbindungen zu erkennen, die anderen entgingen. Beide sprachen fließend Deutsch.

Michail Abramov kam gegen Mittag hereingeschlendert. Der geborene Russe war groß und schlaksig, auffällig blass und hatte Augen wie Gletschereis. Er war als Jugendlicher nach Israel gekommen und hatte in der Sajeret Matkal, einer Eliteeinheit der IDF, gedient. Oft als »Gabriel ohne Gewissen« bezeichnet, hatte er mehrere Topterroristen der Hamas und des Palästinensischen Islamischen Dschihads liquidiert. Jetzt übernahm er ähnliche Aufträge für den Dienst, obwohl seine Ausnahmetalente nicht auf diese Rolle beschränkt waren. Im Jahr zuvor hatte er ein Team angeführt, das in Teheran das gesamte iranische Atomarchiv erbeutet hatte.

Begleitet wurde er von Dr. Natalie Mizrahi, die zufällig auch seine Ehefrau war. Sie war in Frankreich geboren und aufgewachsen, sprach fließend algerisch gefärbtes Arabisch und hatte eine vielversprechende Karriere als Ärztin zugunsten des gefährlichen Lebens einer Geheimagentin aufgegeben. Ihr erster Einsatz hatte sie nach Raqqa, der Hauptstadt des kurzlebigen Islamischen Staats, geführt, wo sie das IS-Terrornetzwerk unterwandert hatte. Wären Gabriel und Michail nicht gewesen, wäre dies ihr erster und letzter Einsatz gewesen.

Wie die übrigen Mitglieder des Teams hatte Natalie nur eine vage Ahnung, weshalb sie nach München beordert worden war. Jetzt hörte sie in dem düsteren Salon sitzend aufmerksam zu, als Gabriel dem Team von einem Familienurlaub erzählte, der nicht hatte sein sollen. Von Erzbischof Luigi Donati, der ihn nach Rom gebeten hatte, hatte er erfahren, dass Papst Paul VII., der so viel gegen den überlieferten Antisemitismus seiner Kirche getan hatte, unter geheimnisvollen Umständen gestorben war. Obwohl Gabriel skeptisch blieb, hatte er sich bereit erklärt, die Ressourcen des Diensts für informelle Ermittlungen einzusetzen. So war er nach Florenz gelangt, wo er Zeuge der Ermordung eines jungen Schweizergardisten geworden war. Das hatte ihn zu einem Häuschen in der Nähe von Freiburg geführt, in dem ein nicht zu Ende geschriebener Brief aus einem gerahmten Farbdruck von Jesus im Garten Gethsemane gefallen war.

Das päpstliche Handschreiben betraf ein Buch, das Seine Heiligkeit im Vatikanischen Geheimarchiv entdeckt hatte. Ein Buch, das angeblich auf den Memoiren des römischen Statthalters in Judäa basierte, der Jesus zum Tod am Kreuz verurteilt hatte. Ein Buch, das der Schilderung von Jesu Tod in den kanonischen Evangelien widersprach, die das Fundament zu einem oft mörderischen Antisemitismus gelegt hatte, der seit nunmehr zweitausend Jahren grassierte.

Das Buch war verschwunden, aber die Männer, die es entwendet hatten, waren bekannt. Sie gehörten dem Helenenorden an, einem reaktionären katholischen Geheimbund, der in Süddeutschland von einem Geistlichen gegründet worden war, der ein Bewunderer rechtsextremer Politiker, vor allem der Nationalsozialisten, gewesen war. Ulrich Schillers spirituelle Nachfahren wollten das bevorstehende Konklave kaufen und einen aus ihren Reihen zum Pontifex Maximus der römisch-katholischen Kirche wählen lassen. Als Direktor des Diensts war Gabriel zu dem Schluss gelangt, das liege nicht im Interesse des Staats Israel oder der eineinhalb Millionen Juden Europas. Deshalb würde er seinem Freund Luigi Donati helfen, die Pläne der Verschwörer zu durchkreuzen.

Dazu waren unwiderlegbare Beweise für das Vorhaben des Ordens nötig. Außerdem drängte die Zeit. Gabriel brauchte die Informationen spätestens am Donnerstagabend, am Vorabend des Konklaves. Zum Glück hatte er bereits zwei Hauptverschwörer identifiziert. Einer war Jonas Wolf, ein zurückgezogen lebender deutscher Industrieller. Der andere war ein ehemaliger BfV-Mitarbeiter namens Andreas Estermann.

Estermann würde am Mittwochabend um 20 Uhr ins Café Adagio am Beethovenplatz kommen, um einen Schweizer Geheimdienstler namens Christoph Bittel zu treffen. Stattdessen würde ihn der Dienst erwarten. Unmittelbar nach seiner Entführung würde er in das sichere Haus in München gebracht werden, um befragt zu werden. Gabriel hatte angeordnet, die Vernehmung nicht als Fischzug aufzuziehen. Estermann würde lediglich eine schon vorbereitete Erklärung unterzeichnen, die alle Details über den Plan der Verschwörer enthielt. Als ehemaliger Profi würde er nicht ohne Weiteres nachgeben. Dafür wurde ein Hebel gebraucht, den das Team ebenfalls finden musste. Dies alles in nur dreißig Stunden.

Die Mitglieder des Teams widersprachen mit keinem Wort und stellten keine einzige Frage. Stattdessen klappten sie ihre Laptops auf, stellten sichere Verbindungen nach Tel Aviv her und machten sich an die Arbeit. Zwei Stunden später, als leichter Schneefall den Rasen des Englischen Gartens überzuckerte, gaben sie den ersten Schuss ab.

37

MÜNCHEN

Die E-Mail, die wenige Sekunden später auf dem Display von Andreas Estermanns Smartphone erschien, stammte scheinbar von Christoph Bittel. Tatsächlich kam sie von einem 23-jährigen Hacker, der am MIT studiert hatte und jetzt bei der Einheit 8200 in Tel Aviv arbeitete. Sie wurde jedoch fast zwanzig Minuten lang nicht geöffnet, sodass Gabriel schon das Schlimmste befürchtete. Dann öffnete Estermann sie schließlich und klickte auf den Anhang, ein zehn Jahre altes Foto von einem Treffen deutscher und Schweizer Spione in Bern. Damit löste er einen Angriff mit Malware aus, die sofort das Betriebssystem seines Handys unter ihre Kontrolle brachte. Binnen Minuten exportierte sie die E-Mails, Textnachrichten, GPS-Daten, Telefon-Metadaten und Browser-Chronik eines ganzen Jahres, ohne dass Estermann etwas davon ahnte. Die Einheit 8200 leitete das Material an das sichere Haus in München weiter, das jetzt auch auf Mikrofon und Kamera des Mobiltelefons zugreifen konnte. Sogar Estermanns Terminkalender konnten sie studieren. Für Mittwoch war nur ein einziger Termin eingetragen: *Café Adagio, 20 Uhr, Treff mit C.B.*

Unter Estermanns Kontakten fanden sich die privaten Handynummern von Bischof Hans Richter und seines Privatsekretärs Pater Markus Graf. Beide erlagen Malware-Angriffen der Einheit 8200 ebenso wie die Smartphones von Kardinalkämmerer Domenico Albanese in Rom und Kardinal Franz von Emmerich aus Wien, den der Helenenorden als Lucchesis Nachfolger installieren wollte.

Überall in Estermanns Kontakten fand das Team Beweise für den erstaunlich großen Einflussbereich des Ordens, als sei ihm eine elektronische Version von Pater Schillers in Leder gebundenem Hauptbuch in die Hände gefallen. Hier standen die Telefonnummern und E-Mail-Adressen des österreichischen Kanzlers Jörg Kaufmann, des italienischen Ministerpräsidenten Giuseppe Saviano, von Cécile Leclerc von der französischen Front Populaire, Peter van der Meer von der niederländischen Freiheitspartei und natürlich Axel Brünner von den weit rechts stehenden deutschen Nationaldemokraten. Die Analyse der Telefon-Metadaten ergab, dass Estermann und Brünner allein in der Vorwoche fünfmal miteinander telefoniert hatten – eine Periode, die mit Brünners plötzlich überraschend guten Umfragewerten zusammenfiel.

Zum Glück für das Team waren Textnachrichten Estermanns privat und beruflich bevorzugtes Medium. Für vertrauliche Mitteilungen benutzte er einen Dienst, der End-to-end-Verschlüsselung und absolute Geheimhaltung versprach – ein Versprechen, das die Einheit 8200 schon lange widerlegt hatte. Das Team konnte nicht nur seine aktuellen Texte in Echtzeit mitlesen, sondern hatte auch Zugriff auf alle bereits gelöschten Nachrichten.

Gabriels Name nahm einen ebenso prominenten Platz ein wie der Luigi Donatis. Tatsächlich war Donati binnen weniger Stunden nach dem Tod des Heiligen Vaters im Frühwarnsystem des Ordens aufgetaucht. Der Orden hatte auch Gabriels Romreise und seinen Abstecher nach Florenz mitverfolgt. Von seinem Besuch in Rechthalten hatte Pater Erich, der Gemeindepfarrer, dem Orden berichtet. Das Smartphone verriet, dass auch Estermann in die Schweiz gereist war. Die GPS-Daten bewiesen, dass er sich am Samstag nach dem Tod des Heiligen Vaters neunundvierzig Minuten lang im Freiburger Café du Gothard aufgehalten hatte. Von dort aus war er nach Bonn gefahren, wo er sein Mobiltelefon 2:57 Stunden lang ausgeschaltet hatte.

Wenn es einen Lichtblick gab, war das Estermanns untadeliger Lebenswandel. Das Team entdeckte keinerlei Hinweis auf eine Geliebte oder eine Vorliebe für Pornografie. Was er sich an Nachrichten ansah, umfasste ein breites Spektrum, aber mit entschieden rechter Tendenz. Mehrere deutsche Webseiten, die er häufig besuchte, verbreiteten falsche oder irreführende Meldungen, die gegen muslimische Immigranten und die politische Linke hetzten. Davon abgesehen hatte er keine anrüchigen Surfgewohnheiten.

Andererseits ist niemand perfekt, und nur wenige Männer haben nicht irgendeine Schwäche. Wie sich bald zeigte, hatte Estermann eine Schwäche für Geld. Die Analyse seiner verschlüsselten Nachrichten ergab, dass er in regelmäßiger Verbindung mit einem gewissen Herrn Hassler stand, dem Besitzer einer Privatbank im Fürstentum Liechtenstein. Weitere Recherchen ohne Hasslers Erlaubnis ergaben, dass dort ein Konto auf den Namen Estermann existierte. Das Team hatte schon viele Geheimkonten in aller Welt aufgespürt, aber dieses in dem winzigen Fürstentum war anders.

»Kontoinhaberin ist Estermanns Frau Johanna«, sagte Dina Sarid.

»Wie hoch ist das jetzige Guthaben?«

»Gut eineinhalb Millionen Euro.«

»Wann ist es eröffnet worden?«

»Vor ungefähr einem Vierteljahr. Er hat sechzehn Einzahlungen vorgenommen. Jedes Mal exakt hunderttausend Euro.

Wenn du mich fragst, hat er sie von Bestechungsgeldern für die Kardinäle abgezweigt.«

»Wie steht's mit der Vatikanbank?«

»Auf den Konten von zwölf Elektoren sind in den letzten sechs Wochen hohe Überweisungen eingegangen. Vier haben über eine Million bekommen, die anderen jeweils achthunderttausend. Alle Überweisungen lassen sich zu Estermann zurückverfolgen.«

Die eigentliche Geldquelle war jedoch das geheimnisumwitterte Münchner Firmenimperium, das Alessandro Ricci als den Finanzier des Helenenordens bezeichnet hatte. Eli Lavon, der erfahrenste Finanzfahnder des Teams, übernahm es persönlich, die Zusammenhänge aufzuklären. Aber der Konzern war schwer gesichert, was keine Überraschung war. Schließlich hatte Lavon schon einmal mit dem Orden zu tun gehabt. Vor zwanzig Jahren war er entschieden im Nachteil gewesen. Dieses Mal hatte er die Einheit 8200 in seiner Ecke des Boxrings – und konnte bei Jonas Wolf ansetzen.

Der deutsche Geschäftsmann erwies sich als so rätselhaft wie der Konzern, der seinen Namen trug. Das fing schon mit seiner Biografie an. Soviel Lavon feststellen konnte, war Wolf *irgendwann* im Zweiten Weltkrieg *irgendwo* in Deutschland geboren worden. Er hatte an der Universität Heidelberg Mathematik studiert – *das* wusste Lavon bestimmt – und dort promoviert. Seine erste Firma, eine kleine Chemiefabrik, hatte er im Jahr 1970 mit Geld gekauft, das ihm ein Freund geliehen hatte. Binnen zehn Jahren gehörte er auf den Sektoren Hochbau, Transporte und Anlagenbau zu den Marktführern in Deutschland. Mitte der achtziger Jahre war er ein schwerreicher Mann.

Er kaufte sich ein elegantes Stadthaus in der Münchner Maxvorstadt und ein ganzes Tal in Obersalzberg nordöstlich von

Berchtesgaden. Dort wollte er einen Herrensitz für seine Familie und ihre Nachkommen erbauen. Aber als seine Frau und ihre beiden Söhne im Jahr 1988 mit einem Sportflugzeug tödlich verunglückten, wurde Wolfs Chalet zu seinem Gefängnis. Bei gutem Wetter flog er ein- bis zweimal pro Woche mit dem Hubschrauber in die Zentrale der Wolf Group im Münchner Norden. Die meiste Zeit verbrachte er jedoch von zahlreichen Leibwächtern beschützt in Obersalzberg. Seit über zwanzig Jahren hatte er kein Interview mehr gegeben. Nicht mehr seit dem Erscheinen einer unautorisierten Biografie, die ihn beschuldigte, den tödlichen Flugzeugabsturz in Auftrag gegeben zu haben. Journalisten, die versuchten, seine Vergangenheit zu ergründen, drohte der finanzielle Ruin – oder körperliche Gewalt wie im Fall eines aufdringlichen britischen Journalisten. Wolfs Beteiligung an seinem Tod – er wurde auf einer Radtour durch Devon von einem Auto gerammt, dessen Fahrer Fahrerflucht beging – wurde oft behauptet, aber nie bewiesen.

Eli Lavon erschien die Story von Jonas Wolfs spektakulärem Aufstieg fast zu gut, um wahr zu sein. Er zweifelte schon den Kredit an, den Wolf bekommen hatte, damit er seine erste Firma kaufen konnte. Aufgrund langer Erfahrung vermutete Lavon, das Geld sei von keinem Freund, sondern von einer Organisation im Kanton Zug gekommen: dem Helenenorden. Ebenfalls aus langjähriger Erfahrung vermutete er, die Wolf Group sei weit größer als allgemein bekannt.

Weil der Konzern sich ausschließlich in Privatbesitz befand und niemals einen Bankkredit aufgenommen hatte, waren Lavons Möglichkeiten, finanzielle Auskünfte einzuholen, sehr beschränkt. Estermanns Smartphone öffnete jedoch viele Türen innerhalb des Firmennetzwerks, die sonst selbst den Cyberkriegern der Einheit 8200 verschlossen geblieben wären. Kurz nach 20 Uhr an diesem Abend gelangten sie in

Jonas Wolfs private Datenbank und fanden den Schlüssel zum Königreich: ein zweihundert Seiten langes Dokument, das die globalen Aktivitäten des Konzerns und seine erstaunlich hohen Gewinne auflistete.

»Zweieinhalb Milliarden Reingewinn allein im letzten Jahr«, verkündete Lavon. »Und wo, glaubt ihr, geht all das Geld hin?«

An diesem Abend ließ das Team die Arbeit lange genug ruhen, um sich wie eine große Familie zum Abendessen zusammenzusetzen. Michail Abramov und Natalie Mizrahi fehlten jedoch, weil sie im Café Adagio am Beethovenplatz aßen. Es lag im Erdgeschoss eines gelben Gebäudes auf der Nordwestseite des Platzes. Tagsüber servierte es Bistro-Küche, aber abends gehörte es zu den angesagtesten Bars dieses Viertels. Michail und Natalie fanden das Essen mittelmäßig, aber dafür schätzten sie die Chancen für eine erfolgreiche Entführung eines Gasts recht hoch ein.

»Dafür gibt's drei Michelin-Sterne«, sagte Michail nach ihrer Rückkehr ins sichere Haus. »Kommt Estermann allein ins Café Adagio, fährt er in einem Van weg.«

Das entsprechende Fahrzeug, einen Mercedes Marco Polo, nahm das Team am folgenden Morgen um neun Uhr in Besitz – mit zwei Audi A8, zwei BMW-Motorrädern, einem Satz gefälschter deutscher Kennzeichen, vier Pistolen Marke Jericho Kaliber .45, einer Maschinenpistole Uzi Pro Compact und einer 9-mm-Beretta mit Griffschalen aus Walnussholz.

Ab diesem Augenblick schien die Anspannung in dem sicheren Haus merklich zuzunehmen. Wie so häufig verfinsterte Gabriels Laune sich, als die Stunde Null näher rückte. Michail erinnerte ihn daran, dass vor genau einem Jahr ein sechzehn Mann starkes Team in ein Lagerhaus in einem Teheraner Gewerbegebiet eingebrochen ist und mehrere Hundert Datenträger mit Millionen von Dokumenten erbeutet hatte. Das Team hatte seine Beute auf einem Lastwagen ans Kaspische Meer gebracht, wo ein Boot zur Flucht bereitlag. Das Unternehmen hatte die ganze Welt schockiert und wieder einmal bewiesen, dass der Dienst überall zuschlagen konnte, sogar in der Hauptstadt des unversöhnlichsten Feindes.

»Und wie viele Iraner musstet ihr erschießen, um dort lebend rauszukommen?«

»Details, Details«, sagte Michail mit wegwerfender Handbewegung. »Der springende Punkt ist, dass wir diesen Job mit geschlossenen Augen können.«

»Mir wär's lieber, ihr würdet die Augen offen lassen. Das erhöht eure Erfolgsaussichten.«

Bis Mittag hatte Gabriel es geschafft, sich einzureden, ihr Unternehmen sei zum Misserfolg verurteilt und er werde den Rest seines Lebens wegen unzähliger Straftaten in deutschen Gefängnissen verbringen – ein jämmerliches Ende einer Karriere und ein warnendes Beispiel für alle Nachfolger. Eli Lavon diagnostizierte den Grund für Gabriels Pessimismus ganz richtig, denn er litt unter demselben Übel. Daran ist München schuld, sagte er sich. Und das Buch.

An das Buch dachten sie häufig, vor allem Lavon. Es gab kein einziges Mitglied ihres Teams, dessen Leben nicht durch den ältesten Hass verändert worden war. Fast alle hatten in den Flammen des Holocausts Verwandte verloren. Einige waren nur geboren worden, weil ein Mitglied ihrer Familie den Mut zum Weiterleben aufgebracht hatte. Wie Isabel Feldmann, das einzige überlebende Kind Samuel Feldmanns, der dem Helenenorden als Gegenleistung für versprochenen Schutz ein kleines Vermögen in Bargeld und Wertsachen überlassen hatte.

Eine weitere Frau dieser Art war Irene Fränkel aus Berlin gewesen, die im Herbst 1942 nach Auschwitz deportiert worden war. Ihre Eltern waren gleich nach der Ankunft ins Gas geschickt worden, aber Irene hatte Auschwitz im Januar 1945 auf dem Todesmarsch verlassen. In dem jungen Staat Israel war sie im Jahr 1948 angekommen. Dort hatte sie einen Mann aus München kennengelernt, einen Schriftsteller, einen Intellektuellen, der schon vor dem Krieg nach Palästina ausgewandert war. In Deutschland hatte er Grünberg geheißen; in Israel nahm er den Namen Allon an. Nach der Hochzeit nahmen sie sich vor, sechs Kinder zu bekommen – je eines für jede Million ermordeter Juden –, aber dann blieb es doch bei einem. Sie nannte den Jungen Gabriel nach dem Götterboten, dem Ausdeuter von Davids Visionen.

Kurz nach 14 Uhr merkten plötzlich alle, dass sie Gabriel seit einigen Minuten nicht mehr gehört oder gesehen hatten. Eine rasche Durchsuchung des sicheren Hauses förderte keine Spur von ihm zutage, und ein Anruf auf seinem Handy blieb unbeantwortet. Die Einheit 8200 bestätigte, dass das Gerät eingeschaltet war und sich im Fußgängertempo durch den Englischen Garten bewegte. Eli Lavon glaubte sicher zu wissen, wohin er unterwegs war. Das Kind Irene Fränkels wollte sehen, wo es passiert war. Dafür hatte Lavon Verständnis. Er litt an derselben Krankheit.

38

MÜNCHEN

Im August 1935, zweieinhalb Jahre nach der Machtergreifung in Berlin, erklärte Adolf Hitler München offiziell zur »Hauptstadt der Bewegung«. Die Verbindungen der Stadt zum Nationalsozialismus waren unbestreitbar. In den turbulenten Jahren nach Deutschlands Niederlage im Ersten Weltkrieg war die NSDAP in München gegründet worden. Und es war in München, im Herbst 1923, wo Hitler den zum Scheitern verurteilten Bürgerbräu-Putsch anführte, der ihm knapp neun Monate Festungshaft in Landsberg einbrachte. Dort diktierte er den ersten Band von *Mein Kampf*, ein weitschweifiges Manifest, in dem er die Juden als Schädlinge bezeichnete, die ausgerottet werden müssten. In seinem ersten Jahr als Reichskanzler, in dem er Deutschland in eine totalitäre Diktatur verwandelte, wurden über eine Million Exemplare von *Mein Kampf* verkauft.

In den zwölf Jahren der Naziherrschaft besuchte Hitler München häufig. Er behielt eine große, geschmackvoll ausgestattete Wohnung im Haus Prinzregentenplatz 16 und ließ sich ein Bürogebäude mit Blick auf den Königsplatz bauen. Dieser Führerbau enthielt Apartments für Hitler und seinen Stellvertreter Rudolf Heß und besaß eine imposante Eingangshalle, aus der eine zweigeteilte Treppe in einen Konferenzraum hinaufführte. Dort unterzeichnete der britische

Premierminister Neville Chamberlain am 30. September 1938 das Münchner Abkommen. Bei seiner Rückkehr nach London verkündete er, es sichere den »Frieden in unserer Zeit«. Kein Jahr später fiel die Wehrmacht in Polen ein, stürzte die Welt in einen Krieg und gab den Anstoß zu den Ereignissen, die zur Vernichtung der Juden Europas führen sollten.

Die Münchner Innenstadt war durch dreißig britische und US-Bombenangriffe weitgehend zerstört worden, aber der Führerbau hatte irgendwie überlebt. Unmittelbar nach dem Krieg hatten die Alliierten ihn als Lagergebäude für Raubkunst benutzt. Jetzt beherbergte er die angesehene Hochschule für Musik und Theater München, in der Pianisten, Cellisten, Geiger und Schauspieler ihre Kunst in Räumen übten, in denen einst Mörder saßen. An der wuchtigen Steinfassade des Gebäudes lehnten Fahrräder, und am Fuß der Eingangstreppe standen zwei gelangweilt wirkende Polizisten. Sie achteten nicht auf den mittelgroßen schlanken Mann, der kurz stehen blieb, um zu lesen, welche kommenden Konzerte angekündigt wurden.

Er ging an der Alten Pinakothek mit ihrer weltberühmten Gemäldesammlung vorbei und bog nach links auf die Heßstraße ab. Dann dauerte es noch zehn Minuten, bis er den ersten Blick auf den über dem Olympiagelände aufragenden modernen Olympiaturm erhaschte. Das alte Olympische Dorf lag nördlich davon, unweit der BMW-Zentrale und des Firmensitzes eines als Wolf Group bekannten, höchst profitablen deutschen Konzerns. Er fand die Connollystraße und folgte ihr bis zu dem zweistöckigen Apartmentklotz mit der Nummer 31.

Das Gebäude war längst in ein Studentenwohnheim umgewandelt worden, aber Anfang September 1972 waren dort Mitglieder der israelischen Olympiamannschaft untergebracht gewesen. Am 5. September um 4.40 Uhr überstiegen acht palästinensische Terroristen in Trainingsanzügen einen unbewachten Zaun. Sie trugen Sporttaschen, in denen Kalaschnikows, Tokarew-Pistolen und russische Handgranaten lagen, und benutzten einen gestohlenen Schlüssel, um die Tür der Wohnung I aufzusperren. Zwei Israelis, der Ringertrainer Mosche Weinberg und der Gewichtheber Yossef Romano, wurden sofort erschossen. Neun weitere Männer wurden als Geiseln genommen.

Während ein weltweites Fernsehpublikum entsetzt zusah, verhandelten die deutschen Behörden für den Rest des Tages mit zwei vermummten Terroristen, die sich Issa und Tony nannten, und ließen jenseits des Georg-Brauchle-Rings die Spiele weiterlaufen. Kurz nach 22 Uhr wurden die Terroristen und ihre Geiseln mit Hubschraubern zum Fliegerhorst Fürstenfeldbruck geflogen, wo die Polizei eine unzulänglich geplante Befreiungsaktion durchführte. Sie endete mit dem Tod aller neun Israelis.

Binnen Stunden nach dem Massaker wies die israelische Ministerpräsidentin Golda Meir den legendären Geheimagenten Ari Schamron an, »die Jungs loszuschicken«. Das Unternehmen erhielt den Decknamen »Zorn Gottes«, den Schamron bewusst wählte, um seinem Unterfangen die Patina göttlichen Einverständnisses zu verleihen. Einer der Jungen war ein begabter Student der Kunstakademie Bezalel namens Gabriel Allon. Ein weiterer war Eli Lavon, ein aufstrebender Archäologe. Im Jargon des Teams war Lavon ein *Ajin*, ein Aufspürer. Gabriel war ein *Aleph*, ein Vollstrecker. Drei Jahre lang verfolgten sie ihre Beute durch Westeuropa und den Nahen Osten, mordeten bei Nacht und am helllichten Tag und lebten in ständiger Angst, sie könnten verhaftet und wegen Mordes vor Gericht gestellt werden. Insgesamt starben zwölf Männer durch ihre Hand. Gabriel selbst liquidierte sechs der Terroristen mit seiner Beretta Kaliber .22. Er versuchte immer, seine Opfer mit elf Schüssen zu treffen – einen für jeden der ermordeten Juden. Als er endlich nach Israel zurückkehrte, waren seine Schläfen grau. Lavon litt seither an posttraumatischen Belastungsstörungen, zu denen ein überempfindlicher Magen gehörte, der ihm noch jetzt zu schaffen machte.

Er näherte sich Gabriel geräuschlos an und gesellte sich vor der Connollystraße 31 zu ihm.

»Mach das nicht wieder, Eli. Du kannst von Glück sagen, dass ich dich nicht erschossen habe.«

»Ich hab versucht, ein bisschen Lärm zu machen.«

»Gib dir nächstes Mal mehr Mühe.«

Lavon sah zu dem Balkon der Wohnung I auf. »Kommst du oft hierher?«

»Tatsächlich ist's schon eine Weile her.«

»Wie lange?«

»Hundert Jahre«, sagte Gabriel abweisend.

»Ich komme jedes Mal her, wenn ich in München bin. Und ich denke immer das Gleiche.«

»Was denn, Eli?«

»Unsere Olympiamannschaft hätte nie hier untergebracht werden dürfen. Das Gebäude liegt zu einsam. Als wir einige Wochen vor Eröffnung der Spiele unsere Bedenken vorgebracht haben, haben die Deutschen uns versichert, unsere Sportler seien ungefährdet. Leider haben sie zu erwähnen vergessen, dass der deutsche Geheimdienst schon von einem Palästinenser vor einem geplanten Anschlag auf die israelische Mannschaft gewarnt worden war.«

»Das muss ihnen entfallen sein.«

»Warum haben sie uns nicht gewarnt? Warum haben sie nichts unternommen, um unsere Sportler zu schützen?«

»Weißt du's vielleicht?«

»Sie haben uns nicht gewarnt«, sagte Lavon, »weil nichts ihre große Coming-out-Party stören sollte, vor allem keine Drohung gegen die Nachkommen der Leute, die sie dreißig Jahre zuvor auszurotten versucht hatten. Denk daran, dass die bundesdeutschen Nachrichtendienste von Männern wie Reinhard Gehlen aufgebaut worden waren. Von Männern, die für Hitler und die Nazis gearbeitet hatten. Von weit rechts stehenden Männern, die Juden und Kommunisten gleichermaßen hassten. Kein Wunder, dass sie jemanden wie Andreas Estermann mit offenen Armen aufgenommen haben.« Er sah Gabriel an. »Ist dir aufgefallen, welchen Job er vor seiner Pensionierung hatte?«

»Leiter der Abteilung 2, der Spionageabwehr.«

»Warum telefoniert er dann so häufig mit Leuten wie Axel Brünner? Und warum hat er die privaten Handynummern aller wichtigen Rechtspopulisten Europas?« Lavon machte eine Pause. »Und wieso hat er neulich in Bonn sein Handy drei Stunden lang abgeschaltet?«

»Vielleicht hat er dort eine Freundin.«

»Estermann? Der ist ein Chorknabe.«

»Ein doktrinärer Chorknabe.«

Lavon sah wieder zur Fassade des Gebäudes auf. Hinter einem der Fenster brannte Licht. »Hast du dir jemals ausgemalt, wie anders unser Leben verlaufen wäre, wenn das nicht passiert wäre?«

»München?«

»Nein«, antwortete Lavon. »*Alles.* Zweitausend Jahre Hass. Wir wären so zahlreich wie alle Sterne am Himmel und die Sandkörner am Strand, genau wie Gott es Abraham versprochen hat. Ich würde in einer schönen Wohnung im Wiener ersten Bezirk leben, eine Koryphäe auf meinem Fachgebiet, ein angesehener Wissenschaftler. Ich säße jeden Nachmittag als Stammgast im Café Sacher und würde meine Abende damit verbringen, Haydn und Mozart zu hören. Gelegentlich würde ich eine Galerie besuchen und dort Arbeiten des berühmten Berliner Malers Gabriel Grünberg sehen – Sohn von Irene Fränkel und Enkelsohn von Viktor Fränkel, einem der größten Maler des zwanzigsten Jahrhunderts. Wer weiß? Vielleicht wäre ich sogar wohlhabend genug, um mir eines seiner Gemälde leisten zu können.«

»Leider sieht das richtige Leben anders aus, Eli.«

»Du hast natürlich recht. Aber wäre es wirklich zu viel verlangt, sie zu bitten, uns nicht mehr zu hassen? Wieso nimmt der Antisemitismus in Europa zu? Wieso ist man als Jude in diesem Land nicht mehr sicher? Wieso sind die Schuldgefühle wegen des Holocausts abgeklungen? Wieso hört das alles nie auf?«

»Acht Wörter«, sagte Gabriel.

Danach entstand Schweigen zwischen ihnen, bis Lavon wieder das Wort ergriff.

»Was ist wohl daraus geworden?«

»Aus dem Evangelium nach Pilatus?«

Lavon nickte.

»In Rauch aufgegangen.«

»Wie passend.« Lavons Tonfall klang untypisch verbittert. Er suchte nach seinen Zigaretten, zündete sich aber doch keine an. »Natürlich steht fest, dass die Nazis die Juden Europas vernichtet haben. Aber die Endlösung wäre nicht möglich gewesen, wenn das Christentum nicht den Boden dafür vorbereitet hätte. Hitlers willige Vollstrecker waren über Jahrhunderte hinweg durch kirchliche Lehren gegen die bösen Juden konditioniert worden. Österreichische Katholiken hatten einen überdurchschnittlich hohen Anteil am Personal der

Todeslager, und die Überlebenschancen für Juden waren in katholischen Ländern weit schlechter.«

»Aber Tausende von Katholiken haben ihr Leben riskiert, um uns zu retten.«

»Richtig, das haben sie getan. Sie haben aus eigenem Entschluss gehandelt, ohne auf eine Ermutigung durch ihren Papst zu warten. So haben sie die Kirche vor einem moralischen Abgrund gerettet.« Lavons Blick glitt über das alte Olympische Dorf. »Wir sollten zusehen, dass wir nach Schwabing zurückkommen. Es wird bald dunkel.«

»Das ist's schon«, sagte Gabriel.

Lavon zündete sich endlich die Zigarette an. »Warum hat er deiner Ansicht nach neulich Abend sein Handy drei Stunden lang ausgeschaltet?«

»Estermann?«

Lavon nickte.

»Das weiß ich nicht«, sagte Gabriel. »Aber ich habe vor, ihn danach zu fragen.«

»Vielleicht solltest du ihn auch nach dem Pilatusevangelium fragen.«

»Keine Sorge, Eli, das habe ich vor.«

Als Gabriel und Lavon in das sichere Haus zurückkamen, waren die potenziellen Entführer für einen Abend in einem angesagten Café am Beethovenplatz gekleidet im Salon versammelt. Von Nervosität war nichts zu spüren, außer dass Michail ständig mit den Fingern auf seiner Sessellehne trommelte. Er hörte aufmerksam Andreas Estermann zu, der vor seinen leitenden Mitarbeitern über die Notwendigkeit sprach, die Sicherheitsvorkehrungen in allen Werken der Wolf Group, vor allem in den Chemiefabriken, zu verschärfen. Estermann war von seinem Kontaktmann beim BfV gewarnt worden – eine

Warnung, die das Team mitgehört hatte. Das System blinkte offenbar rot.

Um 17.15 Uhr blinkte es auch in Schwabing rot. Die Entführer verließen das Haus, wie sie gekommen waren – zeitlich versetzt, einzeln oder paarweise, um keine Nachbarn auf sich aufmerksam zu machen. Um 17.45 Uhr hatten alle ihre Ausgangspunkte erreicht.

Ungefähr zur selben Zeit verließ die Zielperson die Zentrale der Wolf Group. Gabriel verfolgte Estermanns Fahrt auf seinem Laptop, auf dem ein blinkender blauer Punkt auf einem Stadtplan anzeigte, wo sich das gehackte Smartphone befand. Es hatte Gabriel schon fast alle Informationen geliefert, die er brauchte, um zu verhindern, dass der Plan des Helenenordens für das Konklave aufging. Trotzdem gab es noch einige Punkte, die Andreas Estermann aufklären musste. War er vernünftig, würde er keinen Widerstand leisten. Gabriel war in gefährlich düsterer Stimmung. Schließlich waren sie hier in München. In der Hauptstadt der Bewegung. Die Stadt, durch die einst Mörder gegangen waren.

39

BEETHOVENPLATZ, MÜNCHEN

Knapp nördlich des Münchner Hauptbahnhofs kam der Verkehr abrupt zum Stehen. Die Polizei kontrollierte wieder einmal. In der Stadt gab es zahlreiche Kontrollstellen, meist an Ausfallstraßen und auf Plätzen mit viel Fußgängerverkehr. Das ganze Land war nervös, machte sich auf den nächsten Anschlag gefasst. Selbst das BfV, Andreas Estermanns ehemaliger Dienst, war der Überzeugung, ein weiterer Anschlag sei unvermeidbar. Das glaubte auch Estermann. Tatsächlich hatte er Grund zu der Annahme, der nächste Anschlag würde sich schon morgen früh ereignen – vermutlich in Köln. Hatte er Erfolg, würden die Zahl der Opfer und der hohe Sachschaden das Land zutiefst verwunden, alte Erinnerungen wecken. Dies würde Deutschlands 11. September sein. Ein Schlag, von dem es sich nie ganz erholen würde.

Estermann sah auf sein iPhone, stellte fest, dass er schon Verspätung hatte, und fluchte leise vor sich hin. Dafür bat er Gott sofort um Vergebung. Die Ordensregel verbot das Fluchen, auch wenn der Name des Herrn dabei nicht erwähnt wurde. Estermann, der Nichtraucher war und keinen Alkohol trank, schaffte es durch regelmäßiges Fasten und Besuche im Fitnessstudio, sein Gewicht zu halten, obwohl er gern gut aß. Seine Frau Johanna gehörte dem Orden ebenso an wie ihre sechs Kinder. Im heutigen Deutschland, dessen Bevölkerung schrumpfte, war eine Familie dieser Größe eine Seltenheit.

Wieder ein Blick aufs iPhone. *18.04* ... Er wählte Christian Bittels Nummer, aber der Schweizer meldete sich nicht. Als Nächstes schrieb er eine Nachricht, um mitzuteilen, er sei später als geplant weggefahren und stehe jetzt im Stau. Bittel antwortete sofort. Auch er schien sich etwas verspätet zu haben, was ihm nicht ähnlich sah. Normalerweise war er pünktlich wie ein Schweizer Chronograf.

Endlich kroch der Verkehr weiter. Nun sah Estermann die Ursache des Staus. Die Polizei durchsuchte einen am Bahnhofseingang stehenden Mercedes Sprinter. Fahrer und Beifahrer, junge Araber oder Türken, wurden an ihrem Fahrzeug lehnend gefilzt. Im Vorbeifahren genoss Estermann diesen Anblick. In seiner Kindheit in München hatte er selten Ausländer gesehen, vor allem keine mit brauner oder schwarzer Haut. Das hatte sich geändert, seit die Schleusen in den achtziger Jahren geöffnet worden waren. In Deutschland lebten jetzt zwölf Millionen Immigranten, fünfzehn Prozent der Bevölkerung. Die weitaus meisten waren Muslime. Wurde der gegenwärtige Trend nicht gestoppt, würden die Deutschen bald eine Minderheit im eigenen Land sein.

Estermann bog auf die belebte, von türkischen Geschäften geprägte Goethestraße ab und fand um 18.15 Uhr eine Parklücke in der Nähe des Beethovenplatzes. Er verlor weitere drei Minuten, weil er einen Parkautomaten füttern musste, und brauchte dann noch einige Minuten, um das Café Adagio zu Fuß zu erreichen. Es bestand aus einem schummrig beleuchteten großen Raum mit Vierertischen, die um ein kleines Musikpodium angeordnet waren, auf dem später am Abend ein amerikanisches Jazztrio spielen würde. Estermann machte sich nichts aus Jazz. Er machte sich auch nicht sonderlich viel aus der Klientel des Cafés Adagio. An einem Tisch in der hintersten Ecke küssten sich zwei Frauen – zumindest hielt Estermann sie für Frauen. Einige Tische weiter saßen zwei Männer. Einer hatte ein hartes, pockennarbiges Gesicht. Der andere war spindeldürr. Sie schienen Osteuropäer, vielleicht Juden zu sein. Wenigstens waren sie nicht schwul. Schwule hasste Estermann noch mehr als Juden und Muslime.

Bittel war nirgends zu sehen. Estermann setzte sich an einen möglichst weit von den anderen Gästen entfernten Tisch. Nach längerem Warten kam eine stark tätowierte junge Frau mit purpurrotem Haar herüber. Sie sah ihn erwartungsvoll an, als warte sie darauf, dass er das geheime Passwort aussprach.

»Cola Zero.«

Die Bedienung verschwand. Estermann sah auf sein iPhone. Wo zum Teufel blieb Bittel? Und wieso um Himmels willen hatte er diesen Treffpunkt vorgeschlagen?

Andreas Estermanns Unbehagen war so deutlich erkennbar, dass Gabriel ihn noch weitere zehn Minuten schmoren ließ, bevor er ihm mitteilte, Christoph Bittel sei leider dienstlich verhindert, den vereinbarten Termin wahrzunehmen. Durch die Kamera seines gehackten iPhones gesehen verzog Estermann das Gesicht zu einer Grimasse. Er sendete eine kurze Antwort, warf einen Fünfeuroschein auf den Tisch und stürmte aus dem Café. Er stapfte wütend die Goethestraße entlang zu seinem Wagen zurück, wo sein Zorn endgültig überkochte.

Auf der Motorhaube saß ein Mann, der seine Stiefel auf die Stoßstange gestellt und ein Mädchen zwischen den Knien hatte. Sein blasser Teint leuchtete im Schein der Straßenlampen. Die Kleine war sehr dunkel, vielleicht eine Araberin. Ihre Hände lagen auf den Schenkeln des Mannes. Die beiden küssten sich.

An die nun folgenden Ereignisse konnte Estermann sich später kaum noch erinnern. Es kam zu einem Wortwechsel, der in Tätlichkeiten ausartete. Estermann brachte einen einzigen Treffer an, wurde aber selbst von mehreren kompakten, genau berechneten Knie- und Ellbogenstößen getroffen.

Außer Gefecht gesetzt brach er auf dem Gehsteig zusammen. Im nächsten Augenblick hielt ein Van in zweiter Reihe neben seinem Wagen. Estermann wurde wie ein Sack Kartoffeln in den Laderaum geworfen. Er spürte einen schmerzhaften Stich in den Hals, dann verschwamm alles vor seinen Augen. Das letzte Bild, das sich ihm einprägte, war das Gesicht der Frau. Garantiert eine Araberin. Estermann hasste Araber. Fast so sehr, wie er Juden hasste.

40

MÜNCHEN

Kein verdecktes Unternehmen ist vollkommen, darüber sind sich alle Geheimdienstler einig. Ein sorgfältiger Planer kann bestenfalls das Risiko begrenzen, aufzufliegen, Misserfolg zu haben oder – noch schlimmer – verhaftet und angeklagt zu werden. Manchmal akzeptiert der Planer bestimmte Risiken, wenn es um Menschenleben oder eine gerechte Sache geht. Und manchmal muss er resigniert die Tatsache anerkennen, dass ein gewisses Maß an Glück, an Vorhersehung bestimmt, ob sein Schiff sicher den Hafen erreicht oder an den Klippen zerschellt.

Genau das war der Deal, den Gabriel an diesem Abend in München mit den für solche Unternehmen zuständigen Göttern abgeschlossen hatte. Ja, er hatte Andreas Estermann zu einem angeblichen Treffen mit einem alten Bekannten ins Café Adagio gelockt. Aber es war Estermann gewesen – nicht Gabriel oder sein Team –, der den Ort für seine Entführung gewählt hatte. Zum Glück hatte er ihn gut gewählt. Dort gab es keine Überwachungskamera, die sein Verschwinden hätte aufzeichnen können, und der einzige Zeuge war ein Dackel hinter einem Erdgeschossfenster des benachbarten Gebäudes.

Nach einem kurzen Ausflug zum Langwieder See im Westen der Stadt, um die Kennzeichen zu wechseln, kam der Van eine Stunde später zu dem sicheren Haus am Englischen Garten zurück. Gefesselt und mit verbundenen Augen wurde

Andreas Estermann in eine provisorische Haftzelle im Keller gebracht. Normalerweise hätte Gabriel ihn dort einen Tag liegen lassen, damit er reichlich Zeit hatte, sich sein Schicksal auszumalen. Stattdessen wies er Natalie kurz vor 22 Uhr an, Estermann möglichst schnell ins Bewusstsein zurückzuholen. Sie injizierte ihm ein Stimulans und ein euphorisierendes Mittel. Etwas, das seinen Realitätssinn beeinträchtigte. Etwas, das ihm die Zunge lockerte.

Daher leistete Estermann keinen Widerstand, als Mordecai und Oded ihn an einen Metallstuhl vor seiner Zelle fesselten. Ihm gegenüber saß Gabriel von Jaakov Rossman und Eli Lavon flankiert an einem Tisch. Hinter ihm stand ein Solaris-Smartphone auf einem Stativ. Estermann, der weiter eine Augenbinde trug, wusste davon nichts. Er wusste nur, dass er in der Scheiße steckte. Dabei konnte er sich leicht daraus befreien. Dazu brauchte er nur ein Schriftstück zu unterschreiben. Eine exakte Aufstellung mit Namen und Geldbeträgen.

Um 22.34 Uhr sprach sein Vernehmer ihn erstmals an. Die Kamera registrierte den Gesichtsausdruck des Deutschen, soweit er nicht von der Augenbinde verdeckt war. Die Spezialisten am King Saul Boulevard, die das Video später auswerteten, waren sich in einem Punkt einig: Estermann wirkte zutiefst erleichtert.

Obwohl Gabriel mit einem perfekten Gedächtnis geschlagen war, fiel es ihm manchmal schwer, sich an das Gesicht seiner Mutter zu erinnern. In Jerusalem hingen zwei ihrer Selbstporträts in seinem Schlafzimmer. Bevor er abends einschlief, sah er sie, wie sie sich selbst gesehen hatte: eine Leidensgestalt in der Manier der deutschen Expressionisten gemalt.

Wie viele junge Frauen, die den Holocaust überlebt hatten, kämpfte sie mit den Anforderungen durch die Sorge um ihr Kind. Sie neigte zu Melancholie und heftigen Stimmungsschwankungen. Sie konnte an Festtagen nicht fröhlich sein und war kein Genussmensch, der gern aß und trank. Sie trug immer einen Verband am linken Unterarm, um die verblasste eintätowierte Zahl zu verdecken. *29395* … Sie bezeichnete sie als Merkmal ihrer jüdischen Schwäche. Ihr Emblem jüdischer Schande.

Das Malen war wie ihre Mutterschaft eine Qual für sie. Gabriel saß zu ihren Füßen auf dem Boden und kritzelte auf einem Block, während sie sich an der Staffelei abmühte. Um sich abzulenken, erzählte sie ihm Geschichten aus ihrer Kindheit in Berlin. Mit Gabriel sprach sie Deutsch mit unverkennbarer Berliner Färbung. Das war seine erste Sprache – und noch heute die seiner Träume. Obwohl er fließend Italienisch sprach, verriet sein leichter Akzent, dass dies nicht seine Muttersprache war. Aber bei seinem Deutsch war das nicht der Fall. Wo immer er sich in Deutschland bewegte, kam niemand auf die Idee, er könnte nicht aus Berlin stammen.

Andreas Estermann glaubte das offenbar auch, was seine unangebrachte Erleichterung erklärte. Sie verflog rasch, als Gabriel ihm erklärte, weshalb er in Gewahrsam genommen worden war. Gabriel identifizierte sich nicht, aber er deutete an, als geheimes Mitglied des Helenenordens sei er von Herrn Wolf und Bischof Richter beauftragt worden, gewisse finanzielle Unregelmäßigkeiten aufzuklären, die vor Kurzem aufgefallen seien. Diese Unregelmäßigkeiten betrafen die Existenz eines Bankkontos im Fürstentum Liechtenstein. Gabriel nannte das aktuelle Guthaben und die Daten, an denen Überweisungen eingegangen waren. Dann las er einige Textnachrichten vor, die Estermann mit Privatbankier Hassler gewechselt hatte, damit der Deutsche sich nicht einbildete, sich irgendwie herauswinden zu können.

Als Nächstes kam Gabriel auf die Herkunft des Geldes des Helenenordens zu sprechen, das Estermann unterschlagen hatte. Es sei Geld gewesen, sagte er, das für die Bestechung von Kardinälen bestimmt gewesen sei, die zugestimmt hatten, im bevorstehenden Konklave den Kandidaten des Ordens zu wählen. Als der Name dieses Prälaten fiel, fuhr Estermann leicht zusammen und sprach dann erstmals. Mit einem einzigen Einwand bestätigte er die Existenz der Verschwörung und den Namen des Kardinals, den der Orden zum nächsten Papst machen wollte.

»Woher wissen Sie, dass es Emmerich ist?«

»Wie meinen Sie das?«

»Nur eine Handvoll von uns weiß von dem Unternehmen Konklave.«

»Ich gehöre dazu.«

»Aber dann müsste ich Sie kennen!«

»Mit welcher Berechtigung sagen Sie das?«

»Ich kenne die Namen aller Geheimmitglieder des Ordens.«

»Das ist offenbar nicht der Fall«, sagte Gabriel.

Als Estermann nicht weiter protestierte, kam Gabriel auf die Zahlungen zurück. Offenbar hatten mehrere Kirchenfürsten sich bei Kardinal Albanese beschwert, die Zahlungen seien nicht in vereinbarter Höhe eingegangen.

»Aber das ist ausgeschlossen! Pater Graf hat mir letzte Woche versichert, alle Kardinäle hätten ihr Geld bekommen.«

»Pater Graf arbeitet in dieser Sache mit mir zusammen. Er hat Sie in meinem Auftrag irregeführt.«

»Scheißkerl.«

»Der Orden verbietet solche Ausdrücke, Herr Estermann. Vor allem in Bezug auf einen Geistlichen.«

»Sagen Sie's bitte nicht Bischof Richter.«

»Keine Sorge, das bleibt unser kleines Geheimnis.« Gabriel machte eine Pause. »Aber nur, wenn Sie mir sagen, was Sie mit dem Geld gemacht haben, das die Elektoren bekommen sollten.«

»Ich habe es auf ihre Konten überwiesen, wie Herr Wolf und Bischof Richter angeordnet haben. Ich habe keinen einzigen Euro für mich abgezweigt.«

»Wieso sollten die Kardinäle lügen?«

»Liegt das nicht auf der Hand? Sie wollen mehr Geld aus uns herauspressen.«

»Was ist mit dem Bankkonto in Liechtenstein?«

»Das ist ein operatives Konto.«

»Wieso ist Ihre Frau als Begünstigte eingetragen?«

Estermann antwortete nicht gleich. »Wissen Herr Wolf und Bischof Richter von diesem Konto?«

»Noch nicht«, sagte Gabriel. »Und wenn Sie tun, was ich verlange, erfahren sie nie davon.«

»Was wollen Sie?«

»Ich möchte, dass Sie Herrn Hassler gleich morgen früh anrufen, damit er das Geld per Eilüberweisung auf mein Konto transferiert.«

»Ja, natürlich. Was noch?«

Gabriel sagte es ihm.

»Alle zweiundvierzig Namen? Dann sitzen wir die ganze Nacht hier.«

»Müssen Sie irgendwohin?«

»Meine Frau erwartet mich zum Abendessen.«

»Das haben Sie längst verpasst, fürchte ich.«

»Können Sie mir nicht wenigstens die Augenbinde und die Handschellen abnehmen?«

»Die Namen, Herr Estermann. Sofort.«

»Wollen Sie sie in bestimmter Reihenfolge?«

»Wie wär's mit alphabetisch?«
»Ich täte mich leichter, wenn ich mein Handy hätte.«
»Sie sind ein Profi. Sie brauchen Ihr iPhone nicht.«
Estermann legte den Kopf in den Nacken und atmete tief durch. »Kardinal Azevedo.«
»Tegucigalpa?«
»Im Kardinalskollegium gibt's nur einen Azevedo.«
»Wie viel hat er bekommen?«
»Zwei Millionen.«
»Wo liegt das Geld?«
»Bank of Panama.«
»Nächster?«
Estermann senkte den Kopf. »Ballantine aus Philadelphia.«
»Wie viel?«
»Eine Million.«
»Wo liegt das Geld?«
»Vatikanbank.«
»Nächster?«

Der letzte Name auf Estermanns Liste war Kardinal Péter Zikov, Erzbischof von Esztergom-Budapest, eine Million Euro, eingezahlt auf sein Privatkonto bei der Banco Popolare, Budapest. Insgesamt hatten 42 der 116 Kardinäle, die den Nachfolger von Papst Paul VII. wählen würden, sich ihre Stimme abkaufen lassen. Die Gesamtkosten dieses Unternehmens betrugen knapp fünfzig Millionen Euro. Jeder Cent davon kam von der Wolf Group, die Eingeweihten als Geldgeberin des Helenenordens bekannt war.

»Und das sind alle Namen?«, hakte Gabriel nach. »Wissen Sie bestimmt, dass Sie keinen vergessen haben?«

Estermann nickte nachdrücklich. »Die übrigen achtzehn Kardinäle, die für Emmerich stimmen werden, sind Ordensbrüder. Sie haben außer ihrer monatlichen Apanage kein zusätzliches Geld bekommen.« Er machte eine Pause. »Und dazu kommt noch Erzbischof Donati. Zwei Millionen. Ich habe das Geld überwiesen, nachdem er und der Israeli ins Geheimarchiv eingebrochen hatten.«

Gabriel wechselte einen Blick mit Eli Lavon. »Und Sie wissen bestimmt, dass Sie das Geld auf kein Konto überwiesen haben, das ich nicht kenne?«

»Nein«, sagte der Deutsche. »Es liegt auf Donatis Konto bei der Vatikanbank.«

Gabriel blätterte in seinem Notizbuch um, obwohl er sich nicht die Mühe gemacht hatte, einen einzigen Namen aufzuschreiben. »Gehen wir die Liste noch mal durch. Nur um sicherzugehen, dass wir niemanden vergessen haben.«

»Bitte«, sagte Estermann. »Ich habe schreckliche Kopfschmerzen von dem Zeug, das Sie mir gespritzt haben.«

Gabriel nickte Mordecai und Oded zu und wies sie auf Deutsch an, Estermann in seine Zelle zurückzubringen. Oben im Salon sah er sich mit Lavon das Video auf seinem Laptop an.

»Die Priesterkleidung, die du neulich getragen hast, muss auf dich abgefärbt haben. Ich hätte beinahe selbst geglaubt, dass du ein Mitglied des Ordens bist.«

Gabriel ließ das Video schnell vorlaufen und drückte auf PLAY.

Ich habe das Geld überwiesen, nachdem er und der Israeli ins Geheimarchiv eingebrochen hatten ...

Gabriel drückte auf PAUSE. »Ziemlich clever von ihnen, was?«

»Sie wollen offenbar nicht kampflos untergehen.«

»Ich auch nicht.«

»Was hast du vor?«

»Ich werde mit ihm reden.« Gabriel machte eine Pause. »Persönlich.«

»Du hast alles, was du brauchst«, sagte Lavon. »Komm, wir verschwinden, bevor ein freundlicher Polizeibeamter klingelt und sich erkundigt, ob wir irgendwas über einen vermissten leitenden Angestellten der Wolf Group wissen.«

»Wir können ihn nicht freilassen, bevor aus der Sixtinischen Kapelle weißer Rauch aufsteigt.«

»Dann fesseln wir ihn auf der Fahrt nach Rom in den Alpen an irgendeinen Baum. Mit etwas Glück findet ihn keiner, bevor die Gletscher schmelzen.«

Gabriel schüttelte den Kopf. »Ich will wissen, wieso er die Privatnummern von allen politisch wichtigen Rechtsextremisten in Europa hat. Und ich will dieses Buch.«

»Das ist längst in Rauch aufgegangen. Das hast du selbst gesagt.«

»Genau wie meine Großeltern.«

Gabriel wandte sich wortlos ab und ging wieder in den Keller hinunter. Dort wies er Mordecai und Oded an, Estermann aus seiner Zelle zu holen. Auch diesmal leistete der Deutsche keinen Widerstand, als er an den Metallstuhl gefesselt wurde. Um 0.42 Uhr wurde ihm die Augenbinde abgenommen. Die Kamera des Solaris-Handys zeichnete Estermanns Gesichtsausdruck auf. Am King Saul Boulevard waren sich später alle über einen Punkt einig. Dies war eine von Gabriels Sternstunden.

41

MÜNCHEN

Natalie gab Estermann zwei Ibuprofen gegen die Kopfschmerzen und einen halben türkischen Grillteller. Die Schmerztabletten schluckte er gierig, aber das Essen wies er naserümpfend zurück. Ebenso ignorierte er das Glas Bordeaux, das sie ihm hinstellte.

»Sie sieht wie eine Araberin aus«, sagte er, als sie wieder nach oben gegangen war.

»Sie stammt aus Frankreich. Sie musste mit ihren Eltern auf der Flucht vor dem dort grassierenden Antisemitismus nach Israel auswandern.«

»Ja, der soll ziemlich schlimm sein.«

»Fast so schlimm wie in Deutschland.«

»Bei uns sind die Migranten das Problem, nicht die Bio-Deutschen.«

»Eine praktische Ausrede, nicht wahr?« Gabriel zeigte auf das unberührte Weinglas. »Trinken Sie etwas, dann fühlen Sie sich besser.«

»Der Orden verbietet Alkoholgenuss.« Estermann runzelte die Stirn. »Das müssten Sie eigentlich wissen.« Er betrachtete den Grillteller angewidert. »Haben Sie kein deutsches Essen für mich?«

»Das wäre ein bisschen schwierig, weil Sie nicht mehr in Deutschland sind.«

Estermann lächelte überlegen. »Ich habe den größten Teil meines Lebens in München verbracht. Ich weiß, wie es riecht, wie es klingt. Ich tippe darauf, dass wir in Schwabing nahe dem Englischen Garten sind.«

»Essen Sie Ihren Döner, Estermann. Sie müssen bei Kräften bleiben.«

Er wickelte zwei Stücke gegrilltes Lammfleisch in etwas Fladenbrot und biss zögernd davon ab.

»Das war nicht so schlimm, oder?«

»Wo haben Sie das Zeug her?«

»Aus einem kleinen Kebap-Shop am Hauptbahnhof.«

»Dort leben lauter Türken, wissen Sie.«

»Meiner Erfahrung nach ist das im Allgemeinen der beste Ort, um türkisches Essen zu bekommen.«

Estermann kostete ein gefülltes Weinblatt. »Schmeckt eigentlich recht gut. Trotzdem hätte ich mir als Henkersmahl etwas anderes gewünscht.«

»Warum so pessimistisch, Estermann?«

»Wir wissen beide, wie dies hier enden wird.«

»Das Ende«, sagte Gabriel, »muss erst noch geschrieben werden.«

»Und was muss ich tun, um diese Nacht zu überleben?«

»Alle meine Fragen beantworten.«

»Und wenn ich's nicht tue?«

»Dann wäre ich versucht, eine tadellose Kugel an Sie zu verschwenden.«

Estermann senkte die Stimme. »Ich habe Kinder, Allon.«

»Sechs«, sagte Gabriel. »Eine sehr jüdische Zahl.«

»Wirklich? Das wusste ich nicht.« Estermann sah wieder das Weinglas an.

»Trinken Sie etwas«, sagte Gabriel. »Dann fühlen Sie sich besser.«

»Das ist verboten.«

»Leben Sie ein bisschen, Estermann.«

Er griff nach dem Glas. »Das hoffe ich sehr.«

Andreas Estermanns Geschichte begann ausgerechnet mit dem Münchner Olympia-Attentat. Schon sein Vater war Polizeibeamter gewesen. Ein richtiger Polizist, fügte er hinzu. Keiner, der im Geheimen arbeitete. In den frühen Morgenstunden des 5. September 1972 war er mit der Nachricht geweckt worden, dass palästinensische Terroristen im Olympischen Dorf mehrere israelische Sportler als Geiseln genommen hatten. Er hatte die tagsüber geführten Verhandlungen aus nächster Nähe verfolgt und war Augenzeuge des gescheiterten Rettungsversuchs auf dem Fliegerhorst Fürstenfeldbruck gewesen. Trotz dieses Fehlschlags war Estermann senior mit dem Bundesverdienstkreuz ausgezeichnet worden. Er hatte es in eine Schublade geworfen und nie mehr angesehen.

»Warum?«

»Seiner Ansicht nach war das ein Desaster gewesen.«

»Für wen?«

»Für Deutschland, versteht sich.«

»Was ist mit den schuldlosen Israelis, die in dieser Nacht ermordet wurden?«

Estermann zuckte mit den Schultern.

»Ihr Vater hat vermutlich geglaubt, das geschehe ihnen ganz recht.«

»Das könnte stimmen.«

»Er hat aufseiten der Palästinenser gestanden?«

»Wohl kaum.«

Sein Vater, fuhr Estermann fort, sei ebenso Mitglied des Helenenordens gewesen wie ihr Gemeindepfarrer. Estermann war schon als Student an der Münchner Ludwig-Maximilians-

Universität in den Orden eingetreten. Drei Jahre später, in einer besonders eisigen Phase des Kalten Kriegs, war er zum Bundesamt für Verfassungsschutz gegangen. Objektiv betrachtet konnte er – trotz der Nichtenttarnung der Hamburger Zelle – auf eine glanzvolle Karriere zurückblicken. Im Jahr 2008 verließ er die Abteilung Terrorismusbekämpfung und wurde Direktor des Bereichs 2, der Neonazis und Rechtsextremisten überwachte.

»Damit hat man den Bock zum Gärtner gemacht, finden Sie nicht auch?«

»Ein bisschen«, gab Estermann ironisch lächelnd zu.

Er habe die schlimmsten Extremisten eng überwacht, fuhr er fort, und den Strafverfolgungsbehörden geholfen, einige von ihnen hinter Gitter zu bringen. Aber die meiste Zeit hatte er dafür gearbeitet, die Drift seines Landes nach rechts zu befördern, indem er extremistische Gruppen und Parteien vor Ermittlungen schützte – vor allem in Bezug auf ihre Finanzierung. Insgesamt war seine Zeit als Direktor des Bereichs 2 ein rauschender Erfolg gewesen. In seiner Amtszeit explodierte die äußerste Rechte in Deutschland, was Größe und Einfluss betraf. Im Jahr 2014 schied er drei Jahre vor seiner Pensionierung aus dem BfV aus und ging als Sicherheitschef zur Wolf Group.

»Die heimlich den Helenenorden finanziert.«

»Sie haben offenbar Riccis Buch gelesen.«

»Wieso haben Sie den Dienst vorzeitig quittiert?«

»Ich hatte alles getan, was von innen heraus möglich war. Außerdem standen wir im Jahr 2004 kurz davor, unsere Ziele zu erreichen. Bischof Richter und Herr Wolf fanden, ich solle mich ausschließlich dem Projekt widmen.«

»Dem Projekt?«

Estermann nickte.

»Was war das?«

»Eine Reaktion auf einen Vorfall im Vatikan im Herbst 2006. Sie erinnern sich vielleicht daran. Tatsächlich«, sagte Estermann, »waren Sie meines Wissens an jenem Tag dabei.«

Er erinnerte Gabriel überflüssigerweise an die schrecklichen Details. Der Anschlag hatte sich an einem Mittwoch kurz nach Mittag während einer Generalaudienz auf dem Petersplatz ereignet. Drei Selbstmordattentäter mit drei RPG-7 – von der Schulter abgefeuerte russische Panzerabwehrwaffen –, ein kalkulierter Affront gegen den christlichen Begriff der Dreifaltigkeit, den der Islam als Polytheismus ablehnte. Bei diesem schlimmsten Terroranschlag seit dem 11. September hatte es über siebenhundert Tote gegeben. Zu den Opfern hatten der Kommandant der Schweizergarde, vier Kurienkardinäle, acht Bischöfe und drei *Monsignori* gehört. Auch Papst Paul VII. hätte dazugehören können, hätte Gabriel ihn nicht mit dem eigenen Leib vor herabstürzenden Trümmern beschützt.

»Und was haben Lucchesi und Donati getan?«, fragte Estermann. »Sie haben zu Dialog und Versöhnung aufgerufen.«

»Der Orden hatte vermutlich eine bessere Idee.«

»Islamische Terroristen hatten das Herz der Christenheit angegriffen. Ihr Ziel war die Umwandlung Westeuropas in eine Kolonie des Kalifats. Sagen wir einfach, dass Bischof Richter und Herr Wolf nicht bereit waren, über die Kapitulation der Christenheit zu verhandeln. Stattdessen haben sie bei Diskussionen über ihren Plan eine berühmte Parole der Juden verwendet.«

»Nämlich?«

»Nie wieder!«

»Wie schmeichelhaft«, sagte Gabriel. »Und der Plan?«

»Der radikale Islam hatte der Kirche und der westlichen Zivilisation den Krieg erklärt. Brachten die Kirche und die westliche Zivilisation nicht die Kraft auf, sich zu wehren, würde der Orden für sie in die Bresche springen.«

Es war Jonas Wolf gewesen, fuhr er fort, der ihr Unternehmen als das Projekt bezeichnet habe. Bischof Richter hatte für etwas Biblisches plädiert, das historischer und gewichtiger war. Wolf stellte Unauffälligkeit jedoch über Grandeur. Er wollte einen harmlos klingenden Namen, der in E-Mails und am Telefon verwendet werden konnte, ohne Verdacht zu erregen.

»Und das Ziel des Projekts?«

»Es sollte eine dem 21. Jahrhundert angepasste Version der Reconquista werden.«

»Aber Ihr Ehrgeiz hätte sich vermutlich nicht auf die Iberische Halbinsel beschränkt?«

»Nein«, sagte Estermann. »Unser Ziel war, den Islam in Westeuropa auszumerzen und der Kirche ihre angestammte Führungsrolle zurückzugeben.«

»Wie?«

»Wie unser Gründer, Pater Schiller, seinen erfolgreichen Kampf gegen den Kommunismus geführt hat.«

»Indem Sie sich mit Faschisten verbünden?«

»Durch Förderung der Wahlchancen konservativer Politiker in der traditionell katholischen Mitte Westeuropas.« Das klang trocken, als lese er aus einem Positionspapier vor. »Politiker, die dann die schwierigen, aber notwendigen Schritte unternehmen würden, um die jetzigen demografischen Entwicklungen ins Gegenteil zu verkehren.«

»Welche Art Schritte?«

»Benutzen Sie Ihre Fantasie.«

»Das tue ich bereits. Aber ich sehe nur Viehwaggons und Schornsteine.«

»Davon redet niemand.«

»*Sie* haben von ›ausmerzen‹ gesprochen, Estermann, nicht ich.«

»Wissen Sie, wie viele muslimische Einwanderer in Europa leben? In einer, höchstens zwei Generationen ist Deutschland ein islamischer Staat. Frankreich und die Niederlande auch. Können Sie sich vorstellen, wie es den Juden dann ergehen wird?«

»Ich schlage vor, dass Sie uns aus dem Spiel lassen und mir erklären, wie Sie fünfundzwanzig Millionen Muslime loswerden wollen.«

»Indem wir sie zum Gehen auffordern.«

»Und wenn sie sich weigern?«

»Dann wird es Deportationen geben müssen.«

»Sie wollen alle ausweisen?«

»Bis zum letzten Mann.«

»Was ist *Ihre* Rolle dabei? Sind Sie Adolf Eichmann oder Heinrich Himmler?«

»Ich bin Chef der Operationsabteilung. Ich leite Gelder des Ordens an ausgewählte Parteien weiter und verantworte unseren Nachrichten- und Sicherheitsdienst.«

»Sie haben vermutlich auch eine Cybereinheit.«

»Eine sehr gute. Der Orden und die Russen sorgen dafür, dass der durchschnittliche Westeuropäer kaum noch wahre Informationen bekommt.«

»Arbeiten Sie mit ihnen zusammen?«

»Mit den Russen?« Estermann schüttelte den Kopf. »Aber wir haben sehr oft gleiche Interessen.«

»Der österreichische Bundeskanzler ist ein großer Freund des Kremls.«

»Jörg Kaufmann? Er ist unser Rockstar. Sogar der sonst sehr kritische US-Präsident bewundert ihn.«

»Was ist mit Giuseppe Saviano?«

»Mithilfe des Ordens hat er aus dem Nichts kommend die letzte Wahl gewonnen.«

»Cécile Leclerc?«

»Eine echte Kämpferin. Sie hat mir erzählt, dass sie eine Brücke von Marseille nach Nordafrika bauen lassen will. Natürlich nur für eine Fahrtrichtung.«

»Damit bleibt noch Axel Brünner.«

»Die Bombenanschläge haben seinen Umfragewerten kräftig Schub verliehen.«

»Sie wissen nicht zufällig etwas über sie?«

»Nach Überzeugung meiner alten Freunde beim BfV steckt dahinter eine Zelle in Hamburg. Dort herrschen echt schlimme Zustände. Überall radikale Moscheen. Damit räumt Brünner auf, sobald er an der Macht ist.«

Gabriel lächelte. »Dank Ihrer Bemühungen wird Brünner das Kanzleramt nur von innen sehen, wenn er dort einen Job als Hausmeister bekommt.«

Estermann äußerte sich nicht dazu.

»Sie waren dicht davor, alles zu erreichen, was Sie sich vorgenommen hatten. Trotzdem haben Sie alles aufs Spiel gesetzt, indem Sie einen herzkranken alten Mann ermordet haben. Wozu dieser Mord? Wieso haben Sie nicht einfach seinen Tod abgewartet?«

»Das war der Plan.«

»Was hat sich geändert?«

»Der alte Mann hat im Vatikanischen Geheimarchiv ein Buch gefunden«, sagte Estermann. »Und dann wollte er's Ihnen schicken.«

42

MÜNCHEN

Anfang Oktober, nach der Rückkehr des Heiligen Vaters von einem langen Wochenende in seiner Sommerresidenz Castel Gandolfo, erkannte der Orden, dass er ein Problem hatte. Bei sich verschlechternder Gesundheit, vielleicht mit dem Wissen, dass seine Tage gezählt waren, machte er sich daran, die geheimsten Dokumente des Vatikans durchzusehen – vor allem die mit der Frühkirche und den Evangelien zusammenhängenden. Seine Heiligkeit interessierte sich besonders für die apokryphen Evangelien, die die Kirchenväter aus dem Neuen Testament gestrichen hatten.

Kardinal Domenico Albanese, der Präfekt des Geheimarchivs, überwachte seine Lektüre sorgfältig und versteckte Dokumente, die Paul VII. nicht sehen sollte. Rein durch Zufall entdeckte er jedoch bei einem Besuch im päpstlichen Arbeitszimmer auf Lucchesis Schreibtisch einen jahrhundertealten Lederband mit frühchristlichen Schriften, der eigentlich im Dokumentenlager des Archivs hätte stehen sollen. Als der Kardinal nach der Herkunft des Buchs fragte, hatte Paul VII. ihm erklärt, er habe es von einem gewissen Pater Josua bekommen, dessen Name Albanese nichts sagte.

Der besorgte Kardinal hatte sofort seinen Generalsuperior, Bischof Hans Richter, informiert, der sich seinerseits an den Chef des Sicherheitsdiensts, Andreas Estermann, gewandt hatte. Einige Wochen später – Mitte November – hatte Estermann erfahren, der Heilige Vater sei dabei, einen Brief an den Mann zu schreiben, der ihm bei dem Anschlag auf den Vatikan das Leben gerettet hatte.

»Und so«, sagte Estermann, »war sein Schicksal besiegelt.«

»Woher wussten Sie von dem Brief?«

»Meine Leute haben das päpstliche Arbeitszimmer schon vor Jahren verwanzt. Ich habe mitgehört, wie er Donati von dem Brief an Sie erzählt hat.«

»Aber Lucchesi hat Donati nicht erzählt, weswegen er mir schreiben wollte.«

»Ich habe gehört, wie der Papst es einem anderen erzählt hat. Wer das war, habe ich nie ermitteln können. Dafür war die Aufnahme zu undeutlich.«

»Wieso war der Orden so in Sorge, Lucchesi könnte das Buch mir schicken?«

»Liegt das nicht auf der Hand?«

»Sie waren in Sorge, weil es den Wahrheitsgehalt der kanonischen Evangelien infrage stellt.«

»Korrekt.«

»Sorgen hat Ihnen aber auch die Provenienz des Buchs gemacht. Mit einer größeren Summe Bargeld und einigen Gemälden hat der Orden es im Jahr 1938 von einem reichen römischen Juden namens Emanuele Giordano erhalten. Signor Giordano hat diese Dinge nicht aus der Güte seines Herzens gespendet. In den dreißiger Jahren hat der Orden sich recht erfolgreich als Erpresser betätigt. Seine Opfer waren schutzsuchende reiche Juden, die für Geld und Wertsachen gefälschte Taufzeugnisse erhielten. Dieses Geld war das Wagniskapital für die spätere Wolf Group.« Gabriel machte eine Pause. »Alles das hätte auffliegen können, wenn Lucchesi das Buch in meine Hände gelegt hätte.«

»Nicht schlecht, Allon. Ich habe immer gehört, wie gut Sie sind.«

»Wie ist das Evangelium nach Pilatus ins Vatikanische Geheimarchiv gelangt?«

»Im Jahr 1964 hat Pater Schiller es Pius XII. übergeben. Seine Heiligkeit hätte es verbrennen sollen. Stattdessen hat er es im Archiv vergraben. Hätte Pater Josua es nicht entdeckt, würde Lucchesi noch leben.«

»Wie hat Pater Graf ihn ermordet?«

Diese Frage schien Estermann zu überraschen. Nach kurzem Zögern hielt er zwei Finger der rechten Hand hoch und bewegte den Daumen, als drücke er den Kolben einer Injektionsspritze herunter.

»Was hat er ihm gespritzt?«

»Fentanyl. Der Alte hat sich anscheinend ziemlich gewehrt. Graf hat ihm das Mittel durch die Soutane hindurch injiziert und dem Sterbenden den Mund zugehalten. Zu den Aufgaben des Camerlengos gehört es, den Leichnam des Papstes für die Beisetzung vorzubereiten. Albanese hat dafür gesorgt, dass niemand den Einstich im rechten Oberschenkel bemerkt hat.«

»Ich denke, ich werde Pater Graf durchlöchern, wenn ich ihn wieder zu Gesicht bekomme.« Gabriel legte ein Foto auf den Tisch: ein Mann mit Sturmhaube und einer Pistole in der ausgestreckten Rechten auf dem Ponte Vecchio in Florenz. »Er ist ein ziemlich guter Schütze.«

»Ich habe ihn selbst ausgebildet.«

»Hat Niklaus Janson ihn an dem bewussten Abend in die päpstlichen Gemächer eingelassen?«

Estermann nickte.

»Wusste er, was Pater Graf vorhatte?«

»Sankt Niklaus?« Estermann schüttelte den Kopf. »Er hat

den Heiligen Vater und Donati geliebt. Pater Graf hat ihn dazu überredet, ihn einzulassen. Niklaus muss das Arbeitszimmer wenige Minuten nach Pater Grafs Weggang betreten haben. Dabei hat er den auf dem Schreibtisch liegenden Brief an sich genommen.«

Gabriel legte ihn neben das Foto auf den Tisch.

»Wo haben Sie ihn gefunden?«

»Er hatte ihn in der Tasche, als er erschossen wurde.«

»Was steht darin?«

»Dass Sie mir lieber sagen sollen, was aus dem Pilatusevangelium geworden ist, nachdem Albanese es aus dem Arbeitszimmer mitgenommen hatte.«

»Er hat es Bischof Richter übergeben.«

»Und was hat Bischof Richter damit gemacht?«

»Was Pater Schiller und Pius XII. schon damals hätten tun sollen.«

»Er hat es verbrannt?«

Der Deutsche nickte.

Gabriel zog die Beretta aus seinem Hüftholster. »Wie soll diese Geschichte enden?«

»Ich möchte meine Kinder wiedersehen.«

»Korrekte Antwort. Versuchen wir's jetzt mit zweien nacheinander.« Gabriel zielte auf Estermanns Kopf. »Wo ist das Buch?«

Wie bei praktisch jedem Unternehmen des Diensts kam es zu einer hitzigen Auseinandersetzung. Jaakov Rossman ernannte sich zum Sprecher der Opposition. Das Team, argumentierte er, habe bereits das fast Unmögliche geschafft. Hastig zusammengestellt und in einer Großstadt im Alarmzustand eingesetzt, hatte es einen ehemaligen deutschen Geheimdienstler spurlos verschwinden lassen. In einem geschickt geführten

Verhör hatte er alle Informationen geliefert, die erforderlich waren, um zu verhindern, dass die katholische Kirche in die Hände eines bösartigen, reaktionären Ordens mit Verbindungen zur äußersten Rechten fiel. Und dies alles, ohne das geringste Aufsehen zu erregen. Da sei es besser, ihr Glück nicht mit einem letzten riskanten Manöver zu strapazieren, sagte Jaakov. Lieber Estermann auf Eis legen und in aller Ruhe zum Flughafen hinausfahren.

»Ich verlasse München nicht ohne dieses Buch«, sagte Gabriel. »Und Estermann wird es mir besorgen.«

»Wie kommst du darauf, dass er sich dazu bereit erklärt?«

»Weil das besser als die Alternative ist.«

»Aber wenn er lügt?«, fragte Jaakov. »Wenn er dich auf eine falsche Fährte schickt?«

»Das tut er nicht. Außerdem lässt seine Story sich leicht verifizieren.«

»Wie?«

»Über das Handy.«

Das Smartphone, das Gabriel meinte, gehörte Pater Markus Graf. Gabriel ließ die Einheit 8200, die sein Handy gehackt hatte, sobald es die Telefonnummer kannte, die gespeicherten GPS-Daten überprüfen. Kurz nach fünf Uhr morgens rief Juval Gerschon an und meldete, die GPS-Daten bestätigten Estermanns Darstellung.

Damit waren alle Diskussionen beendet. Trotzdem stellte sich noch die Transportfrage.

»Wenn wir hier aufgehalten werden«, sagte Eli Lavon, »kannst du unmöglich heute Abend wieder in Rom sein.«

»Nicht ohne ein Privatflugzeug«, gab Gabriel zu.

»Wie sollen wir an eines kommen?«

»Wir könnten es stehlen.«

»Das kann leicht schiefgehen.«

»In diesem Fall«, sagte Gabriel, »leihen wir uns lieber eines aus.«

Martin Landesmann, der Schweizer Investor und Philanthrop, war dafür bekannt, dass er nachts nur drei Stunden schlief. Deshalb klang er wach und voll unternehmerischer Vitalität, als er sich um 5.15 Uhr am Telefon meldete. Ja, sagte er, die Geschäfte liefen gut. Sogar sehr gut. Nein, antwortete er humorlos lachend, er verkaufe den Iranern keine nuklearen Komponenten mehr. Dank Gabriels Bemühungen hatte Landesmann seine Lieferungen eingestellt.

»Und Sie?«, fragte er ernsthaft: »Wie läuft Ihr Geschäft heutzutage?«

»Internationales Chaos ist eine Wachstumsindustrie.«

»Ich bin immer auf der Suche nach neuen Investitionsmöglichkeiten.«

»Geld ist kein Problem, Martin. Was ich brauche, ist ein Flugzeug.«

»Mit dem Boeing Business Jet fliege ich heute nach London, aber die Gulfstream steht zur Verfügung.«

»Die muss reichen.«

»Wo und wann?«

Gabriel sagte es ihm.

»Zielort?«

»Tel Aviv mit kurzer Zwischenlandung in Rom.«

»Wer zahlt dafür?«

»Setzen Sie's auf meine Rechnung.«

Gabriel legte auf, dann rief er Donati in Rom an.

»Ich habe schon gefürchtet, Sie würden nie mehr von sich hören lassen«, sagte der Erzbischof.

»Keine Sorge, ich habe alles, was Sie brauchen.«

»Wie schlimm ist's?«

»Zwölf auf der Bischof-Richter-Skala. Aber ich fürchte, dass es eine Komplikation gibt, die jemanden aus der Umgebung von Paul VII. betrifft. Darüber möchte ich lieber nicht am Telefon sprechen.«

»Wann kommen Sie zurück?«

»Ich muss hier vor meiner Abreise noch ein paar Kleinigkeiten erledigen. Und bleiben Sie um Himmels willen in der Jesuitenkurie, bis ich zurück bin.«

Gabriel legte auf.

»Eines würde mich interessieren«, sagte Lavon. »Wie ist's, du zu sein?«

»Anstrengend.«

»Warum schläfst du nicht ein paar Stunden, während wir zusammenpacken?«

»Das täte ich liebend gern. Aber ich möchte unserem neuesten Informanten noch eine Frage stellen.«

»Welche?«

»Gabriel sagte es ihm.«

»Das sind zwei Fragen«, sagte Lavon.

Gabriel grinste nur und ging mit Estermanns Smartphone in den Keller hinunter. Der Deutsche saß von Michail und Oded bewacht am Vernehmungstisch und trank Kaffee. Er war unrasiert und hatte an der rechten Schläfe einen blauen Fleck. Aber eine Rasur und etwas Make-up würden einen neuen Menschen aus ihm machen.

Er beobachtete misstrauisch, wie Gabriel ihm gegenüber Platz nahm. »Was gibt's jetzt wieder?«

»Wir schicken Sie unter die Dusche. Dann machen wir eine kleine Autofahrt.«

»Wohin?«

Gabriel starrte ihn ausdruckslos an.

»Sie kommen niemals an der Eingangskontrolle vorbei.«

»Das versuche ich gar nicht erst. Sie werden uns durchschleusen.«

»Das funktioniert nie!«

»Um Ihretwillen will ich hoffen, dass es klappt. Aber bevor wir hier wegfahren, möchte ich, dass Sie mir eine weitere Frage beantworten.« Gabriel legte Estermanns Mobiltelefon auf den Tisch. »Wozu sind Sie nach dem Gespräch mit Stefanie Hoffmann nach Bonn gefahren? Und wieso haben Sie Ihr Handy fast drei Stunden lang ausgeschaltet?«

»Ich war nicht in Bonn.«

»Ihr Handy sagt, dass Sie dort waren.« Gabriel tippte auf das Display. »Sie haben das Café du Gothard um 14.34 Uhr verlassen und waren um Viertel nach acht am Stadtrand von Bonn, was eine verdammt gute Zeit war, wie ich zugeben muss. Dort haben Sie Ihr Handy ausgeschaltet. Ich will wissen, warum.«

»Aber ich war nicht in Bonn!«

»Wo sonst?«

Der Deutsche zögerte. »Ich war in Lessenich. Das ist ein Ort einige Kilometer westlich von Bonn.«

»Was gibt es in Lessenich?«

»Ein Bauernhaus am Waldrand.«

»Wer wohnt dort?«

»Ein Mann namens Hamid Fawzi.«

»Wer ist er?«

»Ein Geschöpf meiner Cybereinheit.«

»Steckt er hinter den Bombenanschlägen in Deutschland?«

»Nein«, sagte Estermann, »das war ich.«

43

KÖLN

Gerhardt Schmidt war nicht dafür bekannt, freiwillig Überstunden zu machen. Normalerweise kam er wenige Minuten vor der Morgenkonferenz um 10 Uhr in die BfV-Zentrale in Köln, und wenn kein Notfall vorlag, saß er nicht später als 17 Uhr hinten in seinem Dienstwagen mit Fahrer. An den meisten Abenden legte er einen Zwischenstopp in einer der besseren Kölner Bars ein. Aber nur auf einen Drink. Alles in Maßen, das war Schmidts persönliche Maxime.

Die Bombenanschläge in Berlin und Hamburg hatten Schmidts gewohnten Tagesablauf gründlich durcheinandergebracht. An diesem Morgen war er bereits zu unchristlich früher Zeit an seinem Schreibtisch, während er sonst um acht Uhr noch zu Hause mit der Zeitung beim Kaffee saß. So konnte er sich selbst melden, als sein abhörsicheres Telefon blinkte, weil ein Anruf aus Tel Aviv kam.

Er hatte erwartet, von Gabriel Allon, dem legendären Direktor des israelischen Geheimdiensts, zu hören. Stattdessen war es Uzi Navot, Allons Stellvertreter, der Schmidt in akzentfreiem Deutsch einen guten Morgen wünschte. Schmidt empfand widerstrebenden Respekt vor Allon, aber Navot hasste er. Der Israeli hatte viele Jahre verdeckt in Europa gearbeitet, Netzwerke geknüpft und Agenten angeworben, darunter drei BfV-Mitarbeiter.

Binnen Sekunden bedauerte Schmidt jedoch zutiefst, zu dem Mann am anderen Ende der Leitung jemals unfreundlich gewesen zu sein – oder auch nur schlecht über ihn gedacht zu haben. Wie so oft schienen die Israelis erstaunlich genaue Informationen zu besitzen, diesmal über die neue Terroristenzelle, die Deutschland in Angst und Schrecken versetzte. Über die Quelle dieser Informationen äußerte Navot sich verständlicherweise zurückhaltend. Er sprach von einem Mosaik, einer Mischung aus Agentenmeldungen und der Auswertung mitgehörter Nachrichten. Leben standen auf dem Spiel. Die Uhr tickte.

Auch wenn nicht recht klar wurde, woher diese Informationen stammten, waren sie sehr detailliert. Sie betrafen ein Anwesen in Lessenich, einem Dorf am Rand des Hürtgenwalds westlich von Bonn. Es gehörte der in Hamburg ansässigen Firma OSH Holdings. Auf dem Grundstück standen zwei Gebäude: ein Bauernhaus und eine mit Wellblech beplankte Scheune. Das Haus war weitgehend unmöbliert. In der Scheune stand jedoch ein zehn Jahre alter Kleinlaster von Mitsubishi, der mit zwei Dutzend Fässern Ammoniumnitratdünger, Methylammoniumnitrat und Wassergel, den Zutaten für eine ANNM-Bombe, beladen war.

Zugelassen war das Fahrzeug auf Hamid Fawzi, einen syrischen Flüchtling, der nach Ausbruch des Bürgerkriegs aus Damaskus nach Frankfurt gekommen war. So stand es zumindest in seinen Accounts in den sozialen Medien, die er regelmäßig aktualisierte. Der Ingenieur Fawzi arbeitete als IT-Fachmann bei einer deutschen Beratungsfirma, die ebenfalls OSH Holdings gehörte. Seine Frau Asma trug Vollverschleierung, wenn sie einmal aus dem Haus ging. Sie hatten zwei Kinder: ein Mädchen namens Salma und einen Jungen, der Mohammad hieß.

Nach Navots Informationen sollte an diesem Morgen um zehn Uhr ein einzelner Terrorist den Kleinlaster abholen. Ob das Hamid Fawzi sein würde, wusste der Israeli nicht. Aber er konnte das Ziel ziemlich sicher angeben: der gegenwärtig stattfindende, ungeheuer beliebte Weihnachtsmarkt am Kölner Dom.

Gerhardt Schmidt hätte Navot viele Fragen stellen wollen, aber weil die Zeit drängte, musste er sich damit begnügen, ihm aufrichtig zu danken. Nachdem er aufgelegt hatte, rief er sofort den Innenminister an, der seinerseits den Kanzler und den Präsidenten der Bundespolizei informierte. Die ersten Polizeibeamten erreichten das Bauernhaus kurz vor neun Uhr. Um 9.05 Uhr trafen dort vier Teams der GSG-9 – einer Spezialeinheit der Bundespolizei für Terrorismusbekämpfung – ein.

Die Beamten versuchten nicht, die Scheune zu betreten, deren Tor mit einem schweren Vorhängeschloss gesichert war. Stattdessen gingen sie in der näheren Umgebung in Deckung und warteten. Um Punkt zehn Uhr holperte ein VW Passat die mit Schlaglöchern übersäte Zufahrt entlang. Der Mann am Steuer trug eine Sonnenbrille, eine tief in die Stirn gezogene Wollmütze und Handschuhe.

Er parkte vor dem Bauernhaus und ging zu der Scheune hinüber. Die GSG-9-Teams warteten, bis er aufgesperrt hatte, bevor sie aus der Deckung gestürmt kamen. Der überraschte Mann griff in seine Jacke, als wolle er eine Waffe ziehen, ließ sie aber klugerweise stecken, als er sah, welcher Übermacht er gegenüberstand. Für die GSG-9-Männer war das eine gewisse Überraschung. Sie hatten in der Ausbildung gelernt, dass Dschihadisten im Allgemeinen bis zur letzten Patrone kämpften.

Die zweite Überraschung kam, als sie dem mit Handschellen Gefesselten Sonnenbrille und Wollmütze abnahmen. Der blonde, blauäugige junge Mann hätte einem NS-Propagandaplakat entstiegen sein können. Eine rasche Leibesvisitation förderte eine 9-mm-Glock, drei Mobiltelefone, mehrere Tausend Euro in bar und einen auf den Namen Klaus Jäger ausgestellten österreichischen Pass zutage. Die Bundespolizei nahm sofort Verbindung mit den Kollegen in Wien auf, die Jäger gut kannten. Er war ein ehemaliger Polizeibeamter, der wegen seiner Nähe zu Neonazis aus dem Dienst entfernt worden war.

Zu diesem Zeitpunkt, gegen halb elf, erschien die Story als Eilmeldung auf der Webseite der Zeitung *Die Welt*. Auf einer anonymen Quelle basierend meldete sie, die Bundespolizei habe aufgrund einer Mitteilung von BfV-Präsident Gerhardt Schmidt einen der für die Anschläge in Berlin und Hamburg verantwortlichen Männer festgenommen. Er sei jedoch kein Angehöriger des Islamischen Staats, sondern ein polizeibekannter Neonazi mit Verbindungen zu Axel Brünner und seinen Nationaldemokraten. Die Anschläge, meldete *Die Welt*, seien Teil einer perfiden Verschwörung mit dem Ziel, Brünners Wahlchancen zu verbessern.

Binnen weniger Minuten herrschte in Deutschland politischer Aufruhr. Gerhardt Schmidt war jedoch plötzlich der beliebteste Deutsche. Nachdem er mit dem Kanzler telefoniert hatte, rief er Uzi Navot in Tel Aviv an.

»*Masl-tow*, Gerhardt. Ich habe gerade die Nachrichten gesehen.«

»Ich weiß nicht, wie ich Ihnen danken soll.«

»Oh, Ihnen fällt bestimmt etwas ein.«

»Es gibt nur noch ein Problem«, sagte Schmidt. »Ich muss den Namen Ihres Informanten wissen.«

»Ausgeschlossen! Aber an Ihrer Stelle würde ich mich näher mit der OSH Holdings befassen. Das könnte Sie an einen interessanten Ort führen, denke ich.«

»Und zwar?«

»Ich will Ihnen die Überraschung nicht verderben.«

»Wussten Sie, dass Brünner und die extreme Rechte hinter den Anschlägen stecken?«

»Die extreme Rechte?«, fragte Navot ungläubig. »Wer hätte das gedacht?«

44

MÜNCHEN – BERCHTESGADEN

Der Mann, von dem Uzi Navots bemerkenswert genaue Informationen stammten, verließ München um 9.45 Uhr im Kofferraum eines Audis A8. Dort blieb er gefesselt und geknebelt liegen, bis der Wagen die Raststätte Irschenberg erreichte, wo er neben Gabriel auf den Rücksitz gesetzt wurde. Gemeinsam hörten sie die Eilmeldung im Bayerischen Rundfunk, während die Limousine auf der Salzburger Autobahn weiterfuhr.

»Irgendetwas sagt mir, dass Brünners Strohfeuer erloschen ist.« Gabriel sah auf Estermanns vibrierendes Handy. »Wenn man vom Teufel spricht ... Das ist sein dritter Anruf.«

»Bestimmt glaubt er, dass ich hinter der Story stecke, die Sie der *Welt* zugespielt haben.«

»Wie käme er darauf?«

»Die Bombenanschläge wurden unter strikter Geheimhaltung vorbereitet. Ich war einer von nur vier Männern, die wussten, dass der Orden ihm damit helfen wollte, die Wahl zu gewinnen.«

»Das nenne ich Fake News«, bemerkte Gabriel.

»*Sie* haben diese Story in der *Welt* lanciert.«

»Aber meine Informationen waren alle wahr.«

Vorn auf dem Beifahrersitz lachte Eli Lavon leise, bevor er sich eine Zigarette anzündete. Michail, der kaum Deutsch sprach, konzentrierte sich aufs Fahren.

»Ich wollte, Ihr Partner würde das Rauchen einstellen«, protestierte Estermann. »Und muss der andere dauernd mit den Fingern trommeln? Das ist sehr lästig.«

»Soll er lieber auf Ihnen herumtrommeln?«

»Das hat er letzte Nacht genug getan.« Estermann bewegte vorsichtig den Unterkiefer. »Wolf fragt sich bestimmt, wieso ich nichts von mir hören lasse.«

»In gut einer Stunde sind wir da. Irgendetwas sagt mir, dass er erleichtert sein wird, Sie zu sehen.«

»Da wäre ich mir nicht so sicher.«

»Wie viele Wachleute bemannen den Kontrollpunkt?«

»Das habe ich Ihnen schon gesagt.«

»Ja, ich weiß. Sagen Sie's mir noch mal.«

»Zwei«, sagte Estermann. »Beide bewaffnet.«

»Erzählen Sie mir noch mal, was sich ereignet, wenn jemand am Wachhäuschen hält.«

»Die Männer rufen Karl Weber an, den Chef des Sicherheitsdiensts. Werden Gäste erwartet, lässt er den Wagen passieren. Stehen sie nicht auf seiner Liste, nimmt er Rücksprache mit Wolf. Tagsüber ist Wolf in seinem Arbeitszimmer im ersten Stock des Chalets. Das Evangelium liegt im Safe.«

»Die Kombination?«

»Acht-sieben, neun-vier, neun-acht.«

»Nicht sonderlich schwer zu merken, was?«

»Wolf hat darauf bestanden.«

»Aus sentimentalen Gründen?«

»Keine Ahnung. Herr Wolf ist sehr zurückhaltend, wenn es um sein Privatleben geht.« Estermann zeigte auf die Berge vor ihnen. »Sind sie nicht wundervoll? In Israel gibt's so was nicht.«

»Das stimmt«, bestätigte Gabriel. »Aber auch keine Leute wie Sie.«

Heutzutage ist es allgemein üblich, dass Politiker jeglicher Couleur schönes Geld damit verdienen, dass sie ein Buch schreiben – oder von anderen für sich schreiben lassen. Manche sind Erinnerungen, andere sind Weckrufe in Bezug auf Themen, die dem jeweiligen Politiker am Herzen liegen. Alle Exemplare, die nicht in Bausch und Bogen an Anhänger gehen, sammeln in Lagerhäusern Staub an oder liegen in den Wohnzimmern von Journalisten herum, denen der Verlag sie in der Hoffnung geschickt hat, sie könnten lobend über sie reden oder schreiben. Der einzige Gewinner bei dieser Scharade ist der Politiker, der meist einen hohen Vorschuss kassiert. Seiner Überzeugung nach hat er dieses Geld wegen der gewaltigen persönlichen und finanziellen Opfer verdient, die er im Dienst an der Öffentlichkeit gebracht hat.

Im Fall Adolf Hitler wurde das Buch, das ihn reich machte, schon ein Jahrzehnt vor seiner Machtergreifung geschrieben. Von einem Teil seiner Honorare kaufte er das Haus Wachenfeld, ein bescheidenes Landhaus in den Bergen über Berchtesgaden. Im Jahr 1937 gab er umfangreiche Renovierungsarbeiten in Auftrag, deren Grundlage eine grobe Skizze auf einem Stück Pappe war, das er sich von Albert Speer, seinem späteren Minister für Bewaffnung und Munition, hatte geben lassen. Das Ergebnis war der Berghof, den Speer einmal als »höchst unpraktisch für den Empfang von Staatsgästen« bezeichnete.

Als Hitlers Macht und Paranoia wuchsen, vergrößerte sich auch der Fußabdruck der Nazis im Führersperrgebiet Obersalzberg. Auf dem Kehlstein entstand der Adlerhorst, den Parteibonzen für Konferenzen und gesellschaftliche Anlässe nutzten, und ganz in der Nähe des Berghofs lag das luxuriöse Teehaus, in dem Hitler seine Nachmittage mit Eva Braun und seiner geliebten Schäferhündin Blondi verbrachte. Am 25. April 1945 griffen mehrere Hundert britische Lancaster-Bomber den Komplex an und beschädigten den Berghof schwer. Die bayerische Regierung ließ das Teehaus in den fünfziger Jahren abbrechen, aber der Adlerhorst ist bis heute ein ebenso beliebtes Touristenziel wie die Marktgemeinde Berchtesgaden.

Andreas Estermann beobachtete das Schneegestöber auf den malerischen Straßen. »Der erste Schnee dieses Winters.«

»Klimawandel«, sagte Gabriel knapp.

»Sie glauben diesen Unsinn doch nicht wirklich? Großwetterlagen haben sich immer mal wieder geändert.«

»Vielleicht sollten Sie gelegentlich etwas anderes als *Der Stürmer* lesen.«

Estermann zeigte stirnrunzelnd auf die hübschen Cafés und Geschäfte. »Finden Sie nicht auch, dass es sich lohnt, das zu verteidigen? Können Sie sich vorstellen, wie diese Kleinstadt mit einem Minarett aussehen würde?«

»Oder einer Synagoge?«

Estermann war immun gegen Gabriels Ironie. »In Obersalzberg gibt's keine Juden, Allon.«

»Nicht mehr.«

Gabriel sah sich um. Dicht hinter ihnen war der zweite Audi, den Jaakov fuhr, während Jossi und Oded hinten saßen. An dritter Stelle kamen Dina und Natalie in dem Mercedes. Gabriel wählte Natalies Nummer und wies sie an, in Berchtesgaden zu bleiben.

»Wieso können wir nicht mitkommen?«

»Weil die Sache hässlich werden könnte.«

»Der Himmel weiß, dass wir noch nie in einer hässlichen Situation waren.«

»Ihr könnt euch gleich morgen früh bei der Personalabteilung beschweren.«

Gabriel beendete das Gespräch und wies Michail an, am Ende der Straße links abzubiegen. Sie fuhren in raschem

Tempo die gletschergrüne Berchtesgadener Ache entlang, vorbei an kleinen Hotels und Ferienhäusern.

»Keine drei Kilometer mehr«, sagte Estermann.

»Sie erinnern sich, was passiert, wenn Sie versuchen, ihn zu warnen?«

»Sie werfen mich in einen Stollen des Salzbergwerks.«

Gabriel gab Estermann sein Handy zurück. »Schalten Sie den Lautsprecher ein.«

Estermann wählte. Sein Anruf blieb unbeantwortet. »Er nimmt nicht ab.«

»Ich habe einen Vorschlag.«

»Welchen?«

»Versuchen Sie's noch mal.«

45

OBERSALZBERG, BAYERN

Jonas Wolf sah nicht regelmäßig fern. Er betrachtete das Fernsehen als Opium für die Massen und die Ursache dafür, dass der Westen in Hedonismus, Ungläubigkeit und moralischen Relativismus abgedriftet war. An diesem Morgen hatte er jedoch den Fernseher in seinem behaglichen Arbeitszimmer um 11.30 Uhr eingeschaltet, weil er damit rechnete, die ersten Bilder von dem Bombenanschlag auf den Weihnachtsmarkt vor dem Kölner Dom sehen zu können. Stattdessen erfuhr er, dass auf einem Bauernhof westlich von Bonn eine Autobombe entdeckt und ein ehemaliger österreichischer Polizeibeamter mit Verbindungen zur rechtsextremen Szene festgenommen worden war. *Die Welt* brachte den Mann mit den Anschlägen in Berlin und Hamburg sowie – noch schlimmer – mit Axel Brünner und der Nationaldemokratischen Partei in Verbindung. Die Anschläge waren angeblich Teil eines perfiden Unternehmens, mit dem Brünner die deutschen Wähler vor der Bundestagswahl aufrütteln wollte.

Zumindest vorläufig war Wolfs Name in der Berichterstattung über den entstehenden Skandal nicht erwähnt worden. Allerdings bezweifelte er, dass er lange unbehelligt bleiben würde. Aber wie hatte die Bundespolizei überhaupt von der Autobombe erfahren? Und wie hatten die Journalisten der *Welt* so rasch eine Verbindung zwischen den Anschlägen und

Axel Brünners Wahlkampf herstellen können? Für Wolf gab es nur einen Verdächtigen.

Gabriel Allon ...

Deshalb nahm Wolf nicht ab, als der erste Anruf von Andreas Estermanns iPhone einging. Dies war nicht der richtige Zeitpunkt, dachte er, mit einem Komplizen zu reden, der von seinem Handy aus anrief. Aber als Estermanns zweiter Anruf kam, hob Wolf widerstrebend den Hörer ans Ohr.

Estermanns Stimme klang eine halbe Oktave höher als sonst. Wie die Stimme eines Mannes unter starkem Stress, fand Wolf. Ein Mitglied des Ordens, das noch beim BfV arbeitete, hatte Estermann gewarnt, Wolf und er sollten im Zusammenhang mit den Anschlägen verhaftet werden. Estermann war mit mehreren seiner Leute zu dem Chalet unterwegs. Wolf sollte unten sein, wenn er eintraf. Er hatte Platinum Flight Services auf dem Flughafen Salzburg bereits angewiesen, eine der Gulfstreams startbereit zu machen. Auch ein Flugplan nach Moskau war aufgegeben. In weniger als einer Stunde konnten sie in der Luft sein. Wolf sollte seinen Reisepass und einen Aktenkoffer mit möglichst viel Bargeld mitbringen.

»Und das Evangelium, Herr Wolf. Vergessen Sie ja nicht das Evangelium!«

Die Verbindung riss ab. Wolf legte den Hörer auf und stellte den Fernseher lauter. Eine Reportermeute hatte Brünner vor der Berliner NDP-Zentrale gestellt. Seine Behauptung, er habe absolut nichts mit den Anschlägen zu tun, war ungefähr so glaubwürdig wie die Unschuldsbeteuerungen eines Mörders mit einem blutigen Messer in der Hand.

Wolf stellte den Fernseher leiser. Dann griff er nach dem Telefonhörer und rief Otto Kessler an, den Geschäftsführer von Platinum Flight Services. Nach einigen freundlichen Worten erkundigte Wolf sich, ob seine Maschine startbereit sei.

»Welche Maschine, Herr Wolf?«

»Jemand aus meiner Firma hätte Sie anrufen sollen.«

Kessler versicherte ihm, dass bei ihm kein Anruf eingegangen sei. »Aber ein Abflugslot dürfte leicht zu bekommen sein. Heute Nachmittag startet nur noch ein weiteres Privatflugzeug.«

»Wer ist der Eigner?«, fragte Wolf ohne wirkliches Interesse.

»Martin Landesmann.«

»*Der* Martin Landesmann?«

»Die Maschine gehört ihm, aber ich weiß nicht, ob er an Bord sein wird. Sie ist leer gelandet.«

»Wohin fliegt sie?«

»Tel Aviv, mit einer kurzen Zwischenlandung in Rom.«

Gabriel Allon ...

»Und wann will Landesmann abfliegen?«

»Vierzehn Uhr, wenn das Wetter mitspielt. Der Schneefall soll heute Nachmittag stärker werden. Wir sind gewarnt worden, dass der Flugbetrieb gegen sechzehn Uhr eingestellt werden könnte.«

Wolf legte auf und rief sofort Bischof Richter im Palazzo des Ordens auf dem Janiculum in Rom an. »Sie haben bestimmt die Nachrichten gesehen, Exzellenz.«

»Eine beunruhigende Entwicklung«, antwortete Richter mit typischem Understatement.

»Alles wird noch schlimmer, fürchte ich.«

»Wie viel schlimmer?«

»Deutschland müssen wir abschreiben. Zumindest vorläufig. Aber die Papstwahl können wir noch für uns entscheiden. Deshalb müssen Sie alles Menschenmögliche tun, um Ihren Freund von der Gesellschaft Jesu von den Kardinälen fernzuhalten.«

»Er hat zwei Millionen Gründe, den Mund zu halten.«

»Zwei Millionen und einen«, sagte Wolf.

Er legte den Hörer auf und betrachtete die Flusslandschaft an der Wand gegenüber seinem Schreibtisch. Dieses Altmeistergemälde von Jan van Goyen hatte einst dem reichen Wiener Geschäftsmann Samuel Feldmann gehört. Feldmann hatte es dem Ordensgründer Pater Schiller im Tausch gegen gefälschte Taufzeugnisse für sich und seine Familie überlassen. Leider waren die Urkunden nicht rechtzeitig genug eingetroffen, um zu verhindern, dass die Feldmanns nach Lublin im Generalgouvernement deportiert und dort ermordet wurden.

Hinter dem Gemälde war Wolfs Safe versteckt. Er stellte die Kombination ein – *87, 94, 98* – und zog die schwere Stahltür auf. In dem Safe lagen zwei Millionen Euro in bar, fünfzig Goldbarren, eine siebzig Jahre alte Luger-Pistole und das letzte bekannte Exemplar des Evangeliums nach Pilatus.

Wolf nahm nur das Buch heraus. Er legte es auf den Schreibtisch und schlug die Stelle auf, wo der römische Statthalter Festnahme und Verurteilung eines galiläischen Unruhestifters namens Jesus von Nazareth schilderte. Obwohl Bischof Richter ihm davon abgeraten hatte, hatte Wolf diese Stelle sofort gelesen, als Pater Graf ihm das Evangelium aus Rom überbracht hatte. Zu seiner Schande musste er gestehen, dass er sie seither noch oft gelesen hatte. Zum Glück würde nach ihm niemand mehr diese Zeilen zu Gesicht bekommen.

Er trat mit dem Buch ans Fenster seines Arbeitszimmers mit Blick auf die lange Zufahrt durch sein privates Tal. Bei leichtem Schneefall waren in der Ferne die Umrisse des Untersbergs zu ahnen, in dem Kaiser Friedrich Barbarossa seiner Auferstehung entgegenschlief, bis er gerufen wurde, um Deutschland zu retten. Auch Wolf hatte diesen Ruf gehört. Das Vaterland war verloren. *Zumindest vorläufig...* Aber vielleicht konnte er seine Kirche noch retten.

Der Schneefall soll heute Nachmittag stärker werden. Wir sind gewarnt worden, dass der Flugbetrieb gegen sechzehn Uhr eingestellt werden könnte.

Wolf sah auf seine Uhr. Dann rief er seinen Sicherheitschef Karl Weber an. Wie immer meldete Weber sich nach dem ersten Klingeln.

»Ja, Herr Wolf?«

»Andreas Estermann dürfte jeden Augenblick eintreffen. Er rechnet damit, dass ich ihn unten vor dem Haus erwarte, aber da gibt's leider eine kleine Änderung.«

Michail bog auf Wolfs Privatstraße ab, die durch dichten Nadelwald bergauf führte. Aber schon nach einer Minute wichen die Bäume zurück und gaben den Blick auf ein enges Tal zwischen schroffen Bergketten frei. Eine niedrige Wolkendecke verbarg die höchsten Gipfel.

Estermann fuhr unwillkürlich zusammen, als Gabriel seine Beretta zog.

»Keine Sorge, ich will Sie nicht erschießen. Außer Sie liefern mir den geringsten Grund dafür.«

»Das Wachhäuschen steht links neben der Straße.«

»Was wollen Sie damit sagen?«

»Ich sitze auf der linken Seite. Sollten Schüsse fallen, könnte ich ins Kreuzfeuer geraten.«

»Und dadurch meine Überlebenschancen erhöhen.«

Hinter ihnen betätigte Jaakov die Lichthupe.

»Was will er?«, fragte Michail.

»Ich nehme an, dass er uns überholen möchte, bevor wir die Kontrollstelle erreichen.«

»Was soll ich machen, Boss?«

»Kannst du gleichzeitig schießen und fahren?«

»Ist der Papst katholisch?«

»Im Augenblick gibt es keinen, Michail. Deshalb soll ein Konklave stattfinden.«

Das Wachhäuschen erschien in leichtem Schneefall vor ihnen. Zwei Wachleute in schwarzen Nylonjacken standen mitten auf der Zufahrt. Beide hielten eine Maschinenpistole H&K MP5 schräg vor der Brust. Sie schienen nicht die Absicht zu haben, den rasch näher kommenden Limousinen auszuweichen.

»Soll ich sie plattwalzen?«, fragte Michail.

»Warum nicht?«

Michail fuhr die linken Fenster herunter und trat das Gaspedal durch. Die beiden Wachleute wichen unters Vordach des Wachhäuschens zurück. Einer winkte freundlich, als die Wagen vorbeifuhren.

»Ihre List scheint Erfolg gehabt zu haben, Allon. Eigentlich sollen sie jeden Wagen anhalten.«

Michail fuhr die Fenster wieder herauf. Links vor ihnen stand ein Hubschrauber EC 145 von Airbus auf seinem leicht verschneiten Pad und wirkte mit herabhängenden Rotorblättern trübselig wie ein weggeworfenes Spielzeug. Im nächsten Augenblick kam Wolfs Chalet in Sicht. Auf der Zufahrt stand eine einzelne Gestalt. Seine schwarze Nylonjacke wies ihn als Angehörigen des Sicherheitsdiensts aus. Seine Hände waren leer.

»Das ist Weber«, sagte Estermann. »Unter der Jacke trägt er eine Pistole.«

»Ist er Links- oder Rechtshänder?«

»Welchen Unterschied macht das?«

»Vielleicht entscheidet es darüber, ob er in dreißig Sekunden noch lebt.«

Estermann runzelte die Stirn. »Er ist Rechtshänder, glaube ich.«

Michail hielt an und stieg mit der Uzi Pro in der Hand aus. Hinter ihnen sprangen Jaakov und Oded, beide mit Jericho-Pistolen bewaffnet, aus dem zweiten Audi.

Gabriel wartete, bis Weber entwaffnet war, bevor er sich zu den anderen gesellte. Er sprach den Chef von Wolfs Sicherheitsdienst mit dem Berlinerisch gefärbten Deutsch seiner Mutter an.

»Herr Wolf sollte hier unten auf uns warten. Wir müssen sofort zum Flughafen fahren.«

»Herr Wolf hat mich angewiesen, Sie hineinzubitten.«

»Wo ist er?«

»Oben«, sagte Weber. »In der großen Halle.«

46

OBERSALZBERG, BAYERN

Auf der breiten, geraden Steintreppe lag ein leuchtend roter Kokosläufer. Karl Weber, der die Mündung von Michails Uzi Pro im Kreuz spürte, ging mit erhobenen Händen voraus. Gabriel hatte Eli Lavon und Estermann links und rechts von sich. Der Deutsche fühlte sich sichtlich unwohl.

»Macht Ihnen irgendwas Sorgen, Estermann?«

»Das werden Sie gleich sehen.«

»Vielleicht erzählen Sie's mir lieber jetzt. Ich bin kein Freund von Überraschungen.«

»Herr Wolf empfängt Besucher im Allgemeinen nicht in der großen Halle.«

Oben an der Treppe wandte Weber sich nach links und führte sie in ein Vorzimmer. Dort blieb er vor einer reich verzierten zweiflügligen Tür stehen. »Weiter darf ich nicht. Herr Wolf erwartet Sie.«

»Wer ist noch dort drinnen?«, fragte Gabriel.

»Nur Herr Wolf.«

Gabriel zielte mit der Beretta auf seinen Kopf. »Wissen Sie das bestimmt?«

Weber nickte.

Gabriel zeigte mit der Pistole auf einen der Sessel. »Nehmen Sie Platz.«

»Das ist nicht erlaubt.«

»Jetzt schon.«

Der Sicherheitschef nahm Platz. Oded setzte sich mit seiner Pistole Kaliber .45 auf den Knien ihm gegenüber.

Gabriel sah Estermann an. »Worauf warten wir noch?«

Estermann öffnete den rechten Türflügel und führte sie hinein.

Die Halle war riesig, ungefähr fünfzehn mal zwanzig Meter groß. Eine Wand bestand fast ganz aus einem Panoramafenster mit Blick auf die Berge. An den übrigen Wänden hingen Gobelins und Altmeistergemälde. Auffällig waren ein monumentaler Empireschrank für Porzellan, eine mit einem Adler gekrönte massive Standuhr und eine Wagner-Büste, die anscheinend von dem Bildhauer und Architekten Arno Breker stammte, den Hitler und die NS-Elite verehrt hatten.

Es gab zwei Sitzgruppen: eine am Fenster, die andere vor dem übergroßen Marmorkamin. Gabriel durchquerte den Raum und gesellte sich vor dem Kamin zu Jonas Wolf. Die vom Feuer abgestrahlte Hitze war ungeheuer. In den Flammen lag ein Buch. Nur sein Ledereinband war noch erkennbar.

»Bücher verbrennen ist für jemanden wie Sie vermutlich ganz normal.«

Wolf äußerte sich nicht dazu.

»Sie haben bestimmt eine Waffe, Wolf?«

»Eine Pistole.«

»Zeigen Sie sie mir bitte.«

Wolf griff unter seinen Kaschmirpullover.

»Langsam«, sagte Gabriel warnend.

Wolf zeigte seine alte Luger vor.

»Tun Sie mir den Gefallen, sie auf den Sessel dort drüben zu werfen.«

Wolf tat wie geheißen.

Gabriel betrachtete die geschwärzten Überreste des Buchs.
»Ist das das Evangelium nach Pilatus?«
»Nein, Allon. Das *war* das Evangelium.«
Gabriel setzte die Mündung seiner Beretta in Wolfs Nacken. Irgendwie schaffte er's, nicht abzudrücken. »Darf ich einen Blick hineinwerfen?«
»Bitte sehr.«
»Holen Sie's mir bitte aus dem Feuer?«
Wolf bewegte sich nicht.
Gabriel stieß ihn mit der Beretta an. »Ich will Sie nicht zweimal bitten müssen.«
Wolf griff nach dem Kamingeschirr.
»Nein«, sagte Gabriel.
Wolf ging in die Hocke und steckte eine Hand in die Flammen. Ein Tritt in den Hintern genügte, um ihn nach vorn ins Feuer kippen zu lassen. Bis er sich daraus befreit hatte, war seine silbergraue Mähne angekohlt.
Gabriel achtete nicht auf seine Schmerzenslaute. »Was haben Sie gesagt, Wolf?«
»Ich hab's nie gelesen«, stöhnte er.
»Das kann ich kaum glauben.«
»Es war Ketzerei.«
»Woher wissen Sie das, wenn Sie's nie gelesen haben?«
Gabriel ging zu einem der Gemälde hinüber: ein liegender Akt in Tizians Manier. Gleich daneben ein weiterer Akt, dieser von Bordone, einem Schüler Tizians. Dann kamen eine Landschaft von Spitzweg und römische Ruinen von Panini. Nur war keines der Bilder echt. Alle waren Kopien aus dem 20. Jahrhundert.
»Wer hat Ihnen diese Bilder gemalt?«
»Gunther Haas, ein deutscher Restaurator.«
»Er ist ein Amateur.«

»Mir hat er ein kleines Vermögen berechnet.«

»Wusste er, wo diese Gemälde im Krieg gehangen haben?«

»Darüber haben wir nie gesprochen.«

»Ich bezweifle, dass Gunther das gestört hätte. Er war schon immer ein halber Nazi.«

Gabriel sah zu Eli Lavon hinüber, der interessiert die Wagner-Büste betrachtete. Im nächsten Augenblick legte er eine Hand auf ihren großen Holzsockel. »Hier drin waren die Lautsprecher des Projektionssystems versteckt.« Er zeigte auf die gegenüberliegende Wand. »Und die Leinwand hing hinter einem Gobelin. Den konnte er elektrisch hochziehen, wenn er seinen Gästen einen Film vorführen wollte.«

Gabriel ging um einen großen rechteckigen Tisch herum und blieb vor dem Fenster stehen. »Und das hier war versenkbar, nicht wahr, Eli? Aber bei der Planung des Berghofs hatte er die Garage leider direkt unter der großen Wohnhalle angeordnet. Wenn der Wind richtig stand, war der Benzingestank unerträglich.« Gabriel sah sich nach Wolf um. »Sie haben diesen Fehler bestimmt vermieden.«

»Ich habe eine separate Garage«, sagte Wolf stolz.

»Wo ist der Schalter fürs Fenster?«

»Hinter dem rechten Vorhang.«

Als Gabriel den Schalter betätigte, verschwand das Fenster lautlos in der Versenkung. Schneeflocken wirbelten in den Raum. Der Schneefall war dichter geworden. Er beobachtete, wie ein in Salzburg gestartetes Flugzeug rasch an Höhe gewann, dann sah er unauffällig auf seine Armbanduhr.

»Sie müssten eigentlich schon unterwegs sein, Allon. Die Gulfstream, die Martin Landesmann ihnen zur Verfügung gestellt hat, soll um vierzehn Uhr nach Rom starten.« Wolf schaffte es, arrogant zu lächeln. »Zum Flughafen fahren Sie mindestens eine Dreiviertelstunde.«

»Vielleicht bleibe ich lange genug hier, um zu sehen, wie die Bundespolizei Ihnen Handschellen anlegt. Von diesem Schlag erholt die deutsche extreme Rechte sich nie mehr, Wolf. Das Spiel ist aus.«

»Das hat man nach dem Krieg auch von uns behauptet. Aber heute sind wir überall. In der Polizei, in den Geheim- und Sicherheitsdiensten, in der Justiz.«

»Aber nicht im Bundekanzleramt. Und nicht im Apostolischen Palast.«

»Wie das Konklave wählt, bestimme ich!«

»Nein, nicht mehr.« Gabriel wandte sich vom offenen Fenster ab und sah sich in der Halle um. In dieser Umgebung wurde ihm allmählich übel. »Das alles muss viel Arbeit gekostet haben.«

»Die Möbel waren der schwierigste Teil. Jedes Stück musste nach alten Fotos von Hand nachgebaut werden. Bis auf den Tisch ist die Wohnhalle genauso eingerichtet wie damals. Auf ihm hat meistens eine Blumenvase gestanden. Ich benutze ihn, um meine liebsten Fotos aufzustellen.«

Sie waren in Silber gerahmt und sorgfältig aufgereiht. Wolf mit seiner schönen Frau. Wolf mit seinen beiden Söhnen. Wolf am Ruder seiner Segeljacht. Wolf, der ein weißes Band zerschnitt, um eine neue Fabrik zu eröffnen. Wolf mit Bischof Hans Richter, dem Generalsuperior des toxischen Helenenordens.

Ein Foto war größer als alle anderen, und sein Rahmen war kostbarer. Es zeigte Adolf Hitler an dem Originaltisch sitzend mit einem Kind auf seinem Schoß, einem Jungen von zwei oder drei Jahren. Das versenkbare Fenster stand offen. Hitler wirkte grau und abgespannt. Der Junge wirkte ängstlich. Nur der in der Uniform eines höheren SS-Führers neben dem Tisch stehende Mann wirkte erfreut. Er stand mit in die Seiten gestemmten Armen da und lächelte sichtlich begeistert.

»Ich nehme an, dass Sie den Führer erkennen«, sagte Wolf.

»Ich erkenne auch den SS-Führer.« Gabriel betrachtete ihn einen Augenblick lang nachdenklich. »Die Ähnlichkeit ist auffällig.«

Gabriel stellte das Foto auf den Tisch zurück. Draußen stieg ein weiteres Flugzeug in den wolkenverhangenen Himmel über Salzburg. Er sah auf seine Armbanduhr. Kurz vor 13 Uhr. Zeit genug, dachte er, für eine weitere Story.

47

OBERSALZBERG, BAYERN

Eli Lavon erkannte Wolfs Vater. Er war Rudolf Fromm, ein Schreibtischtäter aus der Abteilung IVB4 des Reichssicherheitshauptamts, der für die Endlösung zuständigen SS-Gliederung. Der in Österreich geborene Fromm war ebenso katholisch wie seine Frau Ingrid. Beide stammten aus Linz an der Donau, wo Hitler zur Schule gegangen war. Wolf war ihr einziges Kind. Sein richtiger Name war Peter – Peter Wolfgang Fromm. Das Foto war im Jahr 1945 bei Hitlers letztem Besuch auf dem Berghof gemacht worden. Als es geknipst wurde, hatte Wolfs Mutter im Hintergrund mit Eva Braun geplaudert. Hitler, der erschöpft war und dessen linke Hand unkontrollierbar zitterte, hatte sich geweigert, ein zweites Foto machen zu lassen.

Einen Monat nach diesem Besuch, als die Rote Armee auf Berlin vorstieß, hatte Rudolf Fromm seine SS-Uniform ausgezogen und war untergetaucht. Er schaffte es, in Freiheit zu bleiben, und gelangte im Jahr 1948 mithilfe eines Priesters aus dem Helenenorden nach Rom. Dort erhielt er einen Rotkreuzausweis und ein Ticket für die Überfahrt Genua – Buenos Aires. Fromms Sohn blieb bis zum Jahr 1950 mit seiner Mutter in Berlin – bis sie sich in ihrer schäbigen kleinen Wohnung erhängte. Um die Waise kümmerte sich derselbe Priester, der schon seinem Vater geholfen hatte.

Er trat ins Seminar des Ordens in Bergen ein, um später Theologie zu studieren. Mit achtzehn erhielt er jedoch Besuch von Pater Schiller, der ihm erklärte, Gott habe mit dem brillanten, sehr gut aussehenden Sohn eines Kriegsverbrechers etwas anderes vor. Er verließ das Seminar mit einem neuen Namen und nahm an der Universität Heidelberg ein Mathematikstudium auf. Im Jahr 1964 streckte Pater Schiller ihm das Geld für den Kauf seiner ersten Firma vor. Binnen weniger Jahre war Wolf einer der reichsten Männer Deutschlands, geradezu die Verkörperung des damaligen Wirtschaftswunders.

»Wie viel Geld haben Sie von Pater Schiller bekommen?«

»Fünf Millionen Mark, glaube ich.« Wolf ließ sich in einen der Sessel vor dem Kamin fallen. »Oder vielleicht zehn. Ich weiß es ehrlich nicht mehr. Das ist alles über fünfzig Jahre her.«

»Hat er Ihnen erzählt, woher das Geld stammte? Dass der Orden es von verängstigten Juden wie Samuel Feldmann in Wien oder Emanuele Giordano in Rom erpresst hatte?« Gabriel machte eine Pause. »An dieser Stelle müssen Sie behaupten, nie von ihnen gehört zu haben.«

»Wozu sich die Mühe machen?«

»Vermutlich hat ein Teil ihres Geldes dazu gedient, Männern wie Ihrem Vater zur Flucht zu verhelfen.«

»Eine Ironie des Schicksals, nicht wahr?« Wolf lächelte. »Mein Vater hat den Fall Feldmann selbst bearbeitet. Ein Mitglied der Familie ist ihm allerdings entwischt. Eine Tochter, glaube ich. Viele Jahre nach dem Krieg hat sie ihre Geschichte einem privaten jüdischen Ermittler in Wien erzählt. Sein Name fällt mir gerade nicht mehr ein.«

»Eli Lavon?«

»Genau! Er hat versucht, aus Bischof Richter Geld rauszuholen.« Wolf lachte humorlos. »Die Mühe hätte er sich sparen können. Aber er hat bekommen, was er verdient hatte.«

»Ich nehme an, dass Sie von dem Bombenanschlag sprechen, der sein Büro in Wien demoliert hat.«

Wolf nickte. »Außerdem sind zwei seiner Mitarbeiterinnen umgekommen. Beide Jüdinnen, versteht sich.«

Gabriel sah zu seinem alten Freund hinüber. Er hatte ihn noch nie gewalttätig erlebt. Aber er war sich sicher, dass Eli Lavon Jonas Wolf erschossen hätte, wenn er eine geladene Pistole gehabt hätte.

Der Deutsche begutachtete die Brandwunden an seiner rechten Hand. »Ein ziemlich hartnäckiger Kerl, dieser Lavon. Der typische halsstarrige Jude. Er hat jahrelang versucht, meinen Vater aufzuspüren. Das ist ihm natürlich nie gelungen. Er hat recht behaglich in Bariloche gelebt. Ich habe ihn alle zwei bis drei Jahre besucht. Weil wir unterschiedliche Namen hatten, hat uns niemand für Vater und Sohn gehalten. Auf seine alten Tage ist er ziemlich fromm geworden. Er war mit seinem Leben sehr zufrieden.«

»Er hat nichts bereut?«

»Was denn auch?« Wolf schüttelte den Kopf. »Mein Vater war stolz auf das, was er getan hatte.«

»Und Sie waren wohl auch stolz darauf?«

»Sehr«, gestand Wolf ein.

Gabriel fühlte sich wie vor den Kopf geschlagen. Er musste sich sammeln, um weitersprechen zu können. »Meiner Erfahrung nach teilen die meisten Kinder von Nazi-Kriegsverbrechern nicht die Fantasien ihrer Väter. Oh, sie lieben die Juden nicht, aber sie träumen nicht davon, die Arbeit ihrer Väter zu Ende zu bringen.«

»Sie müssen offensichtlich mehr unter Leute gehen, Allon. Der Traum ist unverändert lebendig. Er ist längst über folgenlose Rufe bei einer Demonstration für die Rechte der Palästinenser hinausgewachsen. Man muss blind sein, um nicht zu sehen, wo dies alles hinführt.«

»Ich sehe recht gut, Wolf.«

»Aber diese Entwicklung kann nicht mal der große Gabriel Allon aufhalten. In Westeuropa gibt es kein Land, in dem die Juden sicher sind. Auch in den Vereinigten Staaten, der zweiten Heimat der Juden, sind sie nicht mehr willkommen. Die weißen Nationalisten Amerikas kämpfen gegen Einwanderung und die Verwässerung ihrer Macht, aber das eigentliche Ziel ihres Hasses sind die Juden. Da brauchen Sie nur den Kerl zu fragen, der in dieser Synagoge in Pennsylvania um sich geschossen hat. Oder die aufrechten jungen Männer, die mit Fackeln durch Charlottesville gezogen sind. Wen haben sie Ihrer Meinung nach mit ihrem Haarschnitt und dem Hitlergruß nachgeahmt?«

»Über Geschmack lässt sich streiten.«

»Dieser jüdische Sinn für Humor gehört vielleicht zu Ihren am wenigsten sympathischen Zügen.«

»Im Augenblick hindert nur er mich daran, Ihnen das Gehirn rauszublasen.« Gabriel kam zu der Sitzgruppe vor dem Kamin zurück. Von dem Buch war fast nichts mehr übrig. Er griff nach dem Schüreisen, stocherte in der Glut. »Was hat darin gestanden, Wolf?«

»Das wüssten Sie wohl gern.«

Gabriel warf sich herum und traf mit dem schweren Schüreisen Wolfs linken Ellbogen. Das Knacken des gebrochenen Knochens war deutlich zu hören.

Wolf wand sich vor Schmerzen. »Scheißkerl!«

»Kommen Sie, Wolf. Sie wissen eine bessere Antwort.«

»Ich bin aus weit härterem Holz geschnitzt als Estermann. Sie können mich mit diesem Ding zu Brei schlagen, aber ich sage Ihnen niemals, was in dem Buch gestanden hat.«

»Wovor haben Sie solche Angst?«

»Die römisch-katholische Kirche kann sich irren. Und sie kann sich erst recht absichtlich irren.«

»Hätte die Kirche sich geirrt, hätte auch Ihr Vater falsch gehandelt. Dann gäbe es keine religiöse Rechtfertigung für sein Handeln. Er wäre nur ein weiterer verrückter Massenmörder gewesen.«

Gabriel ließ das Schüreisen achtlos fallen. Er war plötzlich erschöpft. Er wollte nur noch fort von hier und nie mehr nach Deutschland zurückkommen. Er würde ohne das Evangelium des Pilatus abziehen müssen. Aber er war entschlossen, nicht mit leeren Händen zu gehen.

Er sah auf Wolf hinunter. Der Deutsche umklammerte seinen verletzten Ellbogen. »Sie werden's nicht glauben, aber für Sie wird bald alles noch viel schlimmer.«

»Können wir uns nicht irgendwie einigen?«

»Nur wenn Sie mir das Pilatusevangelium geben.«

»Ich hab's verbrannt, Allon. Es ist in Rauch aufgegangen.«

»Dann kann's keinen Deal geben. Aber Sie könnten sich zu einer guten Tat durchringen, bevor Sie eingesperrt werden. Um wenigstens das Gebot der Wohltätigkeit zu erfüllen.«

»Woran denken Sie?«

»Es wäre nicht recht, wenn ich etwas vorschlagen würde. Die Gabe muss von Herzen kommen, Wolf.«

Der Deutsche schloss vor Schmerzen kurz die Augen. »In meinem Arbeitszimmer hängt eine recht gute Flusslandschaft, ungefähr vierzig mal sechzig Zentimeter. Gemalt hat sie ein holländischer Altmeister namens ...«

»Jan van Goyen.«

Gabriel und Wolf drehten sich beide nach der Stimme um. Sie gehörte Eli Lavon.

»Woher wissen Sie das?«, fragte Wolf erstaunt.

»Vor ein paar Jahren hat eine Wienerin mir eine traurige Geschichte erzählt.«

»Sie sind ...«

»Ja«, sagte Lavon, »der bin ich.«

»Lebt sie noch?«

»Ich glaube schon.«

»Dann geben Sie ihr bitte das Gemälde zurück. Dahinter finden Sie meinen Safe. Nehmen Sie mit, was Sie an Geld und Gold tragen können. Die Kombination lautet ...«

Gabriel sagte sie an seiner Stelle auf. »Acht-sieben, neun-vier, neun-acht.«

Wolf funkelte Estermann an. »Was haben Sie ihnen eigentlich *nicht* erzählt?«

Gabriel antwortete für ihn. »Er wusste nicht, warum Sie diese seltsame Kombination gewählt haben. Ich tippe darauf, dass das die SS-Mitgliedsnummer Ihres Vaters war. Acht, sieben, neun, vier, neun, acht. Er muss im Jahr 1932 eingetreten sein, schon vor Hitlers Machtergreifung.«

»Mein Vater wusste, woher der Wind wehte.«

»Sie müssen sehr stolz auf ihn sein.«

»Sie sollten jetzt gehen, Allon.« Wolf brachte ein grässliches Grinsen zustande. »Wie ich höre, soll der Sturm noch viel schlimmer werden.«

Gabriel löste das Gemälde aus seinem Keilrahmen, während Eli Lavon einen von Wolfs teuren Titankoffern mit Goldbarren und Geldscheinen vollpackte. Als der Safe leer war, legte er Wolfs Luger und die 9-mm-Pistole hinein, die sie Karl Weber abgenommen hatten.

»Schade, dass wir nicht auch Wolf und Estermann dort reinquetschen können.« Lavon schloss die Tür und verstellte das Zahlenschloss. »Was machen wir mit ihnen?«

»Wir könnten sie nach Israel mitnehmen ...«

»Lieber gehe ich zu Fuß nach Israel zurück, als mit Leuten wie Jonas Wolf zu fliegen.«

»Vorhin dachte ich schon, du würdest ihn umbringen.«

»Ich?« Lavon schüttelte den Kopf. »Ich bin nicht der Mann für die harte Tour. Aber mir hat's gefallen, wie du ihn mit dem Schüreisen getroffen hast.«

Gabriels Solaris vibrierte. Der Anruf kam von Uzi Navot am King Saul Boulevard. »Habt ihr vor, zum Abendessen zu bleiben?«, fragte er.

Gabriel musste unwillkürlich lachen. »Was ist so dringend? Wir sind hier ziemlich beschäftigt.«

»Ich wollte dir nur sagen, dass ich gerade einen Anruf von meinem neuen besten Freund Gerhardt Schmidt bekommen habe. Die Bundespolizei ist unterwegs, um Wolf zu verhaften. Ihr solltet die Fliege machen, bevor sie eintrifft.«

Gabriel beendete das Gespräch. »Komm, wir müssen los!«

Lavon schloss den Deckel und stellte den Koffer mit Gabriels Hilfe auf seine Räder. »Bloß gut, dass wir privat fliegen. Dieses Ding muss siebzig Kilo wiegen.«

Gemeinsam rollten sie den Koffer nach nebenan. Von Michail und Oded bewacht kümmerten Estermann und Karl Weber sich um Wolfs Verletzungen. Jossi begutachtete einen der Wandteppiche. Jaakov stand am offenen Fenster und horchte auf in der Ferne heulende Sirenen.

»Sie werden eindeutig lauter«, sagte er.

»Weil sie hierher unterwegs sind.« Gabriel winkte Michail und Oded heran und ging in Richtung Tür.

Wolf rief ihn quer durch die Wohnhalle an. »Wer wird's Ihrer Meinung nach werden?«

Gabriel blieb stehen. »Wie bitte, Wolf?«

»Im Konklave. Wer wird der nächste Papst?«

»Wie man hört, bestellt Navarro schon neue Möbel für die päpstlichen Gemächer.«

»Ja«, sagte Wolf lächelnd. »Das hört man.«

TEIL DREI

EXTRA OMNES

48

JESUITENKURIE, ROM

Luigi Donati war ein Mann vieler Tugenden und bewundernswerter Eigenschaften, aber Geduld gehörte nicht dazu. Von Natur aus impulsiv und tatkräftig ertrug er Dummköpfe oder auch nur kleine Verzögerungen nicht leicht. Rom stellte ihn täglich auf harte Proben. Das Gleiche hatte für sein Leben hinter den Mauern des Vatikans gegolten, wo die meisten Begegnungen mit verleumderischen Kurienbürokraten ihn fast zur Verzweiflung getrieben hatten. Gespräche im Apostolischen Palast wurden vorsichtig verschlüsselt geführt und waren mit Angst vor einem Ausrutscher belastet, der eine vielversprechende Karriere beenden konnte. Man sagte selten, was man wirklich dachte, und legte es *niemals* schriftlich nieder. Das war viel zu gefährlich. Die Kurie belohnte Weitblick oder Kreativität nicht. Trägheit war ihre heilige Berufung.

Aber wenigstens hatte Donati sich nie gelangweilt. Und mit Ausnahme der sechs Wochen, die er in der Klinik Gemelli verbracht hatte, um eine Schusswunde auszukurieren, war er nie machtlos gewesen. Im Augenblick litt er unter Langeweile und Machtlosigkeit. Für einen von Natur aus impulsiven Menschen war das eine tödliche Kombination.

Daran war sein alter Freund Gabriel Allon schuld. In den drei Tagen seit seiner Abreise aus Rom hatte Donati nur einmal von ihm gehört – um 5.20 Uhr an diesem Morgen. »Keine

Sorge, ich habe alles, was Sie brauchen«, hatte Gabriel ihm versprochen. Leider hatte er versäumt, Donati mitzuteilen, was er entdeckt hatte. Nur dass es eine Zwölf auf der Richter-Skala war – ein ziemlich cleverer Wortwitz, das musste Donati zugeben – und es zusätzliche Komplikationen gab, die jemanden aus der näheren Umgebung des verstorbenen Papstes betrafen. Komplikationen, über die man nicht am Telefon reden durfte.

In den folgenden elf Stunden hatte Donati nicht mehr das Geringste von seinem alten Freund gehört. Deshalb hatte er einen höchst unangenehmen Tag hinter den Mauern der Jesuitenkurie verbracht. Die Nachrichten aus Deutschland waren zwar schockierend, aber wenigstens eine Ablenkung gewesen. Donati hatte sie mit einigen anderen Jesuiten vor dem Fernseher im Gemeinschaftsraum verfolgt. Die deutsche Polizei hatte einen Bombenanschlag vor dem Kölner Dom vereitelt. Die vermeintlichen IS-Terroristen gehörten in Wirklichkeit einer zweifelhaften Neonazigruppierung mit Verbindungen zu dem rechtsextremen Politiker Axel Brünner an. Ein österreichisches Mitglied dieser Zelle war wie Brünner verhaftet worden und saß in Untersuchungshaft. Um 16.30 Uhr gab der deutsche Innenminister bekannt, zwei weitere in den Skandal verwickelte Männer seien in einem Chalet in Obersalzberg mit derselben Waffe erschossen aufgefunden worden. Die Ermittler gingen von einem Mord mit anschließendem Selbstmord aus. Das Mordopfer war ein ehemaliger BfV-Mitarbeiter namens Andreas Estermann. Der Selbstmörder war der menschenscheue Milliardär Jonas Wolf.

»Großer Gott«, flüsterte Donati.

Im nächsten Augenblick vibrierte sein Nokia, als ein Anruf einging. Er wischte über das grüne Symbol und hob das Gerät ans Ohr.

»Sorry«, sagte Gabriel. »Der Verkehr in dieser Stadt ist ein Albtraum.«
»Haben Sie die Nachrichten aus Deutschland gehört?«
»Wundervoll, nicht wahr?«
»Bitte sagen Sie mir, dass Sie nicht ...«
»Ich habe nicht geschossen, falls Sie das fragen wollten.«
Der Erzbischof seufzte. »Wo sind Sie?«
»Ich warte unten darauf, dass Sie mich einlassen.«

Gabriel stand unter dem Vordach des Eingangs. Die letzten drei Tage hatten seinem Aussehen nicht gutgetan. Er wirkte übernächtigt und erschöpft. Donati nahm ihn mit zu sich hinauf. Nachdem er die Tür geschlossen und die Sicherungskette vorgelegt hatte, sah er auf seine Armbanduhr. Es war 16.39 Uhr.
»Sie haben von einer Zwölf auf der Bischof-Richter-Skala gesprochen. Vielleicht können Sie das etwas genauer erklären.«
Gabriel berichtete, was vorgefallen war, während er durch einen Vorhangspalt die Straße beobachtete. Sein Vortrag war knapp, aber präzise und nur wenig redigiert. Er schilderte den Plan des Helenenordens, den Islam aus Westeuropa zu vertreiben, die Umstände der Ermordung Seiner Heiligkeit Papst Paul VII. und den makabren Raum, in dessen Kamin Jonas Wolf, der Sohn eines NS-Kriegsverbrechers, das letzte Exemplar des Evangeliums nach Pilatus verbrannt hatte. Im Mittelpunkt der politischen Ambitionen des Ordens stand die Kontrolle über den Heiligen Stuhl. Zweiundvierzig wahlberechtigte Kardinäle hatten ihre Stimme gegen Geld verkauft. Weitere achtzehn Elektoren würden als geheime Mitglieder des Ordens ebenfalls für Bischof Richters Strohmann stimmen: Kardinal Franz von Emmerich, Erzbischof von Wien.
»Und das Beste daran ist, dass ich alles auf Video habe.«

Gabriel sah sich über eine Schulter nach Donati um. »War das genau genug?«

»Das wären nur sechzig Stimmen. Um Papst zu werden, bräuchte er achtundsiebzig.«

»Sie rechnen damit, dass der Schwung ausreicht, um Emmerich ins Amt zu hieven.«

»Wissen Sie die Namen aller zweiundvierzig Kardinäle?«

»Wenn Sie möchten, kann ich sie Ihnen alphabetisch nennen. Ich weiß auch, wie viel jeder bekommen hat und auf welches Konto das Geld überwiesen wurde.« Gabriel trat vom Fenster weg und drehte sich um. »Aber es kommt noch schlimmer, fürchte ich.«

Er tippte aufs Display seines Smartphones. Im nächsten Augenblick waren zwei Männerstimmen zu hören, die Deutsch sprachen.

Er hat zwei Millionen Gründe, den Mund zu halten.
Zwei Millionen und einen ...
Er drückte auf PAUSE.

»Bischof Richter und Jonas Wolf, stimmt's?«

Gabriel nickte.

»Was sind die zwei Millionen Gründe, aus denen ich dem Konklave nicht mitteilen soll, was ich über den Plan des Ordens weiß?«

»Das ist der Betrag, den Richter und Wolf auf Ihr Konto bei der Vatikanbank überwiesen haben.«

»Sie wollen mir andichten, ich sei so korrupt wie sie?«

»Offenbar.«

»Und der *eine*?«

»Daran arbeite ich noch.«

Donatis Augen blitzten zornig. »Kaum zu glauben, dass sie zwei Millionen Euro für ein so durchsichtiges Manöver vergeudet haben.«

»Vielleicht können Sie das Geld für einen guten Zweck verwenden.«

»Keine Sorge, das werde ich.«

Donati rief Angelo Francona an. Der Dekan des Kardinalskollegiums meldete sich nicht.

Er sah erneut auf seine Armbanduhr. Es war 16.45 Uhr.

»Vielleicht sollten Sie mir die Namen diktieren.«

»Azevedo aus Tegucigalpa«, begann Gabriel. »Zwei Millionen. Bank of Panama.«

»Nächster?«

»Ballantine aus Philadelphia. Eine Million. Vatikanbank.«

»Nächster?«

Zur selben Zeit stand Kardinal Angelo Francona wie ein Wachposten an der Rezeption der Casa Santa Marta. Vor seinen Füßen stand eine große Aluminiumbox mit vielen Dutzend Handys, Tablets und Notebooks, alle sorgfältig mit den Namen ihrer Eigentümer gekennzeichnet. Aus Sicherheitsgründen blieb die Telefonanlage des Gästehauses in Betrieb, aber aus seinen 128 Zimmern und Suiten waren alle Telefone, Radios und Fernseher abtransportiert worden. Franconas *Telefonino* steckte in seiner Soutane – stumm geschaltet, aber noch funktionierend. Er würde es ausschalten, sobald der letzte Kardinal hereinkam. Ab diesem Augenblick würden die Männer, die den nächsten Pontifex Maximus zu wählen hatten, effektiv von der Außenwelt abgeschnitten sein.

Gegenwärtig waren 112 der 116 wahlberechtigten Kardinäle sicher unter dem Dach der Casa Santa Marta versammelt. Viele von ihnen, darunter auch die beiden Favoriten Navarro und Gaubert, plauderten in der Eingangshalle miteinander. Nach letztem Stand war Kardinalkämmerer Domenico

Albanese oben in seiner Suite. Mit einer Migräne. Zumindest hatte er sich damit entschuldigt.

Auch Francona fühlte vor dem Konklave leichte Kopfschmerzen kommen. Er hatte erst an einer Papstwahl teilgenommen. An dem Konklave, das die katholische Welt dadurch schockiert hatte, dass es den kaum bekannten Patriarchen von Venedig zum Nachfolger Wojtylas des Großen gewählt hatte. Francona hatte zur Gruppe der Liberalen gehört, die den Ausschlag für Lucchesi gegeben hatte. Bedauerlicherweise würde Lucchesis Amtszeit mit dem Anschlag auf den Petersdom und dem Missbrauchsskandal in Verbindung gebracht werden, der die Kirche an den Rand des moralischen und finanziellen Zusammenbruchs gebracht hatte.

Deshalb musste das am morgigen Nachmittag beginnende Konklave über jeden Verdacht erhaben sein. Leider lag es wegen der Ermordung des armen Schweizergardisten in Florenz bereits unter einer dunklen Wolke. Hinter dieser Geschichte steckte noch mehr, das stand für Francona fest. Seine Aufgabe war es, ein skandalfreies Konklave zu leiten, das einen Papst wählen würde, der die Wunden der Kirche heilen, ihre Fraktionen vereinen und sie in die Zukunft führen konnte. Das sollte möglichst schnell und geräuschlos über die Bühne gehen. Insgeheim fürchtete er, das Konklave könnte seiner Kontrolle entgleiten – mit ungeahnten Folgen für die ganze Kirche.

Die zweiflüglige Glastür des Gästehauses öffnete sich, und Kardinal Franz von Emmerich, der doktrinäre Erzbischof von Wien, hatte seinen Auftritt. Der Koffer, den er zog, hatte die Größe eines Überseekoffers. An der Rezeption ließ er sich von den Nonnen seinen Schlüssel geben und lieferte sein iPhone widerstrebend bei Francona ab.

»Ich gehöre bestimmt nicht zu den Glücklichen, die eine Suite bekommen haben.«

»Leider nicht, Eminenz.«

»Na, dann hoffe ich, dass die Entscheidung rasch fällt.«

Der Österreicher ging zu den Aufzügen weiter. Als Francona wieder allein war, sah er auf sein Handy und stellte überrascht fest, dass er drei Anrufe verpasst hatte. Alle von demselben Mann. Er hatte keine Nachricht hinterlassen, was sonst nicht seine Art war.

Francona zögerte mit dem Zeigefinger über dem Touchscreen. Was er vorhatte, war unorthodox, aber streng genommen kein Verstoß gegen die in der Konstitution *Universi Dominici Gregis* festgelegten Regeln für ein Konklave.

Der Kardinal zögerte noch eine kostbare Minute länger, bevor er die Nummer wählte und sein Handy ans Ohr hielt. Wenige Sekunden später schloss er die Augen. Das Konklave gerät außer Kontrolle, dachte er. Jetzt kann alles passieren, wirklich alles ...

Das Gespräch dauerte drei Minuten und siebenundvierzig Sekunden. Donati hatte sich seine Enthüllungen sorgfältig zurechtgelegt. Er konzentrierte sich auf das unmittelbar bevorstehende Problem: die Verschwörung des reaktionären Helenenordens mit dem Ziel, einen ihm genehmen Papst einzusetzen und Westeuropa ins Dunkel seiner faschistischen Vergangenheit zurückzuführen.

»Emmerich?« Francona wollte seinen Ohren nicht trauen. »Aber Lucchesi und Sie haben ihn doch zum Kardinal gemacht.«

»Aus heutiger Sicht ein Fehler.«

»Wie viele Elektoren sind involviert?«

Donati nannte ihre Zahl.

»Gott im Himmel! Lässt sich das beweisen?«

»Zwölf dieser Kardinäle haben den Orden um Überweisung auf die Vatikanbank gebeten.«

»Sie haben dort rumgeschnüffelt, was?«

»Die Informationen habe ich von jemandem bekommen.«

»Von Ihrem israelischen Freund?«

»Angelo, bitte! Die Zeit drängt.«

Francona war plötzlich kurzatmig.

»Ist Ihnen nicht wohl, Eminenz?«

»Ihre Mitteilung war ein ziemlicher Schock, das ist alles.«

»Das kann ich mir vorstellen. Die Frage ist nur: Was wollen wir dagegen unternehmen?«

Dann folgte eine Pause, bis Francona sagte: »Geben Sie mir die Namen der Kardinäle. Ich rede unter vier Augen mit ihnen.«

»Sie sind ein guter, anständiger Mann, Eminenz.« Donati zögerte kurz. »Zu anständig für diese Sache.«

»Worauf wollen Sie hinaus?«

»Lassen Sie *mich* mit den Kardinälen reden. Mit allen zur gleichen Zeit.«

»In der Casa Santa Marta dürfen sich nur die Elektoren und das Personal aufhalten.«

»Ich fürchte, Sie werden eine Ausnahme machen müssen. Sonst sehe ich mich leider gezwungen, mir ein öffentliches Forum zu suchen.«

»In den Medien? Das würden Sie nicht wagen!«

»Stellen Sie mich nicht auf die Probe.«

Donati konnte praktisch hören, wie Francona mit einem Entschluss rang. »Lassen Sie mir ein paar Minuten Zeit, über alles nachzudenken. Ich rufe Sie zurück, sobald ich meine Entscheidung getroffen habe.«

Damit riss die Verbindung um 16.52 Uhr ab. Es war 17.10 Uhr, als Donatis Telefon endlich wieder klingelte.

»Ich habe die Kardinäle gebeten, vor dem Abendessen in die Kapelle zu kommen. Treten Sie bitte bescheiden auf. Denken

Sie daran, dass Sie nicht mehr der Privatsekretär sind. Sie sind ein kleiner Erzbischof in einem Raum voller Kirchenfürsten, die nicht verpflichtet sind, Ihnen zuzuhören. Ich rate Ihnen sogar, sich auf einen ziemlich frostigen Empfang gefasst zu machen.«

»Wann?«

»Wir treffen uns um Punkt halb sechs auf der Piazza Santa Marta. Kommen Sie auch nur eine Minute zu spät ...«

»Warten Sie!«

»Was gibt's jetzt wieder, Luigi?«

»Ich habe keinen Vatikanausweis mehr.«

»Dann werden Sie einen anderen Weg finden müssen, um an der Wache unter dem Glockenbogen vorbeizukommen.«

Francona legte ohne ein weiteres Wort auf. Donati rief seine Kontakte auf, scrollte bis zum Buchstaben M und wählte. »Geh ran«, flüsterte er. »Verdammt noch mal, geh ran!«

49

VILLA GIULIA, ROM

Seit Veronica Marchese die Leitung des italienischen Museo Nazionale Etrusco übernommen hatte, hatte sie sich unermüdlich bemüht, die zurückgehenden Besucherzahlen wieder anzuheben. In einer Stadt wie Rom war das keine leichte Aufgabe. Die Horden schwitzender Rucksacktouristen, die sich im Kolosseum und an der Fontana di Trevi drängten, fanden nur selten den Weg zur Villa Giulia, dem eleganten Palazzo am Nordrand der Villa Borghese, der die weltgrößte Sammlung etruskischer Kunst und Artefakte beherbergte, darunter mehrere kostbare Stücke aus der Privatsammlung des verstorbenen Mannes der Direktorin. Carlo hatte das Museum postum auch durch mehrere Geldspenden unterstützt. Ein winziger Teil seines unredlich erworbenen Vermögens hatte eine Überarbeitung der veralteten Webseite des Museums finanziert. Ebenfalls bezahlt hatte er eine weltweite Werbekampagne und eine Luxusgala mit viel römischer Prominenz. Der Star des Abends war jedoch Erzbischof Luigi Donati gewesen, der blendend aussehende Privatsekretär Seiner Heiligkeit, dem das Magazin *Vanity Fair* erst vor Kurzem ein schmachtendes Porträt gewidmet hatte. Veronica hatte ihn an jenem Abend wie einen Fremden begrüßt und so getan, als sehe sie nicht, wie die schönsten jungen Frauen an seinen Lippen hingen.

Hätten sie nur den Luigi Donati gekannt, der sich an einem warmen Frühlingstag des Jahres 1992 für eine Ausgrabungsstätte in Umbrien interessiert hatte: ein großer bärtiger Mann in zerrissenen Jeans, abgetragenen Sandalen und einem Sweatshirt der Georgetown University. Dieses Sweatshirt hatte er oft getragen, denn er hatte sonst nicht viel besessen außer einer Sammlung zerlesener Taschenbücher. Sie waren neben dem Bett, das sie sich in einem Häuschen in den Hügeln bei Perugia geteilt hatten, auf dem nackten Fußboden gestapelt. Einige herrliche Monate lang hatte er ganz ihr gehört. Sie hatten gemeinsam Pläne geschmiedet. Er würde den Priesterstand aufgeben und als Anwalt, als Kämpfer für aussichtslose Fälle arbeiten. Sie würden heiraten und Kinder bekommen. Alles das hatte sich geändert, als er Pietro Lucchesi begegnet war. Mit gebrochenem Herzen hatte Veronica eingewilligt, Carlo Marchese zu heiraten, was die Tragödie komplett machte.

Nach Carlos Sturz aus der Kuppel des Petersdoms hatten Veronica und Luigi einen kleinen Teil ihrer Beziehung aufleben lassen können. Insgeheim hatte sie gehofft, nach Lucchesis Tod alles zurückgewinnen zu können. Inzwischen wusste sie jedoch, dass das nur eine törichte Wunschvorstellung gewesen war, die einer Frau ihres Alters und ihrer Position nicht angemessen war. Das Schicksal und die Umstände hatten sich gegen sie verschworen. Sie waren dazu verdammt, wie Figuren aus einem viktorianischen Roman an jedem Donnerstagabend freundschaftlich miteinander zu dinieren. Sie würden alt werden, aber nicht miteinander. So schrecklich traurig und einsam! Aber das war ihre Sühne dafür, dass sie einen Priester liebte. Schon lange vor seinem Besuch der Ausgrabungsstätte am Monte Cucco hatte Luigi einen Eid geschworen. Die andere Frau in seinem Leben war die Braut Christi, die Heilige römische Kirche.

Seit dem Abend, an dem sie mit Gabriel Allon und seiner Frau Chiara gegessen hatten, hatten sie nur einmal miteinander telefoniert. Das Gespräch hatte am folgenden Morgen stattgefunden, als Veronica ins Museum gefahren war. Luigi hatte sich ungewohnt zurückhaltend geäußert. Trotzdem hatten seine Worte Veronica schockiert. Pietro Lucchesi war in den päpstlichen Gemächern ermordet worden. Dahinter steckte der reaktionäre Helenenorden, der die Kirche beim nächsten Konklave unter seine Kontrolle bringen wollte.

»Warst du in Florenz, als …?«

»Ja. Und du hattest recht. Janson hatte eine Beziehung mit Pater Graf.«

»Vielleicht hörst du nächstes Mal auf mich.«

»*Mea culpa. Mea maxima culpa.*«

»Heute Abend sehe ich dich wohl nicht?«

»Tut mir leid, ich habe schon was anderes vor.«

»Seien Sie vorsichtig, Exzellenz.«

»Und Sie auch, Dottoressa.«

Als Teil ihrer Kampagne zur Steigerung der Besucherzahlen hatte Veronica die Öffnungszeiten des Museums verlängert. Das Museo Nazionale Etrusco war jetzt bis 20 Uhr geöffnet. Aber um 17.30 Uhr an diesem kalten, grauen Donnerstag im Dezember herrschte in den Ausstellungssälen Totenstille. Die Büroangestellten, auch Veronicas Sekretärin, waren bereits gegangen. Gesellschaft leistete ihr einzig Maurizio Pollini, der Schuberts Klaviersonate Nr. 19 in c-Moll, Deutsch-Verzeichnis 958, mit dem wundervollen zweiten Satz spielte. Luigi und sie hatten sie sich damals in dem kleinen Haus bei Perugia wieder und wieder angehört.

Um 17.45 Uhr packte sie ihre Umhängetasche und zog ihren Mantel an. Sie war mit einer Freundin auf einen Drink verabredet. Heutzutage hatte sie nur noch Freundinnen. Anschließend würden sie in einer versteckten Osteria von der Art essen, die nur Römer kannten. Dort servierten sie Spaghetti Cacio e Pepe in der Pfanne, in der sie gebacken wurden. Veronica würde ihre Nudeln ganz aufessen und die restliche Soße mit einem Stück Brot aufnehmen. Wenn ihr doch nur Luigi gegenübersitzen würde!

Im Erdgeschoss blieb sie kurz vor dem Euphronios-Krater stehen, einem Gefäß zum Mischen von Wein und Wasser, das weithin als eines der schönsten jemals geschaffenen Kunstwerke galt. Gabriel, daran erinnerte sie sich gut, war anderer Meinung gewesen.

Sie machen sich nichts aus griechischen Vasen?
Ich glaube nicht, dass ich das gesagt habe.

Kein Wunder, dass Luigi ihn so gernhatte. Sie besaßen den gleichen fatalistischen Humor.

Sie wünschte dem Aufsichtspersonal einen schönen Abend, lehnte die angebotene Begleitung dankend ab und trat in die feuchtkalte Dunkelheit hinaus. Ihr Wagen – ein elegantes Mercedes-Cabrio in Silbermetallic – parkte nur wenige Meter vom Eingang entfernt auf dem für sie reservierten Platz. Eines Tages würde sie Luigi dazu überreden, sich hineinzusetzen. Sie würde gegen seinen Willen mit ihm zu einem kleinen Haus bei Perugia fahren. Dort würden sie bei einer Flasche Wein Schubert hören. Oder vielleicht Mendelssohn-Bartholdys 1. Klaviertrio Opus 49 in d-Moll. *Die Tonart unterdrückter Leidenschaft ...* Sie lag dicht unter der Oberfläche, passiv, aber nicht verschwunden, ein schreckliches Sehnen. Eine Berührung ihrer Hand würde genügen. Sie würden wieder jung sein. Derselbe Plan, nur dreißig Jahre später. Luigi würde den Priesterstand aufgeben, sie würden heiraten. Aber ohne Kinder. Dafür war Veronica schon zu alt, und sie wollte ihn mit niemandem teilen müssen. Natürlich würde es einen Skandal geben. Ihr Name würde in den Schmutz gezogen werden. Sie würden eine Zeit lang aus Italien verschwinden müssen. Vielleicht auf irgendeine Karibikinsel. Dank Carlo war Geld kein Thema.

Das steht dir nicht zu, ermahnte Veronica sich, als sie den Mercedes mit der Fernbedienung aufsperrte. Trotzdem konnte es nicht schaden, nur daran zu *denken*. Außer sie wurde dadurch so abgelenkt, dass sie den Mann, der auf sie zukam, nicht gleich bemerkte. Er war Mitte dreißig, hatte ordentlich gescheiteltes blondes Haar. Veronica atmete auf, als sie den Priesterkragen unter seinem Kinn sah.

»Dottoressa?«

»Ja?«, antwortete sie automatisch.

Er zog eine Pistole aus seinem Sakko und bedachte Veronica mit einem wundervollen Lächeln. Kein Wunder, dass Niklaus Janson sich zu ihm hingezogen gefühlt hatte.

»Was wollen Sie?«, fragte sie.

»Ich möchte, dass Sie Tasche und Schlüssel fallen lassen.«

Sie zögerte kurz, dann ließ sie beides auf den Asphalt fallen.

»Sehr gut.« Pater Grafs Lächeln verschwand. »Jetzt steigen Sie bitte in den Wagen.«

50

PETERSPLATZ, ROM

Oberst Alois Metzler, Kommandant der Päpstlichen Schweizergarde, wartete vor dem ägyptischen Obelisken, als Gabriel und Donati den Petersplatz erreichten. Beide waren nach ihrem Spurt den Borgo Santo Spirito entlang ziemlich außer Atem. Metzler dagegen wirkte würdevoll gelassen. Als Verstärkung hatte er zwei seiner Kriminalbeamten in Zivil mitgebracht. Gabriel, der beruflich oft mit der Schweizergarde zu tun gehabt hatte – unter anderem bei einem Papstbesuch in Jerusalem –, wusste natürlich, dass die beiden Männer eine 9-mm-Pistole Sig Sauer P226 in einem Schulterholster trugen. Metzler übrigens auch.

Er musterte Gabriel prüfend, dann lächelte er schwach. »Was ist mit Ihnen, Pater Allon? Haben Sie der Kirche abgeschworen?« Seine nächste Frage ging an Donati. »Wissen Sie, was passiert ist, nachdem Sie und Ihr Freund im Geheimarchiv gestöbert haben?«

»Albanese war etwas ungehalten, vermute ich.«

»Er hat mir erklärt, er werde meine Entlassung betreiben, sobald das Konklave vorüber sei.«

»Dem Camerlengo steht es nicht zu, den Kommandanten der Schweizergarde zu entlassen. Das kann nur der Staatssekretär. Mit Zustimmung des Heiligen Vaters, versteht sich.«

»Der Kardinal hat angedeutet, der nächste Staatssekretär werde er sein. Das hat ziemlich überzeugt geklungen.«

»Hat er Ihnen auch erzählt, wer der nächste Papst wird?« Als Donati keine Antwort bekam, deutete er auf den Glockenbogen. »Bitte, Oberst Metzler. Kardinal Francona erwartet mich.«

»Bedaure, Exzellenz, aber ich kann Sie leider nicht einlassen.«

»Warum nicht?«

»Weil Kardinal Albanese mich gewarnt hat, dass Sie versuchen würden, heute Abend in die gesperrten Bereiche des Vatikans zu gelangen. Er hat damit gedroht, dass Köpfe rollen würden, wenn Sie durchkämen.«

»Stellen Sie sich bitte zwei Fragen, Oberst Metzler. Woher wusste er, dass ich kommen würde? Und wovor hat er solche Angst?«

Metzler atmete geräuschvoll aus. »Wann erwartet Kardinal Francona Sie?«

»In vier Minuten.«

»Dann haben Sie zwei Minuten Zeit, mir zu erklären, was hier genau vorgeht.«

Wie alle Elektoren, die an diesem Abend in die Casa Santa Marta kamen, hatte Domenico Albanese sein Handy dem Dekan des Kardinalskollegiums übergeben. Trotzdem musste er nicht ohne Mobiltelefon auskommen, denn er hatte schon vor einigen Tagen eines in seinem Zimmer versteckt. Ein billiges, entbehrliches Modell. Ein Wegwerfhandy, dachte er boshaft.

Jetzt hielt er es mit der linken Hand umklammert. Mit der Rechten öffnete er die Stores im Wohnzimmer seiner Suite einen Spalt weit. Wie es der Zufall wollte, konnte er so die gepflasterte kleine Piazza vor dem Gästehaus beobachten, auf der Kardinal Angelo Francona unruhig auf und ab ging. Der Dekan erwartete offensichtlich jemanden. Einen Mann, dachte Albanese, der zweifellos versuchen würde, an den Gardisten am Glockenbogen vorbeizukommen.

Um 17.25 Uhr machte Francona sich nach einem Blick auf sein Handy auf den Weg zum Eingang des Gästehauses. Dann blieb er abrupt stehen, als einer der Gardisten auf die drei Männer zeigte, die über die Piazza getrabt kamen. Einer von ihnen war Oberst Metzler, der Vorgesetzte des Gardisten. Begleitet wurde er von Erzbischof Donati und Gabriel Allon.

Albanese ließ den Vorhang los und wählte.

»Nun?«, fragte Bischof Richter.

»Er hat's geschafft. Er ist durchgekommen.«

Die Verbindung brach ab. Im nächsten Augenblick wurde zweimal kräftig an Albaneses Tür geklopft. Bevor er aufmachte, steckte er schuldbewusst das Handy ein. Draußen stand Erzbischof Thomas Kerrigan aus Boston, der Vizedekan des Kardinalskollegiums.

»Was gibt's, Eminenz?«

»Der Dekan lässt Sie bitten, in die Kapelle zu kommen.«

»Weshalb?«

»Er hat Erzbischof Donati eingeladen, vor den Elektoren zu sprechen.«

»Wieso bin ich nicht informiert worden?«

Kerrigan lächelte. »Jetzt wissen Sie's.«

Donati folgte Kardinal Francona in die Eingangshalle. Das erste Gesicht, das er sah, gehörte Kevin Brady aus Los Angeles. Obwohl Brady ein Reformator auf gleicher Wellenlänge war, schien Donatis Anwesenheit ihn zu verblüffen. Die beiden begrüßten sich mit einem knappen Nicken, dann studierte Donati angelegentlich das Muster des Marmorbodens.

Francona fasste ihn am Arm. »Exzellenz! Wie konnten Sie das nur mitbringen?«

Donati hatte nicht gemerkt, dass sein Handy klingelte. Er zog es aus seiner Soutane und sah aufs Display. Der angezeigte Anrufername schockierte ihn.

Pater Brunetti …

Dieses Pseudonym hatte er Veronica Marchese in seinen Kontakten zugewiesen. Nach den Regeln ihrer Beziehung durfte sie ihn auf keinen Fall anrufen. Wieso tat sie es um Himmels willen jetzt?

Donati drückte ABLEHNEN.

Das Handy klingelte sofort wieder.

Pater Brunetti …

»Schalten Sie's bitte aus, Luigi?«

»Natürlich, Eminenz.«

Donati wollte sein Smartphone ausschalten, aber dann zögerte er doch.

Er hat zwei Millionen Gründe, den Mund zu halten.
Zwei Millionen und einen.

Donati nahm das Gespräch an. »Was haben Sie ihr angetan?«, fragte er ruhig.

»Noch nichts«, antwortete Pater Markus Graf. »Aber wenn Sie nicht kehrtmachen und dort rausgehen, bringe ich sie um. Langsam, Exzellenz. Unter großen Schmerzen.«

Domenico Albanese beobachtete von oben, wie Luigi Donati aus der Casa Santa Marta gestürmt kam. Sein Smartphone, auf dem Pater Graf ihn angerufen hatte, hielt er noch in der Hand. Er packte Allon verzweifelt an einer Schulter, als flehe er ihn um Hilfe an. Dann warf er sich herum und suchte die oberen

Fenster des Gästehauses ab. Er weiß Bescheid, dachte Albanese. Aber was würde er tun? Würde er die Frau retten, die er liebte? Oder würde er die Kirche retten?

Fünfzehn Sekunden verstrichen. Dann hatte Albanese seine Antwort.

Er wählte eine Nummer mit seinem Wegwerfhandy.

Bischof Richter meldete sich sofort.

»Das Spiel ist aus, fürchte ich, Exzellenz.«

»Warten wir's ab.«

Die Verbindung wurde beendet.

Albanese versteckte das Handy im Schreibtisch und ging auf den Flur hinaus. Wie Luigi Donati fünf Stockwerke unter ihm sammelte er sich, ordnete seine Gedanken, trennte Lüge und Wahrheit. Der Heilige Vater hatte die Last der Kirche auf seinen Schultern getragen, erinnerte er sich wieder. Aber im Tod war er leicht wie eine Feder gewesen.

51

VIA DELLA CONCILIAZIONE

»Warum sind Sie nicht gleich zu mir gekommen?«, fragte Alois Metzler.

»Wären Sie bereit gewesen, uns zu helfen?«

»Bei Privatermittlungen zum Tod des Heiligen Vaters? Niemals.«

Metzler saß am Steuer eines Mercedes E-Klasse mit SVC-Kennzeichen. Er bog auf die Via della Conciliazione ab, dann schlängelte er sich mit eingeschaltetem Blinklicht durch den Verkehr in Richtung Fluss.

»Um das mal festzuhalten«, sagte Gabriel. »Ich habe mich nur bereit erklärt, Niklaus Janson zu finden.«

»Haben Sie seine Personalakte aus unserer Datenbank gelöscht?«

»Nein«, antwortete Gabriel. »Das war Andreas Estermann.«

»Estermann? Der früher beim BfV war?«

»Sie kennen ihn?«

»Vor ein paar Jahren hat er versucht, mich zum Eintritt in den Orden zu bewegen.«

»Da waren Sie nicht der Einzige. Ich bin fast beleidigt, weil er nicht versucht hat, auch mich anzuwerben. Übrigens war er wenige Tage nach Jansons Verschwinden in Freiburg, um Stefanie Hoffmann auszuhorchen.«

»War Niklaus auch Mitglied des Ordens?«

»Eher als Spielzeug.«

Metzler raste gefährlich schnell über den Tiber. Gabriel checkte seine Nachrichten. Gleich nach ihrer Abfahrt von der Casa Santa Marta hatte er Juval Gerschon angerufen, um die Einheit 8200 den Standort von Pater Grafs Handy feststellen zu lassen. Bis jetzt war noch keine Antwort da.

»Wohin soll ich fahren?«, fragte Metzler.

»Zum Nationalen Etruskermuseum. Es liegt ...«

»Ich weiß, wo es liegt, Allon. Ich lebe hier, wissen Sie.«

»Ich dachte, ihr Helvetier verlasst euer hübsches kleines Schweizer Quartier im Vatikan höchst ungern.«

»Das stimmt.« Metzler zeigte auf Berge von nicht abgefahrenem Müll. »Sehen Sie sich das an, Allon. Rom ist eine Müllkippe.«

»Aber das Essen ist fantastisch.«

»Mir ist unser Essen lieber. Nichts geht über ein perfektes Raclette.«

»Geschmolzener Käse auf gekochten Kartoffeln? Das ist Ihre Idee von feiner Küche?«

Metzler bog rechts auf die Viale delle Belle Arti ab. »Ist Ihnen schon mal aufgefallen, dass immer irgendwas schiefgeht, wenn Sie in die Nähe des Vatikans kommen?«

»Eigentlich hätte ich Urlaub.«

»Erinnern Sie sich an den Papstbesuch in Jerusalem?«

»Als wär's gestern gewesen.«

»Der Heilige Vater hat Sie geliebt, Allon. Nicht viele Leute können sagen, dass ein Papst sie geliebt hat.«

Die Villa Giulia erschien rechts voraus. Metzler bog auf den kleinen Personalparkplatz ab. Veronica Marcheses Umhängetasche lag auf dem Asphalt. Ihr auffälliges Mercedes-Cabrio war fort.

»Er muss ihr aufgelauert haben, als sie herausgekommen ist«, sagte Metzler. »Aber wohin hat er sie verschleppt?«

Gabriels Solaris vibrierte. Eine Nachricht von Juval Gerschon. »Tatsächlich nicht sehr weit.«

Er hob Veronicas Tasche auf und stieg wieder ein.

»Wohin?«, fragte Metzler.

Gabriel zeigte nach rechts. Metzler fuhr auf den Boulevard hinaus und gab Gas.

»Stimmt es, was die Leute über sie und Donati sagen?«, fragte er.

»Sie sind alte Freunde. Das ist alles.«

»Priester dürfen keine Freundinnen haben, die wie Veronica Marchese aussehen. Die sind gefährlich.«

»Pater Graf auch.«

»Glauben Sie wirklich, dass er sie umbringt?«

»Nein«, sagte Gabriel. »Nicht wenn ich ihn vorher erschieße.«

52

CASA SANTA MARTA

Die Kapelle des Gästehauses Santa Marta lag auf einem dreieckigen kleinen Grundstück zwischen der Südflanke des Haupthauses und der khakifarbenen Mauer des Vatikans. Sie war hell und modern und mit ihrem Parkettboden, der Donati immer an ein Backgammonbrett erinnerte, nicht besonders exklusiv. Noch nie zuvor war sie so überfüllt gewesen. Anscheinend waren alle 116 Elektoren gekommen. Die gefirnissten Holzstühle waren alle besetzt, sodass mehreren Kirchenfürsten, darunter auch dem spät eingetroffenen Camerlengo, nichts anderes übrig blieb, als sich in Eingangsnähe wie gestrandete Fluggäste zusammenzudrängen.

Dekan Francona stand am Rednerpult. Von einem einzelnen Blatt Papier las er verschiedene Mitteilungen ab: Informationen zur Hausordnung, zu Sicherheitsfragen und zu den Abfahrtszeiten der Shuttlebusse zwischen dem Gästehaus und der Sixtina. Das Mikrofon war ausgeschaltet, seine Stimme klang brüchig, seine Hände zitterten. Auch Donati zitterten die Hände.

Ich bringe sie um. Langsam, Exzellenz. Unter großen Schmerzen.

War diese Drohung real oder nur eine List? Lebte Veronica noch, oder war sie bereits tot? Hatte er den größten Fehler seines Lebens gemacht, als er sich in diese Schlangengrube begeben und sie ihrem Schicksal überlassen hatte? Oder hatte er diesen Fehler schon viel früher gemacht, als er in den Schoß der Kirche zurückgekehrt war, statt sie zu heiraten? Aber dafür war's noch nicht zu spät. Er konnte dieses sinkende Schiff noch verlassen und mit ihr durchbrennen. Natürlich wäre das ein Skandal. Sein Name würde in den Schmutz gezogen werden. Sie würden sich aus der Öffentlichkeit zurückziehen müssen. Vielleicht auf eine Karibikinsel. Oder in ein Häuschen bei Perugia. Schuberts Klaviersonaten, ein Stapel Taschenbücher neben dem Bett. Veronica, die nichts als sein altes Sweatshirt von der Georgetown University trug. Ein paar herrliche Monate lang hatte sie nur ihm gehört.

Franconas Stimme holte ihn in die Gegenwart zurück. Bisher hatte er der Versammlung noch nicht erklärt, was Donati am Vorabend des Konklaves in die Casa Santa Marta geführt hatte. Offensichtlich war jedoch, dass die Versammelten an nichts anderes dachten. Zweiundvierzig von ihnen hatten sich ihre Stimme vom Helenenorden abkaufen lassen. Das war ein Verbrechen gegen das Konklave, das über die Nachfolge auf dem Stuhl Petri zu bestimmen hatte. Und dieses Verbrechen war weiter im Gange.

Langsam, Exzellenz. Unter großen Schmerzen.

Nicht alle sind hoffnungslos korrupt, sagte Donati sich. Tatsächlich waren viele von ihnen gute, anständige Männer, die sehr wohl imstande waren, die Kirche in die Zukunft zu führen. Kardinal Navarro, der große Favorit, würde einen guten Papst abgeben. Ebenso Gaubert oder Duarte, der Erzbischof von Manila, obwohl Donati nicht glaubte, dass die Kirche schon für einen Papst aus Asien bereit war.

Bereit war sie jedoch für einen Amerikaner. Kevin Brady aus Los Angeles war offenbar erste Wahl. Er war relativ jung und telegen, sprach fließend Spanisch und war redegewandt wie so viele Iren. Auch wenn ihm bei der Aufarbeitung des Missbrauchsskandals einige Fehler unterlaufen waren, hatte er ihn doch unversehrter als die meisten Bischöfe überstanden. Auf keinen Fall durfte Donati seine Ambitionen öffentlich machen. Das wäre der Todeskuss gewesen. Den sollte jedoch Kardinal Franz von Emmerich aus Wien erhalten.

Francona faltete sein Blatt Papier zweimal zusammen, als sei es ein Stimmzettel bei der Papstwahl. Donati wurde bewusst, dass er sich noch unschlüssig war, was er vor dieser Versammlung der höchsten kirchlichen Würdenträger sagen wollte. Predigen war zugegebenermaßen nicht seine Stärke. Er war eher ein Mann der Tat als des Worts, ein Priester für Straßen und Barrios, ein Missionar.

Ein Kämpfer für aussichtslose Fälle ...

Francona räusperte sich gewichtig. »Und nun zu einem letzten Punkt. Erzbischof Donati hat um Erlaubnis gebeten, sich wegen einer äußerst dringenden Sache an Sie wenden zu dürfen. Nach reiflicher Überlegung habe ich zugestimmt und ...«

An dieser Stelle widersprach Domenico Albanese laut. »Dekan Francona, dies ist höchst ungewöhnlich. Als Camerlengo muss ich dagegen protestieren.«

»Die Entscheidung, Erzbischof Donati sprechen zu lassen, steht allein mir zu. Im Übrigen sind Sie nicht verpflichtet, zu bleiben. Möchten Sie gehen, tun Sie's bitte gleich jetzt. Das gilt für Sie alle.«

Niemand bewegte sich, auch Albanese nicht. »Ist dies keine unzulässige Einflussnahme von außen auf das Konklave, Dekan Francona?«

»Das Konklave beginnt erst morgen Nachmittag. Und was unzulässige Einflussnahmen von außen betrifft, wissen Sie darüber vermutlich mehr als ich, Eminenz.«

Albanese lief vor Zorn rot an, sagte aber nichts mehr. Francona machte das Rednerpult frei und nickte Donati zu, seinen Platz einzunehmen. Aber der Erzbischof trat stattdessen vor die erste Sitzreihe und blieb direkt vor Kardinal Kevin Brady stehen.

»Guten Abend, meine Brüder in Christi.«

Keine einzige Stimme erwiderte seinen Gruß.

53

VILLA BORGHESE

In den dunklen, einsamen Monaten nach Luigi Donatis Rückkehr ins Priestertum hatte Veronica oft von gut aussehenden jungen Männern ganz in Schwarz geträumt. Manchmal kamen sie als Liebhaber, aber meistens unterzogen sie sie allen möglichen körperlichen und emotionalen Foltern. Aber kein Einziger hatte sie jemals mit vorgehaltener Pistole durch einen Park geführt. In diesem Punkt hatte Pater Graf alle Erwartungen übertroffen.

Sie hätte alles für eine Zigarette gegeben. Ihre steckten in der Umhängetasche, die jetzt auf dem Parkplatz des Museums lag. Mit Smartphone, Geldbörse, Notebook und fast allem anderen, das man fürs Überleben in einer modernen Gesellschaft brauchte. Aber das spielte keine Rolle, denn sie würde bald sterben. Bestimmt gab es schlimmere Sterbeorte als die Villa Borghese. Sie wünschte sich nur, der Geistliche an ihrer Seite wäre Luigi Donati, nicht dieser Neonazi im Priestergewand aus dem Helenenorden.

Aber er sah recht gut aus. Das musste sie ihm lassen. Auf viele Priester des Ordens traf das zu. Sie konnte sich gut vorstellen, wie er mit dreizehn oder vierzehn Jahren ausgesehen hatte. Es gab Gerüchte, Bischof Richter habe Novizen häufig in seine Räume eingeladen, um ihnen Privatunterricht zu erteilen. Irgendwie war die ganze Wahrheit nie ans Licht gekommen. Selbst nach Kirchenbegriffen verstand der Orden sich sehr gut darauf, Geheimnisse zu bewahren.

Sie ging durch die Dunkelheit weiter. Die Pinien entlang des staubigen Fußwegs schwankten im kalten Abendwind. Für Besucher schloss der Park bei Sonnenuntergang, daher war nirgends eine Menschenseele zu sehen.

»Sie haben nicht zufällig eine Zigarette für mich?«

»Die sind verboten.«

»Und was ist mit Sex mit Schweizergardisten im Apostolischen Palast? Ist der auch verboten?« Veronica sah über ihre Schulter. »Sie waren nicht sehr diskret, Pater Graf. Ich habe dem Erzbischof von Janson und Ihnen erzählt, aber er hat mir nicht geglaubt.«

»Er hätte gut daran getan, auf Sie zu hören.«

»Wie haben Sie ihn getötet?«

»Ich habe ihn auf einer Brücke in Florenz erledigt. Mit drei Schüssen. Einen für den Vater, einen für den Sohn und einen für den Heiligen Geist. Ihr Freund hat alles genau gesehen. Er war mit Allon und dessen Frau zusammen. Die ist sogar noch schöner als Sie.«

»Ich meinte den Heiligen Vater.«

»Seine Heiligkeit ist einem Herzanfall erlegen, während sein Privatsekretär mit seiner Geliebten im Bett war.«

»Wir sind kein Liebespaar.«

»Wie verbringen Sie die gemeinsamen Abende? Lesen Sie die Bibel? Oder verschieben Sie das auf später, wenn der Erzbischof genug hat?«

Veronica konnte kaum glauben, dass diese Worte aus dem Mund eines geweihten Priesters kamen. Sie beschloss, ihm das mit gleicher Münze heimzuzahlen.

»Und wie verbringen Sie Ihre Abende, Pater Graf? Schickt er noch immer nach Ihnen? Oder bevorzugt er …«

Der harte Schlag auf ihren Hinterkopf kam ohne Vorwarnung und wurde mit dem Pistolengriff ausgeführt. Der Schmerz war außerirdisch. Er blendete sie sekundenlang. Als sie mit den Fingerspitzen nach der Stelle tastete, war sie feucht und warm.

»Ich habe wohl einen Nerv getroffen?«, fragte Veronica.

»Reden Sie nur weiter! Das macht es mir leichter, Sie zu erschießen.«

»Gäbe es einen Gott, würde er eine biblische Plage schicken, der ausschließlich Mitglieder des Helenenordens erliegen würden.«

»Ihr Mann war einer von uns. Wussten Sie das?«

»Nein, aber das überrascht mich nicht. Carlo war immer etwas faschistisch angehaucht. Nachträglich gesehen war das sein sympathischster Zug.«

Sie hatten die Piazza di Siena erreicht. Dieser Ende des 18. Jahrhunderts angelegte Platz war nach der Heimatstadt der Familie Borghese benannt. Hatte Veronica das Bedürfnis, sich sportlich zu betätigen, was selten vorkam, joggte sie mehrmals um das staubige Oval, bevor sie zur Vernunft kam und sich eine Zigarette anzündete. Wie die meisten ihrer Landsleute hielt sie nichts davon, der Gesundheit wegen regelmäßig Sport zu treiben. Im Allgemeinen begnügte sie sich damit, täglich einen kleinen Spaziergang zum Café Doney zu machen, um einen Cappuccino zu trinken und dazu ein Cornetto zu essen.

Pater Graf stieß sie mit der Pistolenmündung an, um sie zum Mittelpunkt der Esplanade zu dirigieren. Die Zypressen, die das Oval säumten, bildeten einen Wall aus dunklen Silhouetten. Die Sterne funkelten bläulich weiß glühend. Ja, dachte sie noch mal, es gibt schlimmere Sterbeorte als die Piazza di Siena der Villa Borghese. Wenn er nur Luigi wäre. *Wenn er nur ...*

Pater Grafs Smartphone meldete sich mit sonorem Glockenklang. Das Display erhellte sein Gesicht, als er die Nachricht las.

»Ist mir ein Aufschub gewährt worden?«

Er steckte das Handy wortlos in seine Jackentasche.

Veronica blickte zum Nachthimmel auf. »Ich glaube, ich habe eine Vision.«

»Was sehen Sie?«

»Einen Mann in Weiß.«

»Wer ist er?«

»Der Mann, den Gott dazu bestimmt hat, Ihre Kirche zu retten.«

»Sie ist auch *Ihre* Kirche.«

»Schon lange nicht mehr«, sagte sie.

»Wann haben Sie zuletzt gebeichtet?«

»Vor Ihrer Geburt.«

»Dann sollten Sie mir vielleicht Ihre Sünden beichten.«

»Wozu?«

»Damit ich Ihnen Absolution erteilen kann, bevor ich Sie erschieße.«

»Ich habe eine bessere Idee.«

»Nämlich?«

»Beichten Sie mir Ihre.«

54

CASA SANTA MARTA

Pietro Lucchesi hatte Donati einen wertvollen Ratschlag in Bezug auf öffentliche Reden gegeben. Im Zweifelsfall, hatte der Papst gesagt, immer mit einem Jesuszitat beginnen. Das Zitat, für das Donati sich entschied, stand im 19. Kapitel des Matthäusevangeliums. *Und weiter sage ich: Es ist leichter, dass ein Kamel durch ein Nadelöhr gehe, als dass ein Reicher ins Reich Gottes komme.* Er hatte kaum ausgesprochen, als Domenico Albanese erneut protestierte.

»Wir alle kennen die Evangelien, Exzellenz. Vielleicht könnten Sie zur Sache kommen.«

»Ich frage mich, was Jesus denken würde, wenn er heute Abend in unserer Mitte wäre.«

»Er *ist* in unserer Mitte!« Das war Tardini aus Palermo, ein neunundsiebzigjähriger Traditionalist, den Wojtyla zum Kardinal erhoben hatte. Er hatte seine Stimme bei der Papstwahl für eine Million Euro an den Helenenorden verkauft. Das Geld lag auf seinem Konto bei der Vatikanbank. »Aber erzählen Sie uns doch, Exzellenz: Was würde Jesus sagen?«

»Ich glaube, dass Jesus diese Kirche nicht wiedererkennt. Ich glaube, dass er über unsere opulenten Paläste mit ihren kostbaren Gemälden entsetzt ist. Ich glaube, dass er versucht ist, einmal gründlich aufzuräumen.«

»Bis vor Kurzem haben Sie selbst in einem Palast gelebt. Ihr Herr ebenfalls.«

»Das haben wir getan, weil die Tradition es erforderte. Aber wir haben recht bescheiden gelebt.« Donati sah zu Kardinal Navarro hinüber. »Nicht wahr, Eminenz?«

»Das kann ich bestätigen, Exzellenz.«

»Und Sie, Kardinal Gaubert?«

Als alter Diplomat nickte der ehemalige Staatssekretär nur knapp, ohne etwas zu sagen.

»Und Sie, Eminenz?«, fragte Donati Albanese. »Wie würden Sie das Leben des Heiligen Vaters in den päpstlichen Gemächern des Apostolischen Palasts charakterisieren?«

»Bescheiden. Sogar anspruchslos.«

»Das müssen Sie am besten wissen. Schließlich waren Sie in seiner Todesnacht als letzter Besucher in den päpstlichen Gemächern.«

»Das war ich«, bestätigte der Kardinal angemessen feierlich.

»Sie waren zweimal dort, nicht wahr?«

»Nur einmal, Exzellenz.«

»Wissen Sie das bestimmt, Albanese?«

Aufkommendes Gemurmel erstarb rasch wieder.

»Das ist nichts, was ich jemals vergessen werde«, antwortete Albanese ruhig.

»Als Sie den Toten aufgefunden haben.« Donati machte eine Pause. »In seinem Arbeitszimmer.«

»In der Kapelle.«

»Ja, natürlich. Das muss mir entfallen sein.«

»Das ist verständlich, Exzellenz. Sie waren an jenem Abend nicht da. Sie haben mit einer alten Freundin diniert – in deren Haus, wenn ich recht informiert bin. Ich habe das im offiziellen Bulletin nicht erwähnt, um Sie nicht in Verlegenheit zu bringen. Vielleicht war das ein Fehler.«

Duarte aus Manila war plötzlich auf den Beinen, fuchtelte aufgeregt mit den Händen. Auch Lopes aus Rio de Janeiro war aufgesprungen. Beide appellierten in ihren Muttersprachen an Francona, diese schädliche Diskussion zu beenden. Der Dekan schien durch Unschlüssigkeit gelähmt zu ein.

Donati sprach lauter, um sich Gehör zu verschaffen. »Da Kardinal Albanese erwähnt hat, wo ich in der Todesnacht meines Herrn war, fühle ich mich zu einer Erklärung verpflichtet. Ja, ich habe mit einer Freundin zu Abend gegessen. Sie heißt Veronica Marchese. Ich habe sie in einer Glaubenskrise kennengelernt, als ich kurz davor war, den Priesterstand zu verlassen. Wir haben uns getrennt, als ich Pietro Lucchesi begegnet und in den Schoß der Kirche zurückgekehrt bin. Wir sind gute Freunde, sonst nichts.«

»Sie ist die Witwe Carlo Marcheses«, sagte Albanese. »Und Sie, Exzellenz, sind ein katholischer Geistlicher.«

»Mein Gewissen ist rein, Albanese. Ihres auch?«

Der Kardinal wandte sich an Francona. »Hören Sie, wie er mit mir redet?«

Francona sah Donati an. »Bitte weiter, Exzellenz. Ihre Zeit läuft ab.«

»Gott sei Dank«, ächzte Tardini.

Donati sah auf seine Armbanduhr. Wie sein Zigarettenetui und das goldene Feuerzeug war sie ein Geschenk Veronicas – die einzigen Wertgegenstände, die er besaß. »Wie ich erfahren habe«, sagte er dann, »sind mehrere von Ihnen heimlich Mitglieder des Helenenordens.« Er sah zu Kardinal Esteban Velázquez aus Buenos Aires hinüber und fragte in akzentfreiem Spanisch: »Das stimmt doch, Eminenz?«

»Davon weiß ich nichts«, antwortete Velázquez in seiner Muttersprache.

Donati wandte sich an den Erzbischof von Mexico City.

»Was denken Sie, Montoya? Wie viele Geheimmitglieder des Helenenordens sind heute Abend unter uns? Zehn? Ein Dutzend?« Er machte eine Pause. »Oder sind es achtzehn?«

»Vielleicht wir alle.« Das war wieder Albanese. »Natürlich außer Kardinal Brady.« Er genoss das nervöse Lachen der anderen.

»Mitglied des Helenenordens zu sein, ist keine Sünde, Exzellenz.«

»Aber es wäre eine Sünde, Geld anzunehmen – zum Beispiel für eine Stimme beim Konklave.«

»Eine schwere Sünde«, stimmte Albanese zu. »Daher sollte man mit solchen Anschuldigungen äußerst vorsichtig sein. Und man sollte bedenken, dass dieser Vorwurf sich fast unmöglich beweisen ließe.«

»Nicht wenn die Verfehlung so offensichtlich ist. Und für Vorsicht fehlt mir die Zeit. Deshalb möchte ich Ihnen nur rasch berichten, was ich erfahren habe – und was ich unternehmen werde, wenn meine Forderungen nicht erfüllt werden.«

»Forderungen?«, wiederholte Tardini ungläubig. »Wie kommen Sie dazu, Forderungen zu stellen? Ihr Herr ist tot. Sie sind ein Niemand.«

»Ich bin der Mann«, sagte Donati, »der Ihre Zukunft in der Hand hält. Ich weiß, wie viel Sie erhalten haben, wann das Geld geflossen ist und wo es liegt.«

Tardini, der puterrot angelaufen war, schoss hoch. »Das lasse ich mir nicht gefallen!«

»Bitte nehmen Sie wieder Platz, bevor Sie sich verletzen. Und hören Sie sich an, was ich noch zu sagen habe.«

Tardini blieb noch einen Augenblick stehen, bevor er von Erzbischof Colombo aus Neapel gestützt unsicher auf seinen Stuhl zurücksank.

»Seit Jahrhunderten«, fuhr Donati fort, »sieht diese unsere

Kirche sich auf allen Seiten von Feinden und Gefahren umgeben. Wissenschaft, Säkularismus, Humanismus, Pluralismus, Relativismus, Sozialismus, Amerikanismus. Aber der wahre Feind ist viel näher, Eminenzen. Er ist heute Abend in diesem Raum. Und er ist morgen Nachmittag in der Sixtina, wenn Sie im ersten Wahlgang abstimmen. Zweiundvierzig von Ihnen sind der Versuchung erlegen und haben sich ihre Stimme abkaufen lassen. Zwölf von Ihnen sind so schamlos korrupt, dass sie die Bestechungssumme auf ihr Konto bei der Vatikanbank haben überweisen lassen.« Er lächelte Tardini zu. »Das stimmt doch, Eminenz?«

Nun war es Colombo, der Tardini unbeholfen zu Hilfe zu kommen versuchte. »Ich verlange, dass Sie Ihren skandalösen Vorwurf sofort zurücknehmen!«

»An Ihrer Stelle würde ich mich zurückhalten, Colombo. Auch Sie haben kassiert – allerdings weit weniger als Ihr gerissener alter Freund Tardini.«

Albanese war auf dem Mittelgang nach vorn unterwegs. »Und was ist mit Ihnen, Erzbischof Donati? Wie viel haben Sie bekommen?«

»Zwei Millionen Euro.« Donati wartete, bis die Aufregung sich gelegt hatte, bevor er fortfuhr: »Übrigens bin ich kein Mitglied des Helenenordens, falls Sie sich das fragen. Tatsächlich haben der Orden und ich auf entgegengesetzten Seiten gestanden, als ich Missionar in El Salvador war. Er war auf der Seite der Junta und der Todesschwadronen. Ich habe mit den Armen und Entrechteten gearbeitet. Ich bin auch kein Kardinal mit Stimmrecht. Also kann die Überweisung auf mein Konto nur ein zweckloser Versuch gewesen sein, mich zu kompromittieren.«

»Sie haben sich selbst kompromittiert«, sagte Albanese, »als Sie ins Bett dieser Hure gekrochen sind!«

»Höre ich nicht Ihr Handy klingeln, Albanese? Gehen Sie lieber ran. Bischof Richter möchte bestimmt gern wissen, was hier in der Kapelle besprochen wird.«

Albanese leugnete lautstark, aber seine Stimme ging in dem allgemeinen Tumult unter. Die meisten Kardinäle hielt es nicht mehr auf ihren Stühlen. Donati hob beschwichtigend die Hände, musste aber schreien, um gehört zu werden.

»Und wenn man sich vorstellt, wie viele Arme man mit diesem Geld hätte kleiden und ernähren können. Oder wie viele Kinder man hätte impfen können. Oder wie viele Schulen man hätte bauen können. Mein Gott, von so viel Geld hätte mein Dorf jahrelang leben können!«

»Dann sollten Sie's vielleicht spenden«, schlug Albanese vor.

»Oh, das habe ich vor. Restlos.« Er wandte sich an Tardini, der vor Wut zitterte. »Was ist mit Ihnen, Eminenz? Schließen Sie sich mir an?«

Tardini stieß einen sizilianischen Blutfluch aus.

»Und Sie, Colombo? Machen Sie bei unserem Feldzug gegen Hunger und Krankheit mit? Damit rechne ich fest. Ich erwarte ein großes Jahr für kirchliche Wohlfahrtseinrichtungen – weil Sie alle spenden werden, was Ihnen der Orden gezahlt hat. Bis zum letzten Cent. Sonst vernichte ich Sie einzeln.« Er bedachte Albanese mit einem kalten Blick. »Langsam. Unter Schmerzen.«

»Ich habe kein Geld bekommen.«

»Aber Sie waren in jener Nacht da. Sie haben den Heiligen Vater tot aufgefunden.« Donati machte eine Pause. »In seinem Arbeitszimmer.«

Kardinal Duarte war den Tränen nahe. »Erzbischof Donati, was wollen Sie damit sagen?«

In der Kapelle herrschte plötzlich gespanntes Schweigen. Grabesstille, dachte Donati, wie in der Gruft im Petersdom, in der Pietro Lucchesi mit einer kleinen Einstichwunde im rechten Oberschenkel in drei Särgen lag.

»Damit will ich sagen, dass mein Herr uns viel zu früh entrissen wurde. Er hatte sich noch viel Arbeit vorgenommen. Er war weiß Gott nicht vollkommen, aber er war ein guter, gottesfürchtiger Mann, ein wahrhaft guter Hirte, der sein Bestes getan hat, um die Kirche durch turbulente Zeiten zu führen. Und wenn Sie nicht jemanden wie ihn zu einem Nachfolger wählen, der die Katholiken der ersten Welt ebenso aufrütteln kann wie die der dritten Welt, der unsere Kirche in die Zukunft führt, statt sie in die Vergangenheit herabzuziehen …« Donati senkte die Stimme. »… dann zerstöre ich diesen Tempel. Und wenn ich damit fertig bin, steht kein Stein mehr auf dem anderen.«

»Der Teufel ist unter uns«, wütete Tardini.

»Da stimme ich Ihnen zu, Eminenz. Aber Sie und Ihre Freunde im Helenenorden haben ihm die Tür geöffnet.«

»*Sie* sind der Mann, der uns droht, den Glauben zu vernichten.«

»Nicht den Glauben, Eminenz. Nur die Kirche. Seien Sie versichert, ich würde sie lieber in Trümmern als in den schmutzigen Händen des Helenenordens sehen.«

»Und was dann?«, fragte Tardini. »Was machen wir, wenn unsere Kirche zerstört wird?«

»Wir fangen neu an, Eminenz. Wir treffen uns in Häusern und teilen einfache Mahlzeiten mit Brot und Wein. Wir rezitieren Psalmen und erzählen von Jesus, seinen Lehren, seinem Tod und seiner Auferstehung. Wir bauen eine neue Kirche auf. Eine Kirche, die er erkennen würde.« Donati nickte dem Dekan des Kardinalskollegiums zu. »Ich danke Ihnen, Eminenz. Ich habe mehr als genug gesagt, glaube ich.«

55

VILLA BORGHESE

Veronica Marcheses Cabrio stand schräg vor der Barrikade am Ende der Zufahrtsstraße. Die Beifahrertür stand leicht offen. Die Schlüssel lagen im Fußraum. Gabriel steckte sie ein und zog seine Beretta.

»Gibt es wirklich keine andere Möglichkeit?«, fragte Metzler.

»Was stellen Sie sich vor? Verhandlungen unter Gentlemen?«

»Er ist ein Priester.«

»Er hat den Heiligen Vater ermordet. An Ihrer Stelle ...«

»Ich denke anders als Sie, Allon. Ich werde meinen Gott über Pater Graf richten lassen.«

»Er ist auch mein Gott. Aber darüber sollten wir ein andermal diskutieren.« Gabriel sah auf sein Smartphone. Pater Grafs Handy befand sich ungefähr zweihundert Meter östlich von ihnen mitten auf der Piazza di Siena. »Sie bleiben am besten hier. Ich brauche nur ein paar Minuten.«

Gabriel ging im Schutz der Bäume davon. Schon nach wenigen Schritten hatte er die Tudor-Fassade des Globe Theatre Roma vor sich, eine Kopie des legendären Londoner Schauspielhauses, in dem viele der populärsten Stücke Shakespeares uraufgeführt worden waren. Unter gewaltigen römischen Pinien stehend wirkte es so seltsam deplatziert wie ein Iglu in der Wüste Negev.

Neben dem Theater lag die Piazza di Siena. Gabriel hätte sie aus dem Gedächtnis malen können, aber in der Dunkelheit war fast nichts zu erkennen. Irgendwo dort draußen waren zwei Personen: eine Frau, die einen Geistlichen liebte, und ein Priester, der einen Papst ermordet hatte. Und wenn Gabriel sich vorstellte, dass er kaum fünf Stunden von Jonas Wolfs Hitler'schem Gruselkabinett in Obersalzberg entfernt war ... Aber *er* sei normal, versicherte er sich.

Plötzlich erinnerte er sich an die ovale Laufbahn. An die Bahn, die er überqueren musste, um die Mitte der Piazza zu erreichen. Selbst ein Mann mit seinem Körperbau und seiner Geschmeidigkeit konnte ihren feinen Kies unmöglich lautlos überqueren. Vermutlich hatte Pater Graf sie deshalb hierhergebracht. Vielleicht waren doch Verhandlungen unter Gentlemen angebracht. Der Kontakt ließ sich rasch herstellen: Gabriel hatte Grafs Handynummer.

Die Instant-Messaging-Funktion seines Solaris' gestattete ihm, anonyme Nachrichten zu schicken. Bei vorsichtig abgedecktem Display schrieb er eine Kurznachricht mit einer Einladung zum Abendessen im La Carbonara am Campo de' Fiori und sendete sie. Wenige Sekunden später flammte mitten auf der Piazza ein Licht auf. Es war überraschend hell, sodass Gabriel ihre Position und ihre Stellung zueinander erkennen konnte. Pater Graf hielt sein Smartphone in der Gabriel zugekehrten linken Hand – Veronica und er standen sich gegenüber. Wie eine Kompassnadel war der Geistliche nach Norden orientiert.

Gabriel bewegte sich auf einem asphaltierten Fußweg in Gegenrichtung. Dann schlich er unter Pinien nach Osten, bis er auf ungefähr gleicher Höhe mit den beiden war.

Er schickte dem Priester eine weitere anonyme Nachricht.

Halllooooo ...

Wieder flammte das Licht mitten auf der Piazza auf. Nur Gabriels Position hatte sich verändert. Er stand jetzt direkt hinter Pater Graf, war aber durch ungefähr dreißig Meter Gras und die ovale Aschenbahn von ihm getrennt. Auf dem Rasen konnte Gabriel sich lautlos wie eine Katze bewegen, aber die Laufbahn war unüberwindbar. Sie war zu breit, um mit einem Sprung überwunden zu werden – außer man war ein olympiareifer Weitspringer, was Gabriel ganz entschieden nicht war. Er war ein Mann mittleren Alters, der sich vor Kurzem zwei Rückenwirbel gebrochen hatte.

Allerdings schoss er noch immer verdammt gut. Vor allem mit einer Beretta 92 FS. Er brauchte sein Ziel nur noch mit einer weiteren Textnachricht zu beleuchten. Dann würde der Papstmörder Pater Graf aufhören zu existieren. Vielleicht würde er vor ein Himmelsgericht kommen, das ihn für seine Verbrechen verurteilte. Für diesen Fall hoffte Gabriel, dass Gott schlecht gelaunt sein würde, wenn Pater Graf auf dem Stuhl des Angeklagten Platz nehmen musste.

Er tippte eine weitere Kurznachricht – Wo steckst du? – und schickte sie in den Äther hinaus. Weil der leichte Wind umgesprungen war, konnte er diesmal den typischen Glockenton von Grafs Handy hören. Einige Sekunden vergingen, bis das Display wieder aufleuchtete. Leider hatte die Stellung der Personen zueinander sich verändert. Jetzt sahen beide nach Norden. Veronica Marchese kniete. Pater Graf drückte ihr die Mündung seiner Pistole ins Genick.

Der Geistliche warf sich herum, als er den Kies unter Gabriels Füßen knirschen hörte. Im nächsten Augenblick erhellte der Lichtblitz seines Mündungsfeuers die Mitte der Piazza. Das Geschoss verfehlte Gabriels linke Schulter nur um eine Handbreit. Trotzdem stürmte er mit der Beretta in der ausgestreckten Hand weiter. Es gibt schlimmere Sterbeorte, dachte er, als die Piazza di Siena. Er hoffte nur, dass Gott gut gelaunt sein würde, wenn *er* auf dem Stuhl des Angeklagten Platz nehmen musste.

Donati schaltete sein Handy erst ein, als er die Casa Santa Marta verlassen hatte. Während seines Vortrags vor den Kardinälen waren keine Anrufe oder Textnachrichten eingegangen. Er wählte Veronicas Nummer, ohne eine Antwort zu bekommen. Dann wollte er Gabriel anrufen, ließ das Smartphone aber wieder sinken. Dies war nicht der rechte Zeitpunkt.

Die beiden Schweizergardisten am Eingang des Gästehauses starrten blicklos in die Nacht, ohne etwas von dem Tumult zu ahnen, den Donati in seinem Kielwasser zurückgelassen hatte. Großer Gott, was hatte er getan? Er hatte das Streichholz angezündet, dachte er. Nun würde Kardinal Francone ein in Flammen stehendes Konzil leiten müssen. Der Himmel mochte wissen, was für einen Papst es wählen würde. Aber das war Donati ziemlich egal, wenn er nur keine Marionette Bischof Richters war.

Die Südfassade des Petersdoms war hell angestrahlt. Donati sah, dass einer der Seiteneingänge weit offen stand. Er betrat den Dom, ging durchs linke Querschiff zu Berninis schwebendem Baldachin und sank auf dem kalten Marmor auf die Knie. In der Gruft unter ihm lag sein Herr mit einer kleinen Einstichwunde im rechten Oberschenkel. Mit geschlossenen Augen betete Donati mit einer Inbrunst wie seit Jahren nicht mehr.

Leg ihn um, dachte er. Langsam. Unter Schmerzen.

Die Nacht war Gabriels Verbündete, denn sie machte ihn fast unsichtbar. Pater Graf dagegen verriet seine genaue Position bei jedem unbeherrschten Schuss, den er abgab. Gabriel schlug keine Haken, wich nicht von der kürzesten Linie ab.

Stattdessen stürmte er so schnell wie möglich geradewegs auf sein Ziel zu, wie Schamron es ihn damals im Herbst 1972 gelehrt hatte.

Elfmal, für jeden in München ermordeten Israeli ...

Er wusste nicht mehr, wie viele Schüsse Pater Graf abgegeben hatte. Auch der Priester hatte bestimmt den Überblick verloren. Das Magazin der Beretta enthielt fünfzehn Schuss, aber Gabriel brauchte nur einen. Der würde Pater Graf zwischen den Augen treffen, sobald er sich sicher sein konnte, nicht versehentlich Veronica zu treffen. Sie kniete weiter, hielt sich mit beiden Händen die Ohren zu. Ihr Mund war aufgerissen, aber Gabriel konnte außer den Schüssen nichts hören. Wegen der seltsamen Akustik der Piazza schienen die Knallgeräusche aus allen Richtungen zu kommen.

Gabriel war nur mehr zwanzig Meter von Graf entfernt, sodass er ihn jetzt auch ohne das Mündungsfeuer deutlich sehen konnte. Folglich würde auch Graf ihn sehen. Eigentlich durfte er nicht länger warten, durfte sich nicht weiter annähern. Ein Polizeibeamter hätte vermutlich haltgemacht und sich leicht zur Seite gedreht, um ein kleineres Ziel zu bieten. Nicht jedoch ein von dem großen Ari Schamron ausgebildeter Profikiller. Er setzte seinen Sturmlauf fort, als wolle er seine Kugel ins Ziel tragen.

Zuletzt riss er den Arm hoch und zielte über Kimme und Korn auf Pater Grafs Kopf. Aber nur Zehntelsekunden bevor er abdrücken konnte, flog ein Teil dieses Kopfs davon. Graf verschwand, als habe sich der Erdboden unter seinen Füßen aufgetan.

Gabriel blieb stolpernd stehen, ohne zu wissen, woher der Schuss gekommen war. Wenige Augenblicke später trat Alois Metzler mit seiner Sig Sauer P226 in der ausgestreckten Hand aus dem Dunkel.

Er ließ die Waffe sinken und nickte zu Veronica hinüber. »Bringen Sie sie lieber weg, bevor die Polizei kommt. Alles Weitere erledige ich.«

»Das haben Sie schon getan, würde ich sagen.«

Metzler betrachtete den toten Priester. »Keine Sorge, Allon. Sein Blut ist an meinen Händen.«

56

VIA GREGORIANA, ROM

Am folgenden Morgen wurde Gabriel um Viertel nach zehn durch einen lautstarken Streit auf der Straße unter seinem Fenster geweckt. Im ersten Augenblick konnte er sich nicht an den Namen der Straße oder ihre Lage erinnern. Er hatte auch keine Erinnerung daran, unter welchen Umständen er dieses Nachtlager, eine kleine und schrecklich unbequeme Couch, erreicht hatte.

Dann fiel ihm plötzlich ein, dass diese Couch im Wohnzimmer der alten sicheren Wohnung des Diensts oben an der Spanischen Treppe stand. Veronica Marchese hatte angeboten, auf ihr zu schlafen. Aber aus verfehlter Ritterlichkeit hatte Gabriel darauf bestanden, sie solle stattdessen das Schlafzimmer nehmen. Sie waren bis nach zwei Uhr bei einer Flasche Rotwein aus der Toskana wach geblieben, von der Gabriel jetzt dumpf pochende Kopfschmerzen hatte. Die passten gut zu seinen neuerlichen Kreuzschmerzen.

Seine Kleidung lag auf dem Fußboden vor der Couch. Als er angezogen war, ging er in die Küche und schaltete den Wasserkocher ein. Nachdem er Kaffee in den Kaffeebereiter gelöffelt hatte, ging er ins Bad, um sich im Spiegel zu betrachten. Wäre er nur ein Gemälde gewesen, dann hätte er die Schäden beseitigen können. So konnte er nur hoffen, dass er sich bis zu Chiaras Ankunft halbwegs erholen würde. Auf seinen Vorschlag kam sie zum Beginn des Konklaves nach Rom. Donati hatte sie eingeladen, sich die vom Fernsehen übertragene Eröffnungszeremonie bei ihm in der Jesuitenkurie anzusehen. Veronica war ebenfalls eingeladen. Der Nachmittag würde sicher interessant werden.

Gabriel goss den Kaffee auf und las die italienischen Zeitungen auf seinem Handy, während der Kaffee sich setzte. Die schockierenden Ereignisse in Deutschland interessierten die Redaktionen in Rom und Mailand kaum. Nur das Konklave war wichtig. Für die *Vaticanisti* war Navarro der haushohe Favorit. Einer sagte sogar voraus, Pietro Lucchesi werde der letzte italienische Papst gewesen sein. Keine Zeitung berichtete über einen toten Geistlichen aus einem reaktionären katholischen Orden oder eine Schießerei in der Villa Borghese, in die eine prominente Museumsdirektorin verwickelt gewesen war. Irgendwie hatte Alois Metzler es geschafft, nichts an die Öffentlichkeit dringen zu lassen. Zumindest vorläufig.

Gabriel nahm seinen Kaffee ins Wohnzimmer mit und stellte den Fernseher an. Fünfzehntausend Katholiken aller Stände drängten sich im Petersdom zusammen, um zu Beginn des Konklaves die Messe *Pro Eligendo Romano Pontifice* zu feiern. Weitere zweihunderttausend Menschen verfolgten sie auf Großbildwänden auf dem Petersplatz. Gelesen wurde die Messe von Dekan Angelo Francona. Auf fünf halbkreisförmigen Stuhlreihen vor ihm saß das gesamte Kardinalskollegium – auch die Kardinäle, die aus Altersgründen nicht mehr würden mitwählen dürfen. Donati saß gleich hinter ihnen. In seinem Chorgewand war er jeder Zoll ein römisch-katholischer Prälat. Seine Miene war ernst und entschlossen. Gabriel hätte nicht das Objekt seines strengen Blicks sein wollen.

»Was er wohl denkt?«

Gabriel sah auf und nickte Veronica Marchese lächelnd zu. Sie trug einen von Chiaras alten Schlafanzügen aus Baumwolle. Eine Hand hatte sie in die Hüfte gestemmt. Die andere zupfte an ihrem rechten Ohrläppchen.

»Ich höre noch immer fast nichts.«

»Sie haben mehrere Schussknalle aus nächster Nähe abbekommen. Ihr Gehör braucht ein paar Tage, um sich zu erholen.«

Veronicas Hand berührte ihren Hinterkopf.

»Wie fühlen Sie sich?«

»Etwas Koffein könnte helfen.« Sie betrachtete sehnsüchtig seinen Kaffee. »Haben Sie auch einen für mich?«

Er ging in die Küche und holte ihr eine Tasse. Nach dem ersten Schluck verzog sie das Gesicht.

»Ist er so schlecht?«

»Vielleicht können wir später ins Caffè Greco gehen.« Sie sah auf den Bildschirm. »Die Kirche weiß, wie man eine Show abzieht, was? Kein Mensch würde ahnen, dass irgendwas nicht in Ordnung ist.«

»So ist's besser.«

»Da bin ich mir nicht so sicher.«

»Wollen Sie, dass die Welt erfährt, was sich letzte Nacht auf der Piazza di Siena ereignet hat?«

»Steht irgendwas in den Zeitungen?«

»Kein Pieps.«

»Wie lange kann das ein Geheimnis bleiben?«

»Das dürfte von der Identität des nächsten Papstes abhängen.«

Die Kamera zeigte nochmals Donati. »Der ›leckere Luigi‹«, sagte Veronica. »Ich habe diesen Artikel in *Vanity Fair* gehasst, aber er hat ihn in der Kirche zum Star gemacht.«

»Sie hätten die Ober im Piperno sehen sollen.«

»Sie können von Glück sagen, Gabriel. Ich möchte nur einmal an einem perfekten Tag öffentlich mit ihm zu Mittag essen können.« Sie musterte Gabriel aus dem Augenwinkel heraus.

»Redet er jemals von mir?«

»Unaufhörlich.«

»Oh? Und was sagt er?«

»Dass Sie eine gute Freundin sind.«

»Und Sie glauben ihm das?«

»Nein«, sagte Gabriel. »Ich glaube, dass Sie ihn verzweifelt lieben.«

»Ist das so offensichtlich?« Sie lächelte trübselig. »Und was ist mit Luigi? Was empfindet er für mich?«

»Das müssen Sie ihn selbst fragen.«

»Was genau fragen? Lieben Sie mich noch immer, Erzbischof? Wollen Sie aufs Priesteramt verzichten und mich heiraten, bevor's zu spät ist?«

»Das haben Sie nie getan?«

Veronica schüttelte den Kopf.

»Warum nicht?«

»Weil ich mich vor seiner Antwort fürchte. Sagt er Nein, wäre ich untröstlich. Und wenn er Ja sagt ...«

»Würden Sie sich als der schlimmste Mensch der Welt fühlen.«

»Sie sind sehr einfühlsam.«

»Außer in Herzensangelegenheiten.«

»Sie führen eine perfekte Ehe.«

»Ich bin mit einer perfekten Frau verheiratet. Das dürfen Sie nicht durcheinanderbringen.«

»Und wenn Sie an meiner Stelle wären?«

»Ich würde Luigi sagen, was ich für ihn empfinde. Am besten möglichst bald.«

»Wann?«

»Wie wär's mit heute Nachmittag?«

»In der Jesuitenkurie? Mir graut schon vor dem Gedanken daran. All diese Geistlichen«, sagte Veronica. »Sie werden mich alle anglotzen.«

»Also, das glaube ich eher nicht.«

Sie dachte nach. »Was trägt man zu einer Konklave-Party?«

»Weiß, glaube ich.«

»Ja«, sagte Veronica. »Ich denke, Sie haben recht.«

Nach der Messe im Petersdom kehrten die Kardinäle zum Lunch in die Casa Santa Marta zurück. Alois Metzler rief Gabriel aus der von Stimmengewirr erfüllten Eingangshalle an. Pater Graf, berichtete er, liege in einem römischen Leichenhaus auf Eis. Dort würde er bleiben, bis das Konklave zu Ende war, worauf sein Leichnam in den Hügeln außerhalb von Rom aufgefunden werden würde – offenbar Selbstmord. Veronica Marchese würde in keinem amtlichen Bericht erwähnt werden. Gabriel auch nicht.

»Nicht schlecht, Metzler.«

»Ich bin ein Schweizer, der im Vatikan arbeitet. Die Wahrheit zu verbergen, ist ganz natürlich für mich.«

»Irgendeine Nachricht von Bischof Richter?«

»Er hat Rom gestern Abend in seinem Privatjet verlassen. Offenbar hat er sich im Kloster des Ordens im Kanton Zug eingeigelt.«

»Wie ist die Stimmung in der Casa Santa Marta?«

»Wenn wir ohne einen weiteren Toten durchs Konklave kommen«, sagte Metzler, bevor er auflegte, »ist's ein Wunder.«

Unterdessen war es fast 12.30 Uhr. Veronicas auffälliges Cabrio stand vor dem Apartmenthaus geparkt. Gabriel fuhr sie zur Via Veneto und wartete im Erdgeschoss, während sie duschte und sich umzog. Als sie wieder herunterkam, trug sie einen eleganten cremeweißen Hosenanzug, dazu als einzigen Schmuck eine geflochtene Goldkette.

»Ich hab mich getäuscht«, sagte Gabriel. »In der Jesuitenkurie werden alle Sie anglotzen.«

Sie lächelte. »Wir können nicht mit leeren Händen kommen.«

»Luigi hat uns gebeten, etwas Wein mitzubringen.«

Veronica verschwand in der Küche und kam mit einer Kühltasche mit vier kalten Flaschen Pinot Grigio zurück. Zum Hauptbahnhof Roma Termini waren es fünf Minuten. Sie warteten auf einem Kurzzeitparkplatz, bis Chiara und die Zwillinge aus dem Bahnhof gestürmt kamen.

»Sie haben recht«, sagte Veronica. »Sie sind mit der perfekten Frau verheiratet.«

»Ja«, stimmte Gabriel zu. »Zu meinem Glück.«

57

JESUITENKURIE, ROM

Im Speisesaal der Jesuitenkurie standen zwei Großbildfernseher, an beiden Schmalseiten einer. Zwischen ihnen saßen etwa hundert Geistliche in Soutanen oder schwarzen Anzügen sowie eine Studentengruppe von der Päpstlichen Universität Gregoriana. Die vielen Baritone verstummten vorübergehend, als geladene Gäste – zwei Kleinkinder, zwei schöne Frauen und der Direktor des israelischen Geheimdiensts – den Saal betraten.

Donati hatte sein Chorgewand abgelegt und trug wieder seine Soutane, die im Vatikan übliche Dienstkleidung. Er führte ein ernstes Gespräch mit einem Mann mit silbergrauem Haar, den Veronica als den Generalsuperior der Gesellschaft Jesu identifizierte.

»Der Schwarze Papst«, fügte sie hinzu.

»Den Beinamen hat auch Donati getragen.«

»Nur haben seine Feinde nie gewagt, ihn damit anzusprechen. Peter Agular ist der wirkliche Schwarze Papst. Er ist Venezolaner, hat Politikwissenschaften studiert und steht politisch eher links. Eine US-Zeitschrift hat ihn mal als Marxisten bezeichnet, was er als Kompliment betrachtet hat. Und er setzt sich offen für die Palästinenser ein.«

»Wie viel weiß er über Donati und Sie?«

»Aus Luigis Akte sind alle Hinweise auf unsere Affäre getilgt worden, als er Lucchesis Privatsekretär wurde. Aus jesuitischer Sicht hat es sie nie gegeben.« Veronica nickte zu dem Tisch mit Erfrischungen hinüber. »Holen Sie mir bitte ein Glas Wein? Ich weiß nicht, ob ich das hier nüchtern aushalte.«

Gabriel stellte ihre vier Flaschen Pinot Grigio zu den übrigen Weißweinen. Dann schenkte er aus einer bereits entkorkten Flasche drei Gläser mit lauwarmem Frascati ein, während Chiara die Teller der Kinder mit Pasta von den Warmhalteplatten des Büfetts füllte. Sie fanden einen freien Tisch in der Nähe des rückwärtigen Fernsehers. Die Elektoren hatten inzwischen die Casa Santa Marta verlassen und waren in der Paulinischen Kapelle versammelt, von der aus sie sich zur Eröffnung des Konklaves in die Sixtina begeben würden.

Veronica kostete widerstrebend ihren Wein. »Gibt es etwas Schlimmeres als zimmerwarmen Frascati?«

»Ich wüsste ein paar Dinge«, sagte Gabriel.

Donati und der lächelnde Pater Agular kamen an ihren Tisch. Gabriel erhob sich, um dem Jesuitengeneral die Hand zu geben, bevor er ihm Chiara und die Kinder vorstellte. »Und dies ist unsere liebe Freundin Veronica Marchese.« Sein Tonfall war untypisch heiter. »Dottoressa Marchese ist Direktorin des Museo Nazionale Etrusco.«

»Sehr erfreut, Dottoressa.« Pater Agular wandte sich wieder an Gabriel. »Ich verfolge die Ereignisse im Nahen Osten ziemlich regelmäßig. Vielleicht hätten Sie vor Ihrer Abreise Zeit für ein kurzes Gespräch?«

»Gewiss, Pater Agular.«

Der Jesuit sah auf den Fernsehschirm. »Wer ist Ihr Favorit, Signor Allon?«

»Alle tippen auf Navarro.«

»Es wird Zeit für einen Spanisch sprechenden Papst, finden Sie nicht auch?«

»Wenn er nur ein Jesuit wäre …«

Pater Agular zog sich lachend zurück.

Donati nahm zwischen Gabriel und Raphael am Tisch Platz. Er sah kaum zu Veronica hinüber. Halblaut fragte er: »Wie geht es ihr?«

»Den Umständen entsprechend gut.«

»Sie sieht wundervoll aus, nicht wahr?«

»Sie hätten sie sehen sollen, nachdem Metzler Pater Graf erschossen hatte.«

»Er hat alles profihaft vertuscht. Sogar Alessandro Ricci tappt im Dunkeln.«

»Wie haben Sie's geschafft, ihn davon abzubringen, seine Story über die Verschwörung gegen das Konklave zu veröffentlichen, Luigi?«

»Ich habe ihm alles Material versprochen, das er braucht, um einen Nachfolgeband zu *Der Orden* zu schreiben.«

»Sagen Sie ihm, dass er meinen Namen raushalten soll.«

»Sie haben ein bisschen Lob verdient. Schließlich haben Sie die katholische Kirche gerettet.«

»Noch nicht«, sagte Gabriel.

Donati sah zu dem Großbildschirm auf. »Morgen Abend wissen wir's. Spätestens am Montag.«

»Wieso nicht heute Nachmittag?«

»Der Wahlgang heute Nachmittag ist weitgehend symbolisch. Die meisten Kardinäle stimmen für Freunde oder Gönner. Bekommen wir noch heute einen neuen Papst, muss sich in der Sixtinischen Kapelle etwas Außergewöhnliches ereignet haben.« Donati sah Raphael an. »Unglaublich. Wenn er graue Schläfen hätte …«

»Ich weiß, ich weiß.«

»Kann er malen?«

»Sogar ziemlich gut.«

»Und Irene?«

»Schriftstellerin, fürchte ich.«

Donati sah zu Veronica hinüber, die über eine Bemerkung Chiaras lachte.

»Worüber die beiden wohl reden?«

»Sie, nehme ich an.«

Donati runzelte die Stirn. »Sie haben sich hoffentlich nicht in mein Privatleben eingemischt?«

»Ein wenig.« Gabriel senkte die Stimme. »Sie möchte etwas mit Ihnen besprechen.«

»Wirklich? Was denn?«

»Sie will Ihnen eine Frage stellen, bevor's zu spät ist.«

»Es ist schon zu spät. Rom hat gesprochen, mein Freund. Die Sache ist beendet.« Donati trank einen Schluck aus Gabriels Glas und verzog das Gesicht. »Gibt es etwas Schlimmeres als zimmerwarmen Frascati?«

Kurz nach 15 Uhr zogen die Kardinäle in die Sixtinische Kapelle ein. Vor laufenden Kameras legte jeder eine Hand auf das Matthäusevangelium und schwor unter anderem, an keinem Versuch außenstehender Mächte teilzunehmen, die Papstwahl zu beeinflussen. Domenico Albanese wiederholte den ihm vorgesprochenen Eid übertrieben ernst und mit gespielt frommer Miene. Die Fernsehkommentatoren lobten seine Leistungen während der Sedisvakanz. Einer behauptete sogar, Albanese habe eine Außenseiterchance, zu Lucchesis Nachfolger gewählt zu werden.

»Da sei Gott davor«, murmelte Donati.

Es war 17 Uhr, als der letzte Kardinal seinen Eid abgelegt hatte. Im nächsten Augenblick trat der Päpstliche Zeremonienmeister, der hagere, bebrillte Monsignore Guido Montini, ans Mikrofon und verlangte: »*Extra omnes!*« Zu den fünfzig Geistlichen und Laien, die daraufhin die Sixtina verließen, gehörte Alois Metzler, der seine Galauniform mit Harnisch und Helm mit weißem Federbusch trug.

»Ein Glück, dass er letzte Nacht nicht so gekleidet war«, bemerkte Gabriel.

Donati lächelte, als Monsignore Montini das zweiflüglige Portal der Sixtinischen Kapelle schloss.

»Was nun?«

»Wir holen uns eine Flasche gekühlten Wein«, sagte Donati. »Und wir warten.«

58

SIXTINISCHE KAPELLE

Der erste Tagesordnungspunkt war die Verteilung der Stimmzettel. Auf jedem stand gedruckt *ELIGO IN SUMMUM PONTIFICEM*: *Ich wähle als Pontifex Maximus.* Als Nächstes wurden drei Kardinäle als Wahlhelfer ausgelost. Dann folgte die Wahl der Wahlprüfer, die die Auszählung beaufsichtigen würden, und die der drei *Infirmarii*, die Kardinäle zur Stimmabgabe aufsuchen würden, die krank waren und in der Casa Santa Marta das Bett hüten mussten. Kardinaldekan Angelo Francona war erleichtert, als sich zeigte, dass unter den neun Gewählten keiner der zweiundvierzig von Donati belasteten Kardinäle war. Obwohl er kein Mathematiker war, wusste er, dass dieses Ergebnis höchst unwahrscheinlich war. Offenbar hat der Heilige Geist eingegriffen, sagte er sich, um das letzte Stück Integrität dieses Konklaves zu bewahren.

Nach Abschluss dieser Vorarbeiten trat Francona ans Mikrofon und ließ seinen Blick über die vor ihm versammelten 115 Männer schweifen. »Ich weiß, dass heute ein langer Tag war, aber ich schlage vor, dass wir abstimmen.«

Sollte etwas schiefgehen, würde es jetzt passieren. Eine einzige Gegenstimme würde bewirken, dass das Konklave auf morgen vertagt wurde und die Kardinäle in die Casa Santa Marta zurückkehrten. Die Außenwelt würde das als Beweis für die innere Zerrissenheit der Kirche werten. Kurz gesagt wäre das eine Katastrophe gewesen.

Francona hielt den Atem an.

In der Kapelle herrschte Schweigen.

»Gut, dann darf ich Sie bitten, den Namen Ihres Kandidaten auf den Stimmzettel zu schreiben. Und denken Sie daran, dass unleserliche Stimmzettel nicht zählen.«

Francona nahm in seinem Sessel Platz. Stimmzettel und Bleistift lagen vor ihm. Er hatte vorgehabt, nach alter Tradition im ersten Wahlgang eine Gefälligkeitsstimme abzugeben. Aber das war nicht länger möglich. Nicht nach dem gestrigen Feuerwerk in der Casa Santa Marta. Dies war nicht der rechte Zeitpunkt, einem alten Freund oder Gönner eine Gefälligkeit zu erweisen. Die Zukunft der römisch-katholischen Kirche stand auf dem Spiel.

Ich wähle als Pontifex Maximus ...

Franconas Blick glitt über die anderen Kardinäle hinweg. Wer würde es werden? *Vielleicht du, Navarro? Oder du, Brady?* Nein, sagte er sich plötzlich. Aus innerster Überzeugung glaubte er, dass nur ein Mann die Kirche vor sich selbst retten konnte.

Er griff nach seinem Bleistift, setzte die Spitze aufs Papier. Üblich war, dass die Elektoren ihre Schrift verstellten, damit niemand wusste, wie sie abgestimmt hatten. Francona schrieb den Namen jedoch schwungvoll in seiner leicht erkennbaren Schrift. Dann faltete er den Stimmzettel zweimal zusammen und trat wieder ans Mikrofon.

»Braucht jemand noch etwas mehr Zeit? Nein? Gut, dann beginnen wir mit der Stimmabgabe.«

Wie fast alles im Konklave sollte auch dieses Verfahren Betrug verhindern. Die Stimmabgabe erfolgte nach der Rangordnung. Als Dekan des Kardinalskollegiums gab Francona seine Stimme als Erster ab.

Die Wahlhelfer waren am Altar versammelt, auf dem ein übergroßer goldener Kelch stand, der mit einem silbernen Hostienteller zugedeckt war. Francona hielt seinen Stimmzettel hoch und sprach einen weiteren Eid.

»Ich rufe Christus den Herrn, der mein Richter sein wird, als Zeugen an, dass ich meine Stimme dem gegeben habe, von dem ich vor Gott glaube, dass er gewählt werden sollte.«

Er legte seinen Stimmzettel auf den Silberteller, den er mit beiden Händen leicht anhob. Der Zettel rutschte glatt in den Kelch. Ein weiteres Zeichen dafür, dachte Francona, dass der Heilige Geist in der Tat anwesend ist.

Er ließ den Hostienteller los und kehrte auf seinen Platz zurück.

Das Verfahren war bewusst umständlich und langsam, vor allem weil viele der Akteure in den sechziger und siebziger Jahren waren und manchmal schon am Stock gingen. Selbst Kevin Brady, das Energiebündel aus Los Angeles, brauchte eine halbe Minute, um seinen Eid zu leisten und den Stimmzettel in den Kelch zu bugsieren. Emmerich ließ sich dabei viel Zeit, und Majewski aus Krakau tat es ihm nach. Am schnellsten war Albanese, der den Stimmzettel einwarf, als kippe er Knochen von einem Essteller ab.

Es war fast 17.30 Uhr, als die Auszählung begann. Der erste Wahlhelfer schüttelte den Kelch mit aufgelegtem Teller, um die Stimmzettel zu mischen. Dann zählte der dritte Wahlhelfer die Zettel, um sicherzustellen, dass es für jeden der 116 Kardinäle einen gab. Zu Franconas großer Erleichterung stimmten die Zahlen überein. Andernfalls hätte er die Zettel ungelesen verbrennen lassen müssen.

Die Stimmzettel lagen jetzt in einem etwas kleineren Kelch. Die Wahlhelfer stellten ihn auf einen Tisch vor dem Altar und nahmen Platz. Das geheimnisvolle Ritual, dem sie folgten, war fast so alt wie die Kirche selbst. Der erste Wahlhelfer nahm einen Zettel heraus, zögerte kurz und ergänzte dann die vor ihm liegende gedruckte Namensliste um einen Namen. Er gab den Stimmzettel dem zweiten Wahlhelfer, der das Gleiche tat. Der dritte Wahlhelfer konnte seine Überraschung nicht verbergen, als er den Namen las. Nachdem er das Wort *Eligo* auf dem Zettel mit einer Nadel und rotem Faden durchstochen hatte, verkündete er den Namen durchs Mikrofon.

Ein Raunen lief durch das Konklave. Der Name überraschte niemanden mehr als Angelo Francona, denn er hatte ihn auf seinen Stimmzettel geschrieben. Sein Kandidat war unorthodox, um das Mindeste zu sagen. Offenbar war sein Stimmzettel als Erster gezogen worden. Er setzte den Namen auf seine eigene Liste und machte ein Häkchen dahinter.

Der erste Wahlhelfer zog den nächsten Stimmzettel. Er sah erstaunt und besorgt zu Francona hinüber, bevor er den Zettel weitergab. Sein Kollege hakte einen Namen auf seiner Liste ab, bevor er den Stimmzettel dem dritten Wahlhelfer gab, der ihn mit Nadel und Faden aufspießte. Der Name, den er am Mikrofon verkündete, war derselbe Name wie auf dem ersten Stimmzettel.

»Großer Gott«, flüsterte Angelo Francona. Ein weiteres Murmeln wie fernes Donnergrollen lief durch das Konklave. Jemand anders musste die gleiche Idee gehabt haben.

Die Wahlhelfer beschleunigten die Auszählung, schafften nach Franconas Uhr zehn Stimmzettel in nur vier Minuten. Drei Stimmen gingen an Navarro, eine an Tardini, eine an Gaubert und fünf an Franconas Außenseiterkandidaten. Von den ersten zwölf Stimmen hatte er sieben erhalten – eine erstaunlich hohe Zahl. So kann's unmöglich weitergehen, sagte der Dekan sich.

Aber es ging so weiter. Franconas Außenseiter erhielt sechs der nächsten zehn ausgezählten Stimmen und schockierende sieben aus der folgenden Zehnergruppe. Francona machte jeweils einen Haken auf seiner Liste. Sein Kandidat hatte zwanzig der bisher ausgezählten zweiunddreißig Stimmen erhalten – knapp weniger als eine Zweidrittelmehrheit.

Vierundachtzig Stimmzettel waren noch nicht ausgezählt. Als Franconas Kandidat zehn der nächsten zwanzig ausgezählten Stimmen erhielt, verlangte Kardinal Tardini erregt, den ersten Wahlgang zu annullieren.

»Aus welchem Grund, Eminenz?« Francona war sich sicher, dass es keinen gab. Er nickte den Wahlhelfern zu. »Machen Sie bitte weiter.«

Die nächste Stimme ging ebenso an Franconas Kandidaten wie fünfzehn der folgenden zwanzig Stimmen. An diesem Punkt kam es zu einem Tumult.

»Bitte beruhigen Sie sich, meine Brüder!« Franconas Stimme klang streng wie die eines Rektors, der ungezogene Schüler zurechtweist. Er sah zu den Wahlhelfern hinüber. »Nächster Stimmzettel.«

Diese Stimme ging ausgerechnet an Albanese, der sich zweifellos selbst gewählt hatte. Das spielte jedoch keine Rolle, weil Franconas Kandidat siebzehn der folgenden zwanzig Stimmen erhielt. Damit vereinigte er dreiundsechzig von vierundneunzig ausgezählten Stimmen auf sich. Zweiundzwanzig Stimmzettel mussten noch gezählt werden. Stand der Name von Franconas Kandidat auf fünfzehn von ihnen, hatte er die Papstwahl gewonnen.

Vier Stimmen nacheinander fielen ihm ebenso zu wie sechs der folgenden zehn, sodass er nun dreiundsiebzig Stimmen hatte – fünf weniger als die achtundsiebzig, die der Wahlsieger brauchte. Die nächste Stimme gehörte Navarro, danach bestand kein Zweifel mehr. Als die letzten Stimmzettel gezählt wurden, brach Chaos aus. Diesmal versuchte Francona nicht, die Kardinäle zur Ordnung zu rufen, denn er sah zu Michelangelos Darstellung der Schöpfung auf.

»Was haben wir getan?«, flüsterte er. »Um Himmels willen, was haben wir getan?«

Die Wahlhelfer und -prüfer zählten die Stimmzettel erneut und kontrollierten ihre Addition. Sie hatten keinen Fehler gemacht. Das Undenkbare war geschehen. Es wurde Zeit, das Ergebnis dem Rest der Welt mitzuteilen – und vor allem dem Mann, der eben zum spirituellen Führer von über einer Milliarde Katholiken gewählt worden war.

Francona legte die Stimmzettel und Wahllisten in den älteren der beiden Öfen der Sixtinischen Kapelle und zündete sie an. Dann betätigte er einen Schalter an dem zweiten Ofen und setzte fünf ziegelgroße Boxen mit einer Mischung aus Kaliumchlorat, Laktose und Pinienharz in Brand. Sekunden später brachen Zehntausende von Pilgern auf dem Petersplatz in Jubel aus. Sie hatten den aus dem Schornstein aufsteigenden weißen Rauch entdeckt.

Francona ging ans Portal der Kapelle und klopfte zweimal kräftig. Monsignore Guido Montini öffnete ihm augenblicklich. Sein Gesichtsausdruck zeigte, dass er den Jubel auf dem Petersplatz gehört hatte.

»Bringen Sie mir ein Handy«, sagte Francona. »Schnell!«

59

JESUITENKURIE, ROM

Im Speisesaal der Jesuitenkurie beobachtete Erzbischof Luigi Donati im selben Augenblick die Fernsehbilder von dem aus dem Schornstein der Sixtinischen Kapelle aufsteigenden weißen Rauch. Sein Gesicht war aschfahl. Die schnelle Entscheidung suggerierte, dass die korrupten Kardinäle seine Warnungen ignoriert und für Emmerich gestimmt hatten. War das der Fall, war Donati fest entschlossen, seine Drohungen wahr zu machen. Wenn er fertig war, würde kein Stein mehr auf dem anderen stehen. Er würde eine neue Kirche aufbauen. Eine Kirche, mit der Jesus sich identifizieren konnte.

Donatis Mitbrüder waren jedoch durch die rasche Wahl eines neuen Papstes wie elektrisiert. Ihr aufgeregtes Stimmengewirr war so laut, dass es die Fernsehkommentare übertönte. Und es verhinderte, dass er sein Nokia hörte, das neben Gabriels Solaris auf dem Tisch lag. Als er endlich aufs Display sah, stellte er schockiert fest, dass er fünf Anrufe versäumt hatte, alle in den letzten zwei Minuten.

»Großer Gott!«

»Was gibt's?«, fragte Gabriel.

»Sie erraten nie, wer mich verzweifelt zu erreichen versucht hat.«

Donati wählte und hob sein Smartphone rasch ans Ohr.

»Wird allmählich Zeit«, sagte Kardinal Angelo Francona.

»Was gibt's, Dekan Francona?«

»Haben Sie den Rauch gesehen?«

»Ja, natürlich. Bitte sagen Sie mir, dass es nicht ...«

»Hier hat es eine unerwartete Entwicklung gegeben.«

»Offensichtlich, Eminenz. Aber welche?«

»Das erfahren Sie, wenn Sie hier sind.«

»Wo?«

»Unten wartet ein Wagen auf Sie. Wir sehen uns in ein paar Minuten.«

Die Verbindung brach ab. Donati ließ sein Handy sinken und sah zu Gabriel hinüber. »Vielleicht habe ich mich verhört, aber ich glaube, dass ich in die Sixtinische Kapelle kommen soll.«

»Wieso?«

»Francona wollte's mir nicht sagen, was bedeutet, dass es nichts Gutes sein kann. Mir wäre wohler, wenn Sie mitkommen würden.«

»In die Sixtinische Kapelle? Das kann nicht Ihr Ernst sein.«

»Das wäre nicht Ihr erster Besuch.«

»Aber nicht während eines Konklaves.« Gabriel zupfte am Kragen seiner Lederjacke. »Außerdem bin ich dafür nicht richtig angezogen.«

»Was trägt man zu einem Konklave?«, fragte Donati.

Gabriel sah zu Veronica hinüber und lächelte. »Weiß, glaube ich.«

Um nicht von der Menge auf dem Petersplatz aufgehalten zu werden, benutzte die Limousine die Zufahrt beim Palazzo del Sant'Uffizio. Von dort aus fuhr sie hinten um den Petersdom herum zu dem kleinen Platz vor der Sixtinischen Kapelle. Monsignore Montini, der Päpstliche Zeremonienmeister, riss Donatis Schlag wie ein Hotelpage auf. Er schien sich beherrschen zu müssen, um nicht das Knie zu beugen.

Montini musste laut sprechen, um das Glockengeläut des Petersdoms zu übertönen. »Guten Abend, Exzellenz. Ich habe Anweisung, Sie nach oben zu begleiten.« Er sah Gabriel an. »Ihr Freund Signor Allon kann leider nicht mitkommen, fürchte ich.«

»Warum?«

Montini machte große Augen. »Das Konklave, Exzellenz!«

»Es ist vorbei, stimmt's?«

»Das kommt darauf an.«

»Worauf?«

»Bitte, Exzellenz. Die Kardinäle warten.«

Donati nickte zu Gabriel hinüber. »Er kommt mit oder ich bleibe hier.«

»Sehr wohl, Exzellenz, ganz wie Sie wünschen.«

Donati wechselte einen besorgten Blick mit Gabriel. Gemeinsam stiegen sie die schmale Treppe zur Sala Regia hinauf, dem mit Fresken ausgemalten prächtigen Vorraum der Sixtinischen Kapelle. Zwei Schweizergardisten standen wie Buchstützen auf beiden Seiten des Eingangs. Gabriel zögerte, dann folgte er Donati hinein.

Unter Michelangelos *Jüngstes Gericht* erschienen die vor dem Altar versammelten Kardinäle fast zwergenhaft klein. Als Donati durch die Tür der *Transenna* getreten war, machte er abrupt halt und drehte sich um.

»Sehen Sie nicht, was hier vorgeht?«

»Ja«, antwortete Gabriel. »Ich denke schon.«

»Kein vernünftiger Mensch würde das wollen. Ich habe mit eigenen Augen gesehen, welchen Tribut das fordert.« Donati streckte eine Hand aus. »Bitte ergreifen Sie sie. Ziehen Sie mich hinaus, bevor's zu spät ist.«

»Es ist schon zu spät, Luigi. Rom hat gesprochen.«

Donati legte seine Hand auf Gabriels Schulter und drückte überraschend kräftig zu. »Versuchen Sie, mich im Gedächtnis zu behalten, wie ich war, alter Freund. In wenigen Augenblicken existiert dieser Mensch nicht mehr.«

»Beeilen Sie sich, Luigi. Sie dürfen sie nicht warten lassen.«

Donati sah zu den vor dem Altar wartenden 116 Kardinälen hinüber.

»Nicht sie, Luigi. Die Gläubigen auf dem Petersplatz.«

»Was soll ich zu ihnen sagen? Mein Gott, ich habe nicht mal einen Namen.« Donati schlang Gabriel die Arme um den Hals und klammerte sich an ihn wie ein Ertrinkender. »Sagen Sie ihr, dass es mir leidtut. Sagen Sie ihr, dass ich das hier nie gewollt habe.«

Donati richtete sich auf, nahm die Schultern zurück. Plötzlich gefasst marschierte er durch die Kapelle und blieb vor Kardinal Francona stehen.

»Ich glaube, Sie wollen mich etwas fragen, Eminenz.«

Der Dekan des Kardinalskollegiums fragte auf Lateinisch: »*Acceptasne electionem de te canonice factam in Summum Pontificem?*« Nimmst du deine kanonische Wahl zum Papst an?

»Ich nehme sie an«, antwortete Donati ohne Zögern.

»*Quo nomine vis vocari?*« Mit welchem Namen willst du gerufen werden?

Donati starrte Michelangelos Deckengemälde an, als hoffe er auf eine göttliche Eingebung. »Ehrlich gesagt habe ich keine Ahnung.«

Lachen erfüllte die Sixtinische Kapelle. Das war ein guter Anfang.

60

SIXTINISCHE KAPELLE

Es war passend, dass Donatis erste Amtshandlung als Papst darin bestand, dass er eine Urkunde unterzeichnete, die dann in den Tiefen des Päpstlichen Geheimarchivs ruhen würde. Das von Monsignore Montini hastig aufgesetzte Schriftstück bestätigte die Annahme der Wahl und den gewählten Namen Donatis. Er unterzeichnete es an dem Tisch, an dem die Wahlhelfer und -prüfer die Stimmen gezählt hatten. Achtzig waren auf Donati entfallen – ein schockierendes Ergebnis. Seit den Papstwahlen durch Akklamation war kein Pontifex Maximus mehr so schnell und mit so überwältigender Mehrheit gewählt worden.

Als Nächstes zog Donati sich in die Sakristei der Sixtina zurück, in der ein Vertreter der Familie Gammarelli, seit 1798 Schneider des Papstes, mit drei weißen Leinensoutanen und einer Auswahl von Chorhemden, Schulterkragen, Stolen und roten Seidenslippern wartete. Pietro Lucchesi hatte sich bekanntlich für die kleinste Soutane entschieden. Donati brauchte die größte. Er verzichtete auf Chorhemd, Schulterkragen und Stola und behielt sein schlichtes silbernes Brustkreuz, statt das ihm angebotene schwere Goldkreuz zu tragen. Er wählte auch keine roten Seidenslipper aus. Seine weichen italienischen Slipper, die er für seinen Auftritt vor den Kardinälen rasch noch einmal geputzt hatte, waren gut genug.

Gabriel durfte nicht zusehen, wie Donati die Päpstlichen Insignien anlegte. Er blieb in der Sixtinischen Kapelle, in der die Kardinäle darauf warteten, den Mann zu begrüßen, dem sie soeben die Schlüssel des Königreichs überreicht hatten. Die Stimmung war elektrisiert, aber unsicher. Dank der besonderen Akustik des Raums konnte Gabriel einige Gespräche mithören. Offenbar hatten viele Kardinäle Donati gewählt, um ihm ihre Anerkennung auszudrücken – und ohne zu ahnen, wie viele ihrer Kollegen das Gleiche tun würden. Nach allgemeiner Überzeugung hatte nicht Richter oder der Helenenorden, sondern der Heilige Geist interveniert.

Nicht alle Anwesenden waren mit dem Ergebnis zufrieden, vor allem die Kardinäle Albanese und Tardini nicht. Nur sechsunddreißig hatten für einen anderen Kandidaten gestimmt, was bedeutete, dass viele der zweiundvierzig Verschwörer zu Donati übergelaufen waren. Vielleicht in der irrigen Hoffnung, er werde ihre Vergehen übersehen und sie im Amt belassen. Gabriel vermutete, dass es im Kardinalskollegium sehr bald Dutzende von diskreten Rücktritten und Neubesetzungen geben würde. Der katholischen Kirche standen längst überfällige Änderungen bevor. Niemand kannte sich mit den vatikanischen Schalthebeln der Macht besser aus als Luigi Donati. Noch wichtiger war, dass er wusste, wo die Leichen begraben waren und sich die schmutzige Wäsche versteckte. Die römische Kurie, Bewahrerin des Status quo, hatte endlich ihren Meister gefunden.

Endlich trat Donati in schneeweißer Soutane und mit einem Pileolus auf dem Hinterkopf aus der Sakristei. Er schien von innen heraus zu leuchten, als werde er von einem eigenen Punktstrahler beleuchtet. Seine äußerliche Verwandlung war so markant, dass Gabriel ihn kaum wiedererkannte. Das ist nicht mehr Luigi Donati, sagte er sich. Das ist der Nachfolger Petri, der Stellvertreter Christi auf Erden.

Er war Seine Heiligkeit.

In wenigen Minuten würde er der berühmteste und bekannteste Mann der Welt sein. Aber davor gab es noch ein altes Ritual, so alt wie die Kirche selbst. Streng nach der Rangordnung traten die Kardinäle einzeln vor, um dem Papst ihre Glückwünsche zu entbieten und ihm Gehorsam zu geloben – eine Erinnerung daran, dass er nicht nur der spirituelle Führer von über einer Milliarde Menschen, sondern auch einer der weltweit letzten absoluten Herrscher war. Er zog es vor, die Kardinäle stehend statt auf dem Bischofsstuhl vor dem Altar sitzend zu empfangen. Die meisten Gespräche fanden in ungezwungen heiterer Atmosphäre statt. Etliche waren jedoch kalt und knapp. Tardini, trotzig bis zuletzt, drohte mit dem Zeigefinger, worauf der neue Papst ihm drohte. Domenico Albanese sank auf die Knie und bat um Absolution. Donati hieß ihn aufstehen und schickte ihn mit einer Handbewegung mit dem Schatten seiner Beteiligung an dem Papstmord auf seiner Seele fort. Gabriel stellte sich vor, dass es in Albaneses Zukunft ein Kloster geben würde. In einer kalten, einsamen Gegend und mit schlechtem Essen. Vielleicht in Polen. Oder noch besser in Kansas.

An diesem Abend gab es eine weitere Tradition, mit der gebrochen wurde. Dieser Augenblick kam um 19.14 Uhr, als Donati Gabriel lächelnd zu sich heranwinkte. Der neue Papst legte ihm beide Hände auf die Schultern. Gabriel hatte sich nie kleiner gefühlt.

»Glückwunsch, Euer Heiligkeit.«

»Beileid, meinen Sie.« Sein zuversichtliches Lächeln machte klar, dass er schon begann, sich in seiner neuen Rolle wohlzufühlen. »Sie haben gerade etwas gesehen, das noch nicht viele Menschen miterlebt haben.«

»Ich weiß nicht, ob ich mich an alles erinnern werde.«

»Ich auch nicht.« Er senkte die Stimme. »Sie haben niemandem etwas erzählt?«

»Keiner Menschenseele.«

»Dann steht unseren Freunden in der Jesuitenkurie die größte Überraschung ihres Lebens bevor.« Dieser Gedanke schien ihm Spaß zu machen. »Kommen Sie mit auf den Balkon. Dies ist etwas, das Sie nicht versäumen sollten.«

Er ging in die Sala Regia hinaus und schritt von den meisten Kardinälen gefolgt durch die Segnungshalle, um zur Loggia der Päpstlichen Basilika zu gelangen. Im Gegensatz zu Pietro Lucchesi brauchte ihm niemand den Weg zu zeigen. Im Vorraum der Loggia bekreuzigte er sich ernst, als die Türen geöffnet wurden. Der Jubel der Menge auf dem Petersplatz war ohrenbetäubend. Er lächelte Gabriel ein letztes Mal zu, als der erste der Kardinaldekane laut bekannt gab: »*Annuntio vobis gaudium magnum, habemus Papam!*« Ich verkünde euch eine große Freude: Wir haben einen Papst! Dann trat er in eine Korona aus gleißend hellem Scheinwerferlicht hinaus und war fort.

Mit den Kardinälen allein fühlte Gabriel sich plötzlich fehl am Platz. Der Mann, den er als Luigi Donati gekannt hatte, gehörte jetzt ihnen, nicht mehr ihm. Unbegleitet kehrte er in die Sixtinische Kapelle zurück. Dann ging er nach unten zu den Bronzetüren des Apostolischen Palasts.

Draußen war der Petersplatz ein Lichtermeer aus Kerzen und Smartphones, als sei eine Galaxie auf die Erde herabgesunken. Gabriel versuchte Chiara anzurufen, aber die Mobilfunknetze waren hoffnungslos überlastet. Er bahnte sich einen Weg durch die Bernini-Kolonnaden. Der Jubel der Menge war ungeheuer. Die Wahl Donatis war ein Erdbeben.

Gabriel verließ die Kolonnaden und trat auf die Piazza Papa Pio XII. hinaus. Um die Jesuitenkurie zu erreichen, hätte er irgendwie auf die andere Seite gelangen müssen. Diesen Versuch gab er bald auf. Das Menschenmeer zu Donatis Füßen erstreckte sich bis zum Tiberufer. Er konnte nirgends hin.

Plötzlich wurde ihm bewusst, dass Chiara und die Kinder seinen Namen riefen. Er brauchte einen Augenblick, um sie zu entdecken. Die Zwillinge zeigten aufgeregt auf den Petersdom, als habe ihr Vater nicht mitbekommen, dass sein Freund auf der Loggia des Petersdoms stand. Chiara hielt Veronica Marchese umarmt, die herzzerreißend schluchzte.

Gabriel versuchte sie zu erreichen, aber das war aussichtslos. Die Menge stand zu kompakt gedrängt. Als er sich umdrehte, sah er einen Mann in Weiß in goldenem Licht über einem Gobelin mit gekreuzten Schlüsseln schweben. Ein Meisterwerk, dachte er. *Seine Heiligkeit*, Öl auf Leinwand, Künstler unbekannt …

TEIL VIER

HABEMUS PAPAM

61

CANNAREGIO, VENEDIG

Es war Chiara, die dem Ministerpräsidenten vertraulich mitteilte, ihr Mann werde am Montagmorgen nicht wie gewohnt am King Saul Boulevard an seinem Schreibtisch sitzen. Obwohl er angeblich im Urlaub war, hatte er einen großen Bombenanschlag in Köln vereitelt, der europäischen extremen Rechten einen schweren Schlag versetzt, und erlebt, wie sein guter Freund zum Oberhaupt der römisch-katholischen Kirche gewählt worden war. Er brauchte noch ein paar Tage, um sich von alledem zu erholen.

Die ersten drei Tage verbrachte er fast ausschließlich in der Wohnung am Rio della Misericorda, denn Gott hatte in seiner höheren Weisheit beschlossen, eine Sintflut auf Venedig niedergehen zu lassen. Weil orkanartige Winde und eine Sturmflut in der Lagune dazukamen, waren die Folgen katastrophal. Alle sechs der historischen *Sesteri* der Stadt erlitten schwere Überschwemmungsschäden – auch der Markusdom, dessen Krypta erst zum sechsten Mal in zwölf Jahrhunderten volllief. In Cannaregio stieg der Pegel in nur drei Stunden um fast zwei Meter. Besonders schwer betroffen war die kleine Insel, auf die der Rat der Stadt die Juden Venedigs im Jahr 1516 verbannt hatte. Das Museum am Campo di Ghetto Nuovo stand ebenso unter Wasser wie das Erdgeschoss der Casa Israelitica di Riposo. Wellen schlugen an das Basrelief des Holocaustdenkmals, sodass die Carabinieri ihr gepanzertes Wachhäuschen räumen mussten.

Wie ganz Venedig verkroch die Familie Allon sich hinter Flutsperren und Sandsäcken und machte das Beste aus dieser Heimsuchung. Für Raphael und Irene war es ein großes Abenteuer, durch die Flut abgeschnitten zu sein; für Gabriel war es ein Segen. Drei Regentage lang lasen sie aus Büchern vor, spielten Brettspiele, malten und zeichneten und sahen sich alle vorhandenen DVDs an, die meisten zweimal. Das war ein Blick in die Zukunft. Im Ruhestand würde Gabriel wieder ein in der Diaspora lebender Jude sein. Er würde arbeiten, wann es ihm gefiel, und jede freie Minute seiner Familie widmen. Die Uhr würde langsamer gehen, seine vielen Wunden würden heilen. Hier würde seine Geschichte enden: in einer versinkenden Stadt voller Kirchen und Gemälde an der Nordküste der Adria.

Morgens und nachmittags konferierte er per Telefon mit Uzi Navot. Und er verfolgte natürlich die Entwicklung in Rom, wo Donati keine Zeit verlor, die Kurie zu entrümpeln. Das begann mit seiner Entscheidung, nicht die päpstlichen Gemächer im Apostolischen Palast zu beziehen, sondern stattdessen in einer schlichten Suite in der Casa Santa Marta zu wohnen. Sein erstes Angelus, das er vor zweihunderttausend auf dem Petersplatz versammelten Gläubigen betete, ließ wenig Zweifel daran, dass er die Kirche auf einen anderen Kurs bringen würde.

Aber wer war dieser neue Mann auf dem Stuhl Petri? Und wie war es zu dieser schockierenden, historisch einmaligen Wahl gekommen? Die Autorin des Artikels in *Vanity Fair* trat in einer Talkshow nach der anderen auf und schilderte den charismatischen Erzbischof, den sie damals scherzhaft den »leckeren Luigi« genannt hatte. Mehrere Porträts erforschten seine jesuitischen Wurzeln und die Zeit, die er als Missionar im Bürgerkriegsland El Salvador verbracht hatte. Auch wenn sich das nie beweisen ließ, wurde allgemein angenommen, er sei als junger Priester ein Anhänger der Befreiungstheologie gewesen. In bestimmten Kreisen der amerikanischen Rechten machte ihn das keineswegs beliebter. Tatsächlich gab ein Erzkonservativer ihm den Spitznamen Papst Che Guevara. Ein anderer überlegte laut, ob die Überschwemmung Venedigs, wo Donati jahrelang tätig gewesen war, vielleicht ein Zeichen göttlichen Unwillens wegen des Ausgangs des Konklaves sei.

Weil sie Geheimhaltung geschworen hatten, weigerten die Kardinäle sich, über die Ereignisse in der Sixtinischen Kapelle zu sprechen. Nicht einmal Alessandro Ricci, der hartnäckige Journalist von *La Repubblica*, schien diese Mauer des Schweigens durchbrechen zu können. Stattdessen veröffentlichte er einen langen Artikel über die Verbindung zwischen der europäischen extremen Rechten und dem Helenenorden. Drei der an den angeblichen IS-Anschlägen in Deutschland beteiligten Männer – Jonas Wolf, Andreas Estermann und Axel Brünner – seien heimlich Ordensmitglieder gewesen. Das seien auch Jörg Kaufmann, der österreichische Bundeskanzler, und Giuseppe Saviano, der italienische Ministerpräsident.

Kaufmann dementierte den Bericht sofort. Er musste jedoch klein beigeben, als *La Repubblica* sein Hochzeitsfoto brachte, auf dem Bischof Hans Richter die Trauung vornahm. Saviano dagegen wies den Bericht als Fake News zurück und verlangte Ermittlungen wegen Landesverrats gegen den Journalisten. Als ihm gemeldet wurde, es gebe nicht einmal einen Anfangsverdacht, rief er seine rüpelhaften Anhänger per Twitter dazu auf, Ricci einen Denkzettel zu verpassen, den er nicht so bald vergessen würde. Nachdem der Journalist zahllose Morddrohungen erhalten hatte, flüchtete er aus seiner Wohnung in Trastevere und tauchte unter.

Bischof Richter, im mittelalterlichen Kloster des Helenenordens im Kanton Zug abgeschottet, verweigerte jeglichen Kommentar zu dem Bericht. Er äußerte sich auch nicht zu der von amerikanischen Anwälten beim New Yorker Bundesgericht eingereichten Sammelklage, die dem Orden vorwarf, in den dreißiger Jahren von verzweifelten Juden mit dem Versprechen, sie vor den Nazis zu schützen, Geld und Wertsachen erpresst zu haben. Hauptklägerin war Isabel Feldmann, das einzige überlebende Kind Samuel Feldmanns. Bei einer spärlich besuchten Pressekonferenz in Wien präsentierte sie ein Gemälde – eine Flusslandschaft des holländischen Altmeisters Jan van Goyen –, das ihrem Vater im Jahr 1938 abgepresst worden war. Zurückbekommen hatte sie es durch den bekannten Holocaust-Ermittler Eli Lavon, der aus Termingründen leider nicht an der Pressekonferenz teilnehmen konnte.

Die genauen Umstände der Wiederbeibringung des Gemäldes wurden nicht erläutert, was zu allen möglichen Spekulationen in der österreichischen Presse führte. Eine auf falsche und irreführende Nachrichten spezialisierte Webseite beschuldigte Lavon sogar, ein israelischer Agent zu sein. Das stimmte natürlich und bestätigte Rabbi Zollis Behauptung, das Undenkbare könne geschehen. Normalerweise hätte Gabriel derartige Meldungen ignoriert. Aber wegen des zunehmenden Antisemitismus in Westeuropa – und der ständigen Gefahr, in der die winzige jüdische Gemeinde Österreichs schwebte – hielt er es für besser, die israelische Botschaft in Wien ein Dementi veröffentlichen zu lassen.

Weniger Anlass sah er jedoch, den Bericht einer englischen Boulevardzeitung über seine Anwesenheit in der Sixtinischen Kapelle am Abend des historischen Konklaves zu dementieren – wenn auch nur, um die Russen und Iraner zu ärgern, die seine Fähigkeiten und seine Reichweite zu Recht fürchteten.

Aber als die Story immer weitere Kreise zog, wies er die reizbare Pressesprecherin des Ministerpräsidenten an, sie als »offenkundig absurd« zurückzuweisen. Aus gutem Grund war dieses Dementi ein klassisches Nicht-Dementi. Schließlich wussten viele vatikanische Insider, darunter der neue Papst und die 116 Kardinäle, die ihn gewählt hatten, dass dieser Bericht wahr war.

Das wussten auch Gabriels Kinder. Drei herrliche Tage lang, in denen es unaufhörlich regnete, hatte er sie ganz für sich. Brettspiele, Malen und Zeichnen, alte Filme auf DVD. Manchmal, wenn die Kombination aus Licht und Schatten genau richtig war, öffnete er den Umschlag mit dem Wappen Seiner Heiligkeit Papst Paul VII. und zog die drei Blätter schweres Briefpaper heraus. Die Anrede war freundschaftlich. Nur ein Vorname. Keine Vorreden oder Höflichkeiten.

Bei Recherchen im Vatikanischen Geheimarchiv bin ich auf ein höchst bemerkenswertes Buch gestoßen ...

Am Morgen des vierten Tages verzogen die Wolken sich endlich, und ganz Venedig lag im Sonnenschein. Nach dem Frühstück steckten Gabriel und Chiara die Kinder in warme Jacken und Gummistiefel und wateten mit ihnen zum Campo di Ghetto Nuovo hinüber, um bei den Aufräumarbeiten zu helfen. Nichts war verschont geblieben, vor allem der schöne Buchladen des Museums nicht, dessen Sortiment größtenteils vernichtet war. Die Küche und der Gemeinschaftsraum des Seniorenheims lagen in Trümmern, und die Portugiesische und die Spanische Synagoge hatten große Schäden erlitten. Wieder einmal, dachte Gabriel vor den Trümmern stehend, hat es die Juden Venedigs schwer getroffen.

Sie arbeiteten bis ein Uhr, dann gingen sie zum Mittagessen in ein winziges Restaurant, das in der Calle de la Masena versteckt war. Von dort aus war es nur ein kurzer Spaziergang zur ersten der beiden Wohnungen, für die Chiara ohne Gabriels Wissen Besichtigungstermine vereinbart hatte. Sie war groß und luftig und vor allem knochentrocken. Die Küche war frisch renoviert, und es gab drei Schlafzimmer. Der Preis war hoch, aber nicht unvernünftig hoch. Gabriel war zuversichtlich, dass sie die zusätzliche Belastung würden verkraften können, ohne dass er auf dem Markusplatz nachgemachte Gucci-Handtaschen an Touristen verkaufen musste.

»Was hältst du davon?«, fragte Chiara.

»Nett«, sagte Gabriel zurückhaltend.

»Aber?«

»Willst du mir nicht auch die andere Wohnung zeigen?«

Sie lag am Canal Grande unweit der *Vaporetto*-Anlegestelle S. Tomà, eine komplett restaurierte Beletage mit Dachterrasse und einem großen Raum mit hoher Decke, den Gabriel als Atelier würde nutzen können. Dort konnte er Tag und Nacht an lukrativen Privataufträgen arbeiten, um für dies alles zu zahlen. Er tröstete sich mit dem Gedanken, dass man den Herbst seines Lebens schlechter verbringen konnte.

»Wenn wir die Narkiss Street verkaufen ...«, sagte Chiara.

»Kommt nicht infrage!«

»Ich weiß, dass das ein Kraftakt wird, Gabriel. Aber möchtest du nicht lieber hier wohnen, wenn wir nach Venedig ziehen?«

»Wer würde das nicht wollen? Aber jemand muss dafür bezahlen.«

»Das tut jemand.«

»Du?«

Chiara lächelte nur.

»Ich will seine Bücher sehen.«

»Wo fahren wir wohl als Nächstes hin?«

Francesco Tiepolos Büro lag in der Calle Larga XXII Marzo in San Marco. An der Wand hinter seinem Schreibtisch hingen gerahmte Fotos seines Freundes Pietro Lucchesi. Auf einem davon war Lucchesis Nachfolger in jungen Jahren zu sehen.

»Ich nehme an, dass du etwas damit zu tun hattest.«

»Womit?«

»Mit der Wahl des ersten nicht aus dem Kardinalskollegium stammenden Papstes seit dem dreizehnten Jahrhundert.«

»Vierzehnten«, sagte Gabriel. »Und du kannst sicher sein, dass der Heilige Geist den neuen Papst bestimmt hat, nicht etwa ich.«

»Du hast zu viel Zeit in katholischen Kirchen verbracht, mein Freund.«

»Das ist ein Berufsrisiko.«

Tiepolos Buchführung war keineswegs vorbildlich, aber doch viel sorgfältiger, als Gabriel befürchtet hatte. Die Firma hatte wenig Bankschulden, und die monatlichen Fixkosten waren niedrig. Die größten Posten waren das Büro in San Marco und ein Lagerhaus drüben in Mestre. Im Augenblick war die Werkstatt voll ausgelastet, und Tiepolo verhandelte schon wegen zukünftiger Projekte. Zwei sollten nach Gabriels Pensionierung beginnen, sodass Chiara nahtlos würde weiterarbeiten können. Tiepolo bestand darauf, dass sie den Firmennamen beibehielten, und wollte die Hälfte des jeweiligen Jahresgewinns. Gabriel stimmte zu, den Namen zu behalten – seine vielen Feinde sollten nicht wissen, wo er lebte –, aber er lehnte Tiepolos Forderung ab und bot ihm stattdessen ein Viertel.

»Wie soll ich von dem bisschen Geld leben?«

»Du wirst es irgendwie schaffen.«

Tiepolo sah zu Chiara hinüber. »Für welches Apartment hat er sich entschieden?«

»Für das große.«

»Ich hab's gewusst!« Tiepolo schlug Gabriel auf den Rücken. »Ich hab immer gesagt, dass du nach Venedig zurückkehren wirst. Und wenn du stirbst, begraben wir dich unter einer Zypresse auf San Michele in einer riesigen Krypta, die einem Mann mit deinem Lebenswerk zusteht.«

»Ich bin noch nicht tot, Francesco.«

»Das passiert den Besten von uns.« Tiepolo sah zu den Fotos an der Wand hinüber. »Selbst meinem lieben Freund Pietro Lucchesi.«

»Und nun ist Donati Papst.«

»Weißt du bestimmt, dass du nichts damit zu tun hattest?«

»Nein«, antwortete Gabriel zurückhaltend. »Das war *er*.«

»Wer?«, fragte Tiepolo verständnislos.

Gabriel zeigte auf eine Gestalt in Mönchskutte und Sandalen, die eben an Tiepolos Fenster vorbeiging.

Das war Pater Josua.

62

PIAZZA SAN MARCO

Gabriel hastete auf die Straße hinaus. Wie weite Teile von San Marco stand sie noch fast knöcheltief unter Wasser. In der herabsinkenden Abenddämmerung waren nur mehr wenige Touristen unterwegs. Niemand schien auf den Mann in einer abgetragenen Mönchskutte und Sandalen zu achten.

»Was suchst du?«

Als Gabriel sich umdrehte, stand Chiara mit den Kindern hinter ihm. Er zeigte die im Halbdunkel liegende Straße entlang. »Der Mann in der Mönchskutte mit Kapuze ist Pater Josua. Er hat uns die erste Seite des Pilatusevangeliums gegeben.«

Chiara kniff die Augen zusammen. »Ich sehe keinen Kapuzenmann.«

Gabriel auch nicht. Der Pater blieb wie vom Erdboden verschluckt.

»Vielleicht hast du dich getäuscht«, sagte Chiara. »Oder vielleicht hast du nur gedacht, du hättest ihn gesehen.«

»Eine Halluzination, meinst du?«

Chiara sagte nichts.

Gabriel lief die Straße entlang und hielt zwischen einigen der exklusivsten Geschäfte der Welt Ausschau nach einem abgerissen aussehenden Pater. Etwas später gelangte er durch den Durchgang unter dem Museum Correr auf den Markusplatz.

Pater Josua ging am Caffè Florian vorbei in Richtung Campanile. Der Ordensbruder schien sich durch das stehende Wasser zu bewegen, ohne Wellen an der Oberfläche zu erzeugen. Er machte sich nicht einmal die Mühe, den Saum seiner Mönchskutte hochzuhalten.

Gabriel beeilte sich, ihn einzuholen. »Pater Josua?«

Der Mönch blieb am Fuß des Glockenturms stehen.

Gabriel sprach ihn auf Italienisch an – in der Sprache, die sie im Dokumentenlager des Geheimarchivs gebraucht hatten.

»Erkennen Sie mich wieder, Pater Josua? Ich bin …«

»Ich weiß, wer Sie sind.« Sein Lächeln war gütig. »Sie sind der mit dem Namen des Erzengels.«

»Woher wissen Sie meinen Namen?«

»Nach Ihrem Besuch im Geheimarchiv sind Anschuldigungen erhoben worden. Ich habe alles Mögliche gehört.«

»Sie arbeiten dort?«

»Wieso fragen Sie das?«

»Ihr Name steht nicht im Stellenplan des Archivs. Und wenn ich mich nicht irre, haben Sie keinen Dienstausweis getragen.«

»Wieso sollte jemand wie ich einen Ausweis brauchen?«

»Wer sind Sie?«

»Für wen halten *Sie* mich?«

Er sprach gutes Italienisch, aber mit unverkennbarer Färbung.

»Sprechen Sie Arabisch?«, fragte Gabriel.

»Wie Sie spreche ich viele Sprachen.«

»Woher sind Sie?«

»Aus demselben Land wie Sie.«

»Israel?«

»Galiläa.«

»Wozu sind Sie in Venedig?«

»Um einen Freund zu besuchen.« Er sah, dass Gabriel seine verbundenen Hände betrachtete. »Ich trage die Wundmale Jesu am Körper«, sagte er erklärend.

Zwei Frauen platschten an ihnen vorbei. Sie starrten Gabriel besorgt an, schienen den Mann, der in Mönchskutte und Sandalen im knöcheltiefen Wasser stand, jedoch gar nicht zu sehen.

»Haben Sie den Rest des Evangeliums finden können?«, fragte der Pater.

»Erst als es vernichtet war.«

»Der Heilige Vater hat befürchtet, dass das passieren könnte.«

»Hat er das Buch von Ihnen bekommen?«

»Natürlich.«

»Wie konnten Sie ohne Schlüssel ins Dokumentenlager gelangen?«

Pater Josua lächelte schüchtern. »Das war nicht schwierig.«

»Hat der Heilige Vater das Buch sonst jemandem gezeigt?«

»Einem Jesuiten.« Pater Josua runzelte die Stirn. »Aus irgendeinem Grund hat mein Wort ihm nicht genügt. Der Jesuit hat bestätigt, dass das Buch authentisch war.«

»Er ist Amerikaner, dieser Jesuit?«

»Ja.«

»Wissen Sie, wie er heißt?«

»Das wollte der Heilige Vater mir nicht sagen. Aber er hat gesagt, dass Sie das Buch bekommen sollten, sobald der Jesuit damit fertig war.«

»Womit fertig?«

»Das hat Seine Heiligkeit nicht gesagt.«

»Wo hat dieses Gespräch stattgefunden?«

»Im Arbeitszimmer des Papstes. Aber wieso interessiert Sie das?«

»Die Männer, die den Heiligen Vater ermordet haben, haben mitgehört. Aber sie konnten Ihre Stimme nicht identifizieren.«

Sein Gesichtsausdruck verfinsterte sich. »Sie fühlen sich bestimmt schuldig.«

»Woran schuldig?«

»An seinem Tod.«

»Ja«, gestand Gabriel ein. »Schrecklich schuldig.«

»Zu Unrecht«, sagte der Pater. »Dafür können Sie nichts.«

Er wandte sich ab, um zu gehen.

»Pater Josua?«

Der Mönch blieb stehen.

»Wann haben Sie die erste Seite des Evangeliums herausgetrennt?«

Er hob eine verbundene Hand. »Tut mir leid, ich muss weiter. Der Friede des Herrn sei jetzt und in alle Ewigkeit mit Ihnen. Und mit Ihrer Frau und Ihren Kindern. Gehen Sie zu ihnen, Gabriel. Ihre Familie sucht Sie.«

Mit diesen Worten ging er zwischen den Säulen der Stadtheiligen Markus und Theodorus davon. Gabriel zog rasch sein Smartphone heraus und schaltete die Kamera ein, aber auf dem Display war keine Spur von Pater Josua zu sehen. Er hastete zum Gondelhafen am Riva degli Schiavoni hinüber und sah sich links und rechts um.

Pater Josua blieb verschwunden.

Am folgenden Nachmittag gegen 14 Uhr erhielt Gabriel einen Anruf von General Cesare Ferrari vom Kunstdezernat. Er behauptete, wegen einer anderen Sache in Venedig zu sein, und hoffte, Gabriel werde Zeit haben, vor seiner Rückkehr nach Israel ein paar Fragen zu beantworten.

»Wo?«

»In der Regionalzentrale der Carabinieri.«

Gabriel schlug stattdessen Harry's Bar vor. Er traf wenige Minuten vor vier ein, der General kurz nach der vollen Stunde. Sie bestellten Bellinis. Von seinem bekam Gabriel sofort Kopfschmerzen. Aber er trank ihn trotzdem, weil der Cocktail unwiderstehlich köstlich schmeckte. Außerdem war dies sein letzter Urlaubstag.

»Der perfekte Abschluss eines keineswegs perfekten Tages«, sagte der General.

»Was war's diesmal?«

»Unser Budget für nächstes Jahr.«

»Ich dachte, Faschisten lieben das Kulturerbe.«

»Nur wenn genügend Steuereinnahmen da sind.«

»Anscheinend ist Immigranten-Bashing doch nicht gut für die Wirtschaft.«

»Ist es wahr, dass sie für die Überflutung Venedigs verantwortlich sind?«

»So hat's in *Russia Today* gestanden.«

»Und haben Sie Alessandro Riccis Artikel in der heutigen *Repubblica* gelesen?« Der General nahm sich eine riesige grüne Olive aus der Schale auf ihrem Tisch. »Viele Journalisten glauben wie er, dass Savianos Koalition nicht mehr lange halten wird.«

»Schlimm.«

»Nach allgemeiner Überzeugung könnte eine Privataudienz bei dem ungeheuer populären Papst seine Position entscheidend verbessern.«

»Darauf sollte er nicht zu sehr hoffen.«

»Vielleicht überdenkt der Heilige Vater seine Position angesichts der Tatsache, dass er an dem Abend, an dem Niklaus Janson erschossen wurde, in Florenz war. Übrigens auch Sie, wenn ich mich nicht irre. Und dazu kommt dieser verschwundene Geistliche aus dem Helenenorden. Sein Name ist mir gerade entfallen.«

»Pater Graf.«

»Sie wissen nicht zufällig, wo er ist?«

»Keine Ahnung«, antwortete Gabriel wahrheitsgemäß.

»Vielleicht erzählen Sie mir irgendwann, wie alle Puzzleteilchen zusammenpassen.« Der General bestellte zwei weitere Bellinis und sah sich in Harry's Bar um. »Erstaunlich gut instandgesetzt. Kaum zu glauben, dass hier alles überflutet war.« Er betrachtete wieder Gabriel. »Daran werden Sie sich wohl gewöhnen müssen.«

»Sie haben offenbar mit Tiepolo gesprochen.«

Ferrari lächelte. »Er hat mir erzählt, dass Sie bald für Ihre Frau arbeiten werden.«

»Sie hat meine Bedingungen noch nicht akzeptiert.«

»Glauben Sie, dass sie mir gelegentlich gestatten wird, Sie auszuleihen?«

»Wozu?«

»Ich spüre beruflich gestohlene Gemälde auf. Und Sie, mein Freund, sind sehr gut darin, Dinge zu finden.«

»Mit Ausnahme des Evangeliums des Pilatus.«

»Ah, richtig, das Evangelium.« Der General nahm einen großen braunen Umschlag aus seinem Aktenkoffer und legte ihn vor sich auf den Tisch. »Das Blatt Papier, das Sie mir gegeben haben, stammt aus einer Papierfabrik bei Bologna. Ein kleiner Betrieb, sogar ein Einmannbetrieb. Er stellt höchste Qualität her. Wir sind schon in vielen Fällen auf seine Erzeugnisse gestoßen.«

»Was für Fälle waren das?«

»Fälschungen.« Ferrari zog das noch in der Klarsichthülle steckende Blatt aus dem Umschlag. »Es sieht wie in der Renaissance hergestellt aus, aber in Wirklichkeit ist es erst ein paar Monate alt. Also ist das Evangelium des Pilatus, das zur Ermordung von Papst Paul VII. geführt hat, eine Fälschung.«

»Wie konnten Sie es so genau datieren?«

»Der Papiermacher steht auf meiner Gehaltsliste. Ich habe ihn aufgesucht, als der Laborbefund da war.« Ferrari tippte auf das Blatt. »Dies war Teil einer Großbestellung von Renaissancepapier. Ein paar Hundert handgeschöpfte Bogen. Die haben den Besteller ein kleines Vermögen gekostet.«

»Wer war er?«

»Ein Geistlicher.«

»Hat dieser Geistliche einen Namen?«

»Pater Robert Jordan.«

63

VENEDIG – ASSISI

Gabriel hatte am folgenden Morgen mit dem El-Al-Flug um zehn Uhr vom Aeroporto Marco Polo nach Israel zurückfliegen wollen. Stattdessen ließ er die Reisestelle vier Plätze in der Abendmaschine ab Rom buchen. Den Wagen, einen VW Passat, mietete er selbst. Sie verließen Venedig um 7.30 Uhr, eine halbe Stunde später als geplant, und waren um 13.15 Uhr in Assisi. Mit Chiara und den Kindern neben sich klingelte er an der Pforte der Abtei San Pietro. Als niemand reagierte, klingelte er nochmals.

Nach längerer Pause meldete sich Don Simon, der englische Benediktiner. »Guten Tag. Was kann ich für Sie tun?«

»Ich möchte Pater Jordan besuchen.«

»Erwartet er Sie?«

»Nein.«

»Ihr Name?«

»Gabriel Allon. Ich war mit …«

»Ich erinnere mich an Sie. Aber weshalb möchten Sie Pater Jordan noch mal sprechen?«

Gabriel atmete tief durch. »Ich bin im Auftrag des Heiligen Vaters hier. Wegen einer dringenden Angelegenheit.«

Danach herrschte sekundenlang Stille, bevor das Schloss aufsprang.

Gabriel sah Chiara an. »Mitgliedschaft bringt Privilegien«, sagte er lächelnd.

Der Benediktiner führte sie in das Besucherzimmer mit Blick auf den Küchengarten der Abtei. Zehn Minuten vergingen, bevor er mit Pater Jordan zurückkam. Der amerikanische Jesuit schien nicht erfreut zu sein, den Freund des neuen Papstes zu sehen.

Als Erstes wandte er sich an Don Simon. »Vielleicht sollten Sie Signora Allon und den Kindern den Klostergarten zeigen. Er ist wirklich sehenswert.«

Chiara sah zu Gabriel hinüber, der kurz nickte. Wenig später hatten Pater Jordan und er das Zimmer für sich allein.

»Sind Sie tatsächlich im Auftrag des Heiligen Vaters hier?«, fragte der Geistliche.

»Nein.«

»Ich bewundere Ihre Ehrlichkeit.«

»Ich wollte, ich könnte das Kompliment erwidern.«

Pater Jordan trat ans Fenster. »Wie viele Teile des Puzzles haben Sie zusammensetzen können?«

»Ich weiß, dass fast alles, was Sie uns erzählt haben, gelogen war – sogar Ihr Name. Ich weiß auch, dass Sie vor Kurzem eine große Lieferung gefälschtes Renaissancepapier erhalten haben, mit dem Sie ein Buch mit dem Titel *Evangelium des Pilatus* fabriziert haben. Die Frage ist nur: War das Evangelium eine Fälschung? Oder eine Kopie des Originals?«

»Worauf tippen Sie?«

»Ich wette darauf, dass es eine Kopie war.«

Pater Jordan winkte Gabriel zu sich ans Fenster. Sie beobachteten, wie Chiara und die Kinder mit Don Simon durch den Garten gingen.

»Sie haben eine liebenswerte Familie, Signor Allon. Immer wenn ich jüdische Kinder sehe, denke ich, dass sie ein Wunder sind.«

»Und wenn Sie einen jesuitischen Papst sehen?«

»Dann sehe ich Ihre Hand im Spiel.« Pater Jordan musterte ihn mit Verschwörermiene. »Müssten Sie nicht längst wieder in Israel sein?«

»Wir sind zum Flughafen unterwegs.«

»Wann geht Ihre Maschine?«

»Um sechs Uhr.«

Pater Jordan blickte auf die im Garten spielenden Kinder hinab. »In diesem Fall, Signor Allon, haben Sie eben noch Zeit für eine letzte Story, glaube ich.«

Er begann damit, dass er Gabriel in einem weniger wichtigen, aber nicht bedeutungslosem Punkt widersprach. Sein richtiger Name, sagte er, sei tatsächlich Robert Jordan. Seine Eltern hatten den Familiennamen geändert, kurz nachdem sie im Jahr 1939 als Flüchtlinge aus Europa in New York angekommen waren. Sie entschieden sich für eine anglisierte Form ihres alten Namens, der im Italienischen den Fluss bezeichnet, der aus dem Norden Galiläas ins Tote Meer fließt.

»Giordano«, sagte Gabriel.

Pater Jordan nickte. »Mein Vater war der Sohn eines reichen römischen Geschäftsmanns namens Emanuele Giordano. Einer von drei Söhnen«, fügte er nachdrücklich hinzu. »Meine Mutter war eine geborene Delvecchio – ein bei italienischen Juden recht häufiger Name. Ich gebe zu, dass mein Name mir im Vergleich zu ihrem ziemlich langweilig vorgekommen ist. Ich habe oft daran gedacht, ihren Namen anzunehmen, vor allem, als ich nach Italien gegangen bin, um an der Gregoriana zu lehren.«

»Wie um Himmels willen ist aus einem Kind jüdischer Eltern ein katholischer Priester geworden?«

»Meine Eltern waren nie sehr strenggläubig, schon in Rom nicht. In Amerika haben sie sich als Katholiken ausgegeben, um möglichst wenig aufzufallen. Aber ich war wirklich katholisch. Ich wurde getauft und bin zur Erstkommunion gegangen. Ich war sogar Ministrant in unserer Pfarrkirche. Ich mag mir nicht vorstellen, was meine Eltern durchgemacht haben, als sie mich in dieser Rolle gesehen haben.«

»Wie haben sie reagiert, als Sie davon gesprochen haben, Priester werden zu wollen?«

»Mein Vater konnte es kaum ertragen, mich in der Soutane oder mit Priesterkragen zu sehen.«

»Warum hat er Ihnen nicht die Wahrheit gesagt?«

»Schuldgefühle, nehme ich an.«

»Weil er seinen Glauben aufgegeben hatte?«

»Mein Vater hat seinen Glauben nie aufgegeben«, sagte Pater Jordan. »Nicht mal, als er sich als Katholik ausgeben musste. Er hatte Schuldgefühle, weil meine Mutter und er den Krieg überlebt hatten. Ich sollte nicht erfahren, dass ihre Verwandten weniger Glück gehabt hatten. Sie waren im Oktober 1943 mit den Juden Roms zusammengetrieben, nach Auschwitz deportiert und dort ermordet worden. Alles ohne ein Wort des Protests des Heiligen Vaters, obwohl das unter seinen Fenstern passierte.«

»Und Sie sind ein katholischer Geistlicher geworden.«

»Ausgerechnet.«

»Wann haben Sie die Wahrheit erfahren?«

»Erst im November 1989, als ich zur Beerdigung meines Vaters nach Boston zurückgekommen bin. Nach dem Gottesdienst hat meine Mutter mir einen Brief gegeben, den er geschrieben hatte, als ich ins Priesterseminar gegangen war. Für mich war das natürlich ein Schock. Ich war nicht nur Jude, sondern der einzige männliche Überlebende einer Familie, die dem Holocaust zum Opfer gefallen war.«

»Haben Sie jemals daran gedacht, Ihr Priesteramt aufzugeben?«

»Natürlich.«

»Warum haben Sie's nicht getan?«

»Ich bin zu dem Schluss gelangt, ich könnte beides sein: Christ *und* Jude. Schließlich war Jesus auch ein Jude gewesen. Ebenso die zwölf Apostel, die über dem Säulenvordach des Petersdoms stehen. Zwölf Apostel«, wiederholte er. »Einer für jeden der zwölf Stämme Israels. Die Urchristen haben sich nicht als Gründer einer neuen Religion gesehen. Sie waren Juden, die zugleich Jesus anhingen. Ich habe mich in ähnlichem Licht gesehen.«

»Glauben Sie weiter an die Göttlichkeit Jesu?«

»Ich weiß nicht, ob ich das jemals getan habe. Aber das haben *sie* auch nicht getan. Sie hielten Jesus für einen Mann, der in den Himmel aufgefahren war, nicht für eine auf die Erde entsandte überirdische Gestalt. Alles das kam viel später, nachdem die Evangelien geschrieben worden waren und die Frühkirche in christliche Orthodoxie verfiel. Da begann die große Geschwisterrivalität. Die Kirchenväter erklärten, der Bund zwischen Gott und seinem auserwählten Volk sei zerbrochen, und ein neues Gesetz habe das alte ersetzt. Gott hatte seinen Sohn geschickt, um die Welt zu retten, und die Juden hatten ihn abgewiesen. Sie hatten es sogar verstanden, einen leichtgläubigen und schuldlosen römischen Statthalter trickreich dazu zu bringen, ihn ans Kreuz zu schlagen. Für solche Leute, solche Gottesmörder war keine Strafe zu hart.«

»Sie waren Ihre Leute«, sagte Gabriel.

»Deshalb habe ich's mir zur Lebensaufgabe gemacht, die Wunden zwischen Judaismus und Christentum zu heilen.«

»Indem Sie das Evangelium des Pilatus finden?«

Pater Jordan nickte.

»Ich vermute, dass der Brief Ihres Vaters einen Hinweis darauf enthalten hat.«

»Er hat sehr detailliert darüber geschrieben.«

»Und die Story, die Sie Donati und mir neulich erzählt haben? Dass Sie auf der Suche nach dem letzten Exemplar des Pilatusevangeliums kreuz und quer durch Italien gezogen sind?«

»Das war eine Story, nicht mehr. Ich wusste, dass Pater Schiller das Buch Pius XII. übergeben hatte, der es tief im Geheimarchiv vergraben hatte.«

»Woher?«

»Ich bin kurz vor seinem Tod mit Pater Schiller zusammengetroffen. Anfangs hat er versucht, die Existenz des Buchs zu leugnen. Aber als ich ihm den Brief meines Vaters gezeigt habe, hat er mir die Wahrheit erzählt.«

»Haben Sie ihm gesagt ...«

»Dass ich der Enkel des reichen römischen Juden bin, dem der Helenenorden das Buch abgepresst hatte?« Pater Jordan schüttelte den Kopf. »Zu meiner ewigen Schande habe ich's nicht getan.«

»Haben Sie wirklich versucht, das Buch zu finden? Oder war das auch nur eine Story?«

»Nein«, sagte Pater Jordan. »Ich habe über zwanzig Jahre lang im Archiv gestöbert. Aber weil die Register keinen Hinweis auf das Evangelium enthalten, war das nicht anders, als suchte ich die sprichwörtliche Nadel im Heuhaufen. Vor ungefähr zehn Jahren habe ich mich dazu gezwungen, die Suche einzustellen. Dieses Buch hat mein Leben ruiniert.«

»Und dann?«

»Jemand hat es dem Heiligen Vater gegeben. Und der Heilige Vater hat beschlossen, es Ihnen zu geben.«

64

ABTEI SAN PIETRO, ASSISI

Anfangs hatte er geglaubt, jemand wolle ihm mit dem Anruf einen Streich spielen. Ja, die Stimme am Telefon hatte wie die des Heiligen Vaters geklungen, aber er konnte es nicht wirklich selbst sein. Er wollte, dass Pater Jordan ihn am folgenden Abend um halb zehn in den päpstlichen Gemächern aufsuchte. Pater Jordan durfte niemandem von seiner Einbestellung erzählen. Und er durfte keine Minute früher eintreffen.

»Bestimmt war das ein Donnerstag«, sagte Gabriel.

»Woher wissen Sie das?«

Gabriel lächelte nur und lud Pater Jordan mit einer Handbewegung ein, fortzufahren. Er habe die päpstlichen Gemächer, berichtete er, um Punkt halb zehn erreicht. Eine Haushaltsnonne geleitete ihn in die Privatkapelle. Der Heilige Vater empfing ihn herzlich, kam gleich zur Sache und zeigte ihm ein höchst bemerkenswertes Buch.

»Wusste Lucchesi von Ihrer persönlichen Beziehung zu dem Evangelium?«

»Nein«, sagte Pater Jordan. »Und ich habe sie auch nie erwähnt. Wichtig war allein meine persönliche Beziehung zu Donati. Der Heilige Vater vertraute mir. Ich hatte einfach nur Glück gehabt.«

»Ich nehme an, dass Sie es lesen durften?«

»Natürlich. Dazu war ich dort. Ich sollte ein Urteil über seine Echtheit abgeben.«

»Und?«

»Der Text war klar verständlich, manchmal etwas bürokratisch und zu sehr ins Detail gehend. Kein Produkt eines kreativen Geistes. Ein wichtiges historisches Dokument auf Grundlage der schriftlichen oder mündlichen Erinnerungen des nominellen Verfassers.«

»Wie ist's weitergegangen?«

»Für den folgenden Donnerstag hat er mich erneut eingeladen. Donati war wieder abwesend. Anscheinend zum Abendessen bei einem Freund außerhalb der Mauern. Bei dieser Gelegenheit hat der Heilige Vater mir erklärt, er beabsichtige, das Buch Ihnen zu schicken.« Er machte eine Pause, dann fügte er hinzu: »Ohne den Präfekten des Vatikanischen Geheimarchivs darüber zu informieren.«

»Wusste er, dass Albanese heimlich Mitglied des Helenenordens war?«

»Er hat es vermutet.«

»Deshalb hat Lucchesi Sie gebeten, eine Kopie des Buchs herzustellen.«

Pater Jordan lächelte. »Ziemlich raffiniert, nicht wahr?«

»Konnten Sie das selbst oder mussten Sie einen Profi hinzuziehen?«

»Beides. In jungen Jahren war ich ein ziemlich guter Illustrator und Kalligraf. Natürlich nicht in Ihrer Liga. Aber ich war nicht schlecht. Der Profi, der ungenannt bleiben soll, war für die künstliche Alterung des Papiers und die Bindearbeiten zuständig. Das Ergebnis war ein wirkliches Kunstwerk. Kardinal Albanese hätte den Unterschied nie bemerkt. Jedenfalls nicht ohne das Buch von einem Fachlabor untersuchen zu lassen.«

»Aber welche Version hat er in der Todesnacht des Heiligen Vaters aus dem Arbeitszimmer mitgenommen?«

»Die Kopie«, antwortete Pater Jordan. »Das Original ist in meinem Besitz. Der Heilige Vater hat es mir für den Fall, dass ihm etwas zustoßen sollte, zur sicheren Aufbewahrung anvertraut.«

»Dieses Buch gehört jetzt mir.«

»Es hat meinem Großvater gehört, bevor er es dem Orden überlassen musste. Deshalb bin ich der rechtmäßige Eigentümer, genau wie Isabel Feldmann das Gemälde gehört, das vergangene Woche auf wunderbare Weise wieder aufgetaucht ist.« Pater Jordan musterte ihn prüfend. »Ich vermute, dass Sie auch damit etwas zu tun hatten.«

Gabriel gab keine Antwort.

»Sie schwinden nie, nicht wahr?«

»Was denn?«

»Die Schuldgefühle der Überlebenden. Sie werden von Generation zu Generation vererbt. Wie Ihre grünen Augen.«

»Die habe ich von meiner Mutter.«

»War sie in einem Lager?«

»Birkenau.«

»Dann sind auch Sie ein Wunder.« Pater Jordan tätschelte Gabriels Handrücken. »Zwischen den Lehren der Frühkirche und den Gaskammern von Auschwitz gibt es eine direkte Verbindung, fürchte ich. Das lässt sich nur mit der *ignorantia affectata* des Thomas von Aquin leugnen. Mit bewusster Ignoranz.«

»Vielleicht sollten Sie alledem ein Ende bereiten.«

»Und wie könnte ich das?«

»Indem Sie dieses Buch mir geben.«

Pater Jordan schüttelte den Kopf. »Seine Veröffentlichung würde nichts bringen. Angesichts des gegenwärtigen Klimas hier in Europa und in Amerika könnte sie sogar alles noch schlimmer machen.«

»Haben Sie vergessen, dass Ihr früherer Student jetzt Papst ist?«

»Seine Heiligkeit hat schon genügend andere Probleme zu bewältigen. Am wenigsten kann er Zweifel an einer der grundlegenden Wahrheiten des Christentums brauchen.«

»Was sagt das Buch darüber?«

Pater Jordan gab keine Antwort.

»Bitte«, sagte Gabriel. »Ich muss es wissen.«

Der Alte betrachtete seine gebräunten Hände. »Ein zentrales Element der Passionsgeschichten ist unbestritten. Ein Jude namens Jesus aus dem Dorf Nazareth wurde ungefähr im Jahr 33 zur Zeit des Passahfests auf Befehl des römischen Statthalters hingerichtet. Was sonst in den vier Evangelien steht, ist mit einem Fuder Salz zu genießen. Die Erzählungen sind literarische Erfindungen oder schlimmstenfalls bewusste Versuche von Frühkirche und Evangelisten, den Juden die Schuld am Tod Jesu zu geben und gleichzeitig die wahren Schuldigen reinzuwaschen.«

»Pontius Pilatus und die Römer.«

Pater Jordan nickte.

»Ein Beispiel dafür?«

»Der Prozess vor dem Sanhedrin.«

»Hat es ihn gegeben?«

»Mitten in der Nacht während des Passahfests?« Er schüttelte den Kopf. »Diese Versammlung wäre nach den mosaischen Gesetzen verboten gewesen. Nur ein in Rom lebender Christ konnte sich etwas so Verrücktes ausgedacht haben.«

»War Kajaphas in irgendeiner Weise involviert?«

»Darüber schreibt Pilatus nichts.«

»Was war mit dem Tribunal?«

»Wenn Sie's so nennen wollen«, sagte Pater Jordan. »Es war sehr kurz. Pilatus hat ihn kaum angesehen. Er behauptet sogar, sich nicht an Jesu Erscheinung erinnern zu können. Er hat sich nur eine Notiz für seine Akten gemacht und den Legionären mit einer Handbewegung bedeutet, ihre Arbeit zu tun. An diesem Tag wurden viele weitere Juden hingerichtet. Aus Pilatus' Sicht war das *business as usual*.«

»War eine Menschenmenge anwesend?«

»Himmel, nein.«

»Was wurde Jesus vorgeworfen?«

»Das einzige Verbrechen, auf das die Kreuzigung stand.«

»Anstiftung zum Aufruhr?«

»Natürlich.«

»Wo hat das alles stattgefunden?«

»In der Königlichen Säulenhalle des Tempels.«

»Und die Festnahme?«

Bevor Pater Jordan antworten konnte, schlugen die Glocken von Assisi zwei Uhr. »Ich habe Ihnen schon zu viel erzählt. Außerdem müssen Sie und Ihre Familie ein Flugzeug erreichen.« Er stand auf und streckte die Hand aus. »Gott segne Sie, Signor Allon. Und gute Reise!«

Auf dem Korridor waren Schritte zu hören. Im nächsten Augenblick erschienen Chiara und die Kinder mit dem Benediktiner in der Tür.

»Perfektes Timing«, sagte Pater Jordan. »Don Simon begleitet Sie hinaus.«

Der Mönch schloss rasch die Klosterpforte hinter ihnen. Gabriel blieb noch einen Augenblick mit einer Hand an der Türsprechanlage stehen, bis Irene an seinem Ärmel zupfte und mit dem Gesicht seiner Mutter zu ihm aufsah.

»Was hast du, Abba? Warum weinst du?«

»Ich hab an etwas Trauriges gedacht, das war alles.«

An dich, sagte Gabriel sich. *Ich hab an dich gedacht.*

Er nahm die Kleine auf den Arm und trug sie durch die Porta San Pietro zu der Tiefgarage, in der er den Passat abgestellt hatte. Nachdem er die Zwillinge angeschnallt hatte, suchte er den Unterboden sorgfältiger ab als sonst, bevor er sich endlich ans Steuer setzte.

»Versuch den Motor anzulassen«, sagte Chiara. »Das hilft.«

Gabriels Hand zitterte, als er den Startknopf drückte.

»Vielleicht sollte ich fahren.«

»Nein, mir geht's gut.«

»Weißt du das bestimmt?«

Er stieß rückwärts aus der Parklücke und folgte der Ausfahrtsrampe auf die Straße hinaus. Die Straße, die sie nehmen mussten, führte an der Porta San Pietro vorbei. Wie auf einem Gemälde von Bellini stand dort von ihrem Bogen eingerahmt ein weißhaariger Geistlicher mit einem alten Lederrucksack in der Hand.

Gabriel bremste scharf, hielt an und stieg aus. Pater Jordan hielt ihm den Rucksack hin, als enthalte er eine Bombe. »Seien Sie vorsichtig, Signor Allon. Alles steht auf dem Spiel.«

Gabriel umarmte den alten Priester und lief zum Auto zurück. Chiara öffnete den Rucksack, während sie den Monte Subasio hinunterrasten. Er enthielt das letzte Exemplar des Pilatusevangeliums.

»Kannst du den Text lesen?«, fragte er.

»Ich habe einen Master in Altrömischer Geschichte. Ich kann ein paar Zeilen Latein übersetzen, denke ich.«

»Was steht darin?«

Sie las die beiden ersten Zeilen laut vor: »*Solus ego sum reus mortis eius. Ego crimen oportet.*«

»Übersetzt?«

»›Ich allein bin für seinen Tod verantwortlich. Ich muss die Schuld tragen.‹« Sie sah auf. »Soll ich weitermachen?«

»Nein«, sagte er. »Das genügt.«

Chiara steckte das Buch wieder in den Rucksack. »Was machen normale Leute eigentlich im Urlaub?«

»Wir sind normale Leute.« Gabriel lachte. »Wir haben nur interessante Freunde.«

ANMERKUNGEN DES VERFASSERS

Der Geheimbund ist ein Unterhaltungsroman und sollte als solcher gelesen werden. Die in diesem Werk vorkommenden Namen, Personen, Orte und Ereignisse sind das Produkt der Fantasie des Autors oder von ihm fiktionalisiert worden. Jede Ähnlichkeit mit lebenden oder verstorbenen Personen, Firmen, Unternehmen, Ereignissen oder Schauplätzen wäre rein zufällig.

Münchenbesucher werden vergebens Ausschau halten nach der Zentrale der Wolf Group, denn dieser Konzern existiert nicht. Ebenso werden sie am Beethovenplatz kein Restaurant namens Café Adagio finden. Zum Glück gibt es in Deutschland keine als Nationaldemokraten bezeichnete rechtsextremistische Partei, aber auf diesem Sektor tummeln sich einige, darunter die Alternative für Deutschland, gegenwärtig mit 86 Bundestagssitzen die drittstärkste deutsche Partei (Stand: Juli 2021, Anm. d. Übers.). Im Jahr 2018 musste BfV-Präsident Hans-Georg Maaßen zurücktreten, weil ihm vorgeworfen wurde, er selbst verbreite extremistische politische Ansichten und arbeite heimlich daran, den Aufstieg der Alternative für Deutschland zu fördern.

Im Vatikanischen Geheimarchiv gibt es kein Dokumentenlager mit strikten Zugangsbeschränkungen, zumindest keines, das ich bei meinen Recherchen entdecken konnte. Aufrichtig entschuldigen muss ich mich bei dem Präfekten dafür, dass ich seine Stromversorgung und die Alarmanlage stillgelegt habe, aber es gab leider keine andere Möglichkeit, Gabriel Allon und Luigi Donati unbeobachtet ins Dokumentenlager gelangen zu lassen. Die erste Seite des Pilatusevangeliums kann ihnen nicht übergeben worden sein, weil dieses Buch nicht existiert. Die übrigen apokryphen Evangelien sind zutreffend geschildert, und die Worte von Kirchenvätern wie Origenes, Tertullian und Justin der Märtyrer sind akkurat wiedergegeben.

Es war Kardinal Tarcisio Bertone, der bei einer Luxussanierung zwei Wohnungen im Palazzo San Carlo zusammenlegen ließ, sodass ein sechshundert Quadratmeter großes Apartment mit Dachterrasse entstand. Aber Bertones Gemächer waren ein Elendsquartier im Vergleich zu dem Bischofssitz in Limburg, den Bischof Franz-Peter Tebarz-van Elst, Spitzname Protz-Bischof, für geschätzte vierzig Millionen Euro renovieren ließ. Im Mai 2012 verlor Ettore Gotti Tedeschi im Zusammenhang mit dem als Vatileaks bekannt gewordenen Sex-und-Geldskandal sein Amt als Präsident der Vatikanbank. Ein internes Vatikandossier über die unter hohen kirchlichen Würdenträgern grassierende Korruption soll das Konklave von 2013, bei dem Papst Franziskus gewählt wurde, beeinflusst haben. Das vatikanische Staatssekretariat verurteilte die vor dem Konklave erfolgte Berichterstattung der Medien über den Skandal als Versuch, Einfluss auf die Wahl des nächsten Pontifex Maximus zu nehmen.

Der frühere Kardinal Theodore McCarrick aus Washington, DC, soll über 600 000 Dollar von einem wenig bekannten Konto der Erzdiözese für Freunde und Wohltäter im Vatikan, darunter die Päpste Johannes Paul II. und Benedikt XVI., aufgewendet haben. Die *Washington Post* recherchierte, dass mehrere vatikanische Bürokraten, die Zuwendungen erhielten, direkt mit der Untersuchung von Missbrauchsvorwürfen gegen McCarrick betraut waren, dem auch vorgeworfen wurde, bei der Beichte Sex eingefordert zu haben. Ein im Juli 2018 veröffentlichter Bericht der Schweizer Bischofskonferenz konstatierte eine erschreckende Zunahme *neuer* Missbrauchsvorwürfe gegen Schweizer Geistliche. Kein Wunder, dass Schweizer Katholiken, auch mein fiktiver Christoph Bittel, ihrer Kirche in Scharen den Rücken kehren.

In dem Schweizer Dorf Menzingen gibt es tatsächlich eine katholische Bruderschaft, die jedoch nicht der fiktive Helenenorden ist. Es ist die Priesterbruderschaft St. Pius X. (Fraternitas Sacerdotalis Sancti Pii X., Kürzel FSSPX), ein im Jahr 1970 von Erzbischof Marcel Lefebvre gegründeter reaktionärer, antisemitischer Orden. Lefebvre war der Sohn eines reichen französischen Industriellen, der für die Wiederherstellung der Monarchie in Frankreich eintrat. Im Zweiten Weltkrieg war der damalige Pater Lefebvre ein eifriger Anhänger des Vichy-Regimes von Marschall Philippe Pétain, das mit der SS bei der Vernichtung der französischen Juden kollaborierte. Paul Touvier, ein hoher Offizier der berüchtigten Vichy-Miliz, fand nach dem Krieg Zuflucht in einem FSSPX-Priorat in Nizza. Nach seiner Verhaftung im Jahr 1989 wurde Touvier als erster Franzose wegen Verbrechen gegen die Menschlichkeit verurteilt.

Wenig überraschend unterstützte Bischof Lefebvre auch Jean-Marie Le Pen, Vorsitzender der rechtsextremen Front National und verurteilter Holocaustleugner. Diese Ehre teilte Monsieur Le Pen sich mit Richard Williamson, einem der vier FSSPX-Priester, die Lefebvre 1988 entgegen einem direkten Befehl von Papst Johannes Paul II. zu Bischöfen weihte. Der Brite Williamson bezeichnete Juden gewohnheitsmäßig als »die Feinde Christi«, deren Ziel die Weltherrschaft sei. Als Rektor des nordamerikanischen FSSPX-Seminars in Winona,

Minnesota, erklärte Williamson: »Kein einziger Jude ist in den Gaskammern umgebracht worden. Das waren lauter Lügen, Lügen, Lügen.« Im Jahr 2012 wurde er aus der Priesterbruderschaft ausgeschlossen – aber nicht wegen seiner antisemitischen Äußerungen. Die FSSPX nannte seinen Ausschluss eine »schmerzliche Entscheidung«.

Bei seinem Tod im Jahr 1991 war Bischof Lefebvre exkommuniziert und der Kirche in gewisser Weise peinlich. Aber in den dreißiger Jahren, als sich über Europas Juden dunkle Wolken zusammenzogen, hätte ein Prälat, der ähnliche Ansichten wie Lefebvre vertrat, sich ziemlich im katholischen Mainstream befunden. Dass die Kirche Monarchen und rechte Diktatoren gegenüber Sozialisten oder sogar liberalen Demokraten bevorzugte, ist ebenso sorgfältig dokumentiert worden wie der erschreckende Antisemitismus vieler der führenden Sprecher und Entscheidungsträger des Vatikans. Obwohl nur wenige katholische Kirchenmänner die physische Ausmerzung der europäischen Juden befürworteten, lobten die Vatikanzeitung *L'Osservatore Romanio* und die Jesuitenzeitschrift *La Civiltà Cattolica* Gesetze – zum Beispiel in Ungarn –, die die Juden aus Bereichen wie Justiz, Medizin, Wirtschaft und Journalismus ausschlossen. Als Benito Mussolini im Jahr 1938 ähnliche Beschränkungen in Italien einführte, konnte der Vatikan sich kaum zu einem Wort des Protests durchringen. »Die grausige Wahrheit war«, schrieb die Historikerin Susan Zuccotti in *Under His Very Windows*, ihrer bemerkenswerten Untersuchung des Holocausts in Italien, »dass sie die Juden zurechtgestutzt sehen wollten.«

Ganz sicher traf das auf Bischof Alois Hudal zu, den Rektor des deutschen Priesterkollegs Santa Maria dell'Anima in Rom. Es war Bischof Hudal, nicht mein fiktiver Pater Schiller, der 1936 ein scharf antisemitisches Buch über eine

Symbiose zwischen Katholizismus und Nationalsozialismus veröffentlichte. In das Adolf Hitler übersandte Exemplar schrieb Hudal die schmeichlerische Widmung: *Dem Führer der deutschen Erhebung [und] Siegfried deutscher Hoffnung und Größe.*

Als Österreicher, der angeblich von den Juden besessen war, fuhr Bischof Hudal während des Krieges in einer Limousine mit Chauffeur und der Reichsflagge auf dem Kotflügel durch Rom. Zweieinhalb Jahre nach dem Sieg der Alliierten veranstaltete er eine Weihnachtsfeier, an der Hunderte von Nazi-Kriegsverbrechern teilnahmen, die unter seinem Schutz in Rom lebten. Mit seiner Hilfe hatten viele von ihnen Zuflucht in Südamerika gefunden. Adolf Eichmann erhielt ebenso Unterstützung von Bischof Hudal wie Franz Stangl, der Kommandant des Vernichtungslagers Treblinka. Alles mit Wissen und stillschweigender Billigung von Papst Pius XII., der solche Monster für wertvolle Unterstützer im globalen Kampf gegen den sowjetischen Kommunismus hielt.

Pius' Kritiker und Apologeten streiten seit Jahrzehnten darüber, dass er den Holocaust nie ausdrücklich verurteilt und Europas Juden vor den Todeslagern gewarnt hat. Aber seine unverzeihliche Unterstützung gesuchter Nazi-Massenmörder ist vielleicht der deutlichste Beweis für seine immanente Feindseligkeit gegenüber Juden. Pius war gegen die Nürnberger Prozesse, die Gründung eines jüdischen Staats und nach dem Krieg unternommene Versuche, das Christentum mit der Religion zu versöhnen, aus dem es hervorgegangen war. Im Jahr 1949 exkommunizierte er alle Kommunisten der Welt, unternahm aber nie einen derartigen Schritt gegen Mitglieder der NSDAP oder der mörderischen SS. Und er drückte niemals explizit sein Bedauern über den Tod von sechs Millionen Juden während des Holocausts aus.

Deshalb musste der Prozess der jüdisch-christlichen Aussöhnung bis zu Pius' Tod im Jahr 1958 warten. Sein Nachfolger, Papst Johannes XXIII., hatte im Zweiten Weltkrieg als Nuntius in Istanbul außergewöhnliche Maßnahmen ergriffen, um Juden zu schützen – auch durch die Ausgabe lebensrettender falscher Pässe. Er war schon alt, als ihm der Fischerring an den Finger gesteckt wurde, und blieb leider nicht lange im Amt. Kurz vor seinem Tod im Jahr 1963 wurde er gefragt, ob man nicht etwas gegen das vernichtende Porträt unternehmen müsse, das Rolf Hochhuth in seinem Theaterstück *Der Stellvertreter* von Pius XII. gezeichnet hatte. »Unternehmen?«, soll der Papst ungläubig gefragt haben. »Was unternimmt man gegen die Wahrheit?«

Der Höhepunkt der Bemühungen von Johannes XXIII., den durch den Holocaust entstandenen Bruch zwischen Katholiken und Juden zu kitten, war die eminent wichtige Erklärung *Nostra Aetate* des Zweiten Vatikanischen Konzils. Von konservativen Kräften bekämpft, postulierte sie, es gebe keine jüdische Kollektivschuld an der Kreuzigung Christi, und die Juden seien auch nicht auf ewig von Gott verflucht. Die große historische Tragödie liegt darin, dass eine solche Erklärung überhaupt notwendig war. Aber die Kirche hatte fast zweitausend Jahre lang gelehrt, die Juden seien ein Volk von Gottesmördern. »Das Blut Jesu«, schrieb Origenes, »fällt nicht nur auf die damaligen Juden, sondern auf alle Generationen von Juden bis zum Ende der Welt.« Damit war Papst Innozenz III. voll und ganz einverstanden: »Ihre Worte – Sein Blut komme über uns und unsere Kinder! – haben eine Erbschuld über das gesamte Volk gebracht, die sie als Fluch verfolgt, wo sie leben und arbeiten, wenn sie geboren werden und wenn sie sterben.« Würden solche Worte heute ausgesprochen, würden sie zurecht als Hate Speech gebrandmarkt.

Der uralte christliche Vorwurf des Gottesmords wird von Wissenschaftlern allgemein als Grundlage des Antisemitismus angesehen. Und trotzdem wollte das Zweite Vatikanische Konzil nicht auf folgenden Satz verzichten: »Wahr ist, dass Autoritäten der Juden und jene, die sich von ihnen leiten ließen, den Tod Christi forderten.« Aber auf welche Quelle stützten die Bischöfe sich bei ihrer klaren Aussage über Ereignisse, die vor fast zweitausend Jahren in einem entfernten Winkel des römischen Imperiums stattgefunden hatten? Die Antwort war natürlich, dass sie auf die Berichte über den Tod Jesu in den vier Evangelien des Neuen Testaments vertrauten, also genau den Quell der böswilligen Verleumdung, der sie nun endlich abschwören wollten.

So verstand es sich von selbst, dass das Zweite Vatikanische Konzil nicht vorschlug, die aufwiegelnden Passagen aus dem christlichen Kanon zu streichen. Trotzdem stieß *Nostra Aetate* eine wissenschaftliche Neubewertung der kanonischen Evangelien an, die sich auf den Seiten von *Der Geheimbund* widerspiegelt. Christen, die an die Unfehlbarkeit der Bibel glauben, werden bestimmt mit meiner Schilderung hadern, wer die Evangelisten waren und wie ihre Evangelien geschrieben wurden. Nicht jedoch die meisten Theologen.

Keines der vier kanonischen Evangelien ist im Original erhalten; von allen existieren nur Fragmente späterer Kopien. Die Wissenschaft ist sich weitgehend darüber einig, dass keines der Evangelien, außer vielleicht das Lukasevangelium, von dem Mann stammt, dem es zugeschrieben wird. Der Kirchenvater Papias von Hierapolis ist die früheste Quelle, die im zweiten Jahrhundert über die Autorenschaft und Entstehung der Evangelien des Neuen Testaments berichtet. Und es war Irenäus, der alle Häresie bekämpfende französische Kirchenvater, der erklärte, nur vier der zahlreichen im Umlauf befindlichen Evangelien seien authentisch. »Und dies ist offenkundig wahr«, schrieb er, »weil es vier Himmelsrichtungen und vier Hauptwindrichtungen gibt.« In seiner monumentalen Geschichte des Christentums behauptet Paul Johnson, Irenäus habe »nicht mehr über den Ursprung der Evangelien gewusst als wir, sondern tatsächlich sogar weniger«.

Weiterhin beschreibt Johnson die Evangelien als »literarische Dokumente«, die allem Anschein nach später verändert, redigiert, umgeschrieben, interpoliert und in Bezug auf theologische Konzepte zurückdatiert wurden. Bart D. Ehrman, der bedeutende Theologieprofessor an der University of North Carolina, stellt fest, sie strotzten von »Diskrepanzen, Ausschmückungen, erfundenen Geschichten und historischen Problemen«, sodass sie »nicht als historisch zuverlässige Berichte darüber, was sich wirklich ereignet hat, für bare Münze genommen werden können«. Wie die Evangelien Jesu Festnahme und Hinrichtung schildern, sagt Ehrman, »ist mit einem Pfund Salz zu genießen«.

Zahlreiche Theologen und zeitgenössische Historiker sind zu dem Schluss gelangt, dass die Evangelisten und ihre Redakteure in der Frühkirche die Schuld am Tod Jesu bewusst von den Römern zu den Juden verschoben haben, um das Christentum für Nichtjuden unter römischer Herrschaft attraktiver und für die Römer selbst weniger bedrohlich erscheinen zu lassen. Die beiden von Evangelisten benutzten Hauptelemente, um den Juden die Schuld am Tod Jesu zuzuweisen, sind der Prozess vor dem Sanhedrin (Hoher Rat) und natürlich das Tribunal vor Pilatus.

Die vier kanonischen Evangelien schildern diese Begegnung leicht unterschiedlich, aber es ist vielleicht am aufschlussreichsten, Markus' Version mit der des Matthäus zu vergleichen. Bei Markus verurteilt der römische Statthalter

Jesus auf Drängen einer jüdischen Menge widerstrebend zum Tode. Aber bei Matthäus ist aus dieser Menge plötzlich »das ganze Volk« geworden. Pilatus wäscht sich vor ihm die Hände und erklärt: »Ich bin unschuldig an seinem Blut.« Worauf »das ganze Volk« antwortet: »Sein Blut komme über uns und unsere Kinder!«

Welche Version ist zutreffend? Hat »das ganze Volk« wirklich diese seltsamen Worte gebrüllt, ohne dass sich auch nur eine Gegenstimme erhob? Und hat Pilatus sich die Hände gewaschen oder nicht? Schließlich ist das kein unbedeutendes Detail. Offensichtlich können nicht beide Darstellungen korrekt sein. Ist eine richtig, muss die andere *falsch* sein. Man könnte argumentieren, das Matthäusevangelium sei einfach *richtiger* als das des Markus, aber das wäre ein Ausweichen. Ein Reporter, der sich so verhielte, würde von seinem Chefredakteur gerüffelt, vielleicht sogar fristlos entlassen werden.

Die plausibelste Erklärung lautet, dass die ganze Szene eine literarische Erfindung ist. Das Gleiche gilt vermutlich für die aufrührerischen Berichte der Evangelisten über Jesu Erscheinen vor dem Hohen Rat. In seiner spannenden Jesusbiografie *Zelot: Jesus von Nazaret und seine Zeit* führt der Theologe Reza Aslan aus, die Probleme im Zusammenhang mit den Schilderungen des Prozesses vor dem Sanhedrin seien »zu zahlreich, um aufgezählt zu werden«. Der verstorbene Raymond Brown, ein katholischer Geistlicher, der Ende des 20. Jahrhunderts weithin als der beste Kenner des Neuen Testaments galt, fand siebenundzwanzig Diskrepanzen zwischen den Prozessberichten in den Evangelien und dem rabbinischen Gesetz. Auch Paula Fredriksen, Professorin an der Boston University, äußert in ihrem wichtigen Buch *Jesus of Nazareth, King of the Jews* Zweifel an dem Prozess vor dem

Hohen Rat. »Nach ihrem Tempeldienst und den Festmahlen daheim hätten diese Männer schon einen langen Tag hinter sich gehabt; und überdies: Wozu?« Ebenso skeptisch ist Fredriksen in Bezug auf ein Tribunal vor dem römischen Statthalter. »Vielleicht wurde Jesus kurz von Pilatus befragt, obwohl auch das unwahrscheinlich ist. Dafür gab es keinen Anlass.« Was Jesu Erscheinen vor Pilatus betrifft, drückt Reza Aslan sich noch entschiedener aus: »Es gab kein Tribunal. Kein Tribunal war erforderlich.«

Zu diesem Thema gibt es vielleicht keine überzeugendere Stimme als die des früheren Priesters John Dominic Crossan, Theologieprofessor emeritus der DePaul University. In *Wer tötete Jesus?* fragt er, ob die aufwieglerische Schilderung des Tribunals vor Pilatus »eine Szene aus der römischen Geschichte« oder »christliche Propaganda« war. Diese Frage beantwortete er teilweise mit folgenden Ausführungen: »So erklärbar ihre Ursprünge, vertretbar ihre Beschimpfungen und verständlich ihre Motive für Christen im Überlebenskampf waren, ist ihre Wiederholung jetzt zur ältesten Lüge geworden, und wir Christen sind es unserer eigenen Integrität schuldig, sie endlich als solche zu benennen.«

Aber wozu sich erneut mit der qualvollen Geschichte der christlich-jüdischen Beziehungen befassen? Weil der älteste Hass – der aus den Kreuzigungsszenen der Evangelien entstandene Hass – wieder gewalttätig auferstanden ist. Das gilt auch für den auf radikalen Ideen basierenden politischen Extremismus, den seine Apologeten als »Populismus« bezeichnen. Als Beweis dafür bietet sich die Kundgebung *Unite the Right* an, die im Jahr 2017 in Charlottesville, Virginia, stattfand, wo weiße Nationalisten gegen den Abbau eines Konföderiertendenkmals protestierten und »Juden werden uns nicht verdrängen!« skandierten, während sie mit Fackeln marschierten und mit gestrecktem Arm den Hitlergruß zeigten. Oder die Tree-of-Life-Synagoge im Pittsburgher Stadtteil Squirrel Hill, in der ein weißer Nationalist, der sich über hispanische Einwanderung ärgerte, elf Juden erschoss und weitere sechs verletzte. Wieso hatte der Schütze Juden ins Visier genommen? Könnte es sein, dass er von einem irrationalen Hass besessen war, der noch stärker war als seine Ressentiments gegenüber Migranten, die in den USA ein besseres Leben suchten?

Der brillante Ökonom Paul Krugman hat in der *New York Times* – in seiner Kolumne, aus der das eingangs abgedruckte Zitat stammt – auf den Zusammenhang zwischen dem Anstieg von Antisemitismus und rassistischem Populismus aufmerksam gemacht. »Die meisten von uns wissen, denke ich, dass wir wahrscheinlich unter ihren Opfern sein werden, wenn Bigotterie freie Bahn hat.« Leider steht zu befürchten, dass der Ausbruch einer Pandemie im Verein mit einem scharfen wirtschaftlichen Abschwung alles noch verschlimmern wird. In den dunkelsten Winkeln des Internets werden die Juden für die Pandemie verantwortlich gemacht, genau wie sie im 14. Jahrhundert an der Pest schuld gewesen sein sollten.

»Vergiss nie«, sagt Rabbi Jacob Zolli in einer der ersten Szenen von *Der Geheimbund* mahnend zu Gabriel, »dass das Undenkbare geschehen kann.« Der Ausbruch der Pandemie scheint ihm recht zu geben. Aber schon vor der Covid-19-Krise hatte der Antisemitismus in Europa einen Stand erreicht, den wir seit Mitte des vorigen Jahrhunderts nicht mehr erlebt haben. Zu ihrer Ehre muss gesagt werden, dass die europäischen Spitzenpolitiker den wieder grassierenden Antisemitismus scharf verurteilt haben. Das hat auch Papst Franziskus getan. Wollte Gott, ein Prälat wie Franziskus hätte 1939 den Fischerring getragen! Die Geschichte der Juden und der Römisch-katholischen Kirche wäre vielleicht anders verlaufen.

DANKSAGUNG

Zu ewigem Dank verpflichtet bin ich meiner Frau Jamie Gangel, die mir als Resonanzboden diente, während ich Details und Struktur eines komplexen Plots ausarbeitete, in dem es um die Ermordung eines Papstes, die Entdeckung eines lange unterdrückten Evangeliums und eine Verschwörung der extremen Rechten Europas zur Unterwanderung der Römischkatholischen Kirche ging. Als meine erste Fassung fertig war, machte sie drei entscheidende Vorschläge und redigierte dann gekonnt mein endgültiges Typoskript, während sie für CNN über das Amtsenthebungsverfahren gegen einen Präsidenten berichtete und sich inmitten einer Pandemie um unsere Familie kümmerte. Zu den vielen Gemeinsamkeiten zwischen meinem Protagonisten Gabriel Allon und mir gehört die Tatsache, dass wir mit perfekten Frauen verheiratet sind. Meine Schuld Jamie gegenüber ist ebenso unermesslich wie meine Liebe.

Ich hatte gehofft, *Der Geheimbund* in Rom abschließen zu können, musste die Reise aber absagen, weil in Italien das Coronavirus wütete. Nach zwei Vatikan-Thrillern und mehreren Romanen mit Szenen im Vatikan oder seiner näheren Umgebung habe ich wertvolle Freundschaften mit Männern und Frauen geschlossen, die hinter den Mauern des kleinsten Staats der Welt arbeiten. Ich habe im Eingangsbereich der Kaserne der Schweizergarde gestanden, in der vatikanischen Apotheke und dem dortigen Supermarkt eingekauft, die Restaurierungswerkstatt der Vatikanischen Museen besucht, die

Tür eines der Öfen in der Sixtinischen Kapelle geöffnet und an einer Papstmesse teilgenommen. Mein besonderer Dank gilt Pater Mark Haydu für seine unschätzbare Hilfe und dem unvergleichlichen John L. Allen für seine Beschreibung des genauen Ablaufs eines Konklaves. Festhalten möchte ich, dass keiner der beiden mein Urteil über die antisemitische Natur der Schilderungen von Jesu Tod in den Evangelien beeinflusst hat.

Dank schulde ich ferner David Ball und Patrick Matthiesen für gute Ratschläge in Bezug auf Restaurierungen und Kunstgeschichte und ihre Freundschaft. Louis Toscano, mein lieber Freund und langjähriger Lektor, nahm zahlreiche Verbesserungen an meinem Roman vor, und Kathy Crosby, meine persönliche Korrektorin, sorgte mit Adlerblick dafür, dass mein Text frei von Schreib- und Grammatikfehlern war. Sollten ihrer Aufmerksamkeit Fehler entgangen sein, sind sie mir, nicht ihnen zuzuschreiben.

Bei der Arbeit an *Der Geheimbund* habe ich Hunderte von Zeitungs- und Zeitschriftenartikeln sowie Dutzende von Büchern konsultiert. Ich wäre nachlässig, wenn ich nicht wenigstens folgende erwähnen würde: Ann Wroe, *Pontius Pilate*; James Carroll, *Constantine's Sword: The Church and the Jews*; Paul Johnson, *A History of Christianity*; Paula Fredriksen, *Jesus of Nazareth, King of the Jews: A Jewish Life and the Emergence of Christianity* und *From Jesus to Christ: The Origins of the New Testament Images of Jesus*; John Dominic Crossan, *Wer tötete Jesus? Die Ursprünge des christlichen Antisemitismus in den Evangelien*; Reza Aslan, *Zelot: Jesus von Nazaret und seine Zeit*; Bart D. Ehrman, *How Jesus Became God: The Exaltation of a Jewish Preacher from Galilee*; Bart D. Ehrman und Zlatko Pleše, *The Apocryphal Gospels: Text and Translation*; Robert S. Wistrich, *Der antisemitische Wahn: Von Hitler bis zum Heiligen Krieg gegen Israel*; Daniel Jonah Goldhagen, *Die katholische Kirche und der Holocaust: Eine Untersuchung über Schuld und Sühne* und *Hitlers willige Vollstrecker: Ganz gewöhnliche Deutsche und der Holocaust*; John Cornwell, *Pius XII.: Der Papst, der geschwiegen hat* und *A Thief in the Night: Life and Death in the Vatican*; Michael Phayer, *The Catholic Church and the Holocaust, 1930-1965* und *Pius XII., the Holocaust and the Cold War*; Susan Zaccotti, *Under His Very Windows: The Vatican and the Holocaust in Italy*; David I. Kertzer, *Die Päpste gegen die Juden: Der Vatikan und die Entstehung des modernen Antisemitismus*; Uki Goñi, *Odessa: Die wahre Geschichte. Fluchthilfe für NS-Kriegsverbrecher*; John Follain, *City of Secrets: The Truth Behind the Murders at the Vatican*; Carl Bernstein und Marco Politi, *Seine Heiligkeit: Johannes Paul II. und die Geheimdiplomatie des Vatikans*; John L. Allen Jr., *Conclave: The Politics, Personalities and Process of the Next Papal Election*; Thomas J. Reese, *Im Inneren des Vatikan: Politik und Organisation der katholischen Kirche*; Frederic J. Baumgartner, *Behind Locked Doors: A History of Papal Elections*; und Gianluigi Nuzzi, *Erbsünde: Papst Franziskus einsamer Kampf gegen Korruption, Gewalt und Erpressung.*

Wir sind mit Angehörigen und Freunden gesegnet, die unser Leben an kritischen Punkten des Schriftstellerjahrs mit Liebe und Lachen erfüllen, vor allem Jeff Zucker, Phil Griffin, Andrew Lack, Norah Oppenheim, Susan St. James und Dick Ebersol, Elsa Walsh und Bob Woodward, Michael Gendler, Ron Meyer, Jane und Burt Bacharach, Stacey und Henry Winkler, Kitty Pilgrim und Maurice Tempelsman, Donna und Michael Bass, Virginia Moseley und Tom Nides, Nancy Dubuc und Michael Kizilbash, Susanna Aaron und Gary Ginsburg,

Cindi und Mitchell Berger, Andy Lassner, Marie Brennan und Ernie Pomerantz und Peggy Noonan.

Zuletzt gilt mein herzlicher Dank dem Klasseteam bei HarperCollins, das es geschafft hat, dieses Buch unter Bedingungen zu produzieren, die kein Thrillerautor sich hätte ausdenken können. Zu besonderem Dank verpflichtet bin ich Brian Murray, Jonathan Burnham, Jennifer Barth, Doug Jones, Leah Wasielewskki, Mark Ferguson, Leslie Cohen, Robin Bilardello, Milan Bozic, Frank Albanese, Josh Marwell, David Koral, Leah Carlson-Stanisic, Carolyn Bodkin, Chantal Restivo-Alessi, Julianna Wojcik, Mark Meneses, Sarah Ried, Beth Silfin, Lisa Erickson und Amy Baker.

In letzter Zeit hat der Ausbruch des tödlichen Coronavirus bewirkt, dass meine Kinder Lily und Nicholas wieder unter meinem Dach lebten, während ich mich bemühte, diesen Roman pünktlich zum Ablieferungstermin zu beenden. Dafür bin ich dankbar, auch wenn ich nicht weiß, ob sie das Gleiche sagen würden. Wie viele junge Akademiker nutzten sie während des Lockdowns ihre ehemaligen Kinderzimmer als Home Office. Ich hatte Spaß daran, gelegentlich unangemeldet bei ihren Videokonferenzen hereinzuschneien. Ihre Anwesenheit war ein Quell großen Trosts, von Freude und Inspiration. Auch sie sind Wunder, in mehr als nur einer Beziehung.